第5章 练一练

第4章 练一练

第3章 时尚元素

第4章 重复变换

第3章 练一练

第5章 壁纸

第7章 炫光特效

第6章 绘制彩蛋

第7章 练一练

第6章 练一练

第8章 练一练

第9章 通道抠图

第9章 练一练

第8章 合成

第10章 立体文字效果

第10章 练一练

第13章 暗夜精灵

第12章 光效

第11章 练一练

第11章 制作旋转效果

第12章 练一练

第14章 飞翔天使

第13章 练一练

第14章 婚纱照片处理

第14章 茶叶包装盒

第12章 对多个面进行扭曲

第14章 登录界面

第14章 开业宣传单

第14章 汽车海报

新电脑互动课堂

中文版 Photoshop CS4 从入门到精通

麓山文化 编著

机械工业出版社
CHINA MACHINE PRESS

Photoshop是目前最流行的图像处理软件之一，在平面设计、数码照片处理等领域应用极为广泛。本书旨在帮助用户快速入门、掌握并提高图形图像编辑技能。

全书共14章，前13章从Photoshop的发展历史和应用领域开始，以循序渐进的方式深入细致地讲解了Photoshop CS4的各项主要功能和使用技巧。最后一章以网页、海报、包装、广告、照片处理、图像合成等经典案例，综合演练了前面所学知识，并使读者了解和掌握Photoshop在设计领域中的实际应用。

随书附多媒体教学光盘一张，内含视频讲解及实例素材。

本书适合Photoshop初学者、平面设计人员、摄影爱好者等自学，也可作为各类院校相关专业的教材。

图书在版编目（CIP）数据

中文版Photoshop CS4从入门到精通/麓山文化编著．—北京：机械工业出版社，2010.4

（新电脑互动课堂）

ISBN 978-7-111-30158-5

Ⅰ．①中…　Ⅱ．②麓…　Ⅲ．①图形软件，Photoshop CS4

Ⅳ．①TP391.41

中国版本图书馆CIP数据核字（2010）第048694号

机械工业出版社（北京市百万庄大街22号　邮政编码100037）

责任编辑：孙　业

责任印制：杨　曦

保定市中画美凯印刷有限公司印刷

2010年4月第1版·第1次印刷

184mm×260mm·19.25印张·4插页·480千字

0001-4000册

标准书号：ISBN 978-7-111-30158-5

ISBN 978-7-89451-470-7（光盘）

定价：55.00元（含1DVD）

凡购本书，如有缺页、倒页、脱页，由本社调换

电话服务

社服务中心：(010)88361066

销 售 一 部：(010)68326294

销 售 二 部：(010)88379649

读者服务部：(010)68993821

网络服务

门户网：http://www.cmpbook.com

教材网：http://www.cmpedu.com

前　言

Photoshop CS4 是 Adobe 公司于 2008 年推出的图形图像处理软件，其精美的操作界面和革命性的新增功能，带给用户全新的创作体验。本书以通俗易懂的语言，生动有趣的创意实例，带领读者进入精彩的 Photoshop 世界。

本书具有以下特点：

（1）非常适合初学者：本书完全站在初学者的立场，对 Photoshop CS4 中常用的工具和功能进行了深入阐述，要点突出。书中每章均通过小案例来讲解基础知识和基本操作，然后通过精心安排的"实战演练"和"练一练"，使读者综合运用前面所学知识进行实践操作。

（2）知识全面系统：Photoshop 是一个大型的软件，应用非常广泛。随着版本的升级，其功能越来越强大和丰富。本书从最基本的 Photoshop CS4 软件界面使用方法开始讲起，详细介绍了图层、通道、蒙版等软件核心功能，以循序渐进的方式深入细致地讲解了 Photoshop CS4 的各项功能和技术。

（3）案例精美、创意无限：为了激发读者的兴趣和引爆创意灵感，书中很多插图和示例构思巧妙，创意新颖。这些案例涵盖了 Photoshop 的各个应用领域，例如创意、文字、纹理、修饰照片、广告、招贴、海报、包装等。使读者在学习技术的同时也能够扩展设计视野与思维，并且巧学活用、学以致用。

（4）多媒体教学、学习更轻松：本书配备了多媒体教学视频，读者可以在家享受专家课堂式的讲解，成倍提高学习兴趣和效率。

本书由麓山文化编著，参加编写的有：陈志民、李红萍、何晓瑜、陈文香、刘雄伟、刘里锋、李红艺、李红术、刘清平、钟睦、何俊、周国章、刘争利、朱海涛、卢敏辉、彭志刚、李羡盛、刘莉子、刘佳东、马日秋、罗迈江、陈云香、周鹏、何亮、申玉秀、陈运炳等。

由于作者水平有限，书中错误、疏漏之处在所难免。在感谢您选择本书的同时，也希望您能够把对本书的意见和建议告诉我们。

联系邮箱：jsjfw@mail.machineinfo.gov.cn

麓山文化

目 录

新电脑互动课堂
New
Computer

新电脑互动课堂
New
Computer

第 1 章 走进Photoshop CS4

Photoshop 是 Adobe 公司推出的图像编辑软件，已成为从事平面设计、网页设计、影像合成、多媒体制作、动画制作等专业人员必不可少的工具。随着数码相机的普及，越来越多的摄影爱好者也开始使用 Photoshop 来修饰和处理照片，从而大大扩展了 Photoshop 的应用范围和领域，使 Photoshop 成了一款大众性的软件。

本章将对 Photoshop 进行一次快速的浏览，使读者初步感受一下 Photoshop 的强大魅力，并引导读者快速掌握其基本功能和常用操作。

本章要点

- Photoshop 的历史
- Photoshop 应用领域
- Photoshop CS4 的工作界面
- 图像的文件格式
- 辅助工具
- 优化软件

第 1 节 认识 Photoshop CS4

首先，我们来对 Photoshop 作一个整体的介绍。

1. Photoshop 的历史

为了在黑白位图上显示灰阶图像，1986 年夏天，Michigan 大学的一位名叫托马斯 · 洛尔（Thomas Knoll）的研究生编制了一个程序，最初他将这个程序命名为 display。托马斯的哥哥约翰 · 洛尔（John Knoll）在一家影视特效公司工作，他让弟弟帮他编写一个处理数字图像的程序，于是托马斯重新编写了 display 的代码，使该程序具备了羽化、色彩调整和颜色校正功能，并可以读取各种文件格式。这个程序被托马斯改名为 Photoshop。

图 1-1　Photoshop 的创始人

洛尔兄弟最初把 Photoshop 交给一家扫描仪公司，Photoshop 的首次发行是与 Barneyscan XP 扫描仪捆绑发行的，版本为 0.87。后来 Adobe 买下了 Photoshop 的发行权，Photoshop 便

成为了 Adobe 公司软件家族的一员。Photoshop 的创始人托马斯和约翰如图 1-1 所示。

Adobe 公司成立于 1982 年，总部位于美国加州圣何塞市，是世界领先的软件解决方案供应商，其产品遍及图形设计、图像制作、数码视频、电子文档和网页制作等领域。

Adobe 公司首次推出 Photoshop 是在 1990 年，当时的 Photoshop 只能在苹果机上运行，功能上也只是有工具箱和少量的滤镜，Photoshop 1.0 的欢迎界面如图 1-2 所示。

图 1-2 Photoshop 1.0

20 世纪 90 年代初，美国的印刷工业发生了比较大的变化，印前电脑化开始普及。Photoshop 2.0 版中增加了 CMYK 功能，使得印刷厂开始把分色任务交给用户，一个新的行业，桌上印刷由此产生。Photoshop 2.0 的重要新功能中包括支持矢量编辑软件的 Illustrator 文件，以及路径功能。最低内存需求也从 2 MB 增加到 4 MB，这对提高软件稳定性有非常大的帮助。

直到 Photoshop 2.5 版的问世，Photoshop 才在 Windows 系统上运行，从此此软件不再是专业的平面设计师所专用，而是面向广大的普通用户。

Photoshop 3.0 版的重要更新是增加了图层功能。Photoshop 4.0 版主要改进了用户界面。5.0 版的发布在当时引起业界的欢呼，色彩管理是 5.0 版的一个新功能，是 Photoshop 的一个重大改进。5.5 版主要增加了支持 Web 功能和包含 Image Ready 2.0，从而填补了 Photoshop 在功能上的欠缺。7.0 版增强了数码图像的编辑功能，还有一些基本的数码相机功能如 EXIF 数据、文件浏览器等。

Photoshop 8.0 的官方版本号是 CS、9.0 版的版本号则变成了 CS2、10.0 版的版本号则变成 CS3、11.0 版的版本号则变成 CS4。

CS 是 Adobe Creative Suite 后面 2 个单词的缩写，代表“创作集合”，是一个统一的设计环境。2005 年推出的 Photoshop CS2，在功能上增加了消失点、Bridge、智能对象、污点修复画笔工具、红眼工具等。2007 年推出的 Photoshop CS3，功能上增加了快速选取工具，曲线、消失点、色版混合器、亮度和对比度、黑白转换调整，自动合并和自动混合，智慧（无损）滤镜，移动器材的图像支持等。

Photoshop CS4 支持基于内容的智能缩放，支持 64 位操作系统、更大容量内存和基于

OpenGL 的通用计算加速，充分利用无与伦比的编辑与合成功能，可以更大幅度地提高工作效率。

2. Photoshop 的应用领域

（1）平面广告、包装、装潢、印刷、制版

随意漫步于繁华的都市街头，扑面而来的各类制作精美、引人入胜的车身广告、灯箱广告、店面招贴、大型户外广告，以及经常阅读的各类书籍和杂志的封面、产品的精美包装、商场的广告招贴、电影海报等，这些具有丰富图像的平面广告作品，基本上都是使用 Photoshop 对图像进行合成、处理而完成的，如图 1-3 所示。

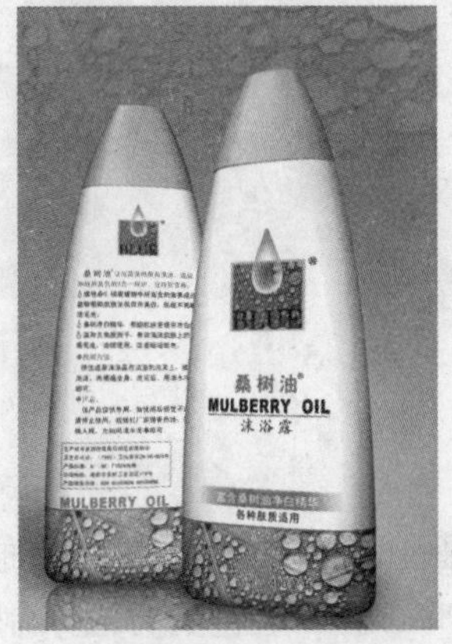

图 1-3　海报、包装、户外广告示例

（2）摄影后期处理、照片修复、婚纱特技、数码图像色彩处理

Photoshop 具有强大的图像修饰、色彩和色调调整功能，利用这些功能可修复数码照片人物脸部的瑕疵与斑点、皮肤、体形等缺陷，调整照片的色彩和色调，置换人物背景，合成并制作特效，从而得到满意的作品。最典型的摄影后期处理就是影楼的婚纱照后期制作，如图 1-4 所示。

图 1-4　婚纱照示例

(3) 数码图像合成创意

使用 Photoshop 强大的图像合成功能，结合制作者的创意和想象，可以将原本牛马不相及的对象组合在一起，从而得到意想不到的艺术效果，创作出令人惊叹的作品，如图 1-5 所示。

图 1-5　数码合成示例

(4) 手绘上色

由于 Photoshop 具有良好的绘画和调色功能，许多卡通动画、插画、漫画的设计制作者往往使用铅笔绘制草稿，然后用 Photoshop 上色的方法来制作图像，如图 1-6 所示。

图 1-6　手绘图像示例

(5) 规划图、户型图制作、景观设计、建筑效果图后期处理

建筑效果图制作一般经过 3ds max 建模、材质编辑、渲染和 Photoshop 后期处理几个阶段。3ds max 直接渲染输出的图像，往往只是效果图的一个简单“粗坯”，场景单调、生硬，缺少层次和变化，只有为其加入天空、树木、人物、汽车等配景，整个效果图才显得活泼有趣、生机盎然，这些工作都是通过 Photoshop 来完成的，如图 1-7 所示。

此外，建筑规划图、房屋户型图也都是使用 Photoshop 来添加环境和上色，如图 1-8 所示。

图 1-7　建筑效果图后期处理示例

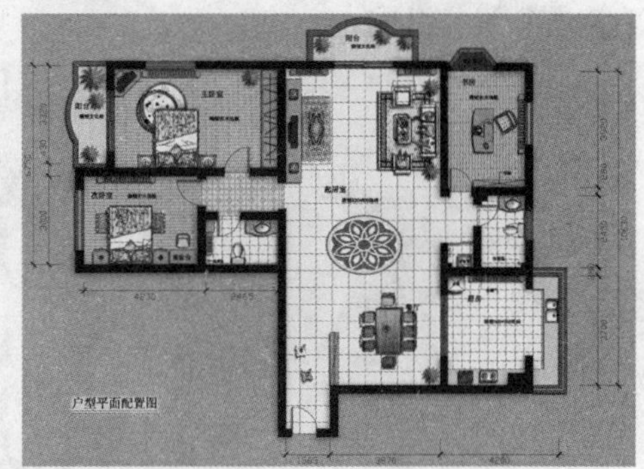

图 1-8　建筑规划图与户型图示例

(6) Web 设计、互联网主页、软件界面设计

Photoshop 是网页图像、软件界面制作必不可少的图像处理软件，很多超炫酷的网页、软件界面都是使用 Photoshop 制作的，如图 1-9 所示。

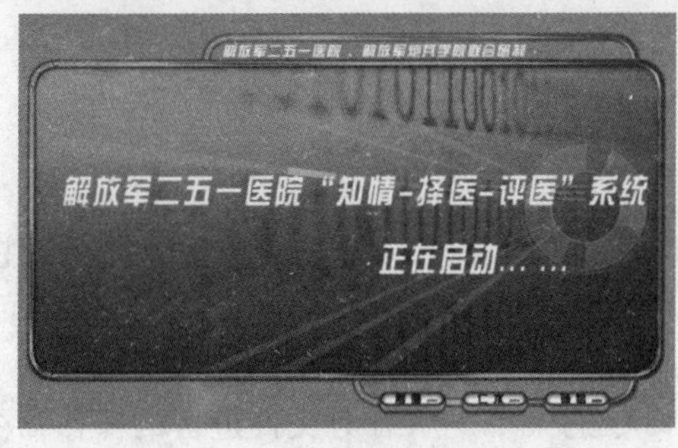

软件界面　　　　网页界面

图 1-9　软件和网页界面示例

(7) 虚拟景观设计、电子游戏贴图设计

三维软件虽然能够制作精良的模型，但如果不为模型应用逼真的贴图，也无法得到较好的渲染效果。Photoshop 可以制作三维软件必需的贴图。

第 2 节　Photoshop CS4 的工作界面

在学习任何一个软件之前，对其工作环境进行了解都是非常必要的，这对于我们在后面能否顺利地进行工作，具有极其重要的意义。本小节将对 Photoshop CS4 的工作环境进行讲解，同时还会介绍新版本中新增的界面功能以及一些常规的操作。

运行 Photoshop CS4 程序，选择“文件”→“打开”命令打开一幅图像后，便可以看到类似于图 1–10 所示的工作界面。

从图中可以看出，Photoshop 的工作界面由菜单栏、工具选项栏、图像窗口、工具箱、面板区等几个部分组成。

图 1–10　Photoshop CS4 工作界面

1. 菜单命令

菜单栏包含 11 个菜单，分门别类地放置了 Photoshop 的大部分操作命令，这些命令往往让初学者感到眼花缭乱，但实际上我们只要了解每一个菜单的特点，就能够掌握这些菜单命令。

例如，“文件”菜单是一个集成了文件操作命令的菜单，所有对文件进行的操作命令，例如“新建”、“页面设置”等命令，都可以在此菜单中找到并执行。

又如，“编辑”菜单是一个集成了编辑类操作命令的菜单，要进行“拷贝”、“剪切”、“粘贴”、“粘贴入”等操作，可以在此菜单下选择相应的命令。

（1）菜单分类

Photoshop CS4 的 11 个菜单分别为：

➢“文件”菜单：集成了各类文件的操作命令。

➢“编辑”菜单：集成了在图像处理过程中使用较为频繁的编辑类操作命令。

- “图像”菜单：集成了对图像大小、画布及图像颜色操作的命令。
- “图层”菜单：集成了各类图层操作命令。
- “选择”菜单：集成了有关选区的操作命令。
- “滤镜”菜单：集成了大量滤镜命令。
- “分析”菜单：集成了用于测量图像、数据分析的命令。
- “3D”菜单：集成了对于3D格式文件进行编辑的命令。
- “视图”菜单：集成了对当前操作图像的视图进行操作的命令。
- “窗口”菜单：集成了显示或隐藏不同面板命令窗口的命令。
- “帮助”菜单：集成了各类帮助信息命令。

了解了菜单的不同功能和作用后，在查找命令时就不会不知所措，并能快速找到所需的命令。当需要使用某个命令时，首先单击相应的菜单名称，然后从下拉菜单列表中选择相应的命令即可。

Photoshop CS4 版本中的菜单部分经过了重新的设计，将一些常用的项目放在了菜单的上方或右侧，图标简洁明快，使操作更加简便快捷，如图 1-11 所示。

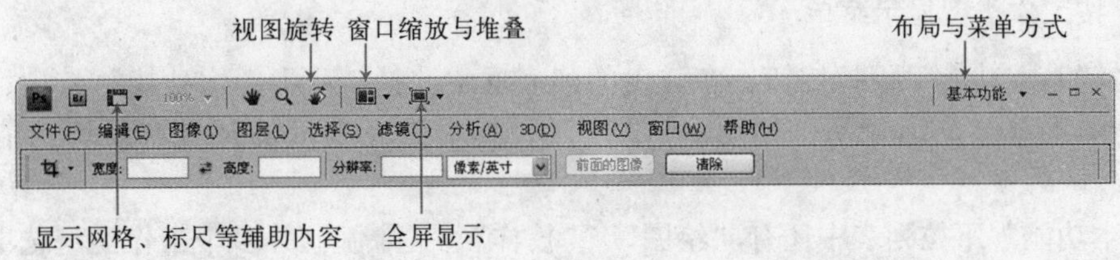

图 1-11 Photoshop CS4 菜单栏

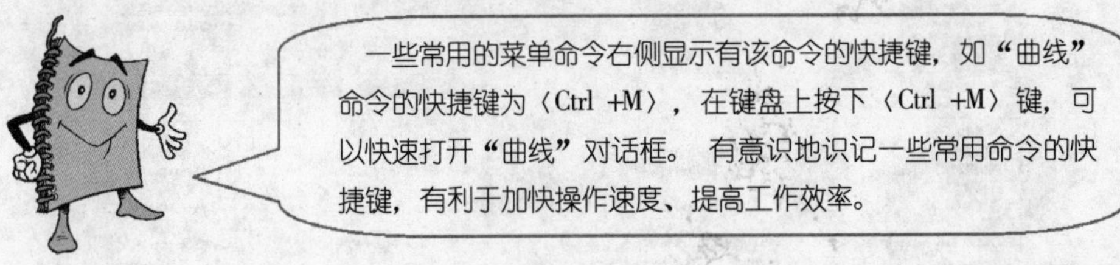

（2）菜单命令的不同状态

了解菜单命令的状态，对于正确地使用 Photoshop 有重要意义，因为不同的命令在不同的状态下，其应用方法不尽相同。

子菜单命令：在 Photoshop 中，某些命令从属于一个大的菜单项，且本身又具有多种变化或操作方式，为了使菜单组织更加有效，Photoshop 使用了子菜单模式，如图 1-12 所示。此类菜单命令的共同点是在其右侧有一个黑色的小三角形。

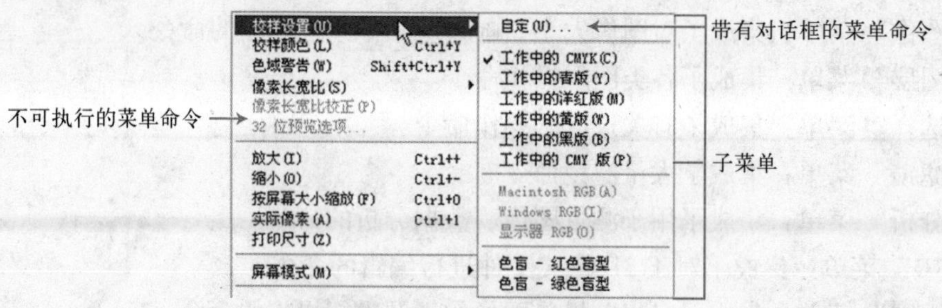

图 1-12　具有子菜单的菜单

不可执行的菜单命令：许多菜单命令有一定的运行条件，当命令不能执行时，菜单命令文字呈灰色，如图 1-12 所示。例如对 CMYK 模式的图像而言，许多滤镜命令不能执行，因此要执行这些命令，用户必须清楚命令的运行条件。

带有对话框的菜单命令：在 Photoshop 中，多数菜单命令被执行后都会弹出对话框，只有正确设置这些对话框，才可以得到需要的效果。此类菜单的共同点是其名称后带有省略号，如图 1-12 所示。

(3) 按工作类型显示菜单

单击“基本功能”下拉按钮，在弹出的列表框中选择“CS4 新增功能”选项，这样具有新功能的菜单会突出显示，如图 1-13 所示，其中蓝底显示的是具有新增功能的菜单命令。

“基本功能”下拉列表中还有“绘图”、“校样”、“排版”等多个工作类型选项。此功能专门针对不同的设计者，使用户能够更快捷、更方便地选择最常用的菜单命令。

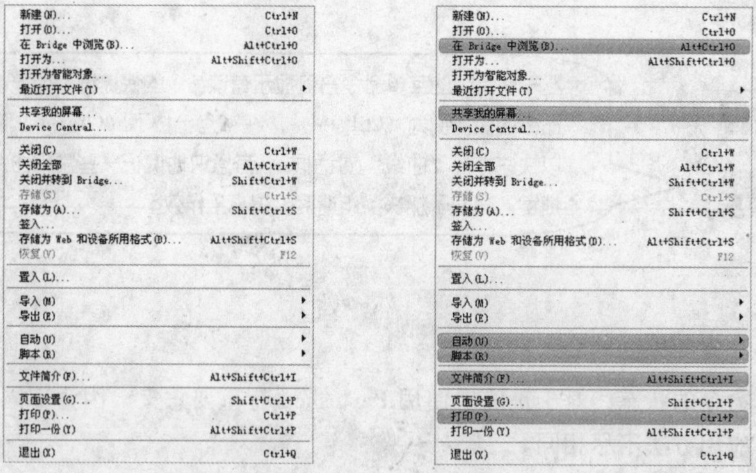

图 1-13　突出显示新增功能

2. 工具选项栏

工具选项栏用来设置工具的选项，选择不同的工具时，工具选项栏中的选项内容也会随

之改变。图 1-14 为选择魔术橡皮擦工具时选项栏显示的内容，图 1-15 为选择吸管工具时选项显示的内容。

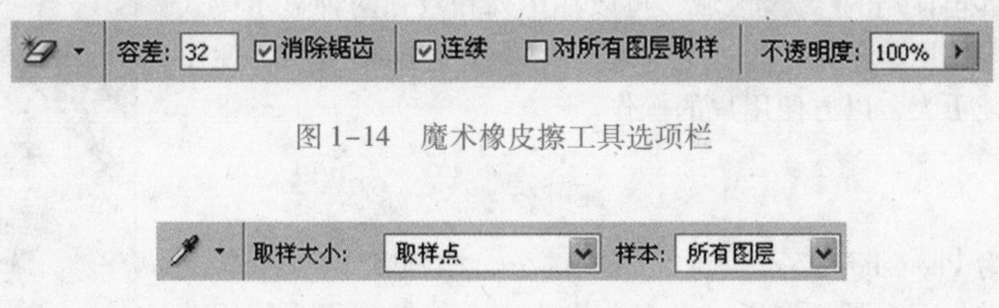

图 1-14　魔术橡皮擦工具选项栏

图 1-15　吸管工具选项栏

执行“窗口”→“选项”命令，可以显示或隐藏工具选项栏。

单击并拖动工具选项栏最左侧的图标，可以移动它的位置，如图 1-16 所示。

图 1-16　移动工具选项栏

3. 工具箱

工具箱是 Photoshop 处理图像的“兵器库”，包括选择、绘图、编辑、文字等共 40 多种工具。随着 Photoshop 版本的不断升级，工具的种类与数量在不断增加，同时更加人性化，使我们的操作更加方便、快捷。

(1) 查看工具

要使用某种工具，直接单击工具箱中该工具图标，将其激活即可。通过工具图标，可以快速识别工具种类。例如，画笔工具图标是画笔形状，橡皮擦工具是一块橡皮擦的形状。

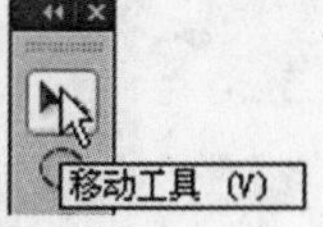

图 1-17　工具提示

Photoshop 具有自动提示功能，当不知道某个工具的含义和作用时，将光标放置于该工具图标上 2 秒钟左右，屏幕上即会出现该工具名称及操作快捷键的提示信息，如图 1-17 所示。

(2) 显示隐藏的工具

工具箱中的许多工具并没有直接显示出来，而是以成组的形式隐藏在右下角带小三角形的工具按钮中。按下此类按钮保持 1 秒钟左右，即可显示该组所有工具。此外，用户也可以使用快捷键来快速选择所需的工具，如移动工具的快捷键为〈V〉，按下〈V〉键即可选择移动工具。按〈Shift + 工具组〉快捷键，可以在工具组各工具之间快速切换，例如按〈Shift + G〉快捷键，可以在填充工具和渐变工具之间切换。

(3) 切换工具箱的显示状态

Photoshop CS4 工具箱有单列和双列两种显示模式，如图1-18 所示。单击工具箱顶端的区域，可以在单列和双列两种显示模式之间切换。当使用单列显示模式时，可以有效节省屏幕空间，使图像的显示区域更大，以方便用户的操作。

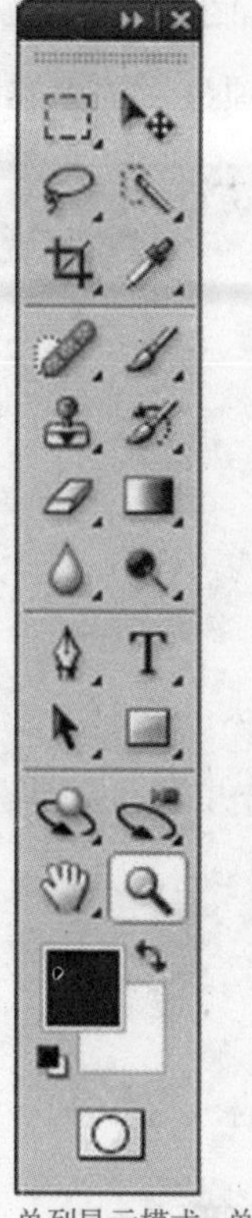
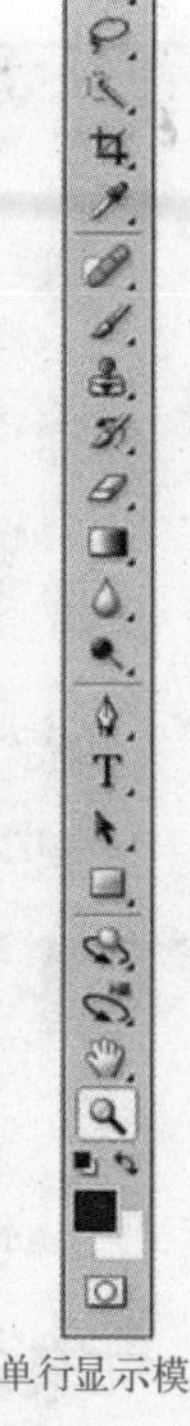

单列显示模式 单行显示模式

图1-18 工具箱单列和双列显示模式

4. 面板

面板作为 Photoshop 必不可少的组成部分，增强了 Photoshop 的功能并使其操作更为灵活多样。大多数操作高手能够在很少使用菜单命令的情况下完成大量操作任务，就是因为频繁使用了面板的强大功能。

(1) 选择面板

如图 1-19 所示为 Photoshop CS4 默认面板。要打开其他的面板，可选择“窗口”菜单命令，在弹出的菜单中选择相应的面板选项即可，如图 1-20 所示。

(2) 展开和折叠面板

在展开的面板右上角的三角按钮上单击，可以折叠面板。当面板处于折叠状态时，会显示为图标状态，如图 1-21 所示。

当面板处于折叠状态时，单击面板组中一个面板的缩览图，可以展开该面板，如图 1-22 所示。展开面板后，再次单击缩览图，可以将其设置为折叠状态。

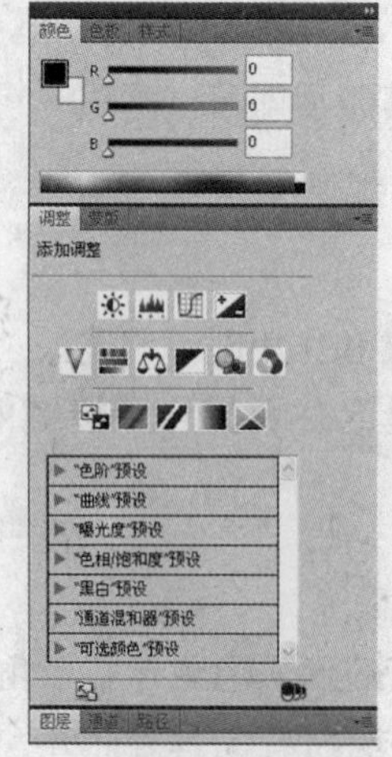

图1-19 默认面板

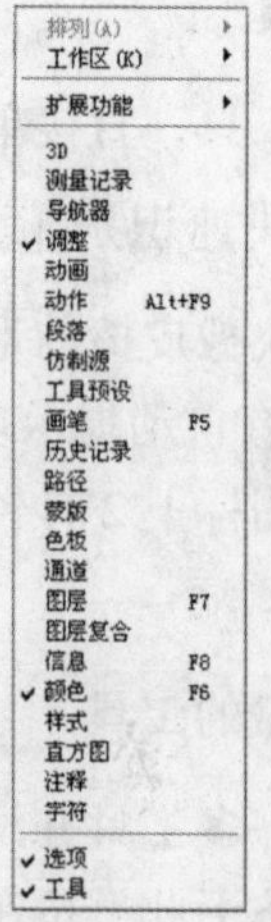

图1-20 “窗口”菜单

图1-21　默认面板

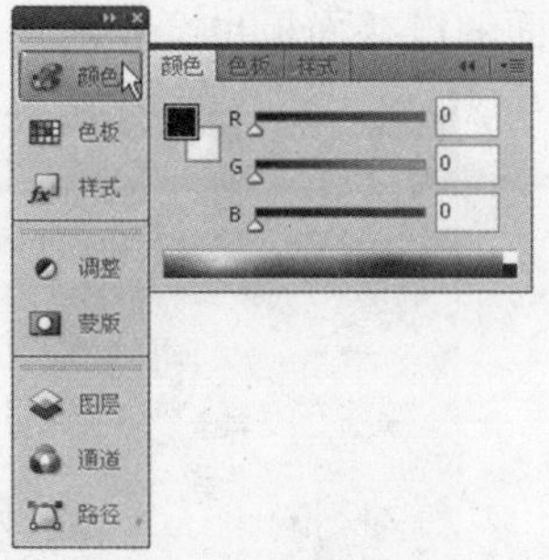

图1-22　展开面板

（3）拉伸面板

将光标移动至面板底部或左右边缘处，当光标呈↕或↔形状时，单击鼠标并上下或左右拖动鼠标，可以拉伸面板，如图1-23所示。

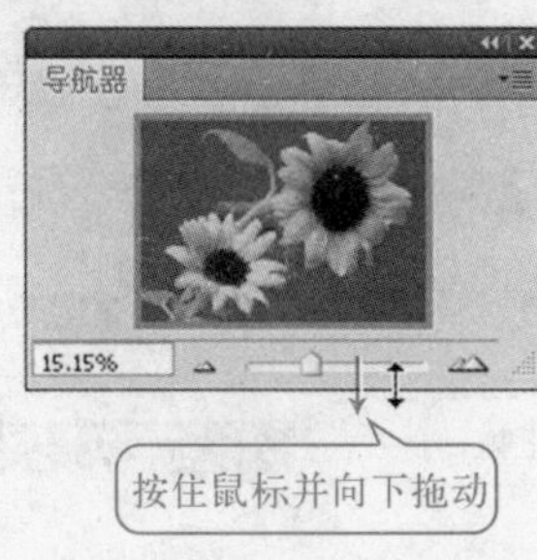

图1-23　拉伸面板

（4）分离与合并面板

将光标移动至面板的名称上，单击并拖至窗口的空白处，可以将面板从面板组中分离出来，使之成为浮动面板，如图1-24所示。

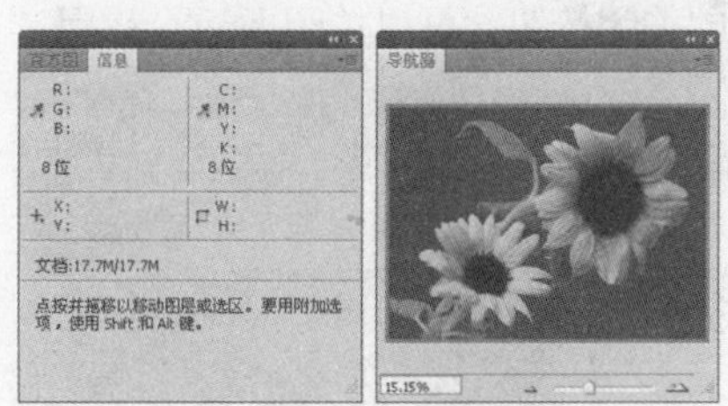

图1-24　分离面板

将光标移至面板的名称上，单击并将其拖至其他面板名称的位置，释放鼠标左键，可以将该面板放置在目标面板中，如图1-25所示。

（5）链接面板

将光标移至面板名称上，单击鼠标并将其拖至另一个面板下，当两个面板的连接处显示为蓝色时，释放鼠标可以将两个面板链接，如图1-26所示。面板链接后，当拖动上方的面板时，下面的链接面板也会相应地移动。

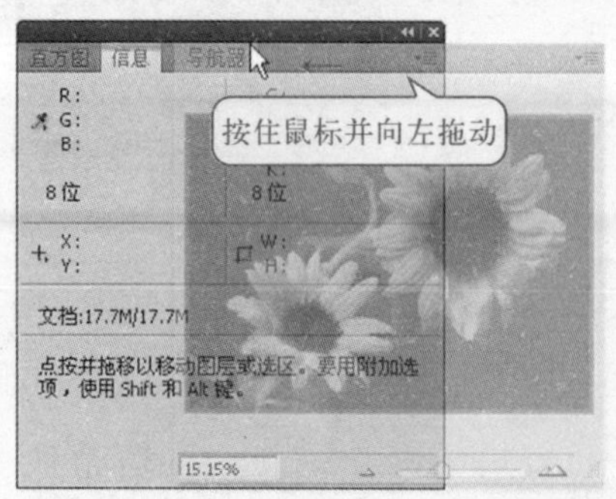

图 1-25　合并面板

图 1-26　链接面板

（6）最小化/关闭面板

单击面板上的灰色部分，如图 1-27 所示，可以最小化面板，再次单击，可以还原；单击面板右上角的关闭按钮，可以关闭面板。运用“窗口”菜单的命令也可以显示或关闭面板。

图 1-27　最小化面板

(7) 打开面板菜单

单击面板右上角的按钮，可以打开面板菜单。面板菜单中包含了当前面板的各种命令。例如，执行“导航器”面板菜单中的“面板选项”命令，可以打开“面板选项”对话框，如图1-28所示。

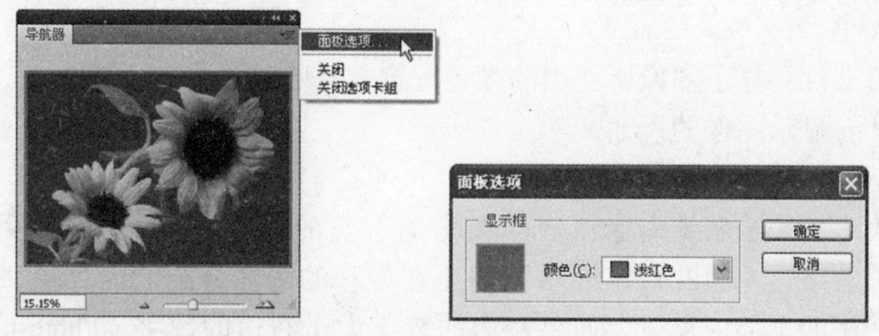

图1-28　打开面板菜单

在任一面板上方单击鼠标右键，可以打开如图1-29所示的快捷菜单，选择“关闭”命令，可以关闭当前的面板；选择“关闭选项卡组”命令，可以关闭当前的面板群组；选择“折叠为图标”命令，可以将当前面板组最小化为图标；选择“自动折叠图标面板”命令，可以自动将展开的面板最小化。

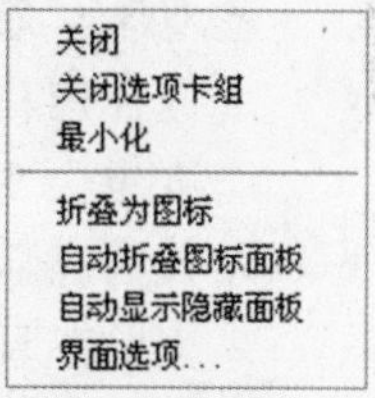

关闭
关闭选项卡组
最小化
折叠为图标
自动折叠图标面板
自动显示隐藏面板
界面选项...

图1-29　面板右键菜单

5. 状态栏

状态栏位于图像窗口的底部，它可以显示图像的视图比例、文档的大小、当前使用的工具等信息。单击状态栏中的按钮，可以打开如图1-30所示的菜单，在菜单中可以选择状态栏中显示的内容。

图1-30　面板右键菜单

状态栏快捷菜单中各选项的含义：

- Version Cue：显示文档的 Version Cue 工作组状态。只有在启用了 Version Cue 时，该选项才可用。
- 文档大小：显示图像中数据量的信息。选择该选项后，状态栏中会出现两组数字，左边的数字表示拼合图层并存储后的文件大小，右边的数字表示没有拼合图层和通道的近似大小。
- 文档配置文件：显示图像所使用的颜色配置文件的名称。
- 文档尺寸：显示图像的尺寸。
- 测量比例：显示文档的比例。
- 暂存盘大小：显示系统内存和 Photoshop 暂存盘的信息。选择该选项后，状态栏中会出现两组数字，左边的数字表示当前正在处理的图像分配的内存量，右边的数字表示可以使用的全部内存量。如果左边的数字大于右边的数字，Photoshop 将启用暂存盘作为虚拟内存。
- 效率：显示执行操作实际花费时间的百分比。当效率为 100% 时，表示当前处理的图像在内存中生成；如果该值低于 100%，则表示 Photoshop 正在使用暂存盘，操作速度也会变慢。
- 计时：显示完成上一次操作所用的时间。
- 当前工具：显示当前使用的工具名称。
- 32 位曝光：用于调整预览图像，以便在计算机显示器上查看 32 位/通道高动态范围（HDR）图像的选项，只有文档窗口显示 HDR 图像时该选项才可以使用。

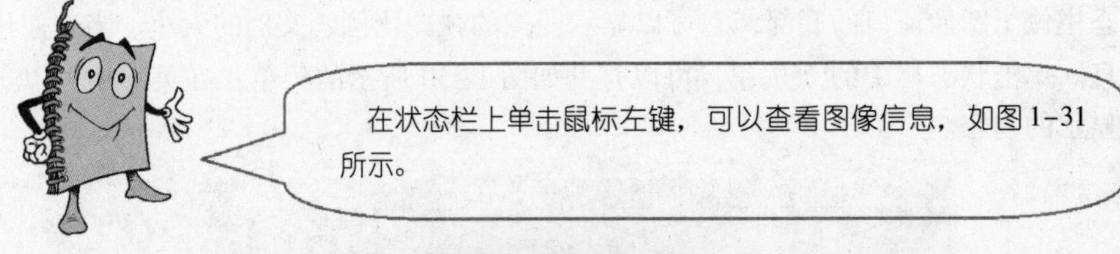

宽度:1024 像素
高度:768 像素
通道:3(RGB 颜色，8bpc)
分辨率:72 像素/英寸

图 1-31　图像信息

第 3 节　图像的文件格式

在 Photoshop 中处理完成的图像通常都不是直接进行输出，而是置入到排版软件或图形软件中，加上文字或图形并完成最后的版面编排和设计工作，然后再存储为相应的文件格式进行胶片输出。此外，在 Photoshop 中进行图像合成时，也需要导入各种文件格式的图片素材。因此，熟悉一些常用图像格式特点及其适用范围，就显得尤为必要，下面介绍这方面的相关知识。

1. PSD 文件格式

PSD 格式是 Adobe Photoshop 软件专用的格式，也是新建和保存图像文件默认的格式。PSD 格式是惟一可支持所有图像模式的格式，并且可以存储在 Photoshop 中建立的所有的图层、通道、参考线、注释（历史记录除外）等信息。因此，对于没有编辑完成，下次需要继续编辑的文件最好保存为 PSD 格式。

PSD 格式也有其缺点，由于保存的信息较多，相比其他格式的图像文件而言，PSD 保存时所占用的磁盘空间要大得多。另外，由于 PSD 是 Photoshop 的专用格式，许多软件（特别是排版软件）都不提供直接支持，因此，在图像编辑完成之后，应将图像转换为兼容性好并且占用磁盘空间小的图像格式，如 JPG、TIFF 格式。

2. JPG 文件格式

JPG 是一种高压缩比的、有损压缩真彩色图像文件格式，其最大特点是文件比较小，可以进行高倍率的压缩，因而在注重文件大小的领域应用广泛，比如网络上的绝大部分要求高颜色深度的图像都使用 JPG 格式。JPG 格式是压缩率最高的图像格式之一，这是由于 JPG 格式在压缩保存的过程中会以失真最小的方式丢掉一些肉眼不易察觉的数据，因此保存后的图像与原图会有所差别，没有原图像的质量好，不宜在印刷、出版等高要求的场合下使用。

3. TIFF 文件格式

TIFF 格式是印刷行业标准的图像格式，通用性很强，几乎所有的图像处理软件和排版软件都提供了很好的支持，因此广泛用于程序之间和计算机平台之间进行的图像数据交换。

TIFF 格式支持 RGB、CMYK、Lab、索引颜色、位图和灰度颜色模式，并且它在 RGB、CMYK 和灰度三种颜色模式中还支持使用通道、图层和路径，可以将图像中路径以外的部分，在置入到排版软件（如 InDesign）中时变为透明。

4. GIF 文件格式

GIF 格式也是一种非常通用的图像格式，由于最多只能保存 256 种颜色，且使用 LZW 压缩方式压缩文件，因此 GIF 格式保存的文件非常轻便，不会占用太多的磁盘空间，非常适合 Internet 上的图片传输。GIF 格式还可以保存动画。

5. EPS 文件格式

EPS 格式是一种广泛应用的文件格式，以 PostScript 语言为基础，可以包含矢量图形和点阵图像。EPS 格式保留许多使用 Illustrator 创建的图形元素，这意味着可以在 Illustrator 中重新打开 EPS 文件编辑。

6. PDF 文件格式

Adobe PDF 是 Adobe 公司开发的一种跨平台的通用文件格式，能够保存任何源文档的字体、格式、颜色和图形，且不论创建该文档所使用的是什么应用程序和平台，Adobe Illustrator、Adobe InDesign 和 Adobe Photoshop 程序都可直接将文件存储为 PDF 格式。Adobe PDF 文件为压缩文件，任何人都可以通过免费的 Acrobat Reader 程序进行共享、查看、导航和打印。

PDF 格式除支持 RGB、Lab、CMYK、索引颜色、灰度和位图颜色等模式外，还支持通道、图层等数据信息。

Photoshop 可直接打开 PDF 格式时的的文件，并可将其进行光栅处理，变成像素信息。对于多页 PDF 文件，可在打开 PDF 文件时的对话框中设定打开的是第几页文件。PDF 文件被 Photoshop 打开后便成为一个图像文件，可将其存储为 PSD 格式。

第 4 节　辅 助 工 具

辅助工具是图像处理必不可少的“好帮手”。例如，使用标尺辅助工具可以进行测量，使用参考线辅助工具可以进行定位和对齐等。辅助工具仅用于图像的辅助编辑，不会被打印输出。

1. 标尺

标尺主要用于帮助用户对操作对象进行测量。除此之外，在标尺上拖动还可以快速建立参考线。

（1）显示和隐藏标尺

选择“视图”→“标尺”命令，或按下〈Ctrl + R〉快捷键，在图像窗口左侧及上方即显示出垂直和水平标尺，如图 1-32 所示。再次按下〈Ctrl + R〉快捷键，标尺则自动隐藏。

（2）更改标尺单位

根据工作需要，可以自由地更改标尺的单位。例如，在设计网页图像时，可以使用“像素”作为标尺单位，而在设计印刷作品时，采用“厘米”或“毫米”单位会更加方便。

移动光标至标尺上方单击鼠标右键，从弹出的如图 1-33 所示的快捷菜单中选择所需的单位即可。

图 1-32　显示标尺

图 1-33　更改标尺单位

(3) 调整标尺原点位置

标尺可分为水平标尺和垂直标尺两大部分，系统默认图像左上角为标尺的原点（0，0）位置。当然，用户也可以根据需要调整标尺原点的位置。移动光标至标尺左上角方格内，然后向画布方向拖动，释放鼠标的位置即为新的原点。

在显示标尺的图像窗口移动光标时，水平标尺和垂直标尺的上方就会出现一条虚线表示当前光标所在的位置，在移动光标时，虚线也会跟着移动。

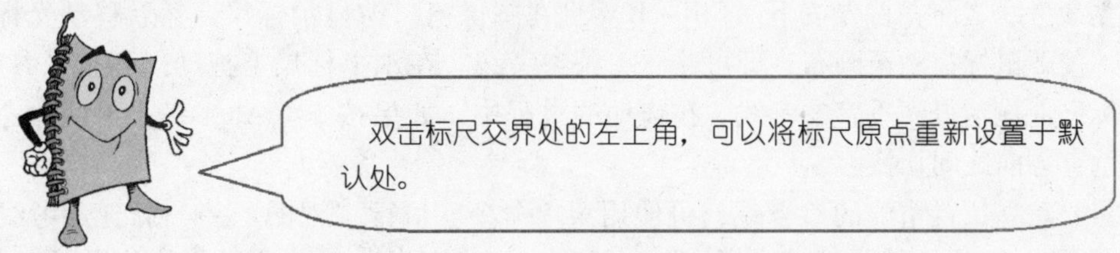

2. 网格

网格用于物体的对齐和光标的精确定位。执行“视图”→“显示”→“网格”命令，或按下〈Ctrl + '〉快捷键，即可在图像窗口中显示网格，如图 1-34 所示。

图 1-34　原图像及增加网格后的效果

在图像窗口中显示网格后，就可以利用网格的功能，沿着网格线对齐或移动物体。如果希望在移动物体时能够自动贴齐网格，或者在建立选区时自动贴齐网格线的位置进行定位选取，可执行“视图”→“对齐到”→“网格”命令，使“网格”命令左侧出现“√”标记即可。

Photoshop 默认网格的间隔为 2.5 厘米，子网格的数量为 4 个，网格的颜色为灰色，选择“编辑”→“首选项”→“参考线、网格和切片”命令，打开“首选项”对话框，从中可以更改相应的参数。

当不需要显示网格时，执行“视图”→“显示”→“网格”命令，去掉“网格”命令左侧的“√”标记，或直接按下〈Ctrl + '〉快捷键。

3. 参考线

参考线与网格一样也用于物体对齐和定位，但由于参考线可任意调整其位置，因而使用起来更为方便。在设计图书封面时，常常需要使用辅助线来定位裁剪以及书名和书脊的位置，如图1-35所示。

(1) 建立参考线

建立参考线之前，首先按下〈Ctrl + R〉键在图像窗口中显示标尺，然后移动光标至标尺上方，按下鼠标拖动至画布，即可建立一条参考线。在水平标尺上拖动得到水平参考线，在垂直标尺上拖动得到垂直参考线。在拖动的过程中，如果按下〈Alt〉键，可使参考线在水平和垂直方向之间切换。

若需要建立位置精确的参考线，可使用菜单命令。执行"视图"→"新建参考线"命令，打开图1-36所示的"新建参考线"对话框，在"取向"栏中选择参考线方向，在"位置"文本框中输入参考线的位置坐标，最后单击"确定"按钮即可。

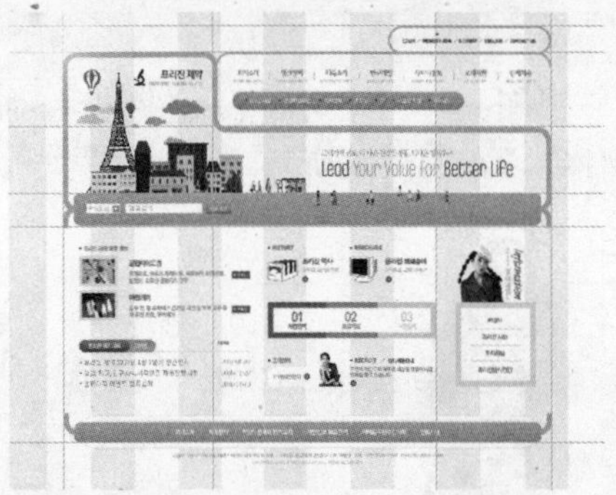

图1-35　使用辅助线制作网页

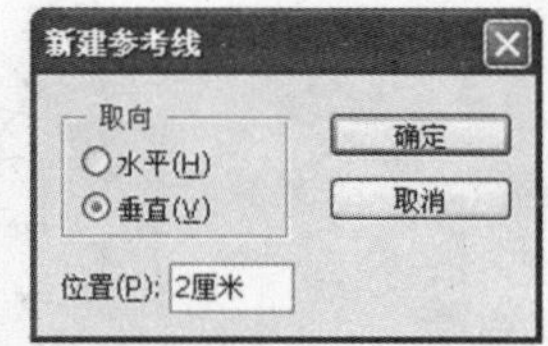

图1-36　"新建参考线"对话框

(2) 移动参考线

如果当前选择的是移动工具，则可以直接移动光标至参考线上方，当光标显示为或形状时拖动鼠标即可移动参考线；如果当前选择的是其他工具，则需先按下〈Ctrl〉键，再移动光标至参考线上方拖动。

(3) 显示/隐藏参考线

选择"视图"→"显示"→"参考线"命令，或按下〈Ctrl + ;〉快捷键，可显示/隐藏参考线。

拖动辅助线时，如果按住〈Shift〉键可将其强制对齐到标尺上的刻度。若按住〈Alt〉键单击辅助线，则可以转换该辅助线的方向。

参考线、网格都属于辅助对象，因此也可以通过选择“视图”→“显示额外选项”命令显示或隐藏，快捷键为〈Ctrl + H〉。

(4) 锁定参考线

为防止在无意的情况下移动辅助线，可选择“视图”→“锁定参考线”命令，或按下〈Ctrl + Alt + ;〉快捷键，将参考线锁定。再次选择“视图”→“锁定参考线”命令，去掉“锁定参考线”命令左侧的“√”标记，又可解除参考线的锁定。

(5) 清除参考线

选择“视图”→“清除参考线”命令，可快速清除图像窗口中所有参考线。若想删除某一条参考线，则只需拖动该参考线至标尺或图像窗口范围外即可。

第5节　优化软件

Photoshop 是一个“高消耗”的大型软件，要想使 Photoshop 能够高速、稳定地运行，必需掌握一些优化的技巧。

1. 字体优化

在进行平面设计时，需要使用各种不同的字体，按照字型的不同，有宋体、黑体、楷体、隶书等，按照字体厂商的不同，又有方正、汉仪、文鼎、长城等字体。

由于 Photoshop 在启动时需要载入字体列表，并生成预览图，如果系统所安装的字体较多，启动速度就会大大减缓，启动之后也会占用更多的内存。

因此，要想提高 Photoshop 的运行效率，对于无用或较少使用的字体应及时删除。

2. 插件优化

与字体一样，安装过多的第三方插件，也会大大降低 Photoshop 的运行效率。对于不常用的第三方插件，可以将其移动至其他目录，在需要的时候再将其移回。

3. 暂存盘优化

暂存盘和虚拟内存相似，它们之间的主要区别在于：暂存盘完全受 Photoshop 的控制而不是受操作系统的控制。在有些情况下，更大的暂存盘是必须的，当 Photoshop 用完内存时，它会使用暂存盘作为虚拟内存；当 Photoshop 处于非工作状态时，它会将内存中所有的内容复制到暂存盘上。

另外，Photoshop 必须保留许多图像数据，如还原操作、历史信息和剪贴板数据等。因为 Photoshop 是使用暂存盘作为另外的内存，所以应正确理解暂存盘对于 Photoshop 的重要性。

选择“编辑”→“首选项”→“性能”命令，在弹出的对话框中可以设置多个磁盘作为暂存盘。

如果暂存盘的可用空间不够，Photoshop 就无法处理、打开图像，因此应设置剩余空间较大的磁盘作为暂存盘。

第2章 Photoshop 基础操作

本章将介绍一些使用 Photoshop CS4 进行图像处理时所涉及的基本操作。例如：文件的新建、打开、关闭与保存，调整图像和画布的大小，前景色与背景色的设置等。

本章要点

- 新建、打开、保存、关闭文件
- 图像导航操作
- 重新设置图像尺寸
- 改变画布大小
- 图像的颜色模式
- 如何设置颜色

第1节 新建文件

执行“文件”→“新建”命令，弹出“新建”对话框，如图 2-1 所示。在对话框中设置文件的名称、尺寸、分辨率、颜色模式和背景内容等选项，单击“确定”按钮，即可新建一个空白文件。

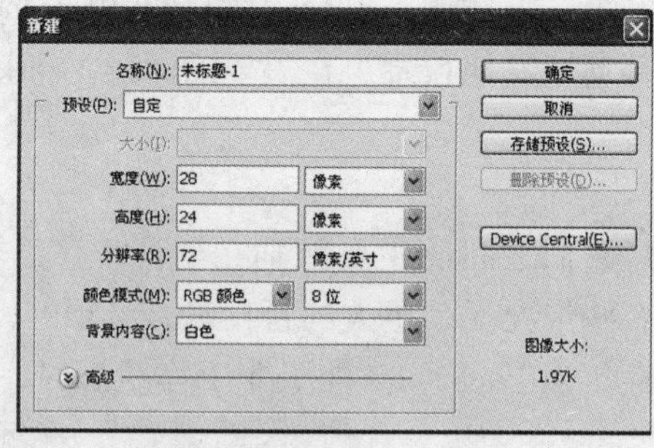

图 2-1 “新建”对话框

“新建”对话框中各选项含义如下：

➢ 名称：可输入新建文件的名称，也可以使用默认的文件名称“未标题 - 1”。创建文件后，名称会显示在图像窗口的标题栏中，在保存文件时，文件的名称也会显示在存储文件的对话框中。

➢ 预设：在该选项下拉列表中可以选择系统预设的文件尺寸，如图 2-2 所示。选择一个预设后，可以在“大小”下拉列表中选择图像的大小。例如，选择“国际标准纸张”后，可以在“大小”下拉列表中选择预设的纸张大小，如图 2-3 所示。

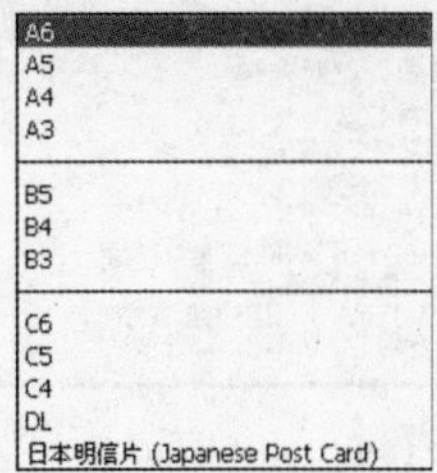

图 2-2　“预设”下拉列表

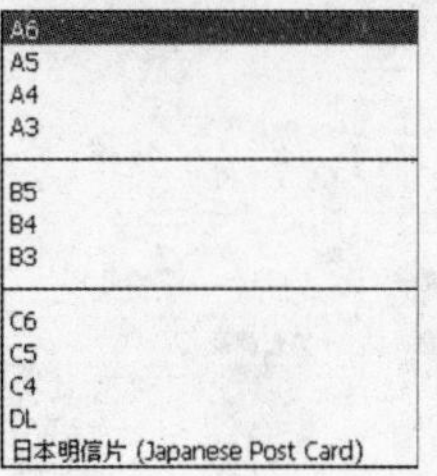

图 2-3　“大小”下拉列表

➢ 宽度/高度：可输入新建文件的宽度和高度。在选项右侧的下拉列表中可以选择一种单位，包括“像素”、“英寸”、“厘米”、“毫米”、“点”、“派卡”和“列”。

➢ 分辨率：可输入文件的分辨率。在选项右侧的下拉列表中可以选择分辨率的单位，包括“像素/英寸”和“像素/厘米”。

➢ 颜色模式：在该选项的下拉列表中可以选择文件的颜色模式，包括“位图”、“灰度”、“RGB 颜色”、“CMYK 颜色”和“Lab 颜色”。

➢ 背景内容：在该选项的下拉列表中可以选择文件背景的内容，包括“白色”、“背景色”和“透明”。“白色”为默认的颜色，如图 2-4 所示。选择“背景色”，可以使用工具箱中的背景色作为背景颜色，如图 2-5 所示。选择透明，则创建透明背景，如图 2-6 所示。创建透明背景时，当前文件将没有“背景”图层。

图 2-4　“白色”背景效果

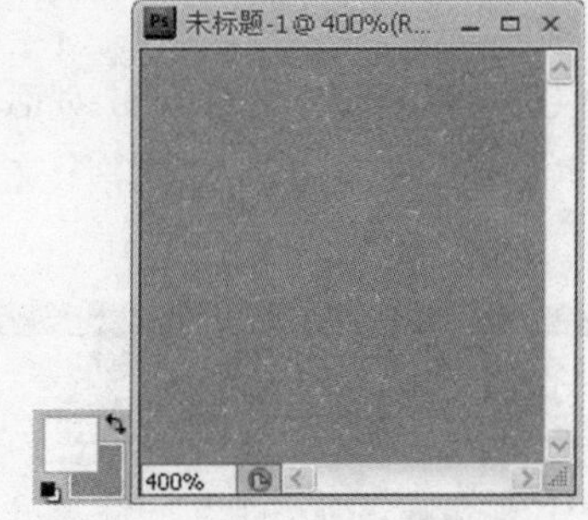

图 2-5　“背景色”背景效果

图 2-6　“透明”背景效果

➢ 高级：单击按钮，可以显示扩展的对话框，对话框内包含了“颜色配置文件”和“像素长宽比”两个选项，如图 2-7 所示。在“颜色配置文件”下拉列表中可以为新建的文件选择一个颜色配置文件，在“像素长宽比”的下拉列表中可以选择像素的长宽比，计算机显示器上的图像是由本质上为方形的像素组成的，除非使用用于视频的图像，否则都应选择“方形像素”选项，选择其他选项可使用非方形像素。

➢ 存储设置：单击该按钮，可以打开“新建文档预设”对话框，如图 2-8 所示。在对话框中可以选择将当前设置的文件大小、分辨率、颜色模式等创建为一个预设。以后在创建同样设置内容的文件时，可在“预设”下拉列表中选择该预设项，这样就免去了重复设置的麻烦。

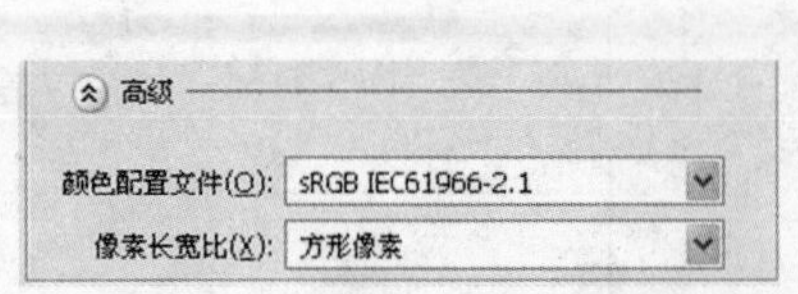

图 2-7 “背景色”文件背景

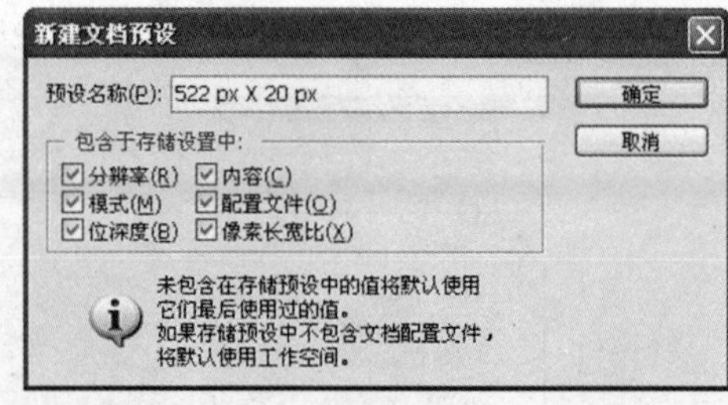

图 2-8 “新建文档预设”对话框

- 删除预设：选择自定义的预设，单击“删除预设”按钮可将其删除，系统提供的设置不能删除。
- Device Central：单击该按钮，可运行 Device Central。在 Device Central 中可以创建具有为特定设备设置的像素大小的新文档。
- 图像大小：显示了以当前尺寸和分辨率新建文件时的文件大小。

第 2 节 打 开 文 件

在 Photoshop 中编辑一个已有的图像前，先要将其打开，打开文件的方法有很多种，可以执行命令打开，也可以用快捷键打开。下面我们来了解各种打开文件的方法。

1. 打开已有文件

(1) 使用“打开”命令

执行“文件”→“打开”命令，可以弹出“打开”对话框，如图 2-9 所示。在对话框中可以选择一个文件，或者按住〈Ctrl〉键单击以选择多个文件。单击“打开”按钮，或双击文件即可将其打开。

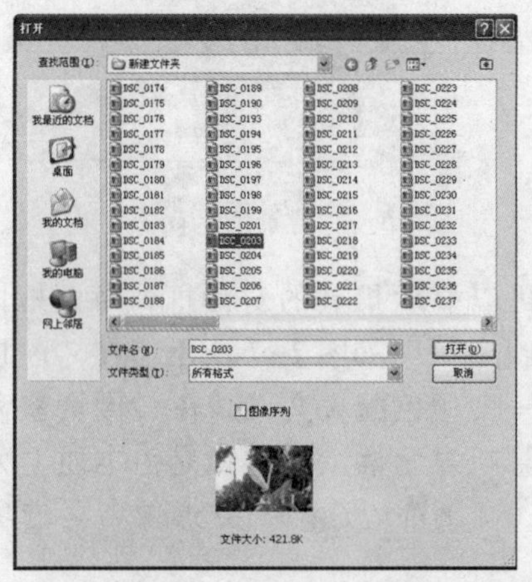

图 2-9 “打开”对话框

“打开”对话框中各选项含义如下：

- 查找范围：在该选项的下拉列表中可以选择图像文件所在的文件夹。
- 文件名：显示了当前选择的文件的文件名称。
- 文件类型：在该选项下拉列表中可以选择文件的类型，默认为“所有格式”。选择某一文件类型后，对话框中只显示该类型的文件。

按〈Ctrl + O〉快捷键，或者在 Photoshop 灰色的程序窗口中双击鼠标，都可以弹出“打开”对话框。

(2) 使用“打开为”命令

执行“文件”→“打开为”命令，可以弹出“打开为”对话框，如图 2-10 所示。在对话框中可以选择文件，将其打开。与“打开”命令不同的是，使用“打开为”命令打开文件时，必须指定文件的格式。

有时，Photoshop 可能无法确定文件的正确格式。例如，在 Mac OS 和 Windows 之间传递文件可能会导致标错文件格式，在这种情况下，必须指定打开文件所用的正确格式。如果文件不能打开，则选取的格式可能与文件的实际格式不匹配，或文件已经损坏。

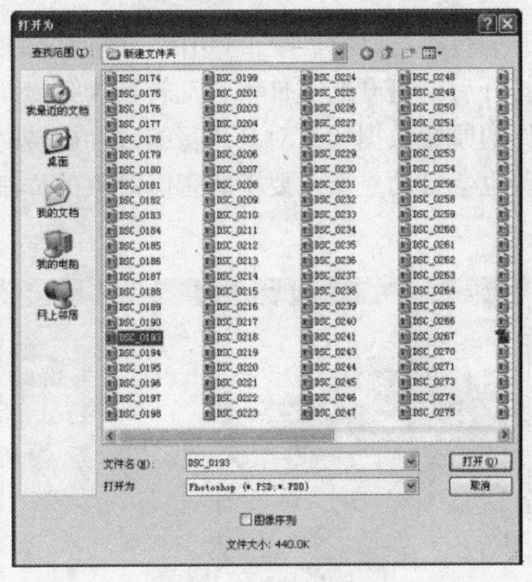

图 2-10　“打开为”对话框

(3) 用“浏览”命令打开文件

执行“文件”→“浏览”命令可以运行 Adobe Bridge。在 Adobe Bridge 中查找文件时可以观察到文件的预览效果。

（4）用快捷方式打开文件

在没有运行 Photoshop 时，将一个图像文件拖至 Photoshop 应用程序图标 上，可运行 Photoshop，并打开该文件。

如果运行了 Photoshop，可在 Windows 资源管理器中找到需要打开的文件，将文件拖至 Photoshop 窗口内，即可将其打开。

（5）打开最近打开的文件

如果要打开最近使用过的文件，可执行“文件”→“最近打开文件”命令，打开如图 2-11 所示的子菜单。在子菜单中显示最近在 Photoshop 中打开的 10 个文件，单击某一文件即可将其打开。选择“清除最近”命令，可以清除保存的文件链接。

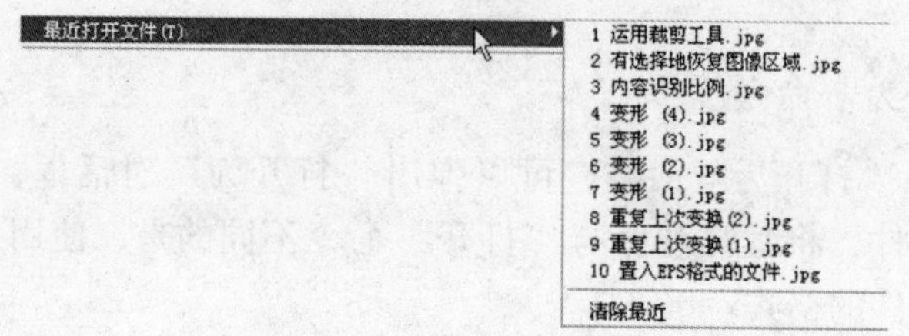

图 2-11　“最近打开文件”子菜单

2. 打开为智能对象

执行“文件”→“打开为智能对象”命令，弹出“打开为智能对象”对话框，如图 2-12 所示。选择一个文件将其打开后，打开的文件将自动转换为智能对象。

智能对象可以保留文件的原始数据，在对其进行缩放和旋转时不会产生锯齿，修改源文件时，与之链接的智能对象也会自动更新。要了解智能对象的详细内容，可参阅“7.6 智能对象”一节。

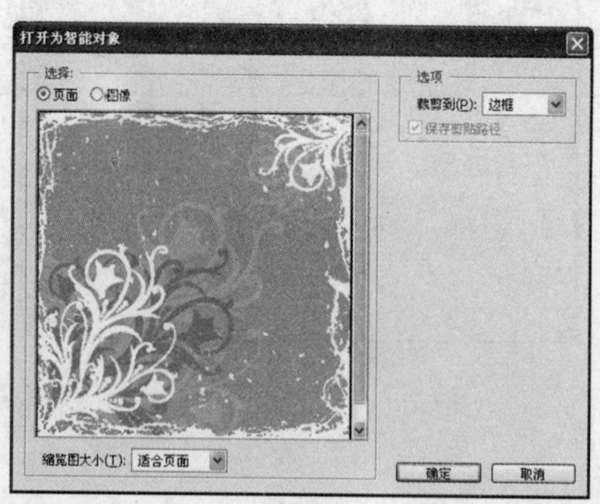

图 2-12　“打开为智能对象”对话框

第 3 节　关闭文件

对图像的编辑操作完成后，可采用以下方法关闭文件。

- 关闭文件：执行“文件”→“关闭”命令可以关闭当前的图像文件。如果对图像进行了修改，会弹出提示对话框，如图 2-13 所示。如果当前图像是一个新建的文件，单击“是”按钮，可以在打开的“存储为”对话框中将文件保存；单击“否”按钮，可关闭文件，但不保存对文件作出的修改；单击“取消”按钮，则关闭对话框，并取消关闭操作。如果当前文件是打开的已有的文件，单击“是”按钮可保存对文件作出的修改。

图 2-13　提示对话框

- 关闭全部文件：执行“文件”→“关闭全部”命令，可以关闭在 Photoshop 中打开的所有文件。
- 关闭文件并转到 Bridge：执行“文件”→“关闭并转到 Bridge”命令，可以关闭当前文件，然后打开 Bridge。
- 退出程序：执行“文件”→“退出”命令，可关闭 Photoshop。如果没有保存文件，将弹出提示对话框，询问用户是否保存文件。

第 4 节　保存文件

新建文件或者对文件进行了处理后，需要及时将文件保存，以免因断电或者死机等原因造成劳动成果付之东流。

1. 使用“存储”命令保存文件

如果对一个打开的图像文件进行了编辑，可执行“文件”→“存储”命令，或按〈Ctrl+S〉快捷键，保存对当前图像做出的修改。如果在编辑图像时新建了图层或通道，则执行该命令时将打开“存储为”对话框，在对话框中可以指定一个可以保存图层或者通道的格式，将文件保存。

2. 使用“存储为”命令保存文件

执行“文件”→“存储为”命令，可以将当前图像文件保存为另外的名称和其他格式，或者将其存储在其他位置，如果不想保存对当前图像作出的修改，可以通过该命令创建源文件的副本，再将源文件关闭即可。

执行“存储为”命令，可以打开“存储为”对话框，如图 2-14 所示。

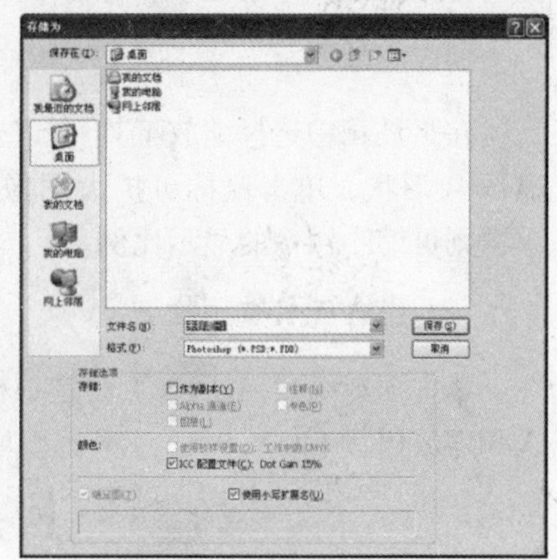

图 2-14　“存储为”对话框

“存储为”对话框中各选项含义如下：

- 保存在：用来选择当前图像的保存位置。
- 文件名：用来输入要保存的文件名。
- 格式：在该选项的下拉列表中选择图像的保存格式。
- 作为副本：选择该复选框后，可以保存一个副本文件，当前文件仍为打开的状态。副本文件与源文件保存在同一位置。
- Alpha 通道：如果图像中包含 Alpha 通道，该选项为可选状态。选择该复选框后，可以保存 Alpha 通道，取消选择则删除 Alpha 通道。
- 图层：如果图像中包含多个图层，该选项为可选状态。选择该复选框后，可以保存图层，取消选择则会合并所有图层。
- 批注：如果图像中包含注释，该选项为可选状态，选择该复选框后，可以保存注释。
- 专色：如果图像中包含专色通道，该选项为可选状态，选择该复选框后，可以保存专色通道。
- 使用校样设置：如果文件的保存格式设置为 EPS 或 PDF 格式，该选项为可选状态，选择该复选框后，可以保存打印用的校样设置。
- ICC 配置文件：选择该复选框后，可以保存嵌入在文档中的 ICC 配置文件。
- 缩览图：选择该复选框后，可以为保存的图像创建缩览图。此后在打开该图像时，可在“打开”对话框中预览图像。
- 使用小写扩展名：选择该复选框后，可以将文件的扩展名设置为小写。

第 5 节　图像导航操作

1. 缩放工具

调整图像显示比例有多种方法，在实际工作中可以灵活运用。需要注意的是，图像的显示比例越大，并不表示图像的尺寸越大。在放大和缩小图像显示比例时，并不影响和改变图像的打印尺寸、像素数量和分辨率。

(1) 缩放工具

在工具箱中选择缩放工具（快捷键为〈Z〉），然后移动光标至图像窗口，这时光标显示形状，单击鼠标可扩大图像的显示比例；而按住〈Alt〉键（光标显示为形状）单击则可缩小图像的显示比例。

(2) 缩放工具选项栏

选中缩放工具后，工具选项栏显示相关选项如图 2-15 所示，从中可以控制缩放的方式和缩放比例。

□调整窗口大小以满屏显示 □缩放所有窗口 实际像素 适合屏幕 填充屏幕 打印尺寸

图 2-15　缩放工具选项栏

工具选项栏各选项含义如下：

- 调整窗口大小以满屏显示：选中该选项，在缩放图像时，图像窗口也同时进行缩放，以使图像在窗口中满屏显示。
- 缩放所有窗口：选中该选项，在单击某个图像窗口缩放图像时，当前 Photoshop 打开的所有图像将同步进行缩放。
- 实际像素：单击该按钮，当前图像将以 100% 的显示比例显示。
- 适合屏幕：单击该按钮，当前图像窗口和图像将以满屏方式显示，以方便查看图像的整体效果。
- 填充屏幕：顾名思义，单击该按钮，当前图像窗口和图像将填充整个屏幕。与适合屏幕不同的是，适合屏幕会在屏幕中以最大化的形式显示图像所有的部分，而填充屏幕会为达到布满屏幕的目的，不一定能显示出所有的图像，如图 2-16 所示。

图 2-16　“适合屏幕”显示与“填充屏幕”显示的对比效果

- 打印尺寸：按图像的打印尺寸大小显示图像，该显示方式可以预览打印效果。

2. 抓手工具

与其他应用程序一样，当图像超出图像窗口显示范围时，系统将自动在图像窗口的右侧和下侧显示垂直滚动条和水平滚动条，拖动滚动条可以上下或左右移动图像显示区域。

除此之外，Photoshop 还可以使用抓手工具快速移动图像显示区域。

选择抓手工具，移动光标至图像窗口拖动（光标显示为形状），图像显示区域就会随着鼠标的移动而移动，如图 2-17 所示。

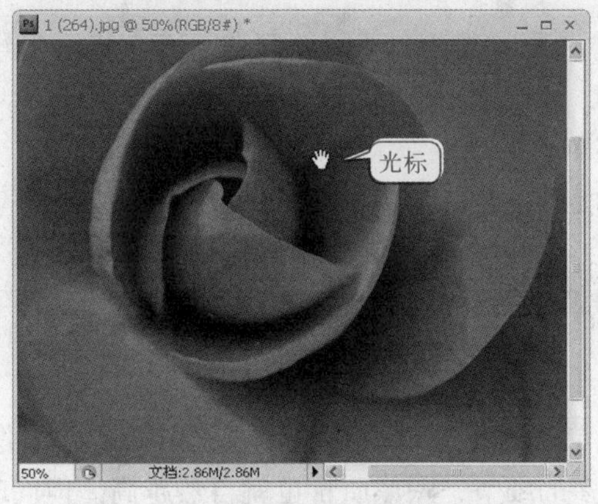

图 2-17　使用抓手工具移动图像

在使用其他 Photoshop 工具时，如需临时移动图像显示区域，可以按住空格键快速切换至抓手工具。

使用下列快捷键，可以快速浏览图像。

- 〈Home〉：移动到画布的左上角。
- 〈End〉：移动到画布的右下角。
- 〈PageUp〉：将画布向上滚动一页。
- 〈PageDown〉：把画布向下滚动一页。
- 〈Ctrl + PageUp〉：把画布向左滚动一页。

3. 缩放命令

Photoshop 中包含以下用于调整图像视图比例的命令。

- 放大：执行“视图”→“放大”命令，或按〈Ctrl + +〉快捷键，可以放大图像显示比例。
- 缩小：执行“视图”→“缩小”命令，或按〈Ctrl + -〉快捷键，可以缩小图像显示比例。
- 按屏幕大小缩放：执行“视图”→“按屏幕大小缩放”命令，或按〈Ctrl + 0〉快捷键，可以自动调整图像的大小，使之能完整地显示在屏幕中。
- 实际像素：执行“视图”→“实际像素”命令，图像将以实际的像素，即 100% 的比例显示。
- 打印尺寸：执行“视图”→“打印尺寸”命令，图像将按实际的打印尺寸显示。

第 6 节　重新设置图像尺寸

在 Photoshop 中，图像和画布是两个不同的概念。画布指的是绘制和编辑图像的工作区域，就像手工绘画的图纸，而图像则是画布上绘制的内容。

选择“图像”级联菜单下的“图像大小”和“画布大小”命令，可以分别对图像和画布大小进行调整。如果需要大批量的调整，则可以使用 Photoshop 的自动批处理功能。

1. 了解像素和分辨率

(1) 像素

像素（pixel）是组成位图图像的最小单位。一个图像文件的像素越多，包含的图像信息就越多，就越能表现更多的细节，图像质量也就自然越高。但同时保存它们所需的磁盘空间也会越多，编辑和处理的速度也会越慢。

(2) 分辨率

“分辨率”是数字图像一个非常重要的属性，它指的是单位长度中像素的数目，通常用像素/英寸（ppi）来表示。根据用途不同，常见的分辨率有图像分辨率、屏幕分辨率、打印分辨率和印刷分辨率几种。

1）图像分辨率。图像分辨率即图像中每单位长度含有的像素数目。图像分辨率不会影响图像在屏幕上的显示质量，只会影响图像输出的品质。在图像制作过程中，可以使用Photoshop 等图像处理软件随时调整图像的分辨率。

例如，一幅分辨率为72 ppi 的1 英寸 ×1 英寸大小的图像总共包含5184 个像素（72 × 72 =5184）。同样是1 英寸 ×1 英寸大小，但分辨率为300 ppi 的图像则总共包含了90000 个像素。

由此可见，分辨率高的图像比相同打印尺寸的低分辨率图像包含更多的像素。

当然，分辨率也并不是越大越好，分辨率大的图像文件所占磁盘空间也就越大，在处理时所需的内存和计算时间也越多。

2）显示器分辨率。所谓显示器分辨率，指的是显示器上每单位长度显示的点（像素）的数量。大多数新型显示器的分辨率约为72 ppi，而较早的 Mac OS 显示器的分辨率则为96 ppi。

了解显示器分辨率有助于解释图像在屏幕上的显示尺寸不同于其打印尺寸的原因。显示器在显示时，图像像素直接转换为显示器像素，这样当图像分辨率比显示器分辨率高时，在屏幕上显示的图像比其指定的打印尺寸大。例如，当在72 ppi 的显示器上显示1 英寸 ×1 英寸的144 ppi 的图像时（100% 显示比例显示），它在屏幕上显示的区域为2 英寸 ×2 英寸。因为显示器每英寸只能显示72 个像素，因此需要2 英寸来显示组成图像的一条边的144 个像素。

3）打印分辨率。打印机分辨率指的是激光打印机（包括照排机）等输出设备产生的每英寸的油墨点数（ppi）。大多数桌面激光打印机的分辨率为300 ~600 ppi，而高档照排机能够以1200 ppi 或更高的分辨率进行打印。

4）印刷分辨率。在印刷时往往使用线屏（lpi）而不是分辨率来定义印刷的精度，在数量上线屏是分辨率的2 倍。例如，如果一个出版物以线屏175 印刷，在为该出版物制作图像时，图像的分辨率就应该设置为350 ppi 或更高。

2. 使用“图像大小”对话框重设图像尺寸

使用“图像大小”对话框可以调整图像的打印尺寸和分辨率，这里将详细进行讨论各参数的含义和设置。

选择“图像”→“图像大小”命令，即可打开如图2-18 所示的“图像大小”对话框。

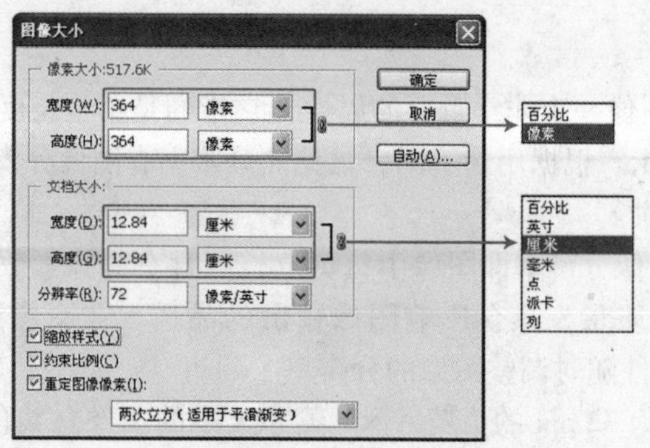

图 2-18 “图像大小”对话框

对话框上方的“像素大小”栏用于显示和设置图像的像素数量，中间的“文档大小”栏用于显示和设置图像的打印尺寸和打印分辨率。

像素大小、文档大小和分辨率三者之间的关系为：

像素大小（像素数量）＝文档大小×分辨率

在使用此对话框调整图像的尺寸大小和分辨率时，需要考虑以下两个问题：

- 调整图像时，是否希望图像的像素数量发生变化。
- 在改变宽度或高度时，是否图像按比例进行缩放。

（1）重定图像像素

如果希望在改变图像打印尺寸或分辨率时，图像的像素大小（像素数量）发生变化（即 Photoshop 进行插值运算），则应选中“重定图像像素”复选框。此时若改变图像的尺寸或分辨率时，图像像素数量就会随之发生相应的改变。

如果在改变图像分辨率时，希望图像总像素数量保持不变，则应去掉“重定图像像素”复选框的勾选。此时若增加图像分辨率，则图像的打印尺寸就会减少；若减少图像的打印尺寸，则图像的分辨率就会增加。

（2）如何确定分辨率

在确定图像的打印分辨率时，需要结合图像的最终用途考虑。如果图像用于网络，图像分辨率只需满足典型的显示器分辨率（72 或 96 像素/英寸）就可以了；如果图像用于打印、输出，则需要满足打印机或其他输出设备的要求，对于印刷而言，图像分辨率不应低于 300 像素/英寸。

（3）缩放样式和约束比例

选中“缩放样式”复选框，图像在调整大小的同时，图层添加的图层样式也会相应的发生缩放。

选中“约束比例”复选框，宽度和高度列表框右侧将出现锁定标记，表示两者的比例已锁定，更改任一方数值时，另一方会按比例自动进行调整。

这里需注意的是，Photoshop 以“插补”方式增加图像像素，并不能提高图像的品质，

一幅 400×300 像素大小的图像使用 Photoshop 增加至 1280×960 像素大小后，当以 100% 显示比例显示时，就会看到模糊不清的、锯齿状边缘的图像，这就是为什么目前市面上高质量图库都采用大尺寸的原因。

3. 图像分辨率与图像尺寸的关系

图像分辨率的大小设置，应根据图像的输出方式和用途决定。

如果制作的图像用于网页，分辨率只需满足典型的显示器分辨率（72 ppi 或 96 ppi）即可；如果图像用于打印输出，则需要满足打印机或其他打印设备的要求；如果图像用于印刷，图像分辨率应不低于 300 ppi。

常用图像输出方式及图像分辨率如表 2–1 所示。

表 2–1 常用图像输出方式及分辨率

输出方式	分辨率/ppi	输出方式	分辨率/ppi
喷绘	20～45	报纸、打印	150～250
写真	60～150	商业印刷	250～300
屏幕、网络	72～96	高档彩色印刷	350～400

第 7 节 改变画布大小

画布指的是绘制和编辑图像的工作区域。如果希望在不改变图像大小的情况下，调整画布的尺寸，可以在“画布大小”对话框进行设置。

1. 使用“画布大小”对话框精确裁剪图像

选择“图像”→“画布大小”命令，打开“画布大小”对话框如图 2–19 所示。

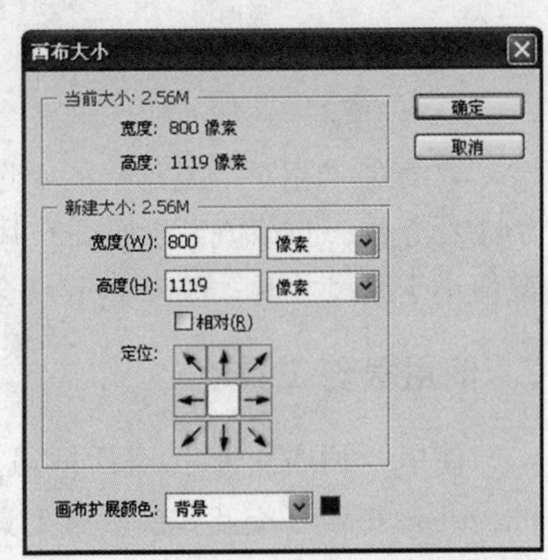

图 2–19 “画布大小”对话框

“画布大小”对话框中各选项含义如下：

- 当前大小：显示的是当前画布的大小。
- 新建大小：用于设置新画布的大小。
- 定位：用于确定画布大小更改后，原图像在新画布中的位置。在“定位”栏中按下相应的方形按钮，可以定位图像在新画布中的位置。使用该功能可以快速为照片添加边框，如图 2–20 所示，默认边框的颜色为背景色。
- 画布扩展颜色：新画布区域的颜色可在“画布扩展颜色”列表框中选择，可使用的颜色包括：前景色、白色、黑色或灰色，也可以直接单击列表框右侧的色块，在打开的“拾取画布颜色”对话框中选择其他颜色。

➢ “相对”：选中“相对”复选框，在“宽度”和“高度”框中输入的数值为新画布增加或减少的尺寸。若输入的数值为正数，Photoshop 就在原图像的基础上增加画布区域；当该数值为负数时，Photoshop 就会裁剪掉部分图像，如图 2-21 所示。

图 2-20 原照片及添加边框后的效果

原图像

增加画布区域

减少画布区域

图 2-21 调整画布大小

取消对“相对”复选框的勾选，直接在“宽度”和“高度”框中输入新画布的实际大小或百分比，当该值大于原画布尺寸时，Photoshop 就在原图像的基础上增加画布区域，当该值小于原尺寸时，Photoshop 就会裁剪掉部分图像。

2. 使用裁剪工具

使用“画布大小”对话框虽然能够精确地调整画布大小，但不够方便和直观。为此 Photoshop 提供了交互式的裁剪工具，用户可以自由地控制裁剪的位置和大小，同时还可以对图像进行旋转或变形。

单击选择工具箱裁剪工具，移动光标至图像窗口拖动，释放鼠标后，得到一个带有八个控制点的矩形裁剪范围控制框，此时按下〈Enter〉键，或在范围框内双击鼠标即可完成裁剪操作，裁剪范围框外的图像被去除，如图 2-22 所示。如果希望在选定裁剪区域后取消裁剪，可按下〈Esc〉键。

原图　　绘制裁剪范围控制框　　裁剪结果

图 2-22　利用裁剪工具裁剪图像

在拖动鼠标的过程中，按下〈Shift〉键可得到正方形的裁剪范围框；按下〈Alt〉键可得到以鼠标单击位置为中心的裁剪范围框；按下〈Shift +Alt〉键，则可得到以单击位置为中心点的正方形裁剪范围框。

移动光标于裁剪范围控制点，当光标显示为双箭头（↔、↕或⤡）形状时拖动鼠标可调整裁剪范围大小；移动光标至范围框内，当光标显示为黑色箭头（▶）形状时拖动鼠标，可移动裁剪范围框；移动光标至范围框外，当光标显示为（↻）形状时拖动，可旋转范围框，使用该功能可以调整倾斜的图像，如图 2-23 所示。

原图像　　旋转裁剪范围框　　裁剪结果

图 2-23　纠正倾斜图像

裁剪工具不仅可用于裁剪图像，也可用于增加画布区域。首先改变图像窗口的大小，以显示出灰色的窗口区域，然后拖动裁剪范围框，使其超出当前图像区域，如图 2-24 所示，最后按下〈Enter〉键便可得到增加画布区域的结果，如图 2-25 所示。

图 2-24　调整裁剪框大小

图 2-25　增加画布区域

选择裁剪工具后，选项栏显示如图 2-26 所示。在其中通过输入相应的数值，可以准确控制裁剪范围的大小，以及裁剪之后图像的分辨率，这些操作都需在设置裁剪范围之前进行。

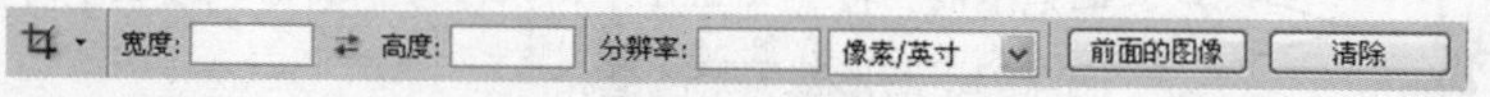

图 2-26　裁剪工具选项栏

3. 使用裁切命令

(1) 了解“裁剪”命令

打开一张图像，在图像中建立选区，如图 2-27 所示。选择“图像”→“裁剪”命令，可以根据选区上、下、左、右的外侧界限来裁剪图像，裁剪后的图像保持为矩形，如图 2-28所示。如果当前选区进行了羽化，系统将根据羽化的数值大小进行裁剪。

图 2-27　建立选区

图 2-28　使用选区裁剪图像

如果在图像上创建的是非矩形的选区，如圆形或多边形选区，裁剪后的图像仍然为矩形。

(2) 了解“裁切”命令

“裁切”命令用于去除图像四周的空白区域，如图 2-29 所示。

原图像

裁切结果

图 2-29　裁切图像

打开需要修剪空白区域的图像文件，选择“图像”→“裁切”命令，打开如图 2-30 所示的“裁切”对话框。

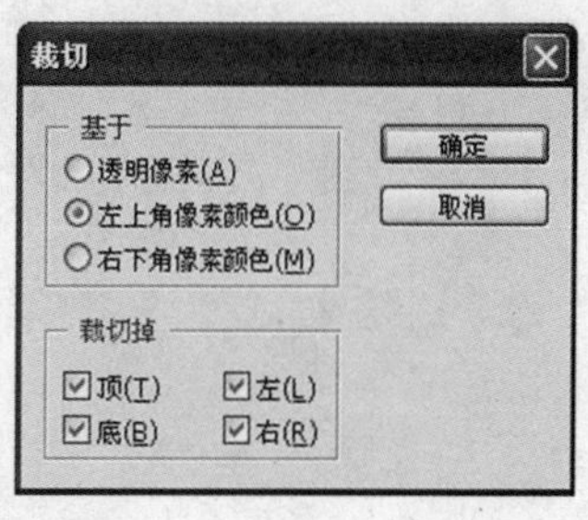

图 2-30　“裁切”对话框

“基于”栏用于选择裁切方式，即哪些区域将被看作空白区域而被裁切。若选中“透明像素”单选项，则图像周围透明像素区域将被裁切；若选择“左上角像素颜色”复选框，则图像周围与左上角像素颜色相同的图像区域将被看作是空白区域而被裁切；若选择“右下角像素颜色”方式，则图像周围与右下角像素颜色相同的图像区域将被看作空白区域而被裁切。

“裁切掉”选项区用于选择裁切区域，哪侧被选中，哪侧的空白区域将被裁切。

第 8 节　图像的颜色模式

自然界中的色彩千变万化，要准确地表达某一种颜色就要使用到颜色模式。颜色模式提供了用数值协调一致地表示颜色的方法，各颜色模式把色彩分解成几个颜色组件，然后根据各颜色组件的多少定义出各种不同的颜色。对颜色组件不同的分类，就形成了不同的色彩模式。例如，RGB 颜色模式就由红、绿、蓝三种原色组成。

1. 颜色模式概述

颜色模式是用来提供一种将颜色翻译成数字数据的方法，从而使颜色能在多种媒体中得到一致的描述。例如，当提到一种“蓝绿”色时，对这种色泽的理解在很大程度上取决于个人的感觉，如果在一种颜色模式中（例如 CMYK 模式中）为它赋了一个专有的颜色值：100% 的青色、3% 的洋红色、30% 的黄色以及 15% 的黑色，那么就可以在不同情况下得到同一种颜色。

由于任何一种颜色模式都不能将全部颜色表现出来，而仅仅是根据颜色模式的特点表现某一个色域范围内的颜色。因此不同的颜色模式能表现的颜色范围与颜色种类也是不同的，如果需要表现丰富多彩的图像，应该选用色域范围大的颜色模式，反之应选择色域范围小的颜色模式。

常用的颜色模式有 RGB（红色、绿色、蓝色）、CMYK（青色、洋红、黄色、黑色）、灰度、索引和 Lab 等几种。在所有颜色模式中，Lab 具有最宽的色域，它包括了 RGB 和 CMYK 色域中的所有颜色。

颜色模式不仅影响可显示颜色的数量，还影响图像的通道数和图像的文件大小，因此正确地选择颜色模式至关重要。

Photoshop 的颜色模式菜单如图 2-31 所示，其中列出了各种颜色模式。

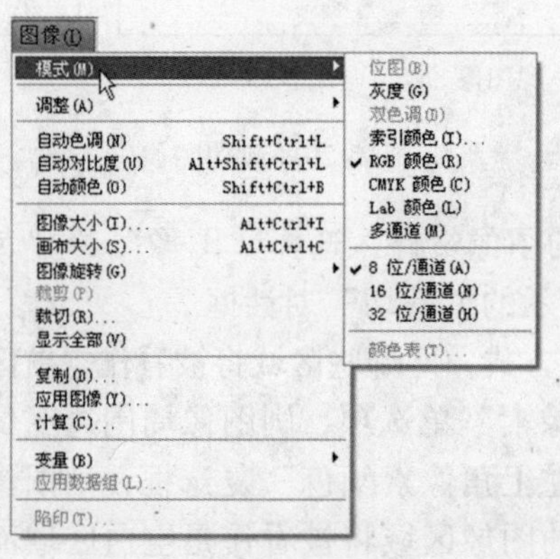

图 2-31　模式级联菜单

2. 位图模式

位图模式使用两种颜色值（黑色或白色）来表示图像的色彩，因而又称为 1 位图像或黑白图像。位图模式图像要求的存储空间很少，但无法表现出色彩、色调丰富的图像，因此仅适用于一些黑白对比强烈的图像，如图 2-32 所示。

3. 灰度模式

灰度模式的图像由 256 级的灰度组成。图像的每一个像素能够用 0 ~ 255 之间的亮度值来表现，因而其色调表现力较强，此模式下的图像也较为细腻。使用黑白胶卷拍摄所得到的黑白照片即为灰度图像，如图 2-33 所示。

灰度模式可由彩色图像转换得到，Photoshop 将删除原图像中所有颜色信息，而留下像素的亮度信息。

图 2-32 位图模式图像

图 2-33 灰度模式图像

4. 双色调模式

在 Photoshop 中可以创建单色调、双色调、三色调和四色调的图像。单色调是用黑色油墨的打印的灰度图像，双色调、三色调和四色调分别是用两种、三种和四种油墨打印的灰度图像。在这些图像中，将使用彩色油墨（而不是灰度梯度）来重现带色彩的灰色。如图 2-34 所示为转换为双色调模式后的效果。

彩色图像转换为双色调模式时，必须首先转换为灰度模式。

原图

双色调

图 2-34 双色调模式示意图

5. 索引颜色模式

该模式图像最多只能使用 256 种颜色，而且还可以将颜色数量减到更少以减少文件的大小。所以通常将输出到 Web 和多媒体程序的图像文件转换为索引颜色模式。GIF 格式图像就使用该颜色模式。

当彩色图像转换为索引颜色模式时，Photoshop 将构建一个颜色查找表，用以存放并索引图像中的颜色。如果原图像中的某种颜色没有出现在该表中，则程序将选取现有颜色中最接近的一种，或使用现有颜色模拟该颜色，因而可保证在视觉上图像的颜色无太大的改变，如图 2-35 所示。

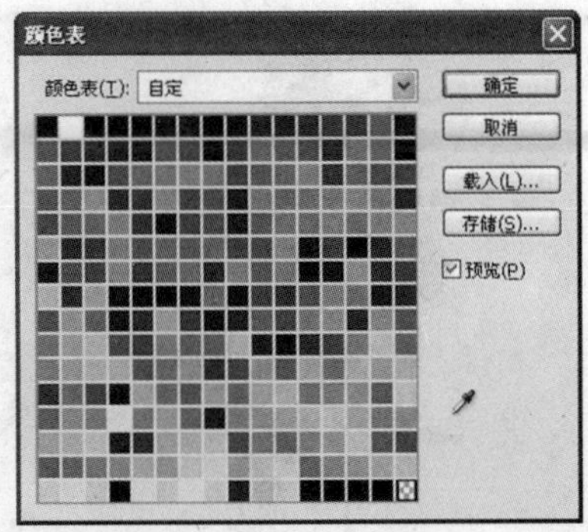

图 2-35　索引颜色模式图像及其颜色表

在索引颜色模式下只能进行有限的图像编辑。若要进一步编辑，需临时转换为 RGB 模式。

6. RGB 模式

众所周知，红、绿、蓝常称为光的三原色，绝大多数可视光谱可用红色、绿色和蓝色（RGB）三色光的不同比例和强度混合来产生。在这三种颜色的重叠处产生青色、洋红、黄色和白色，如图 2-36 所示。由于 RGB 颜色合成可以产生白色，因此也称它们为加色模式。加色模式用于光照、视频和显示器。例如，显示器就是通过红色、绿色和蓝色荧光粉发射光产生颜色。

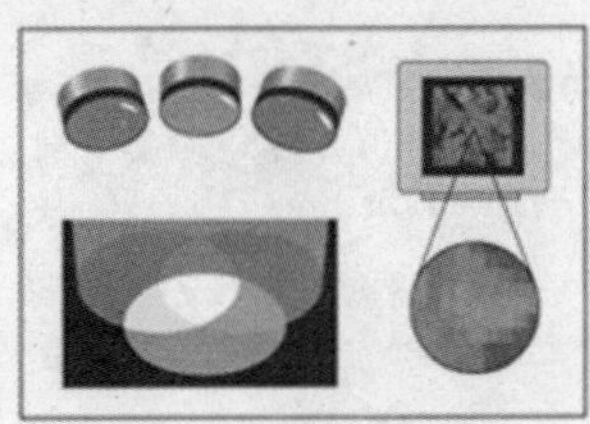

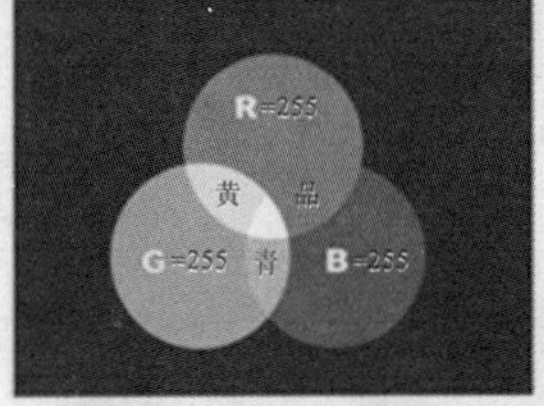

图 2-36　RGB 彩色模式示意图

RGB 模式为彩色图像中每个像素的 RGB 分量指定一个介于 0（黑色）到 255（白色）之间的强度值。例如，亮红色可能 R 值为 246，G 值为 20，而 B 值为 50。当所有这 3 个分量的值相等时，结果是中性灰色。当所有分量的值均为 255 时，结果是纯白色；当该值为 0 时，结果是纯黑色。

RGB 图像通过三种颜色或通道，可以在屏幕上重新生成多达 1670（256 ×256 ×256）万种颜色；这三个通道可转换为每像素 24（8 ×3）位的颜色信息。新建的 Photoshop 图像默认为 RGB 模式。

7. CMYK 模式

CMYK 模式以打印在纸上的油墨的光线吸收特性为基础。当白光照射到半透明油墨上时，色谱中的一部分被吸收，而另一部分被反射回眼睛。理论上，纯青色（C）、洋红（M）和黄色（Y）色素合成的颜色吸收所有光线并生成黑色，因此这些颜色也称为减色，如图 2-37所示。但由于所有打印油墨都包含一些杂质，因此这三种油墨混合实际生成的是土灰色，为了得到真正的黑色，必须在油墨中加入黑色（K）油墨（为避免与蓝色混淆，黑色用 K 而非 B 表示）。将这些油墨混合重现颜色的过程称为四色印刷。减色（CMY）和加色（RGB）是互补色。每对减色产生一种加色，反之亦然。

CMYK 模式为每个像素的每种印刷油墨指定一个百分比值。为最亮（高光）颜色指定的印刷油墨颜色百分比较低，而为较暗（阴影）颜色指定的百分比较高。例如，亮红色可能包含 2% 青色、93% 洋红、90% 黄色和 0% 黑色。在 CMYK 图像中，当四种分量的值均为 0% 时，就会产生纯白色。

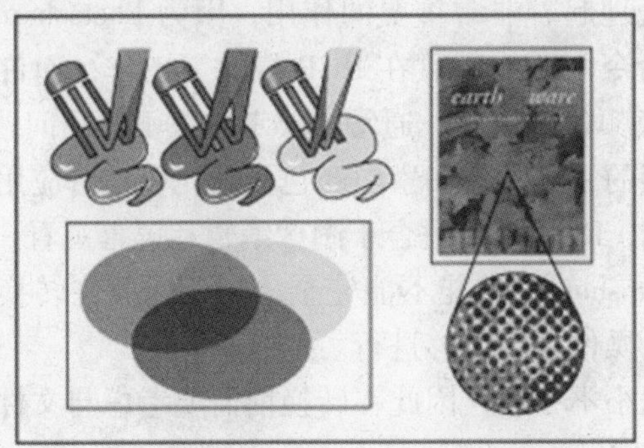

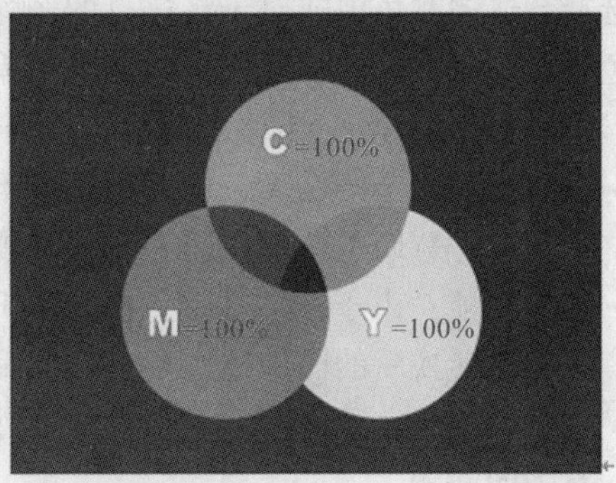

图 2-37 CMYK 模式示意图

在准备要用印刷色打印的图像时，应使用 CMYK 模式。将 RGB 图像转换为 CMYK 模式即产生分色。如果创作由 RGB 图像开始，最好先编辑，然后再转换为 CMYK。

8. Lab 颜色模式

Lab 模式是目前包括颜色数量最广的模式，也是 Photoshop 在不同颜色模式之间转换时使用的中间模式。

Lab 颜色由亮度（光亮度）分量和两个色度分量组成。L 代表光亮度分量，范围为 0 ~ 100，a 分量表示从绿色到红色到黄色的光谱变化，b 分量表示从蓝色到黄色的光谱变化，两者范围都是 +120 ~ -120。其原理图如图 2-38 所示。

如果只需要改变图像的亮度而不影响其他颜色值，可以将图像转换为 Lab 颜色模式，然后在 L 通道中进行操作。

Lab 颜色模式最大的优点是颜色与设备无关，无论使用什么设备（如显示器、打印机、计算机或扫描仪）创建或输出图像，这种颜色模式产生的颜色都可以保持一致。

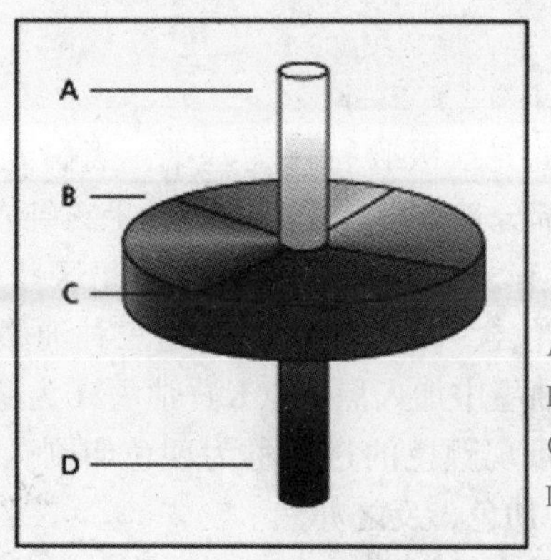

图 2-38　LAB 模式原理图

9. 颜色模式的转换

选择合适的颜色模式对于将进行的图像处理起着非常重要的作用，因为 Photoshop 对不同颜色模式图像支持的程度不同，例如所有命令与功能都可在 RGB 模式下工作，而许多命令在 CMYK 模式下就不能使用。因此，在转换颜色模式时，通常需要考虑以下几个问题：

- 应用领域：不同的颜色模式适用于不同的领域，例如索引颜色模式比较适合应用于网页上，CMYK 颜色模式适合于印刷领域，RGB 模式适合于图像编辑和屏幕观看。
- 编辑功能：由于在某些颜色模式下 Photoshop 的功能不能完全应用，因此在转换之前应考虑转换后的图像还需要进行的编辑操作是否能够进行。
- 文件大小：在不同模式下保存的文件大小不一样，因此在转换前需要考虑与文件大小有关的问题。

此外，由于每种颜色模式的色域不同，图像在转换之后或多或少会丢失数据，从而对图像品质产生影响，因而应尽量避免多次颜色模式的转换。

“图像”→“模式”子菜单中包含了所有颜色模式的转换命令，其中有“√”标记的为当前图像的颜色模式。要转换为其他颜色模式，直接从中选择即可。

第 9 节　如何设置颜色

颜色设置是进行图像修饰与编辑前应掌握的基本技能。在 Photoshop 中，可以通过很多种方法来设置颜色，例如，可以用吸管工具拾取图像的颜色，也可使用颜色面板或色板面板设置颜色等。下面我们来学习如何设置颜色。

1. 前景色与背景色

前景色与背景色是用户当前使用的颜色。工具箱中包含前景色和背景色的设置选项，它由设置前景色、设置背景色、切换前景色和背景色以及默认前景色和背景色等部分组成，如图 2-39 所示。

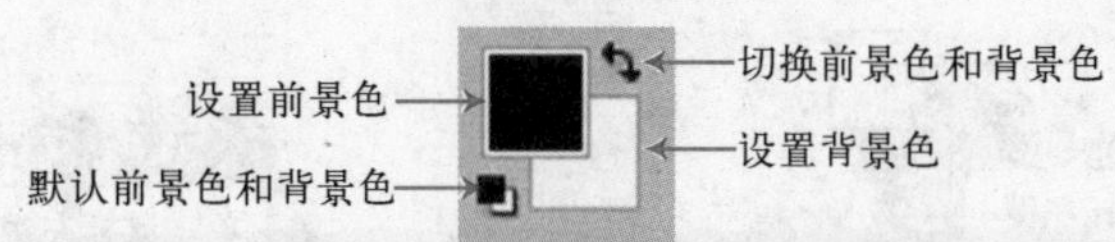

图 2-39 设置前景色和背景色

在使用绘图工具或文字工具时（例如，画笔工具和铅笔工具），在画面中呈现的颜色是前景色，如图 2-40 所示。在清除背景图像时（例如，使用橡皮擦工具擦除图像），被擦除的区域显示的是背景色，如图 2-41 所示。另外，在增加画面的大小时，增加的那部分画布也将以背景色来填充。

图 2-40 使用画笔工具绘制图形

图 2-41 使用橡皮擦工具擦除图像

(1) 设置前景色和背景色

单击工具箱前/背景色图标，在打开的“拾色器”对话框中选择所需的颜色。

(2) 切换前景色和背景色

单击按钮，或按〈X〉快捷键，可切换当前前景色和背景色。

(3) 默认前景色和背景色

单击工具箱图标，或按〈D〉快捷键，可以恢复系统颜色为默认的黑/白颜色。

2. 吸管工具

使用吸管工具可以快速从图像中直接选取颜色，具体操作方法如下：

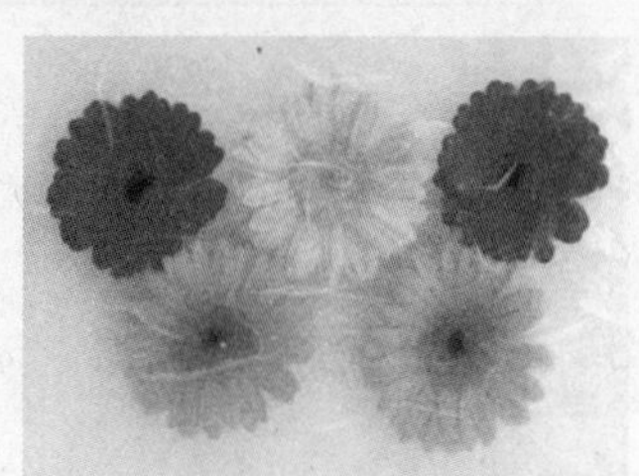

图 2-42 素材

1 打开一个图像文件，如图 2-42 所示。

2 选择吸管工具，将光标移至图像上，单击鼠标，可拾取单击处的颜色并将其作为前景色，如图 2-43 所示。

3 按住〈Alt〉键的同时，单击鼠标左键，可拾取单击处的颜色并将其作为背景色，如图 2-44 所示。

图 2-43　拾取前景色　　　　图 2-44　拾取背景色

选择吸管工具后，吸管工具选项栏如图 2-45 所示。

➢ 取样大小：用来设置吸管工具拾取颜色的范围大小，其下拉列表如图 2-46 所示。选择“取样点”选项，可拾取光标所在位置像素的精确颜色；选择“3×3 平均”选项，可拾取光标所在位置 3 个像素区域内的平均颜色，选择“5×5 平均”选项，可拾取光标所在位置 5 个像素区域内的平均颜色，其他选项依此类推。

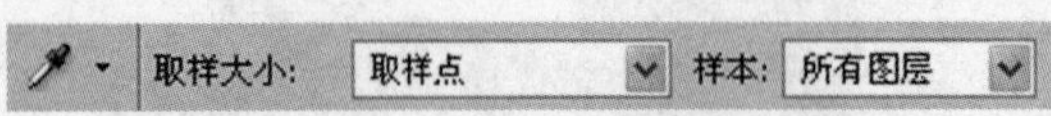

图 2-45　吸管工具选项栏

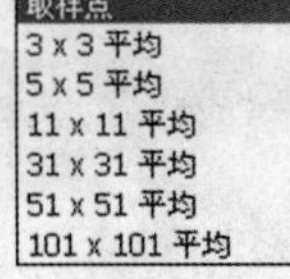

图 2-46　“取样大小”下拉列表

➢ 样本：用来设置吸管工具拾取颜色的图层。包括“所有图层”和“当前图层”两个选项，选择“所有图层”选项，拾取颜色为光标所在位置的颜色，选择“当前图层”选项，拾取颜色为当前图层光标所在位置的颜色，如图 2-47 所示。

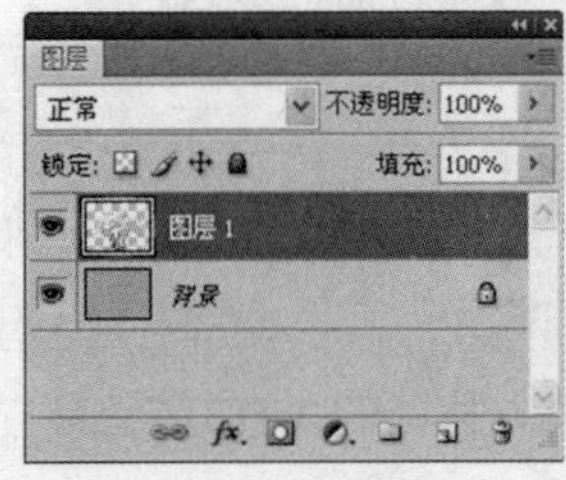

图层面板

选择“所有图层”选项

选择“当前图层”选项

图 2-47　“选择不同的样本”选项

3. 颜色面板

使用颜色面板的具体操作方法如下：

1 执行“窗口”→“颜色”命令，打开颜色面板，如图 2-48 所示。

2 如果要编辑前景色，可单击前景色块，如图 2-49 所示；如果要编辑背景色，则应单击背景色块，如图 2-50 所示。

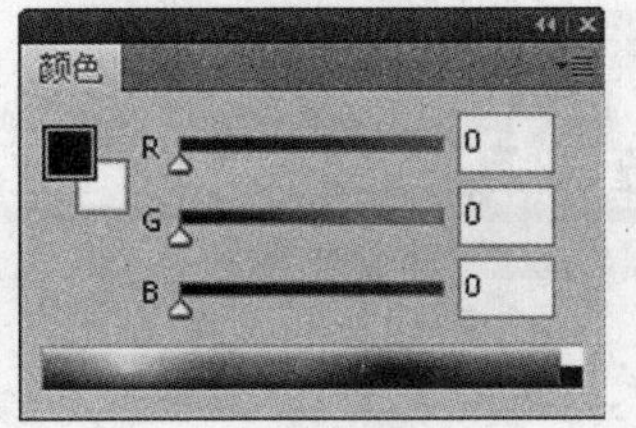

图 2-48　颜色面板

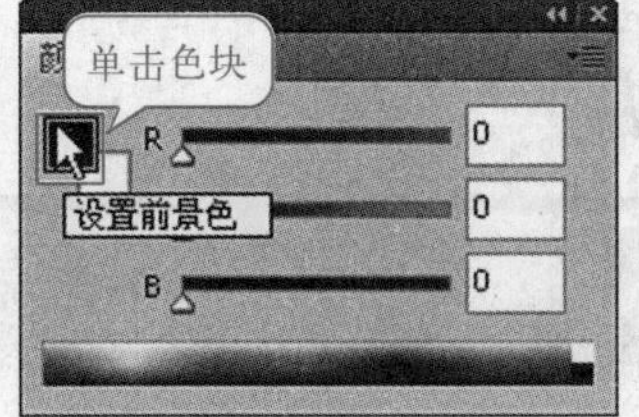

图 2-49　单击前景色块

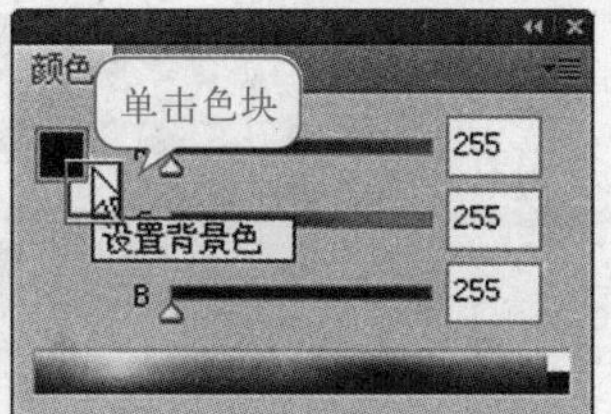

图 2-50　单击背景色块

3　在 RGB 数值栏中输入数值，或者拖动滑块可以调整颜色，如图 2-51 所示。

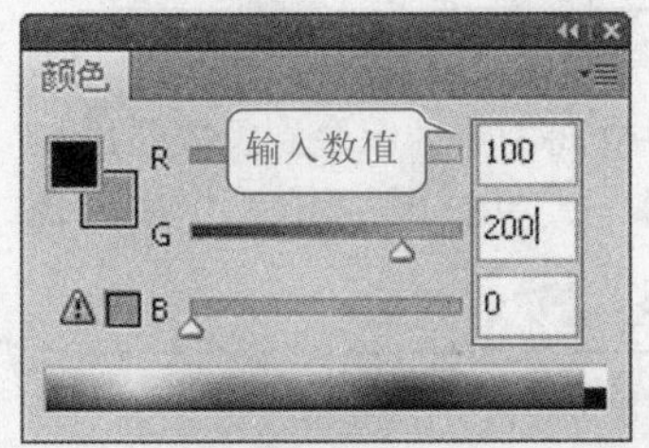

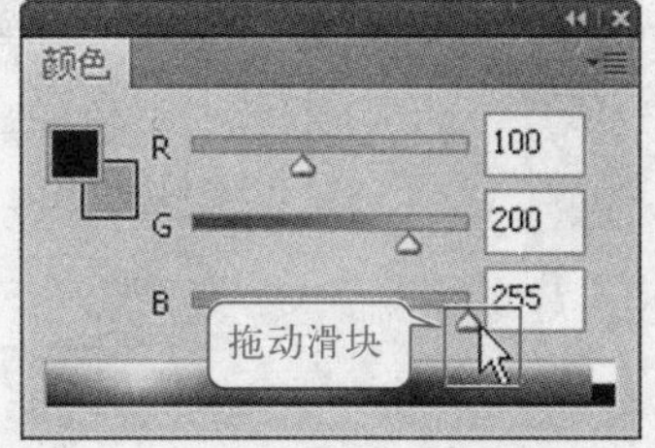

图 2-51　调整颜色

4　将光标移至面板下方的四色曲线图上，光标呈吸管形状，单击鼠标可拾取当前位置的颜色，如图 2-52 所示。

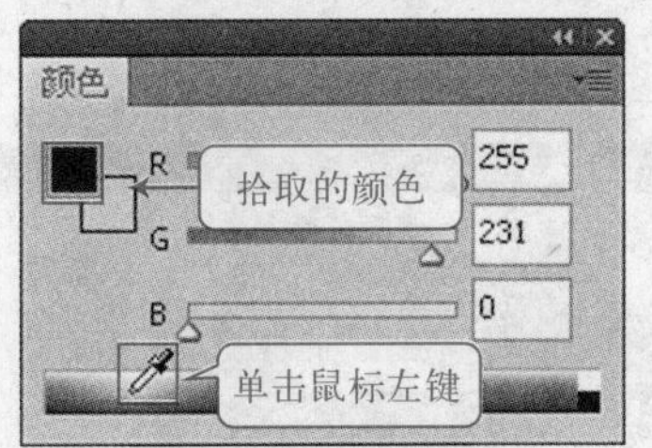

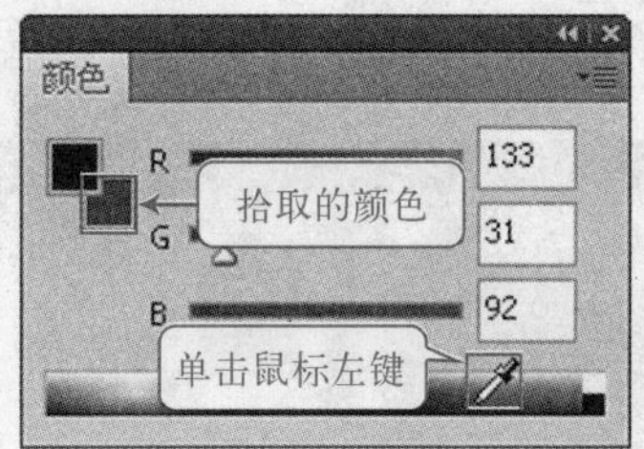

图 2-52　拾取颜色

4. 色板面板

使用色板面板的具体操作方法如下：

1　执行"窗口"→"色板"命令，打开色板面板，如图 2-53所示。

2　色板中的颜色都是预先设置好的，单击某一颜色样本，即可将其设置为前景色，如图 2-54 所示。

3　按住〈Ctrl〉键单击某一颜色样本，可将其设置为背景色，如图 2-55 所示。

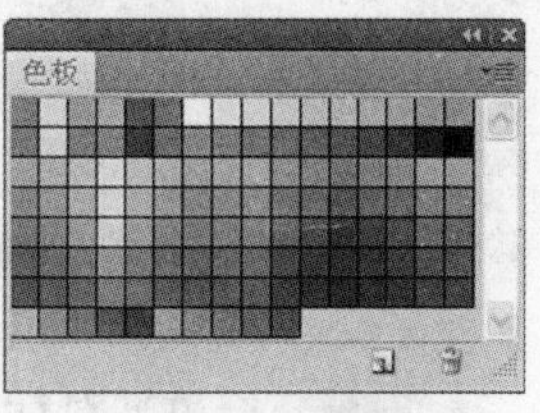

图 2-53　色板面板

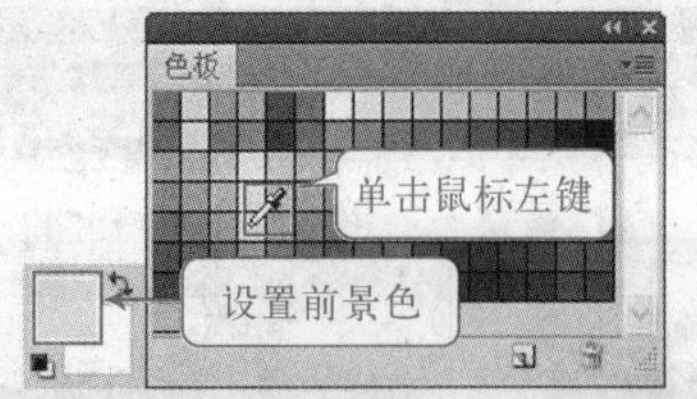

图 2-54 设置前景色

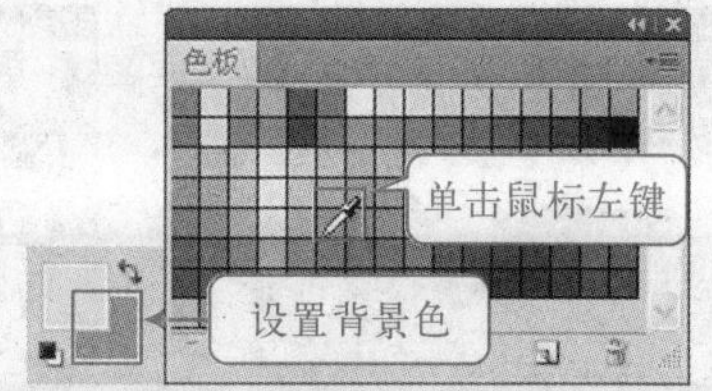

图 2-55 设置背景色

色板面板可以保存颜色。设置了前景色后，单击“创建前景色的新色板”按钮，可将前景色保存到色板面板中。选择面板中的一个颜色样本后，单击“删除色板”按钮，可将其从色板中删除。

5. 拾色器

使用拾色器的具体操作方法如下：

1 单击工具箱中的前景色图标，打开拾色器。将光标移至如图 2-56 所示的位置，单击鼠标并拖动可调整颜色范围，如图 2-57 所示。

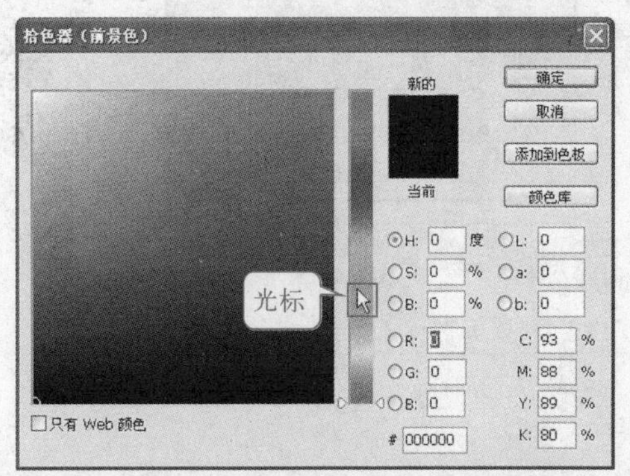

图 2-56 移动光标

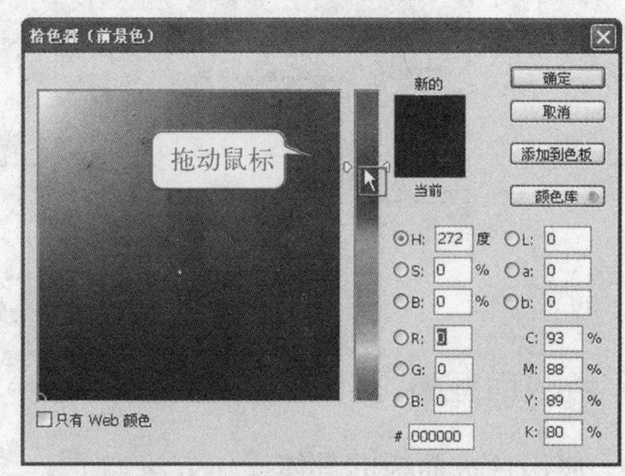

图 2-57 拖动鼠标调整颜色范围

2 将光标移至色域中，此时光标显示为一个空心圆状，单击鼠标设置当前颜色，如图 2-58 所示。单击并拖动鼠标可以调整当前颜色，如图 2-59 所示。颜色设置完成后，单击“确定”按钮关闭对话框，即可将其设置为前景色。

3 拾色器对话框中有一个“颜色库”按钮，如果单击该按钮，则可以切换到“颜色库”对话框中，如图 2-60 所示。

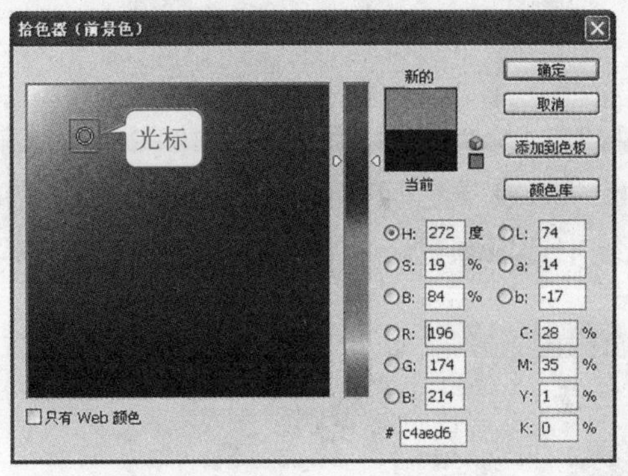

图 2-58　设置当前颜色

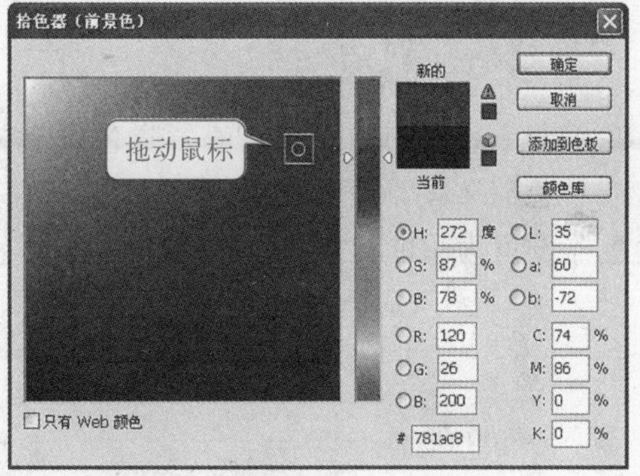

图 2-59　调整当前颜色

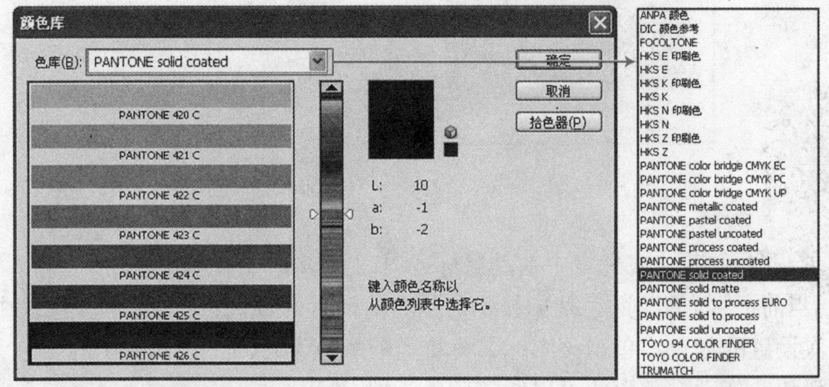

图 2-60　“颜色库”对话框及“色库”下拉列表

4　在“色库”下拉列表中选择一个颜色系统，如图 2-60 所示。然后在光谱上选择颜色范围，如图 2-61 所示。最后在颜色列表中单击需要的颜色的编号，可将其设置为当前颜色，如图 2-62 所示。

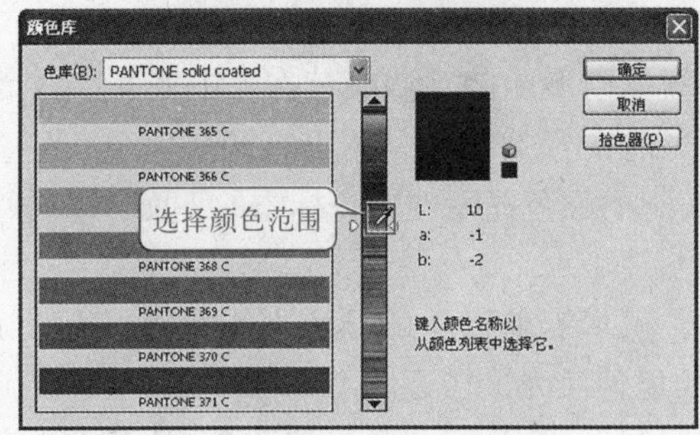

图 2-61　选择颜色范围

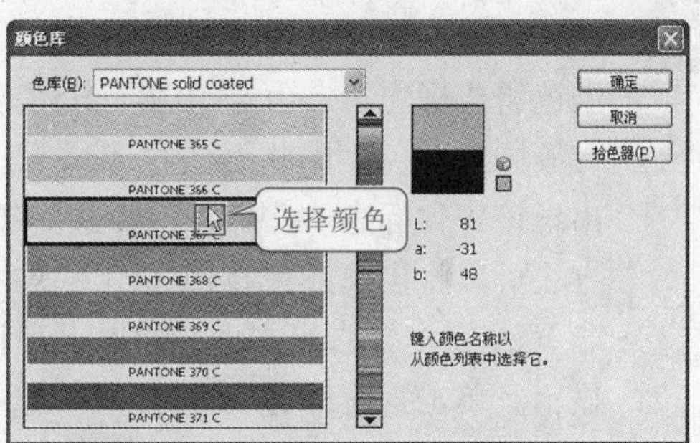

图 2-62　选择颜色

6. “拾色器”对话框

单击工具箱中的前景色或背景色图标，可以打开“拾色器”对话框，如图 2-63 所示。在“拾色器”对话框中可以基于 HSB、RGB、Lab、CMYK 等颜色模式指定颜色。还可以将拾色器设置为只能从 Web 安全或几个自定颜色系统中选取颜色。

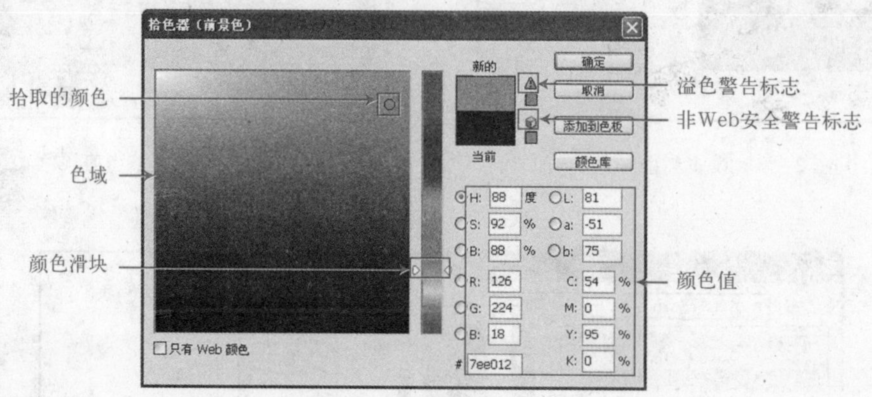

图 2-63　“拾色器”对话框

- 色域/拾取的颜色：在色域中拖动鼠标或以改变当前拾取的颜色。
- 新的/当前：“新的”颜色块中显示的是当前设置的颜色；“当前”颜色块中显示的是上一次设置的颜色；单击该图标，可将当前颜色设置为上一次使用的颜色。
- 颜色滑块：拖动颜色滑块可以调整颜色范围。
- 颜色值：输入颜色值可精确设置颜色。在 CMYK 颜色模式下，以青色、洋红、黄色和黑色的百分比来指定每个分量的值；在 RGB 颜色模式下，指定 0～255 之间的分量值；在 HSB 颜色模式下，以百分比指定饱和度和亮度，以及 0～360 度的角度指定色相；在 Lab 模式下，输入 0～100 之间的亮度值以及 -128～+127 之间的 A 值和 B 值，在“#”文本框中，可输入一个十六进制值，例如，000000 是黑色，ffffff 是白色。
- 溢色警告标志：由于 RGB、HSB 和 Lab 颜色模型中的一些颜色在 CMYK 模型中没有等同的颜色，因此无法打印出来。如果当前设置的颜色是不可打印的颜色，便会出现该警告标志。CMYK 中与这些颜色最接近的颜色显示在警告标志的下面，单击小方块可以将当前颜色替换为小方块中的颜色。
- 非 Web 安全警告标志：如果出现该标志，表示当前设置的颜色不能在网页上正确显示。单击警告标志下面的小方块，可将颜色替换为最接近的 Web 颜色。
- 只有 Web 颜色：选择该复选框，在色域中只显示 Web 安全色，如图 2-64 所示。此时拾取的任何颜色都是 Web 安全颜色。

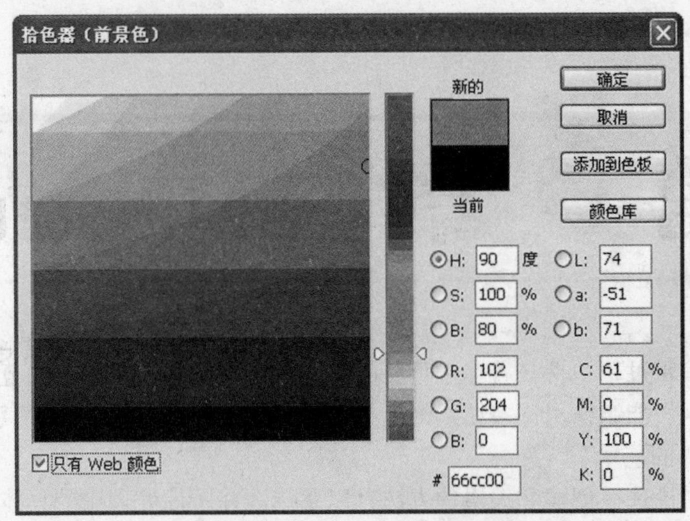

图 2-64　只显示 Web 安全色

- 添加到色板：单击该按钮，可以将当前设置的颜色添加到“色板”面板。
- 颜色库：单击该按钮，可以切换到“颜色库”对话框。

第3章 创建与编辑选区

选区在图像编辑过程中扮演着非常重要的角色，它限制着图像编辑的范围和区域。灵活而巧妙地应用选区，能制作出许多精妙绝伦的效果。因此很多 Photoshop 高手将 Photoshop 的精髓归纳为“选择的艺术”。

本章将详细讨论选区创建和编辑的方法，以及选区在图像处理中的具体应用。

本章要点

- 选区的原理
- 创建规则形状的选区轮廓
- 创建任意形状的选区轮廓
- 编辑选区
- 应用选区

第 1 节　选区的原理

在学习选择工具和选择命令前，首先来了解选区的原理，包括为什么要进行选择，以及各种选择方法概述。

1. 为什么要进行选择

选区的功能在于能够准确限制图像编辑的范围，从而得到精确的效果。

选区建立之后，在选区的边界就会出现不断交替闪烁的虚线，以表示选区的范围。由于这些黑白浮动的线形像一队蚂蚁在走动，因此围绕选区的线条也被称为“蚂蚁线”。建立选区后就可以对选定的图像进行移动、复制以及执行滤镜、调整色彩和色调等操作，选区外的图像丝毫不受影响。

如图 3-1 所示，如果要对图像背景进行虚化，首先将其选择，然后再使用“高斯模糊”滤镜命令进行调整，如果没有创建选区，整个图像都会被模糊。

2. 选择方法概述

Photoshop 进行选择的方法非常灵活，可根据选择对象的形状、颜色等特征决定采用的工具和方法。根据各选择方式的选择原理，大致可分为以下几种：

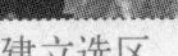

建立选区

模糊选区

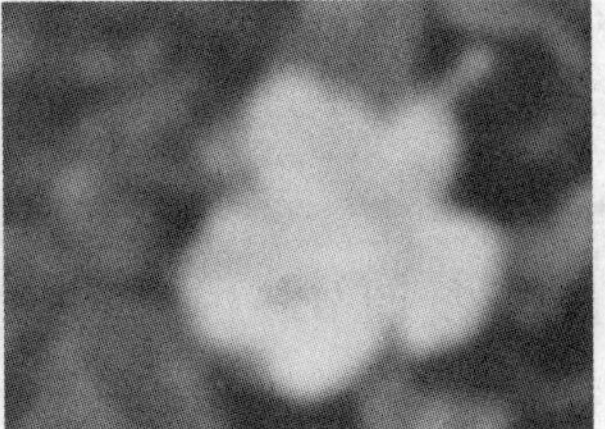

模糊整体图像

图3-1　选区应用示例

（1）基于形状的选择方法

在选择矩形、多边形、正圆形和椭圆形等基本几何形状的对象时，可以使用工具箱中的选框工具来进行选取。图3-2所示为运用椭圆选框工具选择的圆形蜡烛，图3-3所示为运用多边形套索工具选择的方形蜡烛。

图3-2　圆形选区

图3-3　方形选区

（2）基于路径的选择方法

Photoshop中的钢笔工具是矢量工具，使用它可以绘制光滑的路径。如果对象边缘光滑，并且呈现不规则形状，可以使用钢笔工具来选取，如图3-4所示。

图3-4　运用路径工具选择

图层和路径都可以转换为选区。按住〈Ctrl〉键，移动光标至图层缩览图上方，此时光标显示为形状，单击鼠标，即可得到该图层非透明区域的选区。

使用路径建立选区也是比较精确的方法。因为使用路径工具建立的路径可以非常光滑，而且可以反复调节各锚点的位置和曲线的曲率，因而常用来建立复杂和边界较为光滑的选区。

（3）基于色调的选择方法

颜色选择方式通过颜色的反差来选择图像。当背景颜色比较单一，且与选择对象的颜色存在较大的反差时，使用颜色选择便会比较方便。例如，图 3-5 所示的图像。

Photoshop 提供了三个颜色选择工具，魔棒工具、快速选择工具和“色彩范围”对话框。

图 3-5　具有单色背景的图像

（4）基于快速蒙版的选择方法

快速蒙版是一种特殊的选区编辑方法，在快速蒙版状态下，可以像处理图像那样使用各种绘画工具和滤镜来编辑选区。

（5）基于通道和蒙版的选择方法

通道和蒙版是所有选择方法中功能最为强大的一个，其选择功能之所以强大，是因为它表现选区不是用“蚂蚁线”，而是用灰阶图像，这样便可以像编辑图像一样来编辑选区，画笔、橡皮擦工具、色调调整工具、滤镜都可以自由使用。如图 3-6 所示为运用通道选择的图像。

图 3-6　运用通道选择

第2节　建立规则形状的选区

Photoshop提供了4个选框工具用于创建规则形状的选区轮廓，包括矩形选框工具、椭圆选框工具、单行选框工具和单列选框工具，分别用于建立矩形、椭圆、单行和单列选区。此外，应用“全选”命令，可建立包含整幅图像的矩形选区。

1. 选取全部图像

执行“选择”→“全选”命令，或按下〈Ctrl + A〉快捷键，可选择整幅图像，如图3-7所示。

2. 矩形选框工具

矩形选框工具是最常用的选框工具，使用该工具在图像窗口相应位置拖动，即可创建矩形选区，如图3-8所示。若按下〈Shift〉键拖动，可建立正方形选区，如图3-9所示；按下〈Alt + Shift〉键拖动，可建立以起点为中心的正方形选区。

图3-7　全选图像

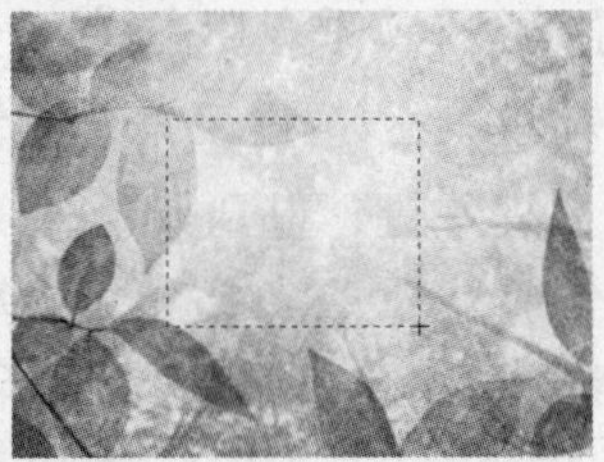

图3-8　矩形选区

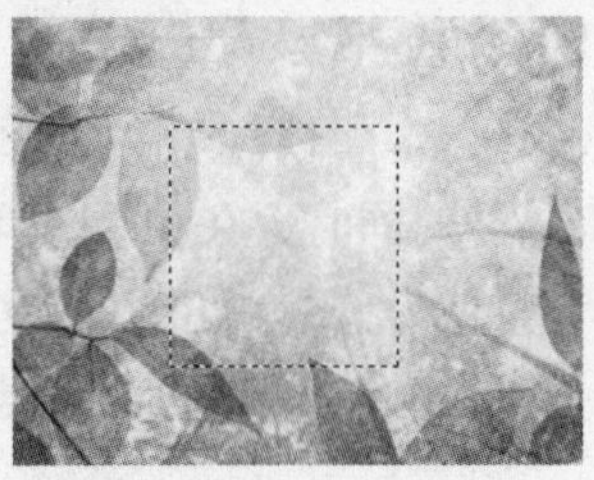

图3-9　正方形选区

当需要取消选择时，执行“选择”→“取消选择”命令，或按下〈Ctrl + D〉快捷键，或使用选框工具在图像窗口单击即可。

图3-10　矩形选框工具选项栏

矩形选框工具选项栏如图3-10所示，各选项的含义如下：

- 羽化：用来设置选区的羽化值，该值越高，羽化的范围越大。
- 样式：用来设置选区的创建方法。选择“正常”时，可以通过拖动鼠标创建需要的选区，选区的大小和形状不受限制；选择“固定比例”后，可在该选项右侧的“宽度”和“高度”数值栏中输入数值，创建固定比例的选区。
- “宽度”和“高度”互换：单击该按钮，可以切换“宽度”和“高度”数值栏中的数值。
- 调整边缘：单击该按钮，可以打开“调整边缘”对话框，在对话框中可以对选区进行平滑、羽化处理。

3. 椭圆选框工具

椭圆选框工具用于创建椭圆或正圆选区。

在工具箱中右击矩形选框工具，或者按住矩形选框工具保持一定时间，在弹出的选框工具列表中即可选择椭圆选框工具。创建椭圆选区的方法与矩形基本相同，若按下〈Shift〉键拖动，可以创建正圆选区；若按下〈Alt + Shift〉键拖动，则可以建立以起点为圆心的正圆选区。

在建立一个正圆选区之后，按下工具选项栏从选区减去按钮，再在大圆内创建一个小圆，可以得到圆环选区，如图 3-11 所示。

图 3-11　圆环选区

椭圆选框工具选项栏多了一个“消除锯齿”选项，选中该选项可以有效消除选区的锯齿边缘。

4. 单行和单列选框工具

单行和单列选框工具用于创建一个像素高度或宽度的选区，在选区内填充颜色可以得到水平或垂直直线。

打开一张图像。结合单行和单列选框工具，按住〈Shift〉键的同时，在图像中单击鼠标左键，得到如图 3-12 所示的选区。新建一个图层，设置背景色为蓝色（RGB 参考值分别为 R92、G167、B209），按〈Ctrl + Delete〉键在选区中填充蓝色，按〈Ctrl + D〉键取消选择，效果如图 3-13 所示。

图 3-12　创建选区

图 3-13　填充效果

第 3 节　建立任意形状的选区

套索工具用于建立任意形状的选区轮廓，包括套索工具、多边形套索工具和磁性套索工具。

1. 套索工具

套索工具用于徒手绘制不规则形状的选区范围。

打开一张图像，选择套索工具后，在图像窗口按住鼠标左键拖动，如图3-14所示。当绘制的线条包裹选择范围后释放鼠标，即得到所需选区，如图3-15所示。选择移动工具，按下〈Alt〉键拖动复制选区图像，按〈Ctrl + T〉键，调整大小，得到图3-16所示的效果。

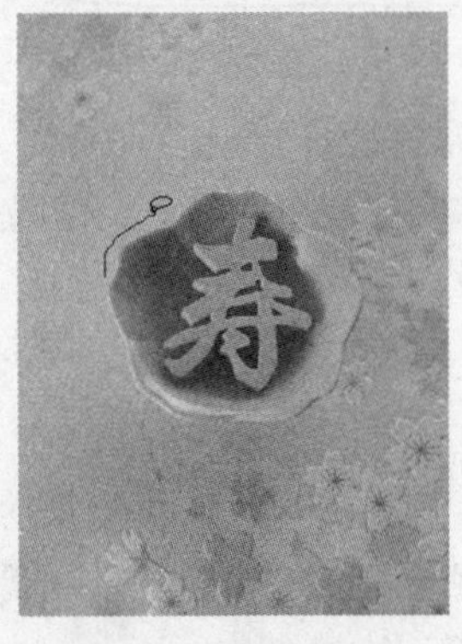

图3-14　创建选区

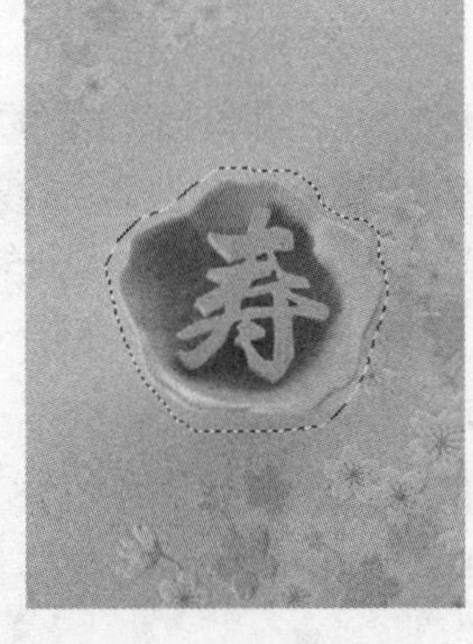

图3-15　创建选区

图3-16　复制选区图像

套索工具创建的选区非常随意，不够精确，如图3-15所示。

若在鼠标拖动的过程中，终点尚未与起点重合就松开鼠标，则系统会自动封闭不完整的选取区域；在未松开鼠标之前，按一下〈Esc〉键可取消刚才的选定。

2. 多边形套索工具

多边形套索工具通过单击鼠标指定顶点的方式来建立多边形选区，因而常用来创建不规则形状的多边形选区，如三角形、四边形、梯形和五角星等。图3-17所示的沙发为多边形，因而使用多边形套索工具选择比较方便。

图3-17　使用多边形套索工具建立选区

选择多边形套索工具后，移动光标至选取图形的一个端点单击，以确定多边形选区的第一个顶点，然后沿着对象的轮廓在各个端点（转折点）上单击，以确定多边形的其他各顶点。当回到起始点时，光标右下角会出现一个小圆圈标记（），此时单击鼠标即可得到多边形选区，如图3-17所示。如果在倒数第二点双击鼠标，系统会自动闭合选区。

在使用套索工具或多边形套索工具时，按住〈Alt〉键可以在这两个工具之间相互切换。

在选取过程中，按〈Delete〉键，可删除最近选取的一条线段，若连续按下〈Delete〉键多次，则可以不断地删除线段，直至删除所有选取的线段，与按下〈Esc〉键效果相同；若在选取的同时按下〈Shift〉键，则可按水平、垂直或45°方向进行选取。

3. 磁性套索工具

磁性套索工具也可以看作是通过颜色选取的工具，因为它自动根据颜色的反差来确定选区的边缘，但同时它又具有圈地式选取工具的特征，即通过鼠标的单击和移动来指定选取的方向。

打开一张图像，如图3-18所示。选择磁性套索工具，移动光标至图像边缘，单击以确定起点，然后沿着图像边缘移动光标（非拖动），套索工具根据颜色的反差在图像边缘自动生成节点，如图3-19所示。单击鼠标可以增加节点。如果自动产生的节点不符合要求，可以按下〈Delete〉键删除上一个节点。

图3-18 原图像

图3-19 生成节点

图3-20 选取图像

当终点与起点重合时，光标的右下角会出现一个小圆圈，此时单击鼠标即可封闭选区。在终点与起点尚未重合时，也可以直接双击鼠标封闭选区，如图3-20所示。

4. 魔棒工具

魔棒工具是依据图像颜色进行选择的工具，它能够选取图像中颜色相同或相近的区域，选取时只需在颜色相近区域单击即可。

打开一张素材，如图3-21所示。单击选择工具箱中的魔棒工具，移动鼠标至绘图区域，此时鼠标指针呈形状，如图3-22所示。单击图像背景，选择得到蓝色背景区域，如图3-23所示。

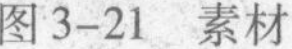
图3-21　素材

图3-22　鼠标指针呈 型

图3-23　得到选区

5. 快速选择工具

快速选择工具属于颜色选择工具，不同的是：在移动鼠标的过程中，它能够快速选择多个颜色相似的区域，相当于按住〈Shift〉或〈Alt〉键不断使用魔棒工具 单击。快速选择工具的引入，使复杂选区的创建变得简单和轻松。

下面以实例说明快速选择工具 的使用方法。

1　启动 Photoshop CS4，打开素材图像，如图3-24所示。下面的任务是选择其中的人物部分。由于人物图像各身体部位的颜色不同，因此不能简单地使用魔棒工具一次选择。

2　按下工具箱 按钮，激活快速选择工具，按下〈Ctrl + +〉键，放大图像显示比例，移动光标至人物位置，按下〈[〉和〈]〉键调整合适的光标大小。

3　在人物图像上按下鼠标左键并拖动，与光标范围内颜色相似的图像即被选择，如图3-25所示。在选择的过程中，可以按下〈Space〉键切换至抓手工具，移动图像显示区域。在选择人物边缘细部区域时，应按下〈[〉键缩小光标。

图3-24　打开素材

图3-25　按下鼠标拖动

4　选择过程中如果发生了多选，可以按住〈Alt〉键，此时光标由⊕形状变为⊖形状，表示当前处于减去选择模式，在多选的图像区域上拖动鼠标，即可将该图像区域从选区中减去。

5　选择完成后，效果如图3-26所示。单击工具选项栏“调整边缘”按钮，打开

“调整边缘”对话框，以预览和调整边界，如图 3-27 所示。

6 调整完成后，单击“确定”按钮，即可得到图像人物选区。

图 3-26 选择人物细部

图 3-27 预览选区边缘

6. 选择颜色范围

颜色选择工具通过颜色的反差来创建选区，从而得到颜色一致或相似的图像区域。

打开一个图像文件，如图 3-28 所示。执行“选择”→“色彩范围”命令，可以打开“色彩范围”对话框，如图 3-29 所示。在对话框中可以预览到选区，白色代表了被选择的区域，黑色代表未被选择的区域，灰色则代表了被部分选择的区域。

图 3-28 素材图像

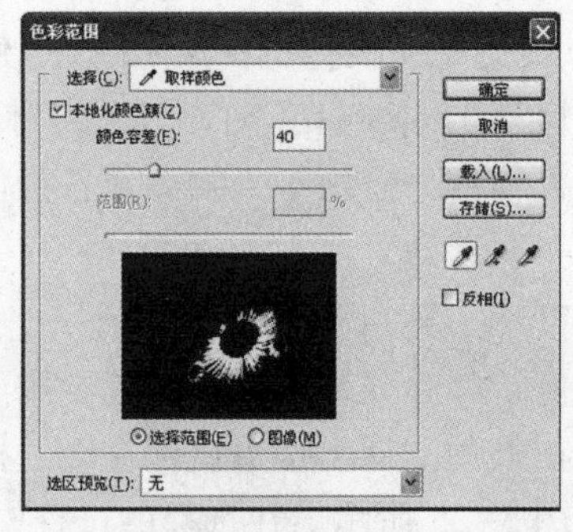

图 3-29 “色彩范围”对话框

在“色彩范围”对话框中，名选项含义如下：

- 选择：用来设置选区的创建依据。选择“取样颜色”时，使用对话框中的吸管工具拾取的颜色为依据创建选区。选择“红色”、“黄色”或者其他颜色时，可以选择图像中特定的颜色，如图 3-30 所示。选择“高光”、“中间调”和“阴影”时，可以选择图像中特定的色调，如图 3-31 所示。
- 颜色容差：用来控制颜色的范围，该值越高，包含的颜色范围越广。
- 选择范围/图像：如果选中“选择范围”单选按钮，在预览区的图像中，白色代表了被选择的部分，黑色代表未被选择的区域，灰色则代表了被部分选择的区域（带有羽化效果）。

设置完成后，单击“确定”按钮关闭对话框，即可得到所需的选区，执行“图像”→“调整”→“色相/饱和度”命令，弹出“色相/饱和度”对话框，设置参数如图 3-32 所示。单击“确定”按钮关闭对话框，按〈Ctrl + D〉快捷键取消选择，效果如图 3-33 所示。

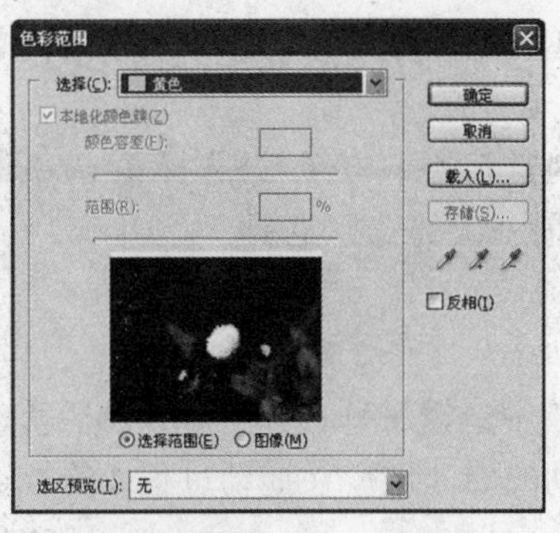
图 3-30　选择“黄色”选项

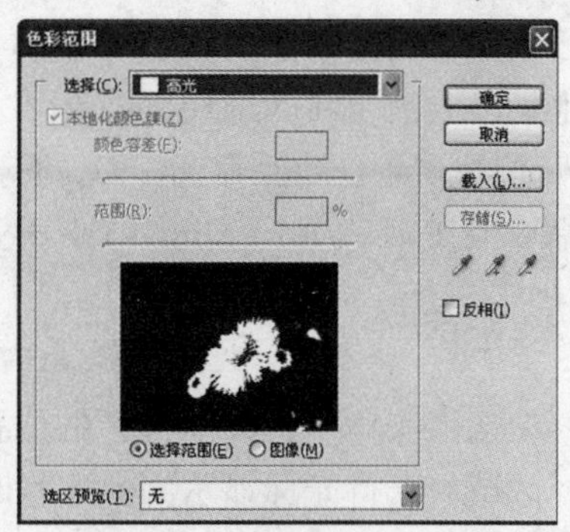
图 3-31　选择“高光”选项

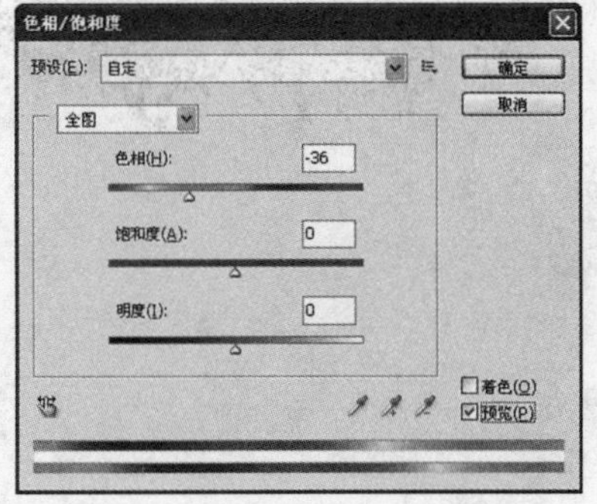
图 3-32　“色相/饱和度”对话框

图 3-33　图像调整效果

第 4 节　编 辑 选 区

选区与图像一样，也可以移动、旋转、翻转和缩放，以调整选区的位置和形状，最终得到所需的选择区域。

1. 反选

创建选区如图 3-34 所示，执行“选择”→“反选”命令，或按下〈Ctrl＋Shift＋I〉快捷键，可以反选当前的选区，即取消当前选择的区域，选择未选取的区域，如图 3-35 所示。

图 3-34　创建选区

图 3-35　反选选区

2. 取消选择与重新选择

执行“选择”→“取消选择”命令，或按下〈Ctrl＋D〉快捷键，可取消所有已经创建

的选区。如果当前激活的是选择工具（如选框工具、套索工具），移动光标至选区内单击鼠标，也可以取消当前的选择。

Photoshop 会自动保存前一次的选择范围。在取消选区后，执行“选择”→“重新选择”命令或按下〈Ctrl + Shift + D〉快捷键，便可调出前一次的选择范围。

3. 移动选区

移动选区操作用于改变选区的位置。首先在工具箱中选择一种选择工具，然后移动光标至选择区域内，待光标显示为⊳形状时拖动，即可移动选择区域。在拖动过程中光标会显示为黑色三角形状▶，如图 3-36 所示。

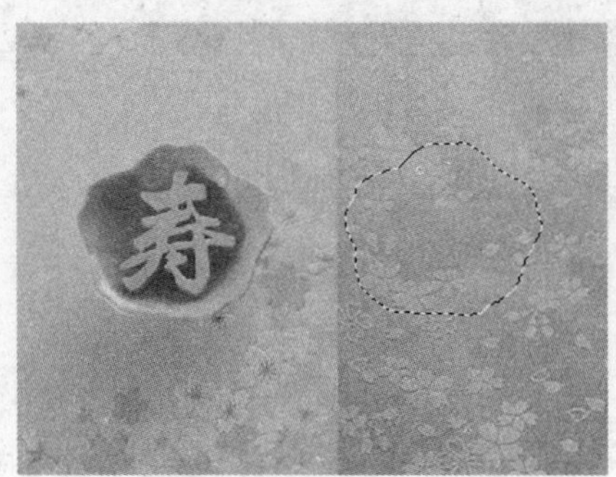

图 3-36　移动选区

如果只是小范围移动选区，或要求准确地移动选区时，可以使用键盘上的〈←〉、〈→〉、〈↑〉和〈↓〉四个光标移动键来移动选区，按一下键移动一个像素。按下〈Shift〉+光标移动键，可以一次移动 10 个像素的位置。

4. 选区的运算

在图像的编辑过程中，有时需要同时选择多块不相邻的区域，或者增加、减少当前选区的面积。在任何一个选择工具选项栏上，都可以看到图 3-37 所示的选项按钮，使用这些选项按钮，可以起到运算选区的作用。

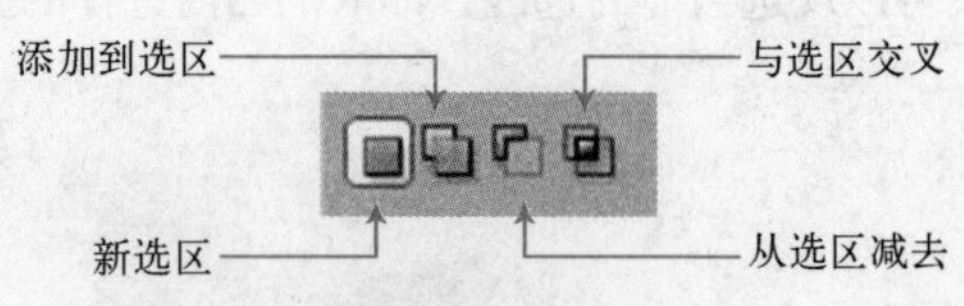

图 3-37　四种选区编辑方式选项按钮

➢ 新选区：按下该按钮后，可以在图像上创建一个新选区。如果图像上已经包含了选区，则每新建一个选区，都会替换上一个选区，如图 3-38 所示。

➢ 添加到选区：单击该按钮或按住〈Shift〉键，此时的光标下方会显示“+”标记，拖动鼠标即可添加到选区，如图 3-39 所示。

➢ 从选区减去：对于多余的选取区域，同样可以将其减去。单击该按钮或按住〈Alt〉键，此时光标下方会显示“-”标记，然后使用矩形选框工具绘制需要减去的区域即可，如图 3-40 所示。

原选区　　新建选区　　替换原选区

图3-38　新选区

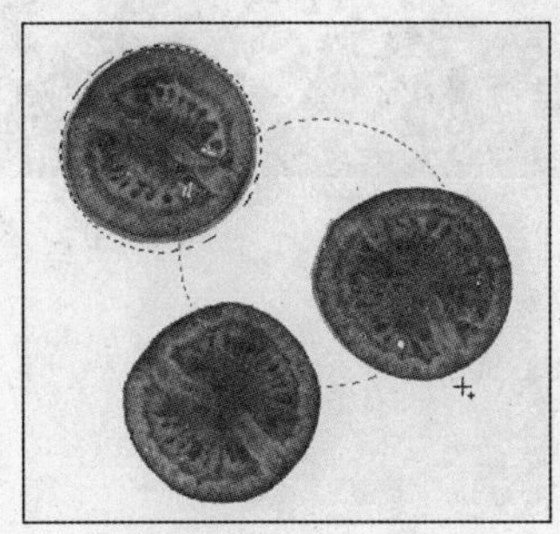

图3-39　添加到选区

图3-40　从选区减去

➢ 与选区交叉：单击该按钮或按住〈Alt + Shift〉键，此时光标下方会显示出“×”标记，新绘制的选取范围与原选区重叠的部分（即相交的区域）将被保留，产生一个新的选区，而不相交的选取范围将被删除，如图3-41所示。

按下〈Alt+Shift〉键拖动　　交叉选区结果

图3-41　交叉选区

5. 平滑选区

执行“选择”→“修改”→“平滑”命令，可以使选区边缘变得连续和平滑，如图3-42所示。使用魔棒工具建立的选区往往呈现很明显的锯齿状，使用平滑命令可以使选择区域更光滑一些。

原选区及填充　　平滑后填充效果

图3-42　平滑选区

6. 扩展选区

执行“选择”→“修改”→“扩展”命令，可以在原来选区的基础上向外扩展选区，在“扩展选区”对话框中，“扩展量”数值框用来设置选区的扩展范围，设置“扩展量”为“20像素”，效果如图3-43所示。

原选区

扩展20像素

图3-43　扩展选区

7. 羽化选区

选区的羽化功能常用来制作晕边艺术效果。

打开一张素材图像，选择椭圆选框工具，在工具选项栏“羽化”文本框中输入羽化值为10像素，然后在图像窗口中绘制一个图3-44所示的椭圆选区。执行“选择”→“反向”命令，或直接按下〈Ctrl+Shift+I〉快捷键，将选区反选，按下〈Delete〉键清除选区图像，便得到图3-45所示的晕边艺术效果。

羽化值的大小控制图像晕边的大小，羽化值越大，晕边效果越明显，如图3-46所示。

图 3-44　建立椭圆选区　　　图 3-45　清除选区

羽化值=0

羽化值=10

羽化值=20

图 3-46　不同羽化值效果

8. 收缩选区

在选区存在的情况下，执行“选择”→“修改”→“收缩”命令，弹出“收缩选区”对话框，其中“收缩量”数值框用来设置选区的收缩范围。在数值框中输入数值，即可将选区向内收缩相应的像素，如图 3-47 所示。

原选区

收缩选区

图 3-47　收缩选区

9. 调整边缘

“调整边缘”选项是 Photoshop CS4 的一个重要功能，用于动态调整选区边界以及快速预览选区的范围。该选项出现在每一个选择工具的工具选项栏内。

使用选择工具在图像窗口创建选区后，工具选项栏“调整边缘”选项即被激活，此时单击该选项按钮即可打开“调整边缘”对话框，如图 3-48 所示。

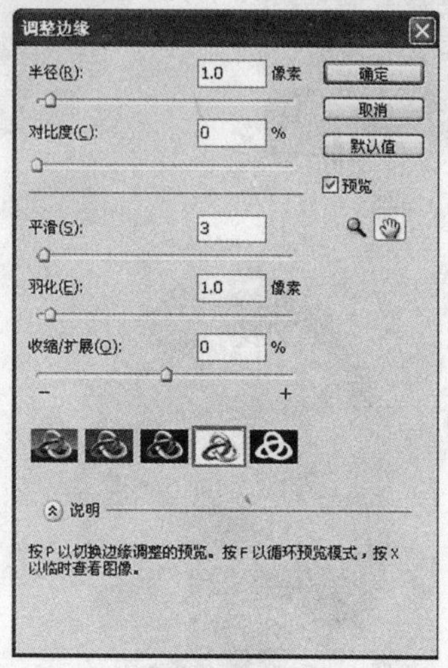

图 3-48 “调整边缘”对话框

在创建任意选区后，执行“选择”→“调整边缘”命令，或按下〈Ctrl +Alt +R〉快捷键，也可以打开“调整边缘”对话框。

“调整边缘”对话框各选项含义如下：

- 半径：设置选区的半径大小，即选区边界内、外扩展的范围，在边界的半径范围内，将得到羽化的柔和边界效果，图 3-49 为矩形选区在不同的“半径”参数设置下的效果。

半径 = 1　　半径 = 50　　半径 = 100

图 3-49 “半径”参数设置示例

➢ 对比度：该参数用于设置选区边缘的对比度，对比度参数值越高，得到的选区边界越清晰，对比度参数值越小，得到的选区边界越柔和，如图3-50所示。

对比度=100

对比度=0

图3-50 “对比度”参数设置示例

➢ 平滑：用于设置选区边缘的光滑程度，“平滑”参数值越大，得到的选区边缘越光滑，类似于“选择”→“修改”→“平滑”命令，如图3-51所示。

➢ 羽化：“羽化”参数用于动态调整羽化的大小，在调整的同时还可以在图像窗口预览羽化的效果，比“选区”→“羽化”命令更为直观和方便。

平滑=0

平滑=100

图3-51 “平滑”参数示例

➢ 收缩/扩展：用于调整选区向内收缩和向外扩展的范围，类似于“选择”→“修改”→“收缩”和“扩展”命令。

在使用“调整边缘”对话框调整选区边缘时，选择“预览”复选框，可以边调整边实时预览选区效果。在“收缩/扩展”参数下方，有一排按钮用于设置选区的预览模式，共5个：标准、快速蒙版（半透明的红色区域为非选择区域）、黑底、白底和蒙版（白色为选择区域，黑色为非选择区域），5种预览模式效果如图3-52所示。用户可以根据图像的特点和自己的需要灵活选择最佳的预览模式。

选区边界调整完成后，单击“确定”按钮关闭对话框，可以应用当前参数至选区，单击“默认”按钮可以恢复选区至默认设置。

图 3-52 5 种选区预览模式

10. 扩大选取和选取相似

如果需要选取的区域在颜色方面是比较相似的，可以先选取一小部分，然后利用“扩大选取”或“选取相似”命令选择其他部分。

使用“扩大选取”命令可以将原选区扩大，所扩大的范围是与原选区相邻且颜色相近的区域，如图 3-53a、图 3-53b 所示。扩大的范围由魔棒工具选项栏中的容差值决定。

“选取相似”命令也可将选取扩大，类似于“扩大选取”命令，但此命令扩展的范围与扩大选取命令不同，它是将整个图像颜色相似而不管是否与原选区邻近的区域全部扩展至选取区域中，如图 3-53c 所示。

图 3-53 扩大选取和选取相似
a）原选区 b）扩大选取 c）选取相似

11. 变换选区

选区建立之后，执行“选择”→“变换选区”命令，选区的四周将出现由八个控制点组成的选区变换框，移动光标至变换框内，光标变成（▶）形状，此时拖动鼠标即可移动选区；移动光标至变换框外侧，当光标显示为↕、↔或↗形状时拖动鼠标可水平方向或垂直方向缩放选区；移动光标至变换框四角，当光标显示为↰形状时拖动鼠标可旋转选区。

变换选区时对选区内的图像没有任何影响，这与使用移动工具操作有根本的区别，初学者应注意区分。

在图像窗口中单击鼠标右键，从弹出的快捷菜单中可选择斜切、扭曲、透视、旋转180度、水平翻转等变换命令，如图3-54所示，或者从“编辑”→“变换”联级菜单中选择。此外，通过工具选项栏还可精确变换选区。最后双击鼠标可应用变换，按下〈Esc〉键可取消变换。

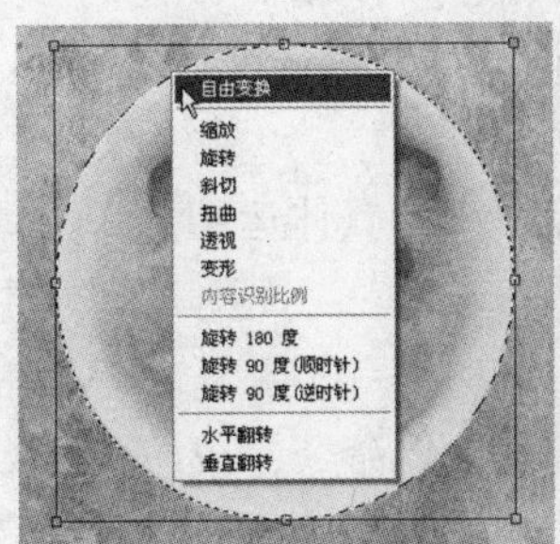

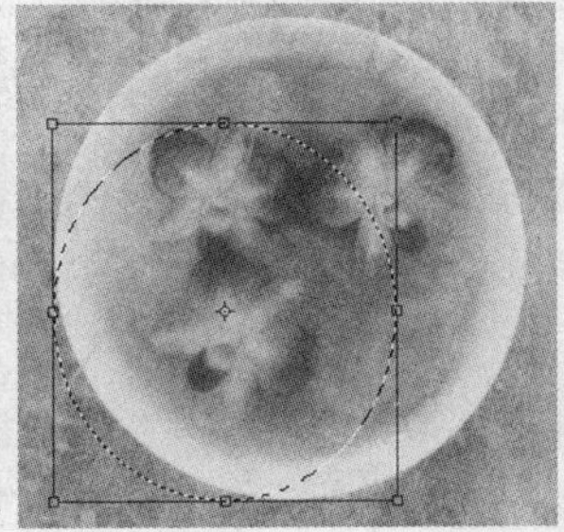
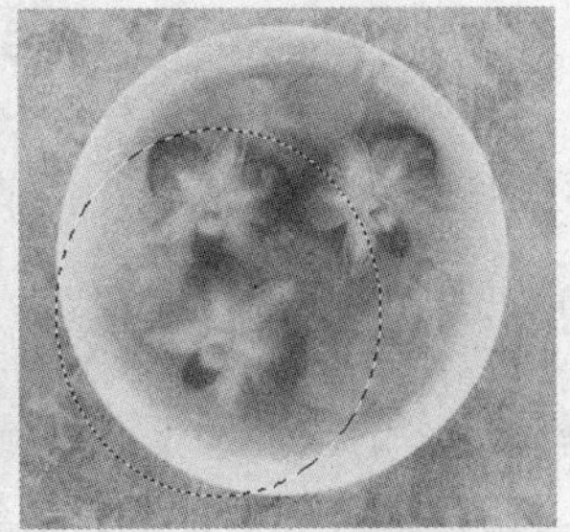

图3-54　变换选区

12. 存储选区

在Photoshop中，一旦建立新的选区，原来的选区就会自动取消。然而在图像编辑的过程中，有些选区可能要重复使用多次，为此，Photoshop提供了Alpha通道以存放选区。由于通道可以随文件一起保存，因此下次打开图像时，可以继续使用选区。

使用选取工具建立一个选区，执行“选择”→“存储选区”命令，打开“存储选区”对话框，单击“确定”按钮，完成选区的存储，在通道面板中便可以看到刚才新建的Alpha通道，如图3-55所示。

选区保存之后，在需要时可以随时将其调入。

选择“选择”→“载入选区”命令，打开“载入选区”对话框，设置好相关的载入参数后，单击“确定”按钮完成选区载入。

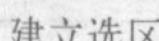

建立选区

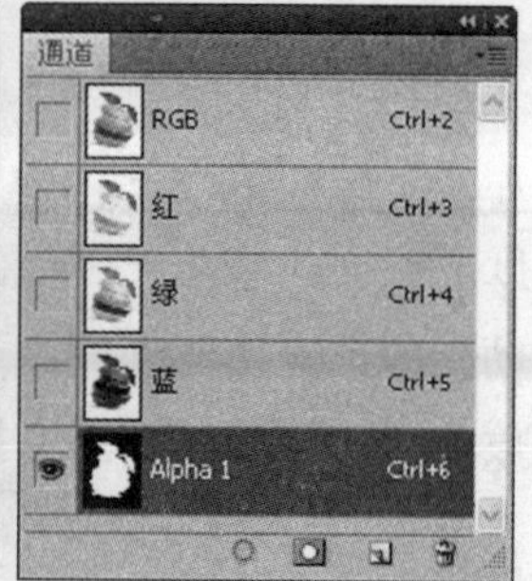

存储选区至Alpha通道

图 3-55 存储选区至通道

按住〈Ctrl〉键单击通道面板 Alpha 通道，可以快速载入通道保存的选区。

第 5 节 应用选区

选区是图像编辑的基础，本节将详细介绍选区在图像编辑中的具体运用。

1. 剪切、拷贝和粘贴图像

选择图像中的全部或部分区域后，执行“编辑”→“拷贝”命令，或按下〈Ctrl + C〉快捷键，可将选区内的图像复制到剪贴板中。在其他图像窗口或程序中执行“编辑”→“粘贴”命令，或按下〈Ctrl + V〉快捷键，即可得到剪贴板中的图像，如图 3-56 所示。

选择并复制图像

粘贴图像

图 3-56 拷贝粘贴图像

若选择“编辑”→“剪切”命令，快捷键是〈Ctrl + X〉，同样可以将选区图像复制到剪贴板，但是该图像区域将从原图像中剪除。

默认情况下，在Photoshop中粘贴剪贴板图像时，系统会自动新建一个新的图层以放置复制的图像。

2. 合并拷贝和贴入

“合并拷贝”和“贴入”命令虽然也用于图像复制操作，但是它们不同于“拷贝”和“粘贴”命令。

“合并拷贝”命令可以在不影响原图像的情况下，将选取范围内所有图层的图像全部复制并放入剪贴板，而“拷贝”命令仅复制当前图层选取范围内的图像。

使用“贴入”命令时，必须先创建一个选区。当执行该命令后，粘贴的图像只出现在选取范围内，超出选取范围的图像自动被隐藏。使用“贴入”命令能够得到一些特殊的效果。

3. 移动选区内的图像

使用移动工具可以移动选区内的图像。如果当前创建了选区，使用移动工具可以移动选区内的图像，如图3-57、图3-58所示。如果没有创建选区，同可以移动当前选择的图层，如图3-59所示。

图3-57　原图像

图3-58　移动选区内的图像

图3-59　移动当前选择的图层

4. 变换选区内的图像

打开一张图像，运用椭圆选框工具绘制一个圆形选区。执行“编辑”→“自由变换”命令，或按下〈Ctrl+T〉快捷键，显示定界框，单击鼠标右键，选择相应的选项，然后拖动定界框上的控制点，可以对选区内的图像进行旋转、缩放、斜切等变换操作，如图3-60所示。

5. 清除选区内的图像

选择需要清除的图像区域，执行“编辑”→“清除”命令，或直接按下〈Delete〉键可以清除选区内的图像。

如果在背景图层上清除图像，Photoshop会在清除的图像区域内填充背景色，如果是在其他图层清除图像，则得到透明区域，如图3-61所示。

原图像

放大

旋转

图 3-60 变换选区内的图像

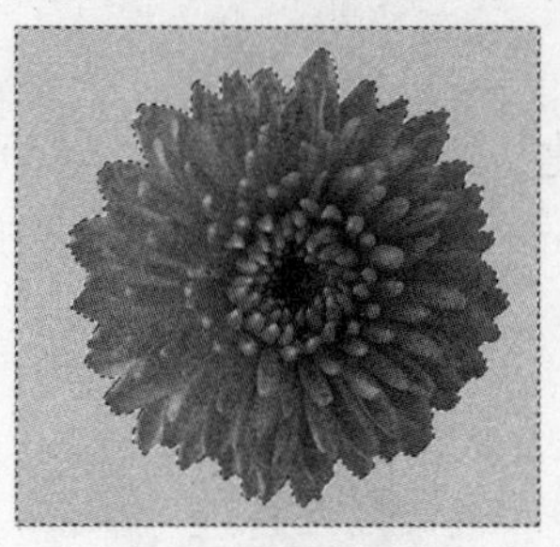

图 3-61 清除图像

第 6 节 实战演练——时尚元素

本实例设计一时尚元素海报，实例效果如左图所示。实例颜色大胆、图案美丽、人物与花纹图案交相辉映，营造出一种时尚氛围。

主要使用工具：

“打开”命令、磁性套索工具、多边形套索工具、椭圆选框工具、“变换选区”命令、图层蒙版、“色彩范围”命令、移动工具。

视频路径：avi \ 3. 6. avi

1 启动 Photoshop，选择“文件”→“打开”命令，在“打开”对话框中选择人物素材图像，单击“打开”按钮，如图 3-62 所示。

2 选择磁性套索工具，移动光标至人物图像边缘，单击以确定起点，然后沿着人物图像边缘移动光标（非拖动），建立大致的选区，如图 3-63 所示。

3 选择多边形套索工具，配合使用〈Shift〉键或〈Alt〉键，加选或减选选区，调整人物图像的边缘，得到人物图像的精确选区，如图 3-64 所示。

图3-62　素材

图3-63　建立选区

4 单击图层面板中的“创建新图层”按钮，新建一个图层，单击前景色色块，弹出“拾色器”对话框，设置颜色为粉红色（RGB参考值分别为R253、G143、B224），单击“确定”按钮，退出对话框，按〈Alt + Delete〉组合键，填充颜色为粉红色，执行“选择”→“取消选择”命令，或按〈Ctrl + D〉快捷键，得到图3-65所示的效果。

图3-64　编辑选区

图3-65　填充颜色

5 选择椭圆选框工具，按住〈Shift〉键的同时，拖动鼠标绘制一个正圆，单击图层面板上的“创建新组”按钮，新建一个图层组，单击“创建新图层”按钮，新建一个图层，填充颜色为洋红色（RGB参考值分别为R255、G71、B206），如图3-66所示。

6 执行“选择”→“变换选区”命令，按住〈Shift + Alt〉键的同时，向内拖动控制柄，如图3-67所示。

7 按〈Enter〉键确认调整，填充颜色为白色，如图3-68所示。

图3-66　绘制圆

图3-67　变换选区

图3-68　填充白色

8 继续执行“选择”→“变换选区”命令，按住〈Shift + Alt〉键的同时，向内拖动控制柄，按〈Enter〉键确认调整，填充颜色为红色（RGB 参考值分别为 R209、G229、B120），如图 3-69 所示。

9 继续执行“选择”→“变换选区”命令，按住〈Shift + Alt〉键的同时，向内拖动控制柄，按〈Enter〉键确认调整，填充颜色为白色，如图 3-70 所示。

10 参照前面同样的操作方法，完成圆环图形的绘制，效果如图 3-71 所示。

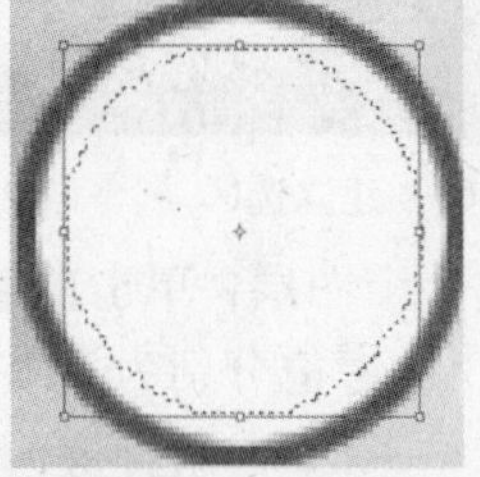

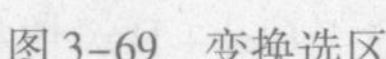

图 3-69 变换选区

图 3-70 填充红色

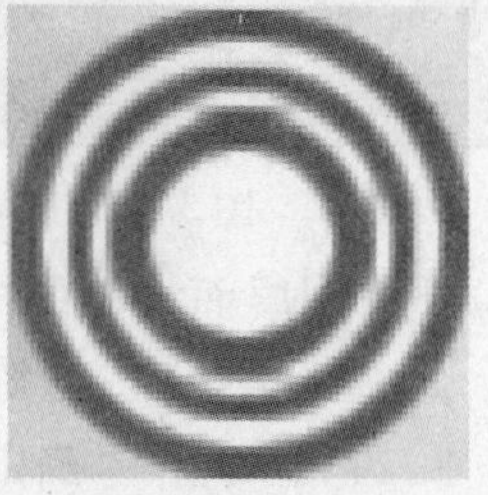

图 3-71 圆环

11 运用移动工具，将圆环图形放置在合适的位置，如图 3-72 所示。

12 参照上述同样的操作方法，绘制其他的圆环图形，效果如图 3-73 所示。

图 3-72 移动位置

图 3-73 绘制圆环

13 按住〈Ctrl〉键的同时，单击“图层 1”图层，载入选区，选择“组 1”图层组，单击图层面板上的“添加图层蒙版”按钮 ，为“组 1”添加图层蒙版，图层面板如图 3-74所示，图像效果如图 3-75 所示。

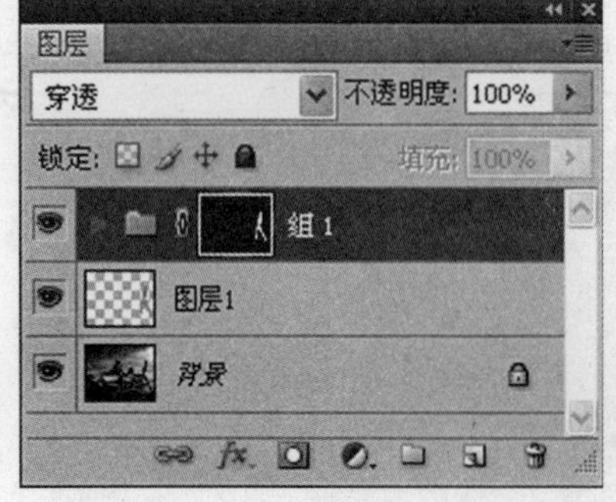

图 3-74 添加蒙版

图 3-75 蒙版效果

14 参照前面同样的操作方法，使用磁性套索工具和多边形套索工具，得到人物的选区，如图3-76所示。

15 新建一个图层，单击前景色色块，弹出“拾色器”对话框，设置颜色为红色（RGB参考值分别为R254、G127、B127），单击“确定”按钮，退出对话框，按〈Alt + Delete〉组合键，填充颜色为红色，执行“选择”→“取消选择”命令，或按〈Ctrl + D〉快捷键，得到图3-77所示的效果。

图3-76　绘制选区

图3-77　填充颜色

16 参照前面同样的操作方法，制作红色圆环图形，其中红色的RGB参考值为R255、G71、B71，效果如图3-78所示。

17 参照前面同样的操作方法，制作橙色人物图形，其中浅橙色的RGB参考值为R253、G178、B97，橙色的RGB参考值为R255、G132、B0，效果如图3-79所示。

图3-78　绘制圆环

图3-79　绘制圆环

18 执行“文件”→“打开”命令，打开一张花纹素材，如图3-80所示。

19 执行“选择”→“色彩范围”命令，在弹出的“色彩范围”对话框中设置参数，如图3-81所示。单击“确定”按钮，得到花纹的选区。

20 设置前景色为绿色（RGB参考值分别为R141、G255、B93），按〈Alt + Delete〉组合键，填充颜色，如图3-82所示。

21 运用移动工具，将人物素材添加至文件中，调整好大小和位置，如图3-83所示。

图 3-80 花纹素材

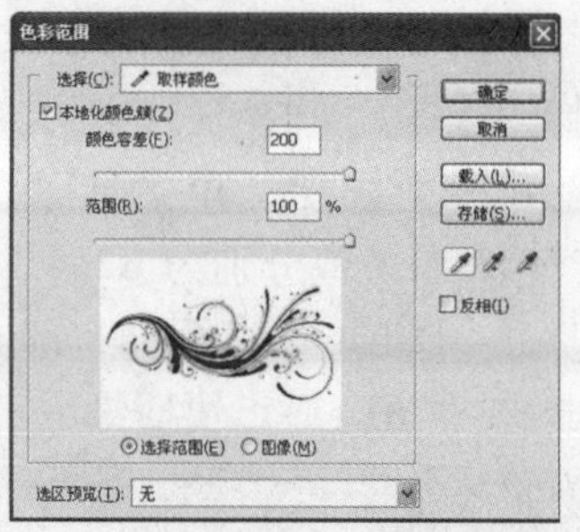

图 3-81 “色彩范围”对话框

图 3-82 填充绿色

图 3-83 添加素材

22 参照前面同样的操作方法，使用磁性套索工具和多边形套索工具，得到汽车的选区，如图 3-84 所示。

23 单击图层面板上的“添加图层蒙版”按钮，为图层添加图层蒙版，效果如图 3-85所示。

图 3-84 绘制选区

图 3-85 添加蒙版

24 参照前面同样的操作方法，通过复制花纹图形，填充为不同的颜色，调整大小、位置和角度，得到图 3-86 所示的最终效果。

图 3-86 最终效果

第7节 练 一 练

现代的网页、软件多媒体界面，在注重功能和内容的同时，也不断的追求着界面的精美和华丽。美观的界面，能吸引浏览器者或使用者的目光和兴趣，使其得到愉悦的享受。网页与多媒体作品一般都有按钮与导航条，这与其他平面作品有很大不同。制作精美、款式新颖的按钮，能成为作品的亮点和有效点缀。本节介绍一款按钮的制作方法，效果如图 3-87 所示。读者可以借鉴和学习，从而创建出更有特色的按钮。

图 3-87 按钮

操作提示：

（1）运用椭圆选框工具，绘制圆。

（2）使用渐变工具填充颜色。

（3）运用椭圆选框工具，绘制白色的圆。

（4）添加蒙版制作高光。

（5）添加花纹素材。

（6）运用椭圆选框工具，制作阴影。

第4章 画图与变换图像

画笔是绘画工具中最为常用的工具之一。使用画笔工具可以快速地绘制带有艺术效果的笔触图像，极大的丰富了设计作品的艺术表现手法。

变换图像 Photoshop 中非常基础的操作，是需要重点掌握的内容。

本章要点

- 画图基础
- 设置画笔参数
- 填充图像
- 变换图像

第1节 画图基础

在 Photoshop 中，绘图与绘画是两个截然不同的概念。绘图是基于 Photoshop 的矢量功能创建的矢量图形，而绘画则用是基于像素创建的位图图像。

1. 基本画图工具

Photoshop 最基本的绘图工具是画笔工具和铅笔工具，分别用于绘制边缘较柔和的笔画和硬边笔画。

(1) 画笔工具

画笔工具选项栏如图 4-1 所示，在开始绘图之前，应选择所需的画笔笔尖形状和大小，并设置不透明度、流量等画笔属性。

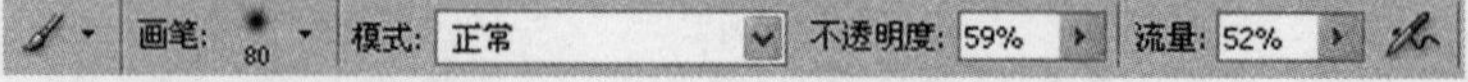

图 4-1 画笔工具选项栏

单击画笔选项栏右侧的按钮，可以打开画笔下拉面板，如图 4-2 所示。在面板中可以选择画笔样本，设置画笔的大小和硬度。

- 主直径：拖动滑块或者在数值栏中输入数值可以调整画笔的大小。
- 硬度：用来设置画笔笔尖的硬度。
- 画笔列表：在列表中可以选择画笔样本。

创建新的预设：单击面板中的按钮，可以打开“画笔名称”对话框，设置画笔的名称后，单击“确定”按钮，可以将当前画笔保存为新的画笔预设样本。

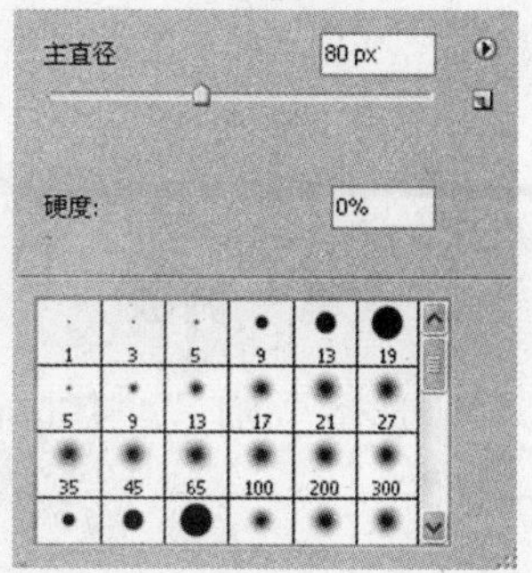

图 4-2　画笔下拉面板

（2）铅笔工具

铅笔工具使用方法与画笔工具类似，但铅笔工具只能绘制硬边线条或图形，和生活中的铅笔非常相似。画笔工具选项栏如图 4-3 所示。

“自动抹除”选项是铅笔工具特有的选项。当选中此选项，可将铅笔工具当作橡皮擦来使用。一般情况下，铅笔工具以前景色绘画，选中该选项后，在与前景色颜色相同的图像区域绘图时，会自动擦除前景色而填入背景色。

图 4-3　铅笔工具选项栏

2. 画笔的不透明度

“不透明度”选项用于设置绘制图形的不透明度，该数值越小，越能透出背景图像，如图 4-4 所示。

图 4-4　不同透明度的画笔绘画效果

3. 画笔的绘图模式

在模式选项下拉列表中提供的模式选项控制画笔工具影响图像像素的方式。用户在选择混合模式之前，首先应了解 3 种色彩概念，即基色、混合色和结果色。

基色是指图像原有色，混合色是通过画笔工具应用在图像上的颜色，结果色是混合后得到的新颜色。单击模式选项右侧的三角按钮，弹出模式下拉列表，其中提供了 27 种混合模式。

第2节 设置画笔参数

1. “画笔”调板

选择“窗口”→“画笔”命令，或按下〈F5〉键，打开“画笔”面板，如图4-5所示。

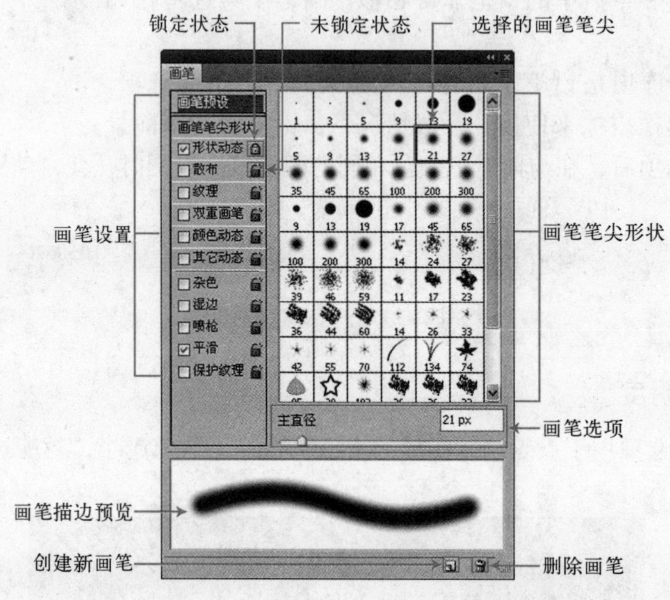

图4-5 画笔面板

- 画笔预设：单击选择该选项，进入“画笔预设”面板，可以浏览、选择 Photoshop 提供的预设画笔。
- 锁定状态/未锁定状态：显示为锁定状态标志时，表示当前画笔形状属性为锁定状态。单击该标志可取消锁定。
- 选择的画笔笔尖：当前选择的画笔笔尖。
- 画笔笔尖形状：显示了 Photoshop 提供的预设画笔笔尖，选择某一笔尖后，在画笔描边预览选项中可预览该笔尖的形状。
- 画笔选项：用来设置画笔的参数。
- 画笔描边预览：可预览当前设置的画笔效果。
- 创建新画笔：如果某一画笔样本进行了调整，可单击该按钮，打开画笔名称对话框，为画笔设置一个新的名称。单击“确定”按钮，可将当前设置的画笔创建为一个新的画笔样本。
- 删除画笔：选择一个画笔样本后，单击该按钮，可将其删除。

2. 编辑画笔基本参数

画笔的可控参数众多，包括笔尖的形状及相关的大小、硬度、纹理等特性，如果每次

绘画前都重复设置这些参数，将是一件非常繁琐的工作。为了提高工作效率，Photoshop 提供了预设画笔功能，预设画笔是一种存储的画笔笔尖，并带有诸如大小、形状和硬度等定义的特性。Photoshop 提供的许多常用的预设画笔，用户也可以将自己常用的画笔存储为画笔预设。

在工具选项栏中单击画笔预设下拉按钮，打开画笔预设下拉列表框，拖动滚动条即可浏览、选择所需的预设画笔，每个画笔的右侧还有该画笔绘画效果预览，如图 4-6 所示。

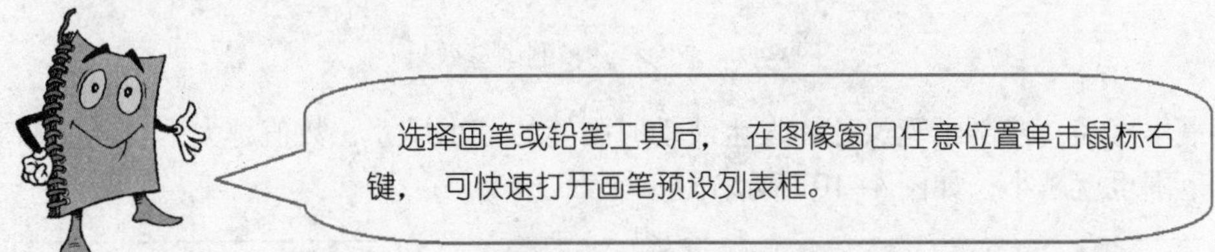

3. 画笔的动态参数设置

(1) 形状动态

形状动态用于设置绘画过程中画笔笔迹的变化。如图 4-7 所示，形状动态包括大小抖动、最小直径、角度抖动、圆度抖动、最小圆度等内容。

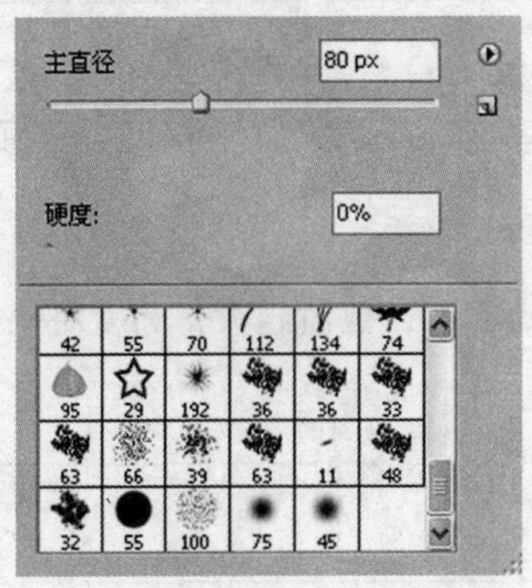

图 4-6　画笔预设下拉列表

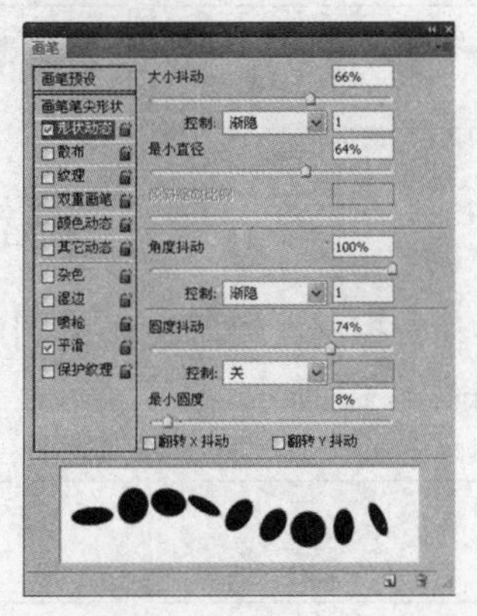

图 4-7　形状动态设置

➢ 大小抖动：拖动滑块或输入数值，以控制绘制过程中画笔笔迹大小的波动幅度。数值越大，变化幅度就越大，如图 4-8 所示。

大小抖动=0%

大小抖动=50%

大小抖动=100%

图 4-8　大小抖动画笔效果

➢ 控制：用于选择大小抖动变化产生的方式。选择“关”，则在绘图过程中画笔笔迹大小始终波动，不予另外控制；选择“渐隐”，然后在其右侧文本框输入数值可控制抖动变化的渐隐步长，数值越大，画笔消失的距离越长，变化越慢，反之则距离越短，变化越快，如图 4-9 所示。如果安装了压力敏感的数值画板，还可以指定笔压力、笔倾斜和光笔旋转控制项。

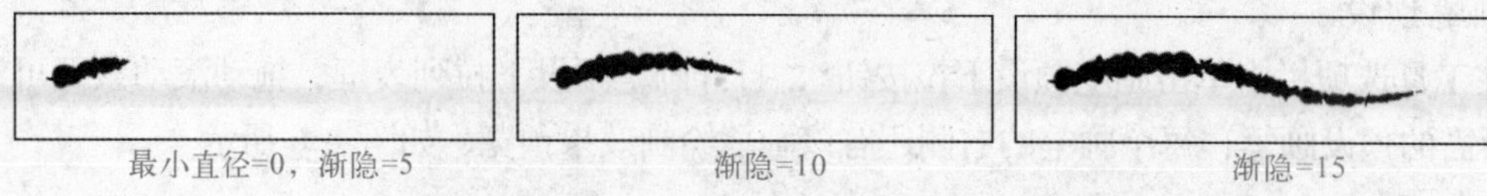

图 4-9　渐隐抖动控制画笔效果

➢ 最小直径：控制画笔尺寸在发生波动时画笔的最小尺寸，数值越大，直径能够变化的范围也就越小，如图 4-10 所示。

图 4-10　最小直径参数设置

➢ 角度抖动：控制画笔角度波动的幅度，数值越大，抖动的范围也就越大，如图 4-11 所示。

图 4-11　角度抖动效果

➢ 圆度抖动：控制在绘画时画笔圆度的波动幅度，数值越大，圆度变化的幅度也就越大，如图 4-12 所示。

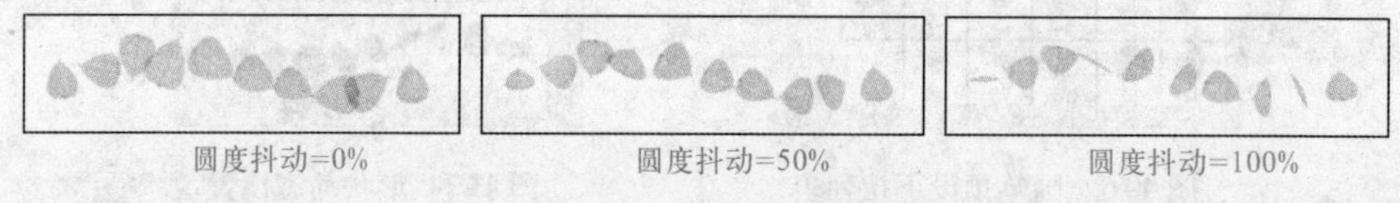

图 4-12　圆度抖动效果

➢ 最小圆度：控制画笔在圆度发生波动时画笔的最小圆度尺寸值。该值越大，发生波动的范围越小，波动的幅度也会相应变小。

(2) 散布

散布动态控制画笔偏离绘画路线的程度和数量，参数面板如图 4-13 所示。

➢ 散布：控制画笔偏离绘画路线的程度，数值越大，偏离的距离越大，如图 4-14 所示。若选中“两轴”复选框，则画笔将在 X、Y 两个方向分散，否则仅在一个方向上发生分散。

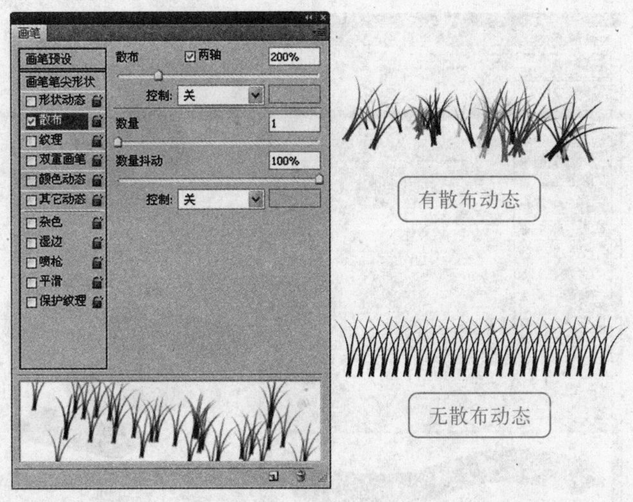

图 4-13　散布动态设置

图 4-14　散布变化效果

➢ 数量：控制画笔点的数量，数值越大，画笔点越多，变化范围为 1 ~ 16，如图 4-15 所示。

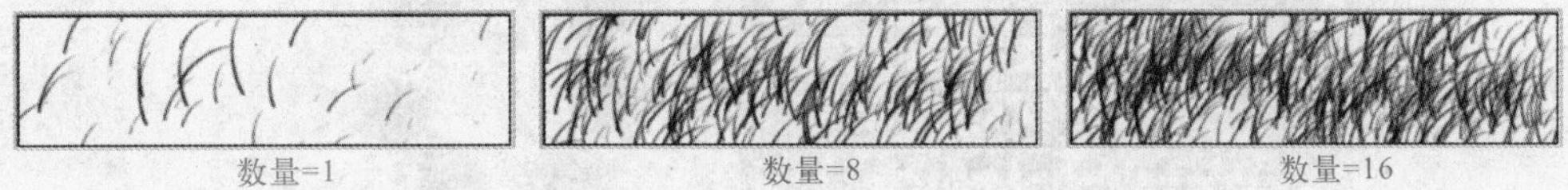

图 4-15　不同数量时的画笔绘画效果

➢ 数量抖动：用来控制每个空间间隔中画笔点的数量变化。

(3) 纹理

在画笔上添加纹理效果，可控制纹理的叠加模式、缩放比例和深度，如图 4-16 所示。

➢ 选择纹理：单击纹理下拉列表按钮，从纹理列表中可选择所需的纹理。选中“反相”复选框，相当于对纹理执行了“反相”命令。

➢ 缩放：设置纹理的缩放比例。

➢ 为每个笔尖设置纹理：用来确定是否对每个画笔点都分别进行渲染。若不选择此项，则“深度”、“最小深度”及“深度抖动”参数无效。

➢ 模式：用于选择画笔和图案之间的混合模式。

➢ 深度：用来设置图案的混合程度，数值越大，纹理越明显。

➢ 最小深度：控制图案的最小混合程度。

➢ 深度抖动：控制纹理显示浓淡的抖动程度。

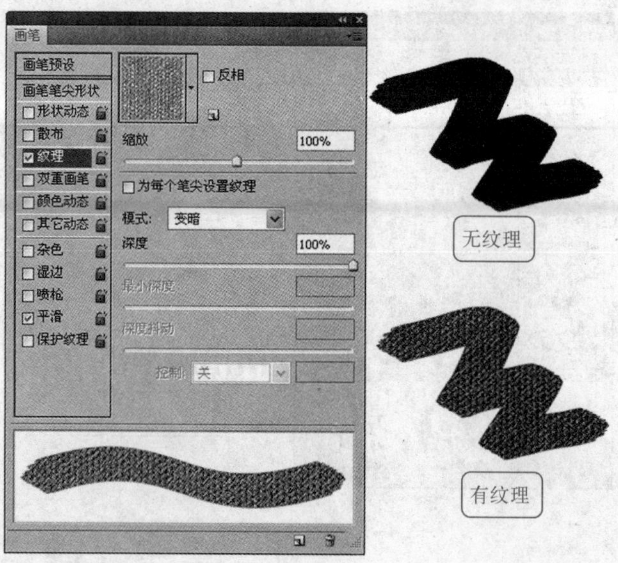

图 4-16　纹理动态设置

(4) 双重画笔

双重画笔指的是使用两种笔尖形状创建的画笔。首先在“模式”列表中选择两种画尖的混合模式，接着在下面的笔尖形状列表框中选择一种笔尖作为画笔的第二个笔尖形状，如图 4-17 所示。

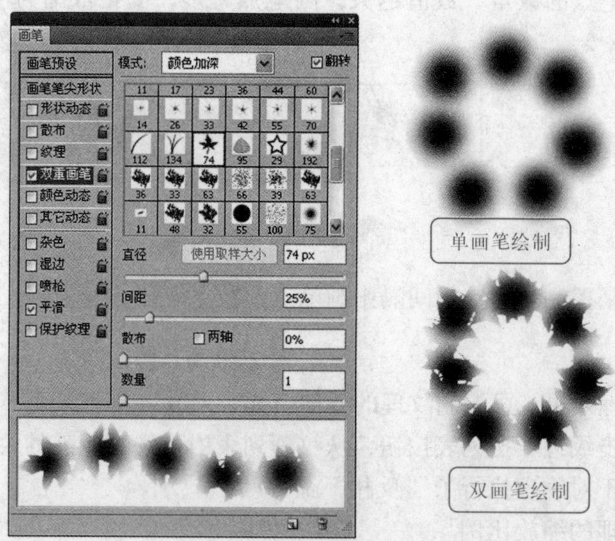

图 4-17　双重画笔设置

(5) 颜色动态

“颜色动态”控制在绘画过程中画笔颜色的变化情况，其参数面板如图 4-18 所示。需注意的是，设置动态颜色属性时，画笔面板下方的预览框并不会显示出相应的效果。动态颜色效果只有在图像窗口绘画时才会看到。

➢ 前景/背景抖动：设置画笔颜色在前景色和背景色之间变化。例如在使用草形画笔绘制草地时，可设置前景色为浅绿色，背景色为深绿色，这样就可以得到颜色深浅不一的草丛效果。

➢ 色相抖动：指定画笔绘制过程中画笔颜色色相的动态变化范围。

➢ 饱和度抖动：指定画笔绘制过程中画笔颜色饱和度的动态变化范围。

➢ 亮度抖动：指定画笔绘制过程画笔亮度的动态变化范围。

➢ 纯度：设置绘画颜色的纯度变化范围。

(6) 其他动态

“其他动态”用来确定油彩在描边路线中的改变方式。单击画笔面板中的其他动态选项，会显示相关的设置内容，如图4-19所示。

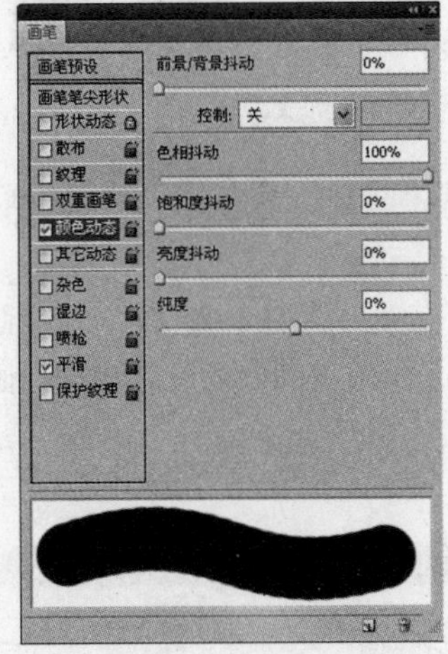

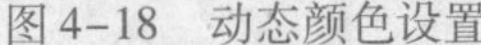
图4-18 动态颜色设置

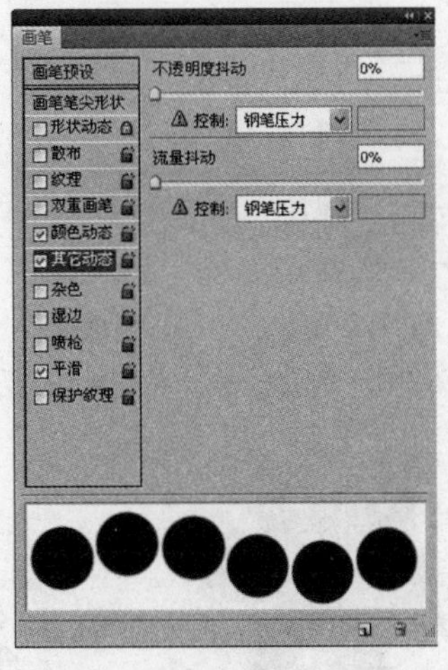

图4-19 其他动态设置

➢ 不透明抖动：用来设置画笔笔迹中油彩不透明度的变化程度。如果指定如何控制画笔笔迹的不透明度变化，可在“控制”下拉列表中选择一个选项。

➢ 流量抖动：用来设置画笔笔迹中油彩流量的变化程度。如果要指定如何控制画笔笔迹的流量变化，可在“控制”下拉列表中选择一个选项。

(7) 附加选项设置

附加选项设置没有参数面板，只需用鼠标单击前面的复选框选择即可。

➢ 杂色：在画笔的边缘添加杂点效果。

➢ 湿边：沿画笔描边的边缘增大油彩量，从而创建水彩效果。

➢ 喷枪：模拟传统的喷枪效果。

➢ 平滑：可以使绘制的线条产生更顺畅的曲线。

➢ 保护纹理：对所有的画笔使用相同的纹理图案和缩放比例，选择此选项后，当使用多个画笔时，可模拟一致的画布纹理效果。

4. 自定义画笔笔刷

在绘图过程时，有时需要使用一些特殊笔尖形状的画笔，这时就可以通过创建画笔的方法得到这些画笔。

1 按〈Ctrl + N〉键新建一个文件，在弹出的“新建”对话框中设置参数如图 4-20 所示。

2 选择自定形状工具，在工具选项栏中选择“花 1”开关，单击鼠标并拖动，绘制花朵如图 4-21 所示。

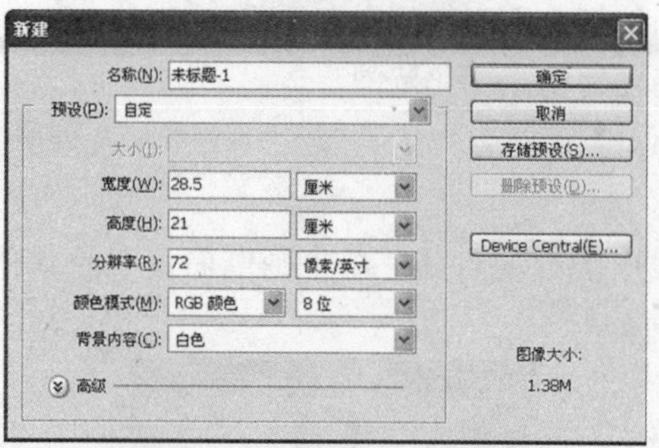

图 4-20 “新建”对话框

图 4-21 绘制花朵

3 隐藏其他的图层，运用矩形选框工具选中需要定义为新画笔的图案，如图 4-22所示。

4 执行“编辑”→“定义画笔预设”命令，在弹出的图 4-23 所示的“画笔名称”对话框输入新画笔的名称，单击“确定”按钮，所定义的画笔就会出现在画笔面板中。

图 4-22 选中定义为画笔的图案

图 4-23 “画笔名称”对话框

5 选择“文件”→“打开”命令，打开一张素材图像，如图 4-24 所示。

6 将素材图像添加至文件中，单击“添加图层蒙版”按钮，添加一个蒙版，将蒙版填充黑色，如图 4-25 所示。

图 4-24 素材图像

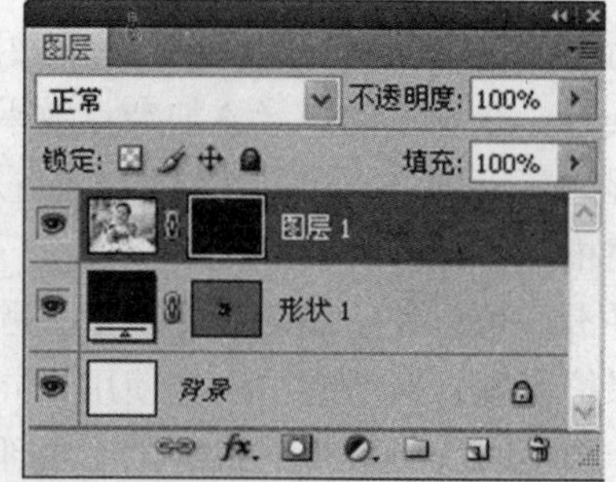

图 4-25 添加蒙版

7 运用自定形状工具，在属性栏中单击“形状”下拉按钮，在弹出的下拉面板中选择心形，在绘图区按住鼠标并拖动，绘制一个心形，转换形状为选区，在选中

图层蒙版的状态下，填充颜色为白色，在图层面板中蒙版状态如图 4-26 所示。添加蒙版后的图像效果如图 4-27 所示。

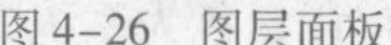

图 4-26　图层面板　　　　图 4-27　添加蒙版后的图像

8 运用画笔工具，选择“花形画笔”样式，设置前景色为红色，在画笔面板中设置参数如图 4-28 所示。

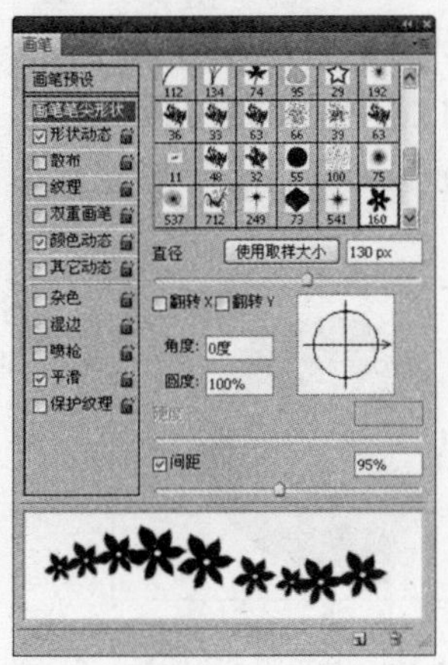

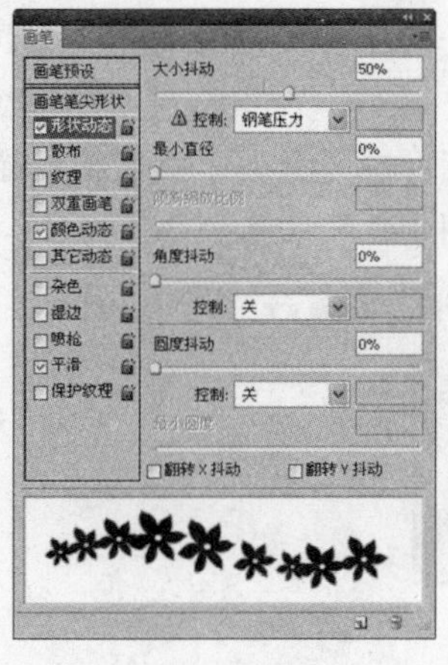

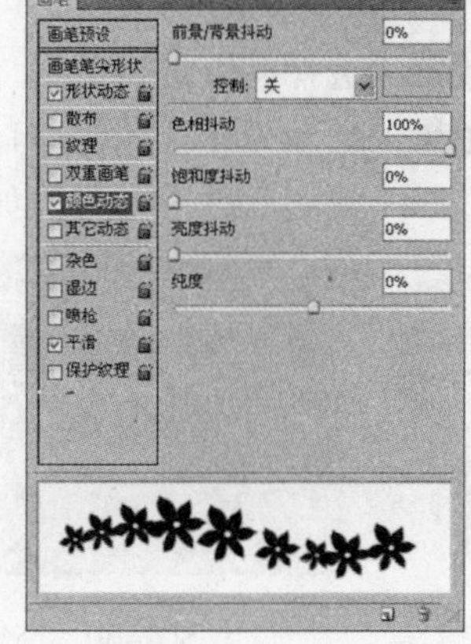

图 4-28　画笔面板

9 选择钢笔工具，单击鼠标右键，在弹出的快捷菜单中选择“描边路径”选项，在弹出的对话框中选择“画笔描边”选项，单击“确定”按钮，按〈Ctrl + H〉键隐藏路径，边框效果制作完成，如图 4-29 所示。

图 4-29　边框效果

第 3 节　填 充 图 像

在 Photoshop 中，可以通过很多种方法来填充图像，下面我们来学习如何填充渐变色和图案。

1. 应用渐变填充

所谓“渐变”，实际上就是多种颜色之间的一种混合过渡。渐变工具可创建各种各样的颜色混合效果。

(1) 渐变基本操作

首先以制作球体为例，学习渐变工具的基本使用方法。

1　单击工具箱图标，或按下〈D〉键，恢复前/背景色为系统默认的黑白颜色。

2　单击前景色色板，在打开的“拾色器”对话框中选择天蓝色（R42、G137、B205）作为前景色。

3　在工具箱中选择渐变工具，按下径向渐变按钮，单击选项栏渐变列表框下拉按钮，从弹出的如图 4-30 所示渐变列表中选择“前景到背景”渐变。

4　选择椭圆选框工具，按住〈Shift〉键在图像窗口中拖动鼠标建立正圆选区。

5　移动光标至图像窗口圆形选区上方，然后拖动鼠标至选区边端，释放鼠标后，便得到立体球效果，如图 4-31 所示。

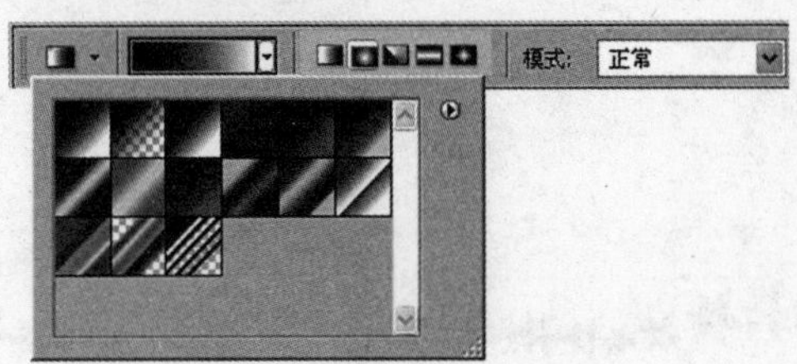

图 4-30　渐变工具选项栏

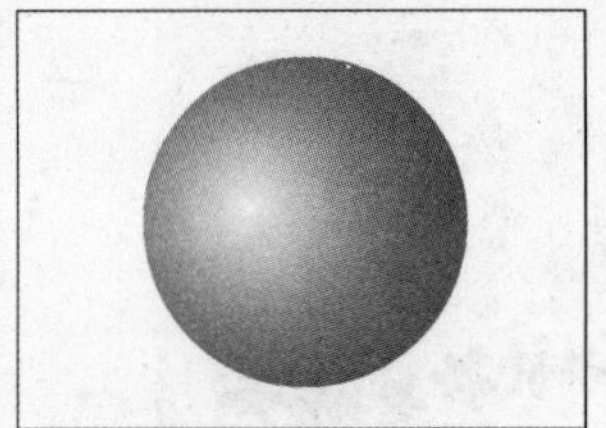

图 4-31　填充渐变结果

(2) 渐变的类型

Photoshop 可创建五种形式的渐变：线性渐变、径向渐变、角度渐变、对称渐变和菱形渐变，按下选项栏中的相应按钮即可选择相应的渐变类型，如图 4-32 所示。

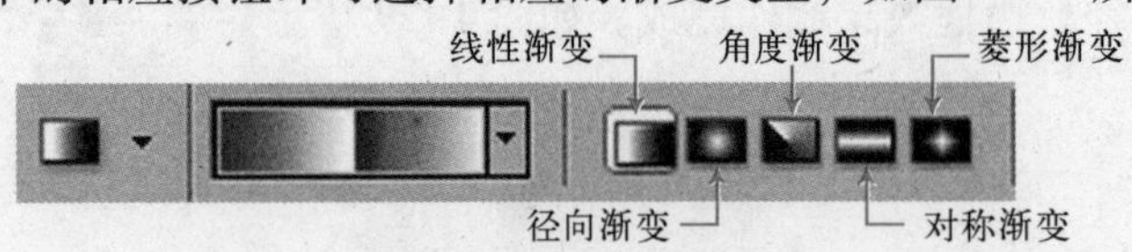

图 4-32　渐变选项按钮

➢ 线性渐变：从起点到终点线性渐变。
➢ 径向渐变：从起点到终点以圆形图案逐渐改变。
➢ 角度渐变：围绕起点以逆时针环绕逐渐改变。
➢ 对称渐变：在起点两侧对称线性渐变。
➢ 菱形渐变：从起点向外以菱形图案逐渐改变，终点定义菱形的一角。

5 种渐变填充效果如图 4-33 所示。

图 4-33　5 种渐变效果

2. 油漆桶工具

油漆桶工具与“编辑”→“填充”命令非常相似，用于在图像或选区中填充颜色或图案，但油漆桶工具在填充前会对鼠标单击位置的颜色进行取样，从而只填充颜色相同或相似的图像区域，如图 4-34 所示。

图 4-34　油漆桶工具填充示例

油漆桶工具选项栏如图 4-35 所示，在“填充”列表框中可选择填充的内容：前景色或图案。当选择图案作为填充内容时，“图案”列表框被激活，单击其右侧的下拉列表按钮，可打开图案下拉面板，从中选择所需的填充图案。

图 4-35　油漆桶工具选项栏

第 4 节　变 换 图 像

在“编辑”→“变换”子菜单中包含对图像进行变换的各种命令，如图 4-36 所示。通过这些命令可以对选区内的图像、图层、路径和矢量形状进行变换操作，如缩放、旋转、斜

切和透视等操作。执行这些命令时，当前对象上会显示出定界框，如图 4-37 所示。拖动定界框中的控制点便可以进行变换操作。

如果是执行“编辑”→“自由变换”命令，或按下〈Ctrl + T〉快捷键，同样会显示定界框，此时单击鼠标右键，在弹出的快捷菜单中可以选择不同的选项，对图像进行任意的变换，包括旋转、缩放、扭曲、斜切、透视等，如图 4-38 所示。

再次(A)　Shift+Ctrl+T

缩放(S)
旋转(R)
斜切(K)
扭曲(D)
透视(P)
变形(W)

旋转 180 度(1)
旋转 90 度(顺时针)(9)
旋转 90 度(逆时针)(0)

水平翻转(H)
垂直翻转(V)

图 4-36　变换级联菜单

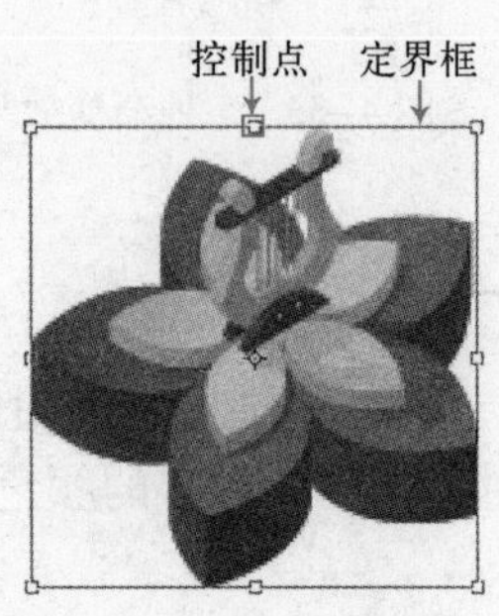

图 4-37　定界框

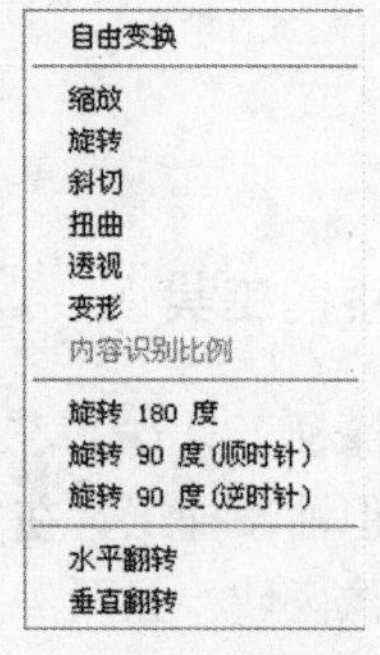

图 4-38　快捷菜单

1. 重复变换

按〈Ctrl + Alt + T〉键，可以在复制对象的同时，开启自由变换方式。

在已经执行过一次变换操作后，选择“编辑”→“变换”→“再次”命令，或按下〈Ctrl + Shift + T〉键，可以以相同的参数再次对当前图层或选区图像进行变换，并确保两次变换操作的效果相同。使用该命令可大大简化重复变换操作。

2. 变形

使用变形命令可以对图像进行更为灵活和细致的变形操作。例如，制作页面折角及翻转胶片等效果。

选择“编辑”→“变换”→“变形”命令，或者在工具选项栏中单击按钮，即可进入变形模式，此时工具选项栏显示如图 4-39 所示。

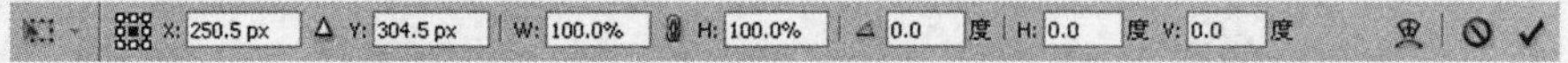

图 4-39　变形选项栏

在调出变形控制框后，可以采用以下两种方法对图像进行变形操作：

- 在工具选项栏“变形”下拉列表框中选择适当的形状选项。
- 直接在图像内部、节点或控制手柄上拖动，直至将图像变形为所需的效果。

变形工具选项栏各个参数解释如下：

- 变形：在该下拉列表框中可以选择 15 种预设的变形选项，如果选择自定选项则可以随意对图像进行变形操作。
- 更改变形方向按钮：单击该按钮可以在不同的角度改变图像变形的方向。
- 弯曲：在此输入正或负数可以调整图像的扭曲程度。
- H、V 输入框：在此输入数值可以控制图像扭曲时在水平和垂直方向上的比例。

第5节　实战演练——重复变换

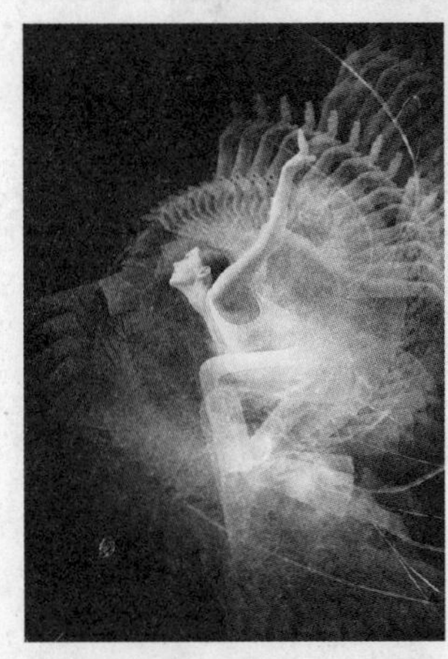

本实例主要练习重复变换操作方法，制作出一幅非常梦幻时尚而且具有动感的海报，效果如左图所示。

主要使用工具：

“新建”命令、“打开”命令、移动工具、图层蒙版、画笔工具、重复变换、图层混合模式。

视频路径：avi \ 4. 5. avi

1　启用 Photoshop 后，执行“文件”→“新建”命令，或按〈Ctrl + N〉快捷键，弹出“新建”对话框，设置“宽度”为21厘米、“高度”为29. 7厘米，如图4-40所示，单击“确定”按钮，新建一个文件。按〈D〉键，恢复前景色和背景色为默认的黑白颜色，填充背景为黑色。

2　执行“文件”→“打开”命令，或按〈Ctrl + O〉快捷键，打开一张光线素材图像，如图4-41所示。

3　运用移动工具将素材添加至文件中，设置图层的“混合模式”为“强光”、“不透明度”为70%，效果如图4-42所示。

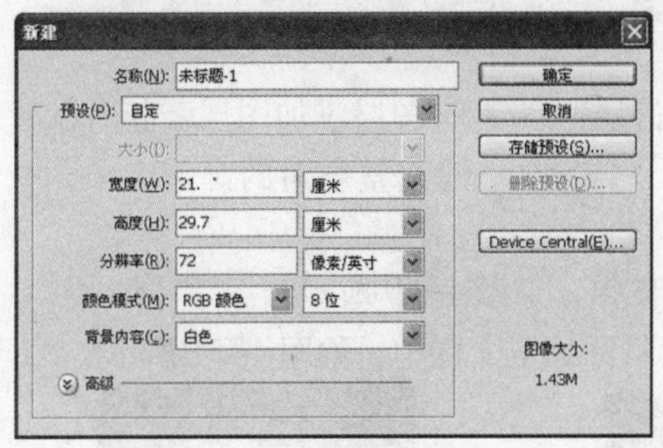

图4-40　新建文件

图4-41　背景素材

图4-42　“强光”混合模式

4　单击图层面板上的“添加图层蒙版”按钮，为素材图层添加图层蒙版。设置前景色为黑色，选择画笔工具，按〈[〉或〈]〉键调整合适的画笔大小，在光线素材中涂抹，效果如图4-43所示。

5　打开人物素材文件，运用移动工具将素材添加至文件中，如图4-44所示。

6　按下〈Ctrl + Alt + T〉键，进入变换状态，移动鼠标至定界框外，当光标显示为形状后，拖动旋转图像，如图4-45所示。调整完成后，按〈Enter〉键确定。

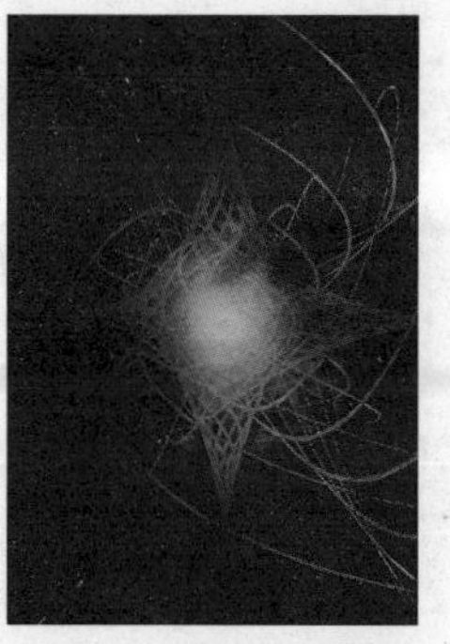
图 4-43 添加图层蒙版

图 4-44 人物素材

图 4-45 变换

7 按下〈Ctrl + Alt + Shift + T〉快捷键，可在进行再次变换的同时复制变换对象。重复变换复制功能，得到如图 4-46 所示的效果。

8 将所有的人物图层合并，调整至如图 4-47 所示的位置、大小和角度。

9 更改图层的“混合模式”为“强光”、“不透明度”为75%，效果如图 4-48 所示。

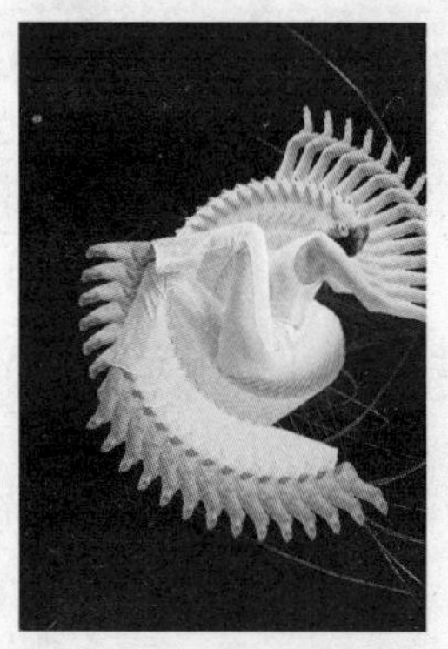
图 4-46 重复变换

图 4-47 调整

图 4-48 “强光”混合模式

10 单击图层面板上的“添加图层蒙版”按钮，为素材图层添加图层蒙版。设置前景色为黑色，选择画笔工具，按〈[〉或〈]〉键调整合适的画笔大小，在图像中涂抹，效果如图 4-49 所示。

11 运用同样的操作方法，制作出其它的旋转效果，如图 4-50 所示。

12 打开人物素材文件，运用移动工具将素材添加至文件中，如图 4-51 所示。

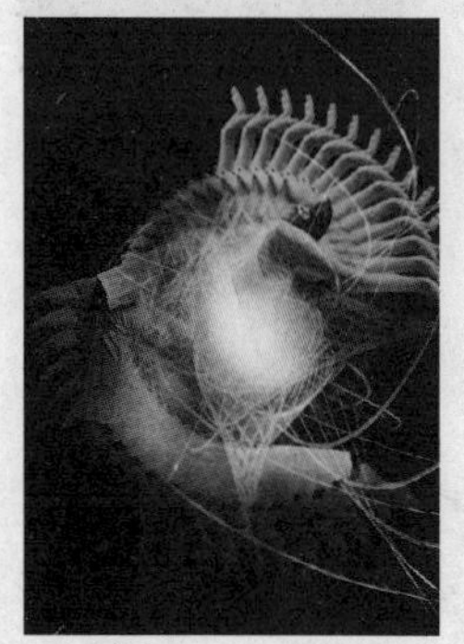
图 4-49 添加图层蒙版

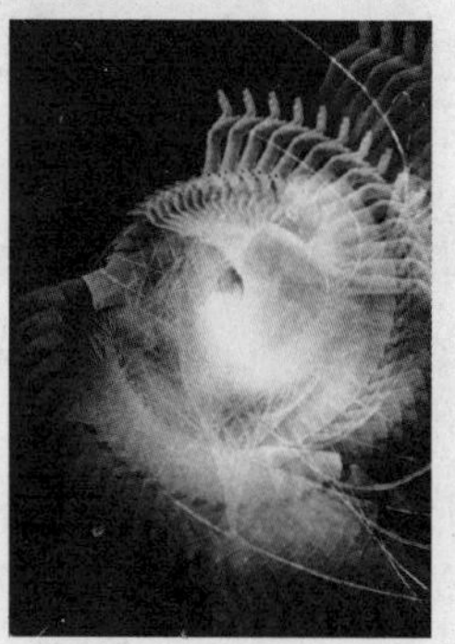
图4-50 制作其他旋转效果

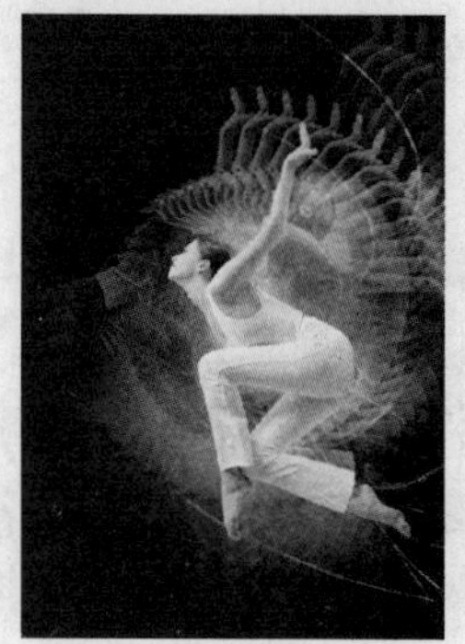
图 4-51 添加人物素材

13 单击图层面板上的“添加图层蒙版”按钮，为素材图层添加图层蒙版。设置前景色为黑色，选择画笔工具，按〈［〉或〈］〉键调整合适的画笔大小，在图像中涂抹，效果如图4–52所示。

14 打开人物素材文件，运用移动工具将素材添加至文件中，调整好大小和位置，如图4–53所示。

15 更改图层的“混合模式”为“强光”、“不透明度”为30%，效果如图4–54所示。

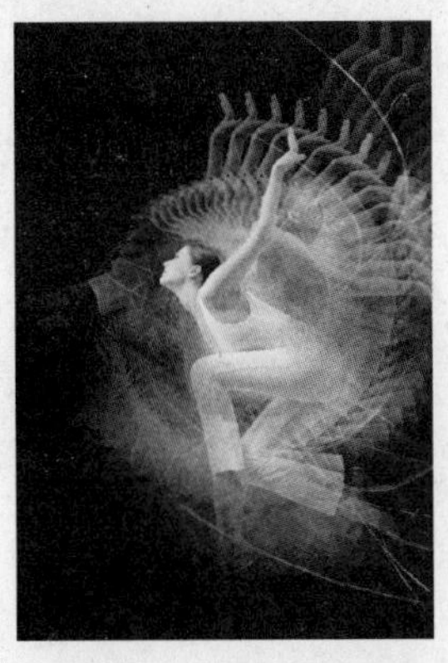

图4–52 添加图层蒙版

图4–53 添加人物素材

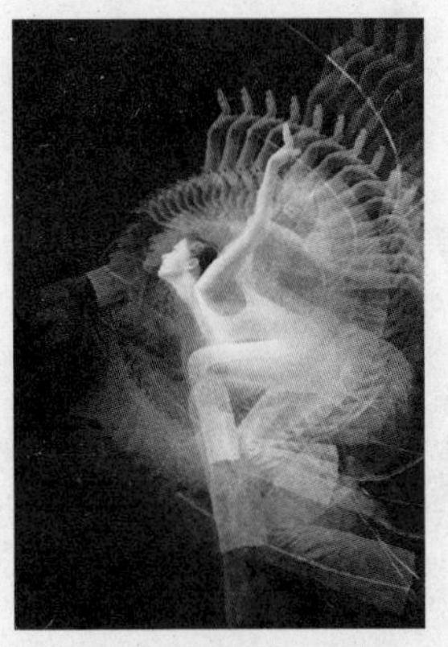

图4–54 “强光”混合模式

16 单击图层面板上的“添加图层蒙版”按钮，为素材图层添加图层蒙版。设置前景色为黑色，选择画笔工具，按〈［〉或〈］〉键调整合适的画笔大小，在图像中涂抹，效果如图4–55所示。

17 执行“文件”→“打开”命令，或按〈Ctrl + O〉快捷键，打开一张光效素材图像，如图4–56所示。

18 运用移动工具将素材添加至文件中，设置图层的“混合模式”为“叠加”，效果如图4–57所示。

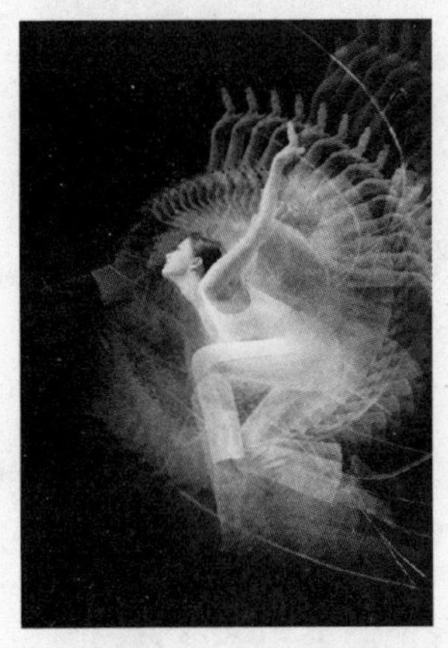

图4–55 添加图层蒙版

图4–56 光效素材

图4–57 “叠加”混合模式

19 单击图层面板上的“添加图层蒙版”按钮，为素材图层添加图层蒙版。设置

前景色为黑色，选择画笔工具，按〈[〉或〈]〉键调整合适的画笔大小，在图像中涂抹，效果如图 4-58 所示。

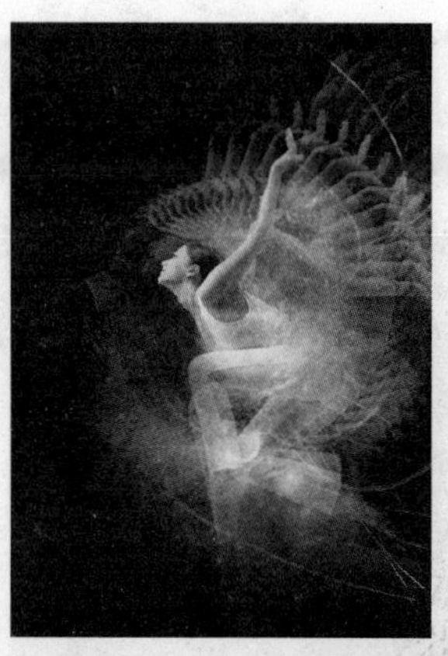

图 4-58　添加图层蒙版

第 6 节　练　一　练

本实例通过画笔的运用，将一张平淡无奇的照片制作出绚丽的效果，色彩如梦如幻，图案的添加使效果更加时尚，如图 4-59 所示。

图 4-59　人物特效

操作提示：

（1）添加人物素材。

（2）调整人物素材。

（3）降低不透明度，运用画笔工具绘制背景。

（4）定义墨迹为画笔，设置不同颜色绘制左上角图形。

（5）添加蝴蝶素材。

（6）添加文字效果。

第5章 矢量工具与路径

形状和路径是 Photoshop 可以建立的两种矢量图形。由于是矢量对象，因此可以自由地缩小或放大，而不影响其分辨率，还可输出到 Illustrator 矢量图形软件中进行编辑。

本章要点

- 矢量图与位图
- 矢量工具的创建内容
- 创建路径
- 绘制图形

第1节· 矢量图与位图

要想深刻理解并掌握 Photoshop 等图形图像软件，必须了解图形图像的两个基本概念：位图图像和矢量图形。

计算机图形可以分为位图图像和矢量图形两大类型，Photoshop 是一个位图图像处理软件，因此它具有位图图像处理软件的一些共同特点，例如都是以“像素”为最基本单位对图像进行编辑和处理。

1. 矢量图形

矢量图是由一些用数学方式描述的曲线组成，其基本组成单元是锚点和路径。无论缩放多少，矢量图的边缘都是平滑的。而且矢量图形文件所占的磁盘空间也很少，非常适合网络传输。目前网络上流行的 Flash 动画就是矢量图形格式。

矢量图形与分辨率无关，可以将它们缩放到任意尺寸，按任意分辨率打印，都不会丢失细节或降低清晰度。图 5-1 所示的图形放大很大倍数后，构成图形的线条和色块仍然非常光滑，没有失真的现象。

矢量图形文件格式很多，如 Adobe Illustrator 软件的 *. AI、*. EPS 和 SVG 格式、AutoCAD 软件的 *. dwg 和 dxf 格式、CorelDRAW 软件的 *. cdr 格式、Windows 标准图元文件 *. wmf 和增强型图元文件 *. emf 格式等。

矢量图形特别适合表现大面积色块的卡通、标志、插画、文字或公司 LOGO。制作和处理矢量图形的软件有 CorelDraw、FreeHand、Illustrator、AutoCAD 等。

虽然 Photoshop 是一个位图软件，但在 Photoshop 中使用钢笔工具、形状工具绘制的路径，以及使用文字工具输入的文字都属于矢量图形的范畴。

图 5-1　矢量图形放大

2. 位图图像

位图图像又称点阵图像或栅格图像，它是由许许多多的点组成的，这些点我们称之为像素（pixel）。不同颜色的像素点按照一定次序进行排列，就组成了色彩斑斓的图片。

当把位图图像放大到一定程度显示，在计算机屏幕上就可以看到一个个的方形小色块，如图 5-2 所示，这些小色块就是组成图像的像素。位图图像就是通过记录下每个像素的位置和颜色信息来保存图像，因此图像的像素越多，每个像素的颜色信息越多，该图像文件所占磁盘空间也就越大。

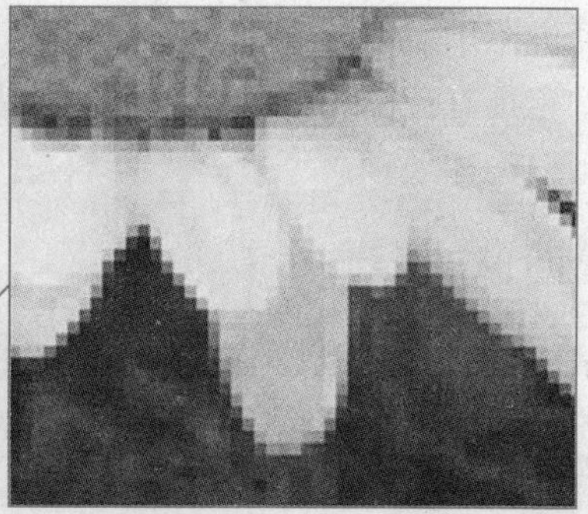

图 5-2　位图图像放大

由于位图图像是通过记录每个像素的方式保存图像，因而它可以表现出图像的阴影和色彩的细微层次，从而看起来非常逼真。位图图像常用于保存图像复杂、色彩和色调变化丰富的图像，如人物、风景照片等。通过扫描仪、数码相机获得的图像，其格式都是位图图像格式。

位图图像与分辨率有关。当位图图像在屏幕上以较大的倍数显示，或以过低的分辨率打印时，就会看见锯齿状的图像边缘。因此，在制作和处理位图图像之前，应首先根据输出的要求，调整适当的图像分辨率。

制作和处理位图图像的软件有：Adobe Photoshop、Corel Photo-Paint、Fireworks、Painter和Ulead PhotoImpact等。

3. 两者的关系

位图图像和矢量图形格式没有好坏之分，只是适用范围和领域不同而已。随着软件功能的增强，Photoshop也具有了部分矢量图形的绘制能力，例如Photoshop创建的路径和形状就是矢量图形。Photoshop文件既可以包含位图，又可以保存矢量数据。

通过软件，矢量图可以轻松地转化为任何分辨率和大小的位图图像，而点阵图转化为矢量图则需要经过复杂的数据处理，而且生成的矢量图形的质量绝对不能和原来的图像相比，会丢失大量的图像细节。

第2节 矢量工具的创建内容

Photoshop中的矢量工具可以创建不同类型的对象，包括形状图层、工作路径和填充像素。在选择了矢量工具后，在工具选项栏中按下相应的按钮，指定一种绘制模式，然后才能进行操作。

1. 形状图层

按下工具选项栏中的"形状图层"按钮后，可在单独的形状图层中创建形状。形状图层由填充区域和形状两部分组成，填充区域定义了形状的颜色、图案和图层的不透明度；形状则是一个矢量蒙版，它定义了图像显示和隐藏区域。形状是路径，它出现在路径面板中，如图5-3所示。

图5-3 绘制形状

2. 工作路径

按下工具选项栏中的"路径"按钮后，可绘制工作路径，它出现在路径面板中，如图5-4所示。创建工作路径后，可以使用它来创建选区、创建矢量蒙版，或者对路径进行填充和描边，从而得到光栅化的图像。在通过绘制路径选取对象时，需要按下该按钮。

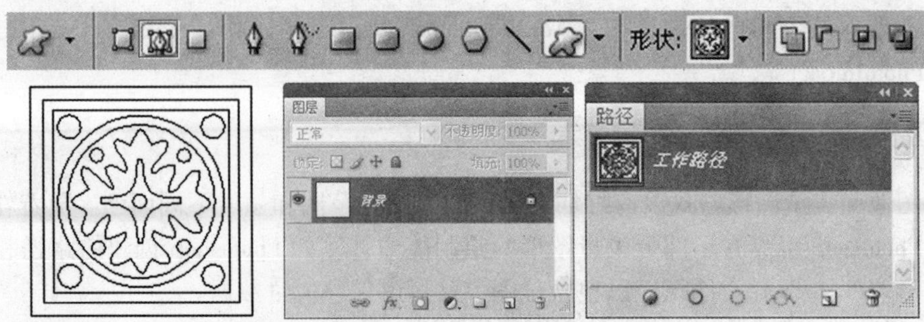

图 5-4　绘制工作路径

3. 填充区域

按下“填充像素”按钮后，绘制的将是光栅化的图像，而不是矢量图形。在创建填充区域时，Photoshop 使用前景色作为填充颜色，此时路径面板中不会创建工作路径，图层面板中可以创建光栅化的图像，但不会创建形状图层，如图 5-5 所示。该选项不能用于钢笔工具，只有使用各种形状工具时（矩形工具、椭圆工具、自定形状等工具），才能按下该按钮。

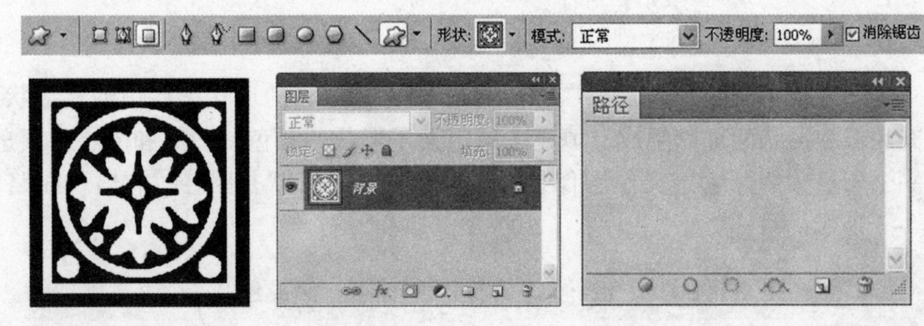

图 5-5　绘制填充区域

第 3 节　创建路径

路径在 Photoshop 中有着广泛的应用，它可以描边和填充颜色，可作为剪切路径而应用到矢量蒙版中。此外，路径还可以转换为选区，因而常用于抠取复杂而光滑的对象。

1. 路径工具组

钢笔工具是绘制和编辑路径的主要工具，了解和掌握钢笔工具的使用方法是创建路径的基础。Photoshop 路径工具组包括五个工具，如图 5-6 所示，分别用于绘制路径、增加、删除锚点及转换锚点类型。

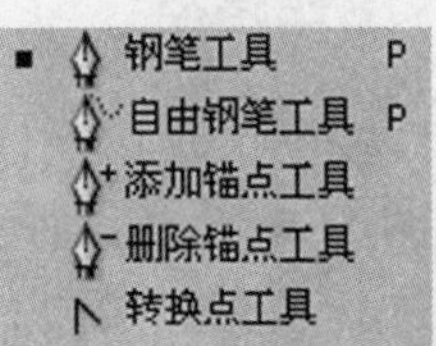

图 5-6　路径工具组

钢笔工具：最常用的路径工具，使用它可以创建光滑而复杂

的路径。

自由钢笔工具：类似于真实的钢笔工具，它允许在单击并拖动鼠标时创建路径。

添加锚点工具：为已经创建的路径添加锚点。

删除锚点工具：从路径中删除锚点。

转换点工具：用于转换锚点的类型，可以将路径的圆角转换为尖角，或将尖角转换为圆角。

钢笔工具选项栏如图 5-7 所示。

图 5-7　钢笔工具选项栏

2. 钢笔工具

钢笔工具是创建路径的基本工具，使用该工具可创建直线或曲线路径。

选择钢笔工具后，按下工具选项栏路径按钮，依次在图像窗口单击以确定路径各个锚点的位置，锚点之间将自动创建一条直线型路径，如图 5-8 所示。

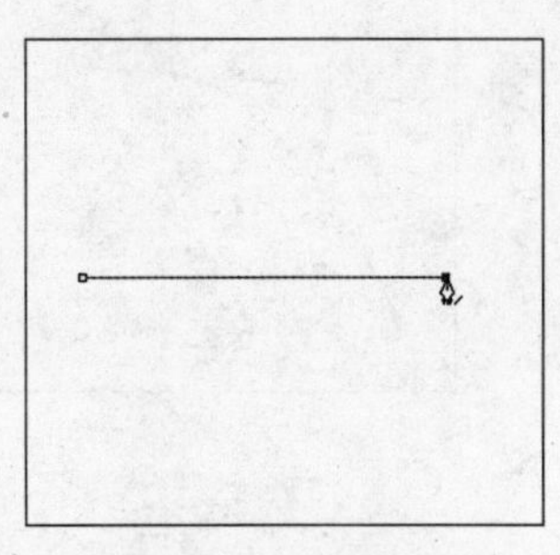

图 5-8　直线路径

在绘制路径的过程中，按下〈Delete〉键可删除上一个添加的锚点，按下〈Delete〉键两次删除整条路径，按三次则删除所有显示的路径。按住〈Shift〉键可以让所绘制的点与上一个点保持 45°整数倍夹角（比如 0°、90°、180°）。

在使用钢笔工具时，按住〈Ctrl〉键可切换至直接选择工具，按住〈Alt〉键可切换至转换点工具。

绘制曲线路径比绘制直线路径相对要复杂些，一般可以按照下述步骤进行：

绘制时，首先将钢笔的笔尖放在要绘制路径的开始点位置，单击以定义第一个点作为起始锚点，此时钢笔光标变成箭头光标。当单击确定第二个锚点时，单击并拖移，以创建方向线。按此方法继续创建锚点，即可绘制出曲线路径，如图 5-9 所示。

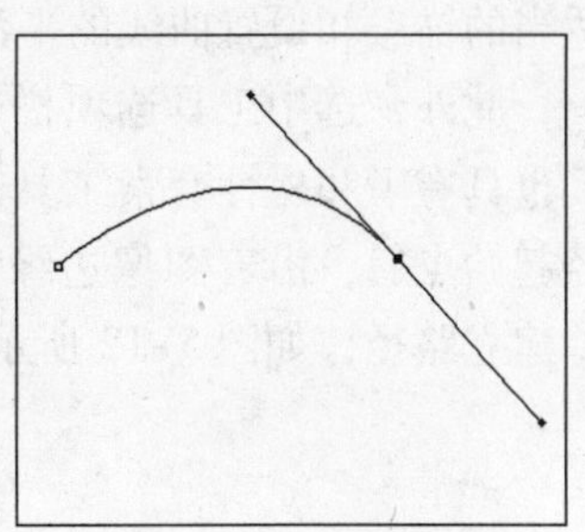

图 5-9　曲线路径

按照前面介绍的绘制曲线路径的方法定义第二个锚点。

在未松开鼠标左键前按住〈Alt〉键，此时就可以移动锚点一侧的方向线而不会影响到另一侧的句柄。

先松开鼠标左键再松开〈Alt〉键，再绘制第三个锚点，从而得到拐角型路径，如图 5-10 所示。

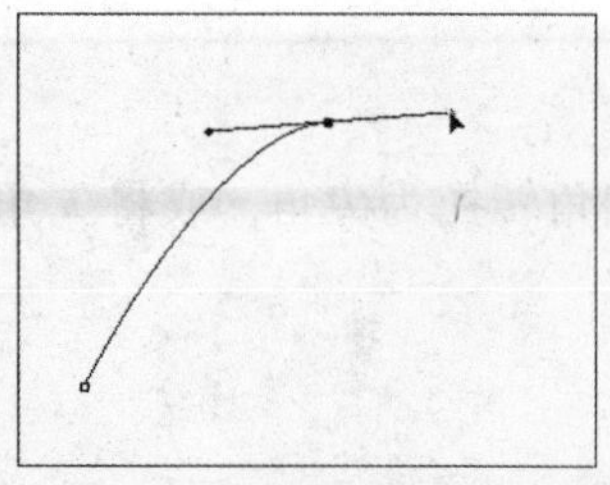
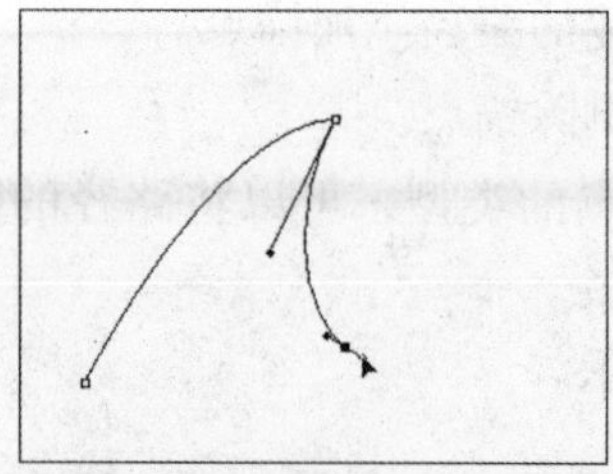
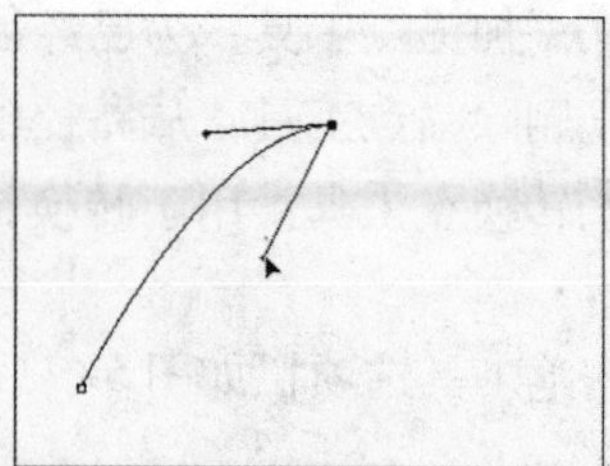

图 5-10　绘制拐角型路径

如果需要，也可以按住〈Alt〉键单击锚点中心，去掉锚点一侧的句柄，从而直接绘制直线路径，如图 5-11 所示。

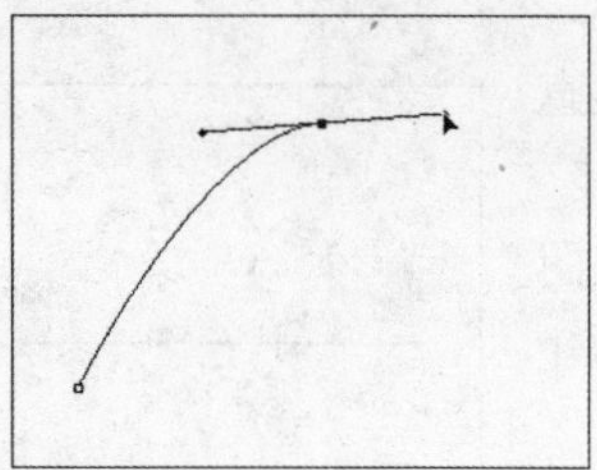
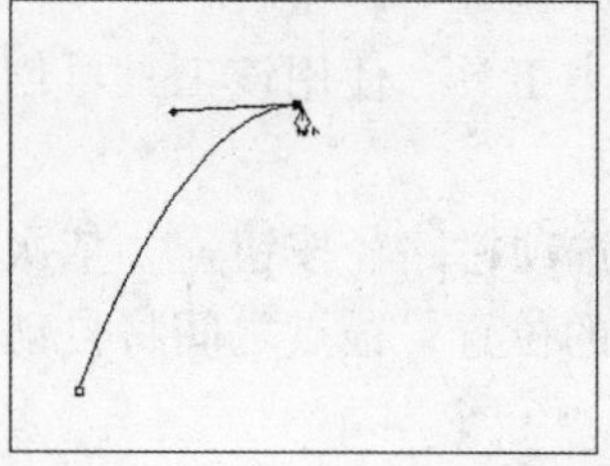
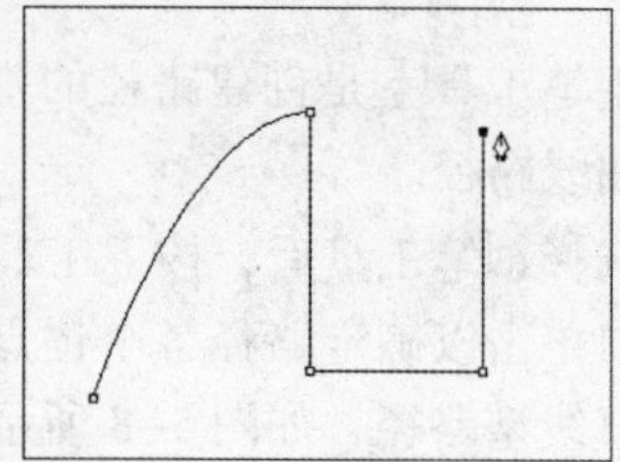

图 5-11　绘制后接直线段路径

在绘制路径时，如果将光标放于路径第一个锚点处，钢笔光标的右下角处会显示一个小圆圈标记，此时单击鼠标即可使路径闭合，得到闭合路径，否则得到的为开放路径。

3. 自由钢笔工具

与钢笔工具不同，自由钢笔工具以徒手绘制的方式建立路径。在工具箱中选择该工具，移动光标至图像窗口中自由拖动，直至到达适当的位置后松开鼠标，光标所移动的轨迹即为路径。在绘制路径的过程中，系统自动会根据曲线的走向添加适当的锚点和设置曲线的平滑度。

此外，选中工具选项栏中的“磁性的”选项，自由钢笔工具也具有了和磁性套索工具一样的磁性功能，在单击确定路径起始点后，沿着图像边缘移动光标，系统会自动根据颜色反差建立路径，如图 5-12 所示。

图 5-12　自由钢笔工具示例

第 4 节　选择并编辑路径

对于创建的完整路径可以像编辑选区一样对其执行变换操作，以调整它们的位置、比例和方向等。也可以单独调整路径上的线段和锚点，以改变路径的形状。

1. 选择路径

要选择整条路径，在工具箱中选择路径选择工具，直接单击需要选择的路径即可，当整条路径处于选中状态时，路径线呈黑色显示，如图5-13所示。

使用直接选择工具单击锚点可以选择该点。如果需要选择多个锚点，可以在按住〈Shift〉键的同时单击要添加的锚点，所选锚点呈实心显示，未选择的锚点以空心显示，如图5-14所示。

图5-13　选择整条路径

图5-14　使用直接选择工具选择锚点

2. 调整路径

选择锚点后，下一步则是对锚点进行调整。调整直线段，利用直接选择工具拖动需要移动的直线路径，还可以用直接选择工具拖动该直线中的一个锚点，以改变它的位置，如图5-15所示。

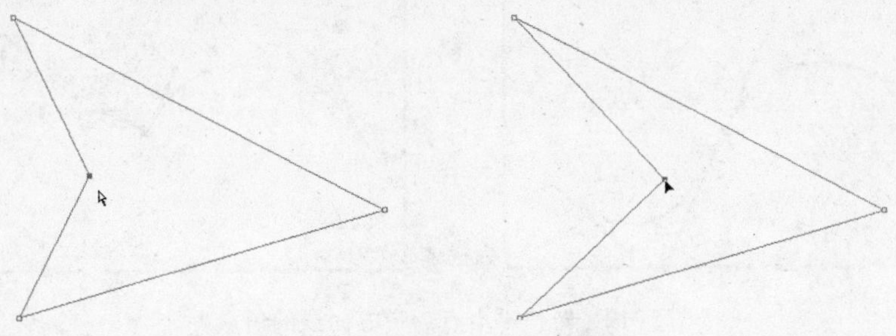

图5-15　移动路径中的锚点

调整曲线线段，利用直接选择工具单击鼠标左键并拖动需要调整的曲线路径线段，还可以拖动该曲线线段的控制柄进行变换，如图5-16所示。

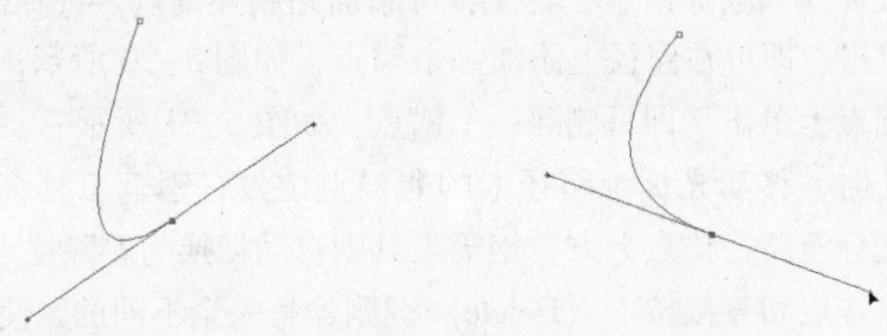

图5-16　调整曲线线段的控制柄

3. 转换锚点

锚点共有两种类型：平滑点和角点。平滑曲线由平滑锚点组成，其锚点两侧的方向线在同一条直线上，如图 5-17 所示。角点则组成带有拐角的曲线。使用转换点工具可轻松完成平滑点和角点之间的相互转换。

在工具箱中选择转换点工具，然后移动光标至平滑点上单击，即可将该平滑点转换为没有方向线的角点，如图 5-17 所示，曲线段也变为直线段。若要将角点转换为平滑点，只需移动光标至角点上单击并拖动鼠标即可，如图 5-18 所示。

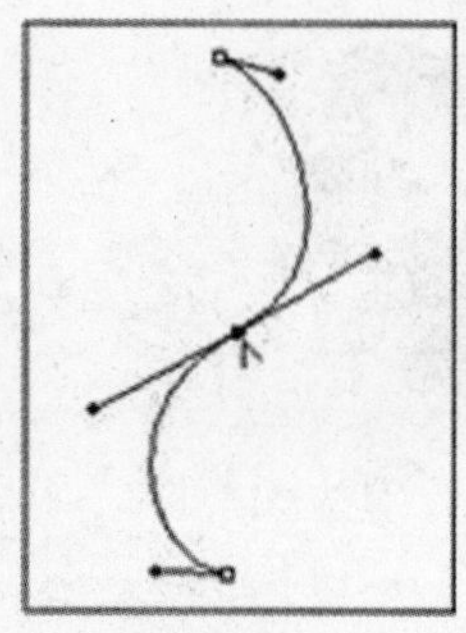
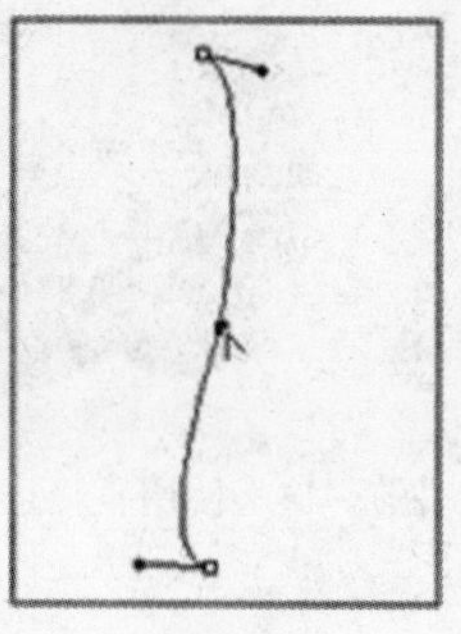

图 5-17　转换平滑点为角点

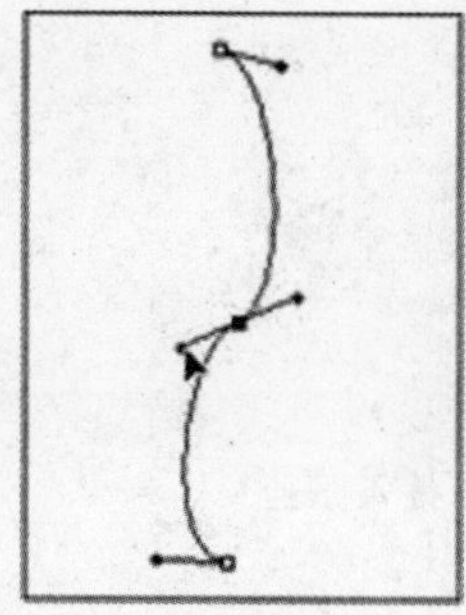
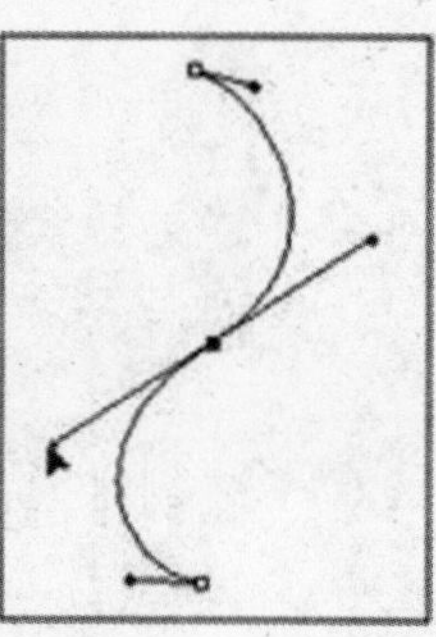

图 5-18　转换角点为平滑点

若想将平滑点转换成带有方向线的角点，可在选择转换点工具后，移动光标至平滑点一侧的方向点上方拖动即可，如图 5-19 所示。

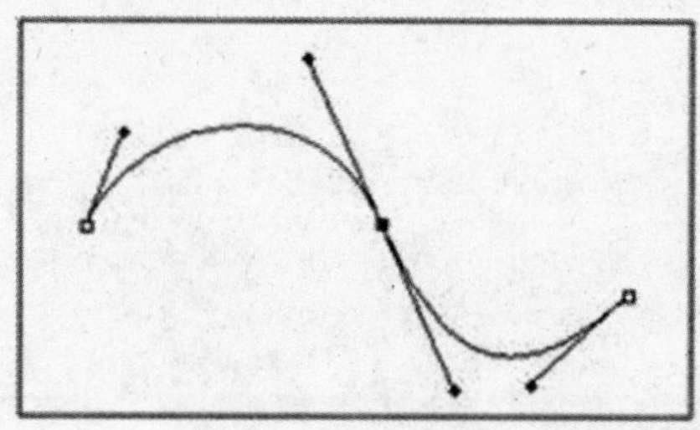
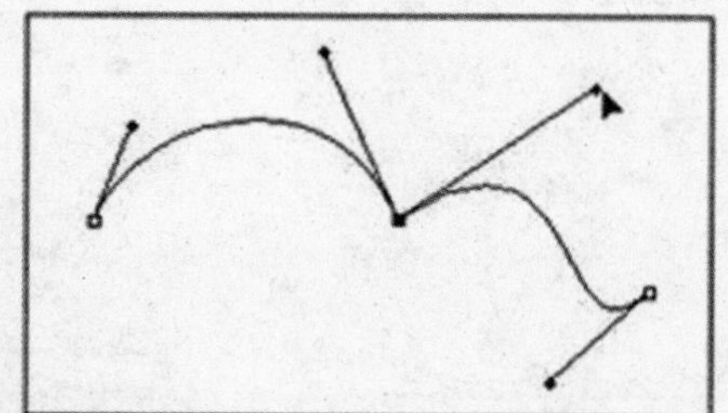

图 5-19　转换平滑点为带方向线的角点

4. 添加和删除锚点

使用添加锚点工具和删除锚点工具，可添加和删除锚点。选择添加锚点工具后，移动光标在路径上单击，即可在路径上添加一个锚点，如图 5-20 所示；选择删除锚点工具后，移动光标至锚点上单击，即可删除一个锚点，如图 5-21 所示。

使用钢笔工具时，移动光标至路径上的非锚点位置，钢笔工具会自动切换为添加锚点工具；若移动光标至路径锚点上方，钢笔工具则自动切换为删除锚点工具。

使用工具删除锚点和直接按下〈Delete〉键删除是完全不同的，使用工具删除锚点不会打断路径，而按下〈Delete〉键会同时删除锚点两侧的线段，从而打断路径。

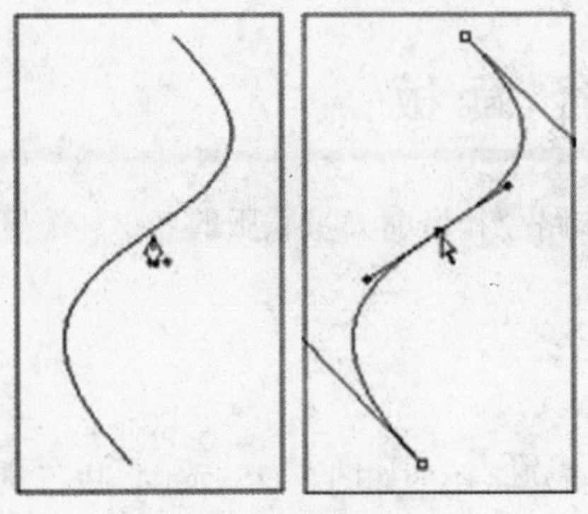

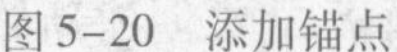
图5-20　添加锚点

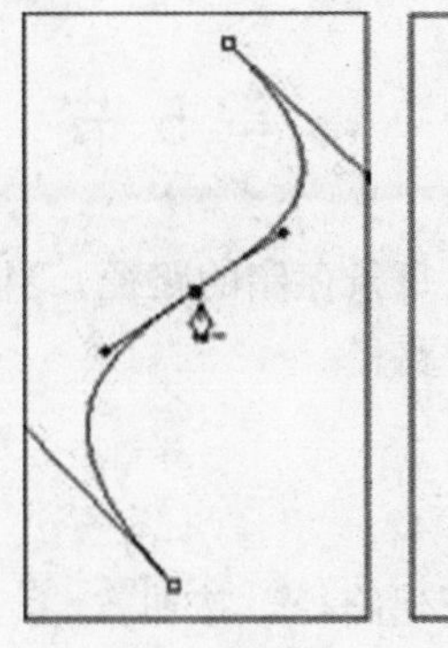

图5-21　删除锚点

5. 描边与填充路径

路径为矢量对象，可描绘平滑的对象边缘，可精细微调，并且放大和缩小都不影响其分辨率，因而应用广泛，可用于绘制图像、填充或描边，或制作图层矢量蒙版。

(1) 描边路径

激活路径面板，在面板中选择需要进行描边的路径，然后将前景色设置为描边线条所应该具有的颜色。在工具箱中选择需要用于描边操作的工具，通常选择画笔工具。在画笔工具选项栏中设置该工具所使用的画笔大小及“不透明度”、“模式”等选项。单击路径调板中的“用画笔描边路径”按钮，即可得到所需的效果，如图5-22所示。

图5-22　描边路径

(2) 填充路径

激活路径面板，在面板中选择需要进行填充的路径，然后将前景色设置为需要填充的颜色。按住〈Alt〉键的同时单击“用前景色填充路径”按钮，将会弹出“填充路径”对话框，如图5-23所示。设置参数后单击“确定”按钮，即可得到所需的效果，如图5-24所示。

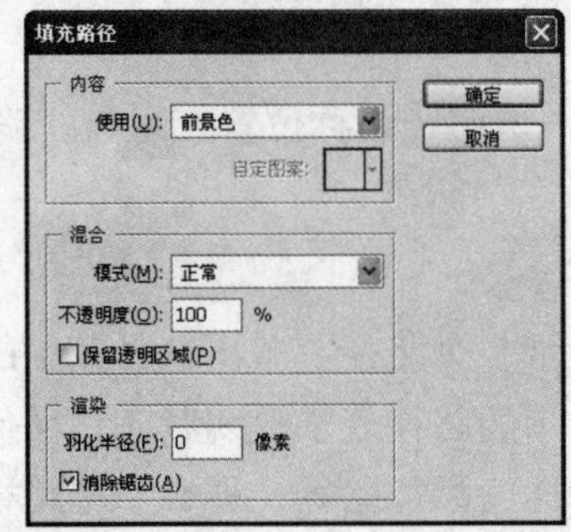

图5-23　“填充路径”对话框

图5-24　填充路径

第 5 节　路 径 面 板

路径面板中显示了每条存储的路径，当前工作路径和当前矢量蒙版的名称和缩览图。通过面板可以保存和管理路径。

1. 新建路径

单击路径面板“新建路径”按钮，可以新建路径，如图 5-25 所示。执行路径面板菜单中的“新建路径”命令，或按〈Alt〉键的同时单击面板中“创建新路径”按钮，可以打开新路径对话框，在对话框中可输入路径的名称，单击“确定”按钮，也可以新建路径。新建路径后，可以使用钢笔工具或形状工具绘制图形，此时创建的路径不再是工作路径，如图 5-26 所示。

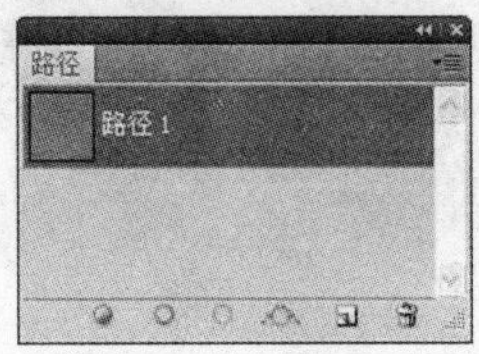

图 5-25　新建路径

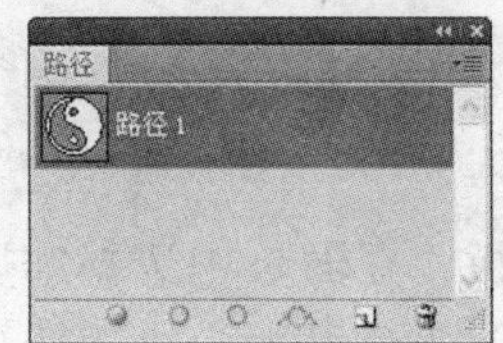

图 5-26　绘制图形

2. 保存路径

使用钢笔工具或形状工具创建路径时，新的路径作为“工作路径”出现在路径面板中。工作路径是临时路径，必须进行保存，否则当再次绘制路径时，新路径将代替原工作路径。

保存工作路径方法如下：

1 在路径面板中单击选择“工作路径”为当前路径。

2 执行下列操作之一以保存工作路径：

➢ 拖动工作路径至面板底端“创建新路径”按钮。

➢ 单击面板右上角按钮，从弹出面板菜单中选择“存储路径”命令。

➢ 双击工作路径。

3 工作路径保存之后，在路径面板中双击该路径名称位置，可为新路径命名。

3. 选择路径与隐藏路径

路径面板和图层面板一样，以分组的形式显示各个路径。单击选择其中的某个路径，该路径即成为当前路径而显示在图像窗口中，未显示的路径处于关闭状态，任何编辑路径的操作将只对当前路径有效。这时如果在图像窗口中继续添加路径，那么新增路径将成为当前路径的子路径（一条路径可以有多条子路径）。

若想关闭当前路径，单击路径面板空白处即可，路径关闭后即从图像窗口中消失。

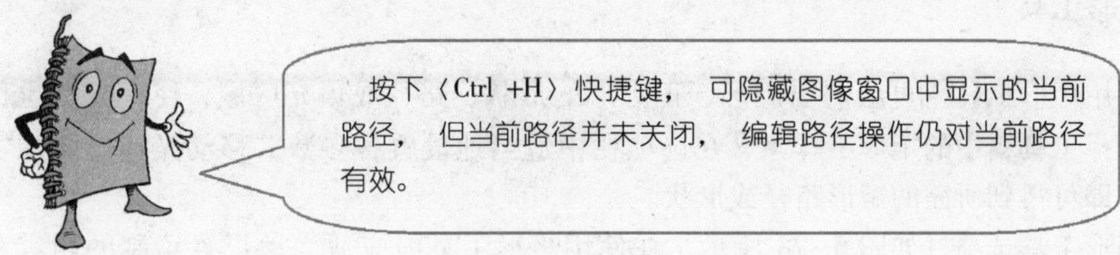

4. 删除路径

在路径面板中选择需要删除的路径后，单击“删除当前路径”按钮，或者执行面板菜单中的“删除路径”命令，即可将其删除。也可将路径直接拖至该按钮上删除。用路径选择工具选择路径后，按下〈Delete〉键也可以将其删除。

第6节　路径与选区的转换

路径与选区可以相互转换，即路径可以转换为选区，选区也可以转换为路径。

1. 将选区转换为路径

要将选区转换为路径，建立选区后，从路径面板菜单中选择“建立工作路径”命令，在弹出的“建立工作路径”对话框“容差”文本框中设置路径的平滑度，如图5-27所示，取值范围为0.5～10像素之间，最后单击“确定”按钮即得到所需的路径。

图5-27　“建立工作路径”对话框

2. 将路径转换为选区

无论是使用套索工具、多边形套索工具，还是磁性套索工具，都不能建立光滑的选区边缘，而且选区范围一旦建立很难进行调整。路径则不同，它由各个锚点组成，可随时进行调整，使用方向线可控制各曲线段的平滑度。在制作复杂、精密的图像选区方面，路径具有无可比拟的优势。

要将当前路径转换成为选区，可以单击路径面板底部的“将路径作为选区载入”按钮，也可以在路径面板菜单中选择“建立选区”命令，再在弹出的“建立选区”对话框中进行设置。

第7节　绘制图形

使用Photoshop提供的矩形、圆角矩形、椭圆、多边形、直线等形状工具，可以创建规则的几何形状，使用自定形状工具可以创建不规则的复杂形状。

1. 矩形工具

使用矩形工具可绘制出矩形、正方形的形状、路径或填充区域，使用方法也比较简单。选择工具箱中的矩形工具，在选项栏中适当地设置各参数，移动光标至图像窗口中拖动，即可得到所需的矩形路径或形状。

矩形工具选项栏如图 5-28 所示，在使用矩形工具前应适当地设置绘制的内容和绘制方式。

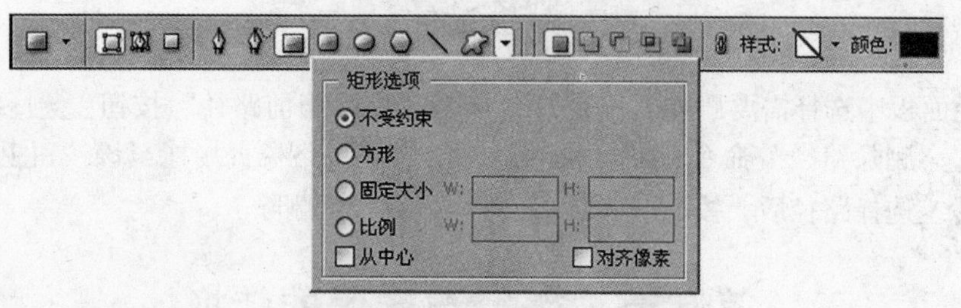

图 5-28　矩形工具选项栏

2. 圆角矩形工具

圆角矩形工具用于绘制圆角的矩形，选择该工具后，在画面中单击鼠标并拖动，可创建圆角矩形，按住〈Shift〉键拖动鼠标可创建正圆角矩形。

在绘制之前，可在选项栏“半径”框中设置圆角的半径大小，如图 5-29 所示，半径值越大，得到的矩形边角就越圆滑。图 5-30 所示为分别设置半径为 10px、20px 和 50px 时创建的圆角矩形。

图 5-29　圆角矩形工具选项栏

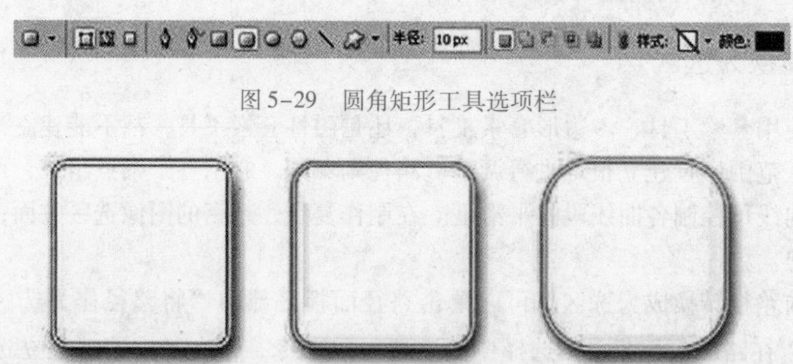

图 5-30　圆角矩形

圆角矩形添加适当的图层样式后，可用于制作网页中的按钮，如图 5-31 所示。

3. 椭圆工具

椭圆工具可建立圆形或椭圆的形状或路径，选择该工具后，在画面中单击鼠标并拖

动，可创建椭圆形，按住〈Shift〉键拖动鼠标则可以创建圆形，椭圆工具选项栏与矩形工具选项栏基本相同，可以选择创建不受约束的椭圆形和圆形，也可以选择创建固定大小和比例的图像。图 5-32 为使用椭圆工具创建的椭圆形和圆形。

图 5-31　应用于网页中的圆角矩形按钮

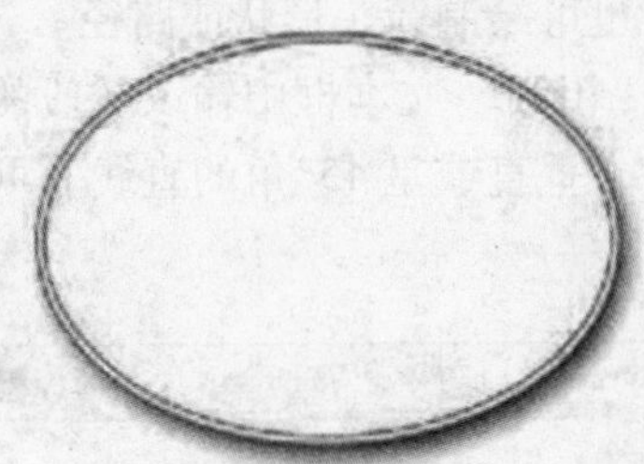

图 5-32　使用椭圆工具绘制椭圆和正圆

4. 多边形工具

使用多边形工具可绘制等边多边形，如等边三角形、五角星等，如图 5-33 所示。在使用多边形工具之前，应在选项栏中设置多边形的边数，如图 5-34 所示。

图 5-33　使用多边形工具绘制的多边形

- 边：设置多边形的边形，系统默认为 5，取值范围为 3 ~ 100。
- 半径：该选项用于设置多边形半径的大小，系统默认以像素为单位，右击该框，在弹出的快捷菜单中可选择所需的单位。

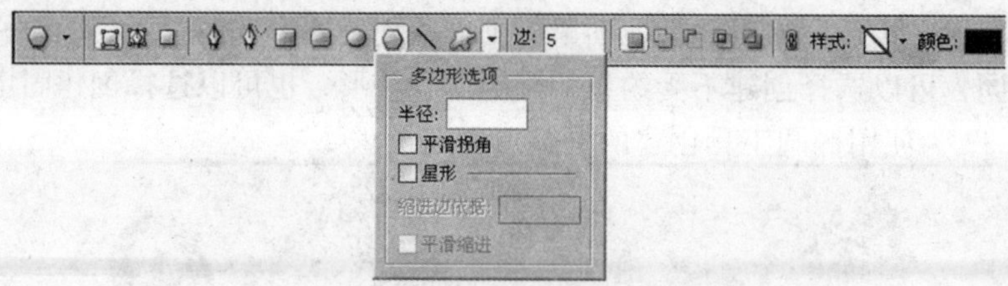

图 5-34　多边形工具选项栏

➢ 平滑拐角：选中此复选框，可平滑多边形的尖角。
➢ 星形：选中此选项，可绘制得到星形。
➢ 缩进边依据：设置星形边缩进的大小，系统默认为 50%。
➢ 平滑缩进：平滑星形凹角。

5. 直线工具

直线工具除可绘制直线形状或路径以外，也可绘制箭头形状或路径。

若绘制线段，首先可在图 5-35 所示选项栏“粗细”文本框中输入线段的宽度，然后移动光标至图像窗口拖动鼠标即可。若想绘制水平、垂直或呈 45°角的直线，可在绘制时按住〈Shift〉键。

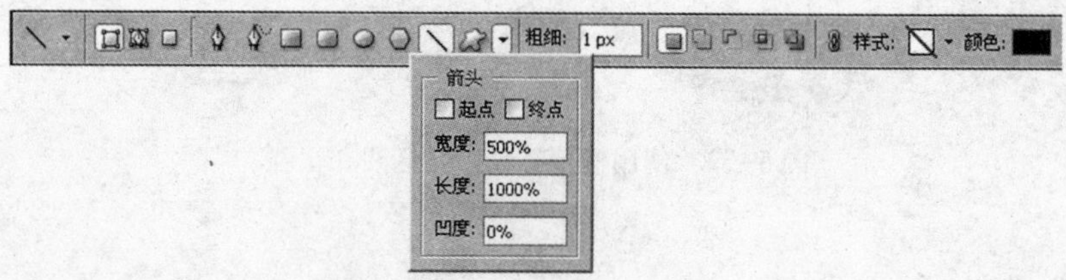

图 5-35　直线工具选项栏

如果绘制的是箭头，则需在选项栏“箭头”选项栏中确定箭头的位置和形状，各种箭头效果如图 5-36 所示。

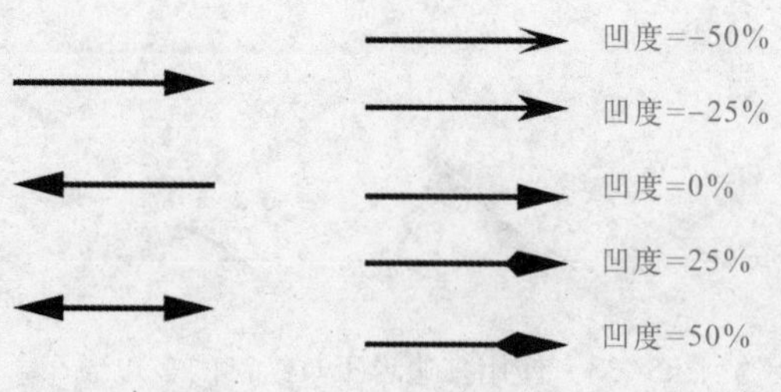

图 5-36　各种箭头效果

➢ 起点：箭头位于线段的开始端。
➢ 终点：箭头位于线段的终止端。
➢ 宽度：确定箭头宽度与线段宽度的比例，系统默认为 500%。

➢ 长度：确定箭头长度与线段宽度的比例，系统默认为1000%。

➢ 凹度：确定箭头内凹的程度，范围在-50%到50%之间。

6. 自定形状工具

使用自定形状工具可以绘制Photoshop预设的各种形状，以及自定义形状。

首先在工具箱中选择该工具，然后单击选项栏“形状”下拉列表按钮，从形状列表中选择所需的形状，最后在图像窗口中拖动鼠标即可绘制相应的形状。

单击工具选项栏中的按钮，显示自定形状选项如图5-37所示。

Photoshop提供了大量的自定义形状，包括箭头、标识、指示牌等。选择自定义形状工具后，单击工具选项栏“形状”选项下拉列表右侧的按钮，可以打开如图5-38所示的下拉面板，在面板中可以选择这些形状。

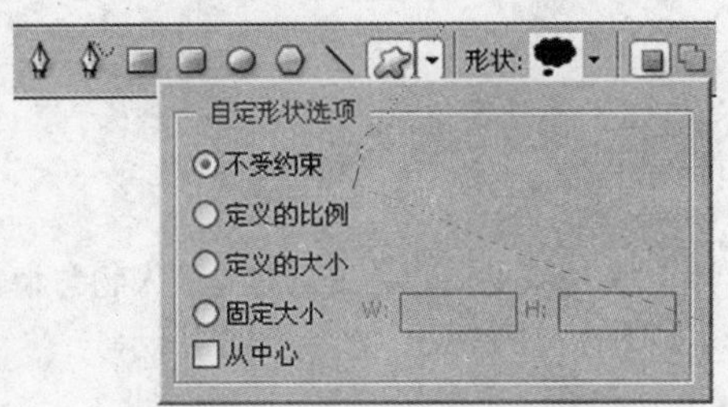

图5-37　自定形状工具选项栏

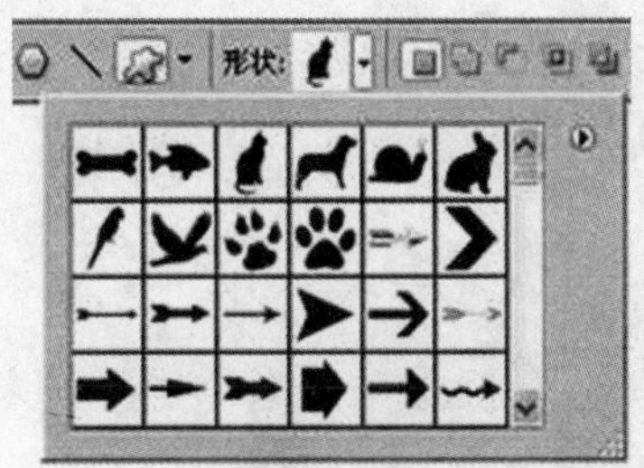

图5-38　下拉面板

单击下拉面板右上角的按钮，可以打开面板菜单，如图5-39所示。在菜单的底部包含了Photoshop提供的预设形状库，选择一个形状库后，可以打开一个提示对话框，如图5-40所示。单击“确定”按钮，可以用载入的形状替换面板中原有的形状；单击“追加”按钮，可在面板中原有开关的基础上添加载入的形状；单击“取消”按钮，则取消操作。如图5-41所示为载入全部预设形状。

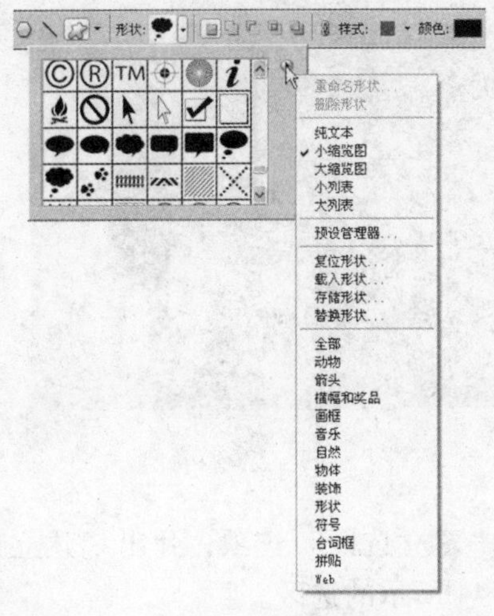

图5-39　面板菜单

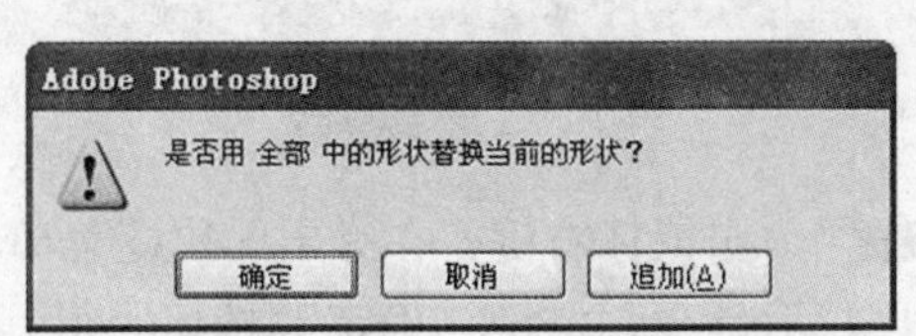

图5-40　提示对话框

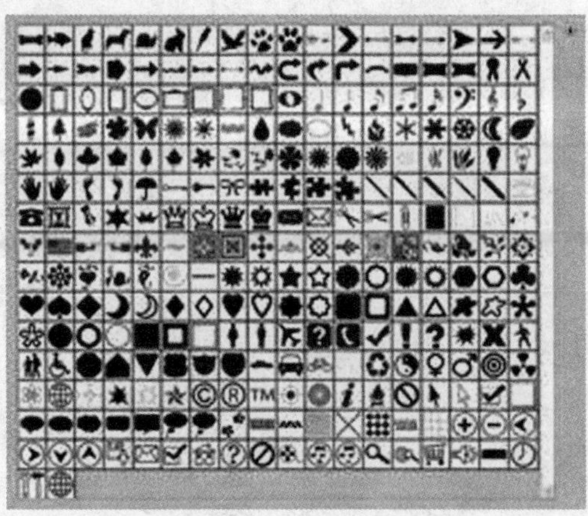

图 5-41　全部预设形状

第 8 节　实战演练——壁纸

本实例制作一款壁纸的效果，穿着时尚的人物与精美的装饰图案相得益彰，给人以美的享受，效果如左图所示。

主要使用工具：

钢笔工具、图层蒙版、画笔工具、路径选择工具、直接选择工具、橡皮擦工具、渐变工具、椭圆选框工具、横排文字工具、“斜切”命令、“描边”命令、加深工具、减淡工具。

视频路径：avi \ 5. 5. avi

1　执行“文件”→“打开”命令，打开一张人物素材图像，如图 5-42 所示。

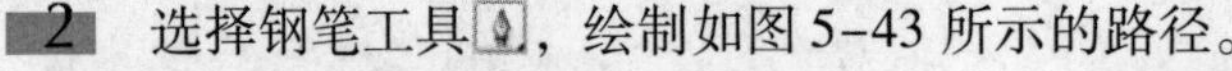

2　选择钢笔工具，绘制如图 5-43 所示的路径。

图 5-42　人物素材

图 5-43　绘制路径

3　单击鼠标右键，在弹出的快捷菜单中选择“建立选区”选项，弹出“建立选区”对话框，单击“确定”按钮，得到如图 5-44 所示的选区。

4　单击图层面板上的“创建新图层”按钮，新建一个图层，设置前景色为紫色

（RGB 参考值分别为 R236、G185、B253），按〈Altl + Delete〉快捷键，填充颜色，按〈Ctrl + D〉快捷键，取消选择，效果如图 5-45 所示。

图 5-44　建立选区

图 5-45　填充颜色

5　单击图层面板上的“添加图层蒙版”按钮，为飘带图层添加图层蒙版。设置前景色为黑色，选择画笔工具，按〈［〉或〈］〉键调整合适的画笔大小，在图像顶端涂抹，效果如图 5-46 所示。

6　切换至路径面板，运用路径选择工具选择路径，向下移动，如图 5-47 所示。

图 5-46　添加图层蒙版

图 5-47　移动路径

7　运用直接选择工具调整路径如图 5-48 所示。

8　参照前面同样的操作方法，转换选区、填充颜色和添加蒙版，得到另一条飘带，效果如图 5-49 所示。

图 5-48　调整路径

图 5-49　填充颜色

9 参照前面同样的操作方法，制作其他的飘带，效果如图 5-50 所示。

图 5-50 绘制其他飘带

10 新建一个图层，运用钢笔工具绘制一条路径，如图 5-51 所示。

11 设置前景色为绿色（RGB 参考值分别为 R176、G251、B48），选择画笔工具，设置“画笔大小”为 2 像素、“硬度”为 100%，选择钢笔工具，在绘制的路径上方单击鼠标右键，在弹出的快捷菜单中选择“描边路径”选项，在弹出的对话框中选择“画笔”选项，单击“确定”按钮，描边路径，得到图 5-52 所示的效果。

12 运用同样的操作方法，绘制黄色的线条，运用橡皮擦工具擦除多余的部分，如图 5-53 所示。

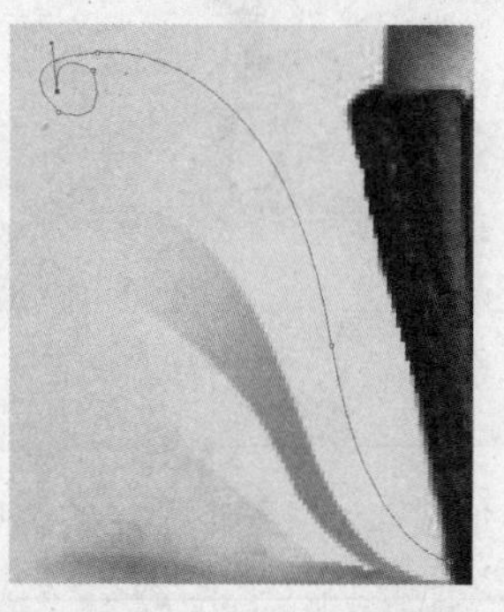

图 5-51 绘制路径

图 5-52 描边路径

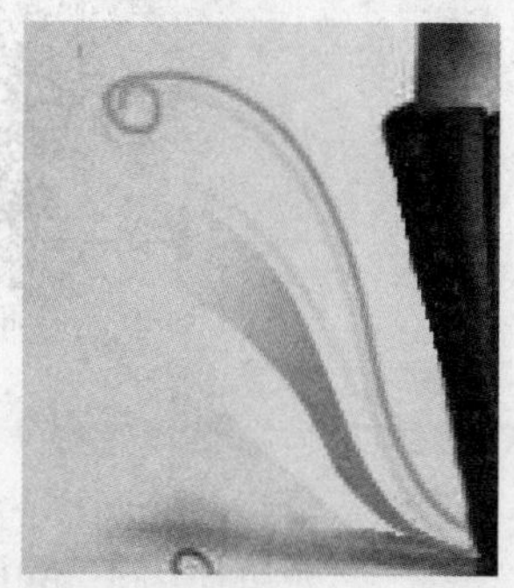

图 5-53 制作其他路径

13 设置前景色为深红色（RGB 参考值分别为 R214、G34、B97），选择钢笔工具，按下工具选项栏中的“形状图层”按钮，绘制如图 5-54 所示的图形。

14 继续运用钢笔工具，按下工具选项栏中的“路径”按钮，绘制路径，然后按〈Ctrl + Enter〉键转换为选区，设置前景色为深红色（RGB 参考值分别为 R192、G25、B41），背景色为浅红色（RGB 参考值分别为 R250、G103、B155）。

15 选择渐变工具，单击选项栏渐变列表框下拉按钮，从弹出的渐变列表中选择“前景到背景”渐变。移动光标至选区上，拖动鼠标填充渐变，然后按〈Ctrl + D〉键取消选择，效果如图 5-55 所示。

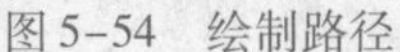

图5-54 绘制路径　　图5-55 填充渐变

16 运用同样的操作操作方法，制作其他的图形，效果如图5-56所示。

图5-56 绘制其他图形

17 选择椭圆选框工具，按住〈Shift〉键的同时，拖动鼠标绘制一个正圆，单击图层面板上的“创建新图层”按钮，新建一个图层，填充颜色为绿色（RGB参考值分别为R191、G227、B129），如图5-57所示。

18 执行“选择”→“变换选区”命令，按住〈Shift + Alt〉键的同时，向内拖动控制柄，如图5-58所示。

19 按〈Enter〉键确认调整，按〈Delete〉键，删除选区中的部分图形，如图5-59所示。

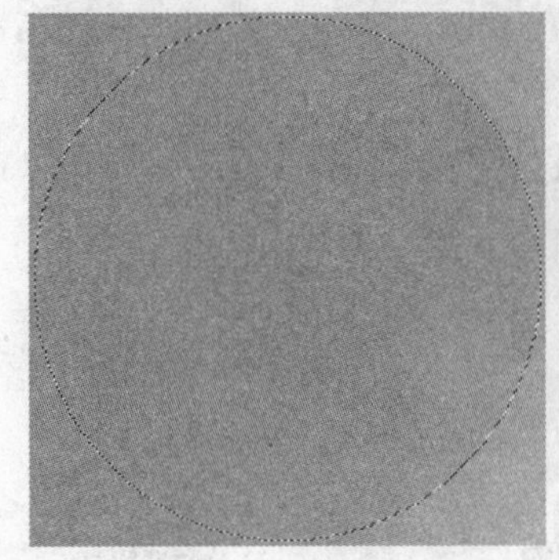

图5-57 绘制圆

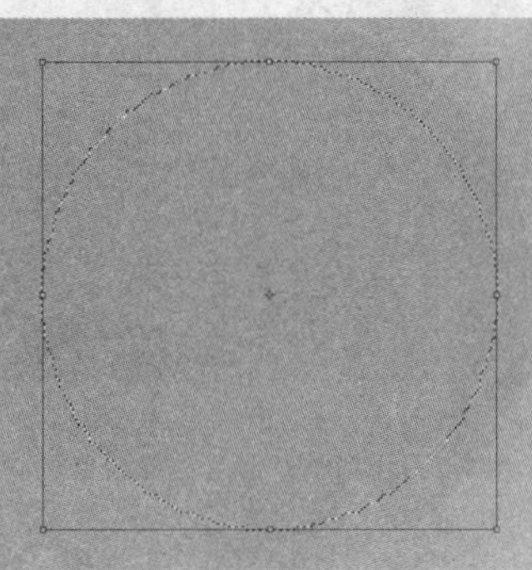

图5-58 变换选区

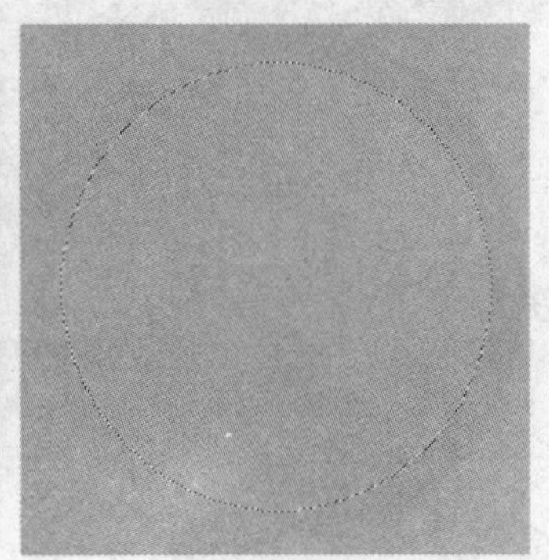

图5-59 删除选区

20 按〈Ctrl + D〉快捷键，取消选择。将图层复制一层，按〈Ctrl + T〉快捷键，进入自由变换状态，按住〈Shift + Alt〉键的同时，向内拖动控制柄，调整为图 5-60 所示的效果。按〈Enter〉键确认调整。

21 继续复制并调整图形，得到图 5-61 所示的圆环效果。

22 将几个图层合并，执行“编辑”→“变换”→“斜切”命令，调整圆环图形为图 5-62 所示的效果。

图 5-60 调整图形

图 5-61 复制并调整图形

图 5-62 斜切圆环

23 按住〈Ctrl〉键的同时，单击图层载入选区，设置前景色为绿色（RGB 参考值分别为 R172、G253、B0），背景色为黄色（RGB 参考值分别为 R255、G245、B0）。选择渐变工具，按下工具选项栏中“径向渐变”按钮，单击渐变列表框下拉按钮，从弹出的渐变列表中选择“前景到背景”渐变。移动光标至选区上，拖动鼠标填充渐变，然后按〈Ctrl + D〉键取消选择，效果如图 5-63 所示。

24 在工具箱中选择横排文字工具，在工具选项栏“设置字体”下拉列表框 宋体 中选择“方正胖娃简体”字体，在“设置字体大小”下拉列表框 30点 中输入 93，确定字体大小。

25 在图像窗口单击鼠标，此时会出现一个文本光标，然后输入文字。输入完成后，按〈Ctrl + Enter〉键确定，效果如图 5-64 所示。

图 5-63 填充渐变

图 5-64 输入文字

26 在文字图层上单击鼠标右键，在弹出的快捷菜单中选择“栅格化文字”选项，将

文字栅格化。

27 按住〈Ctrl〉键的同时，单击图层载入选区，填充颜色为深绿色（RGB 参考值分别为 R129、G207、B27），然后按〈Ctrl + D〉键取消选择，效果如图 5-65 所示。

28 执行“编辑”→“变换”→“斜切”命令，调整文字为图 5-66 所示的效果。

图 5-65　填充绿色

图 5-66　调整文字

29 执行“图层”→“图层样式”→“描边”命令，弹出“图层样式”对话框，设置描边“大小”为“2 像素”，颜色为黄绿色（RGB 参考值分别为 R218、G243、B151），单击“确定”按钮，退出对话框，效果如图 5-67 所示。

30 按住〈Ctrl〉键的同时，单击图层载入选区，运用加深工具和减淡工具，涂抹出文字的立体效果，如图 5-68 所示。

图 5-67　描边

图 5-68　涂抹文字

31 将文字图层复制一层，将图层顺序向下移一层，调整至合适的位置，然后删除描边样式，效果如图 5-69 所示。

32 按住〈Ctrl〉键的同时，单击图层载入选区，填充颜色为绿色（RGB 参考值分别为 R135、G210、B37），运用加深工具和减淡工具，涂抹出立体效果，如图 5-70 所示。

图 5-69 复制文字

图 5-70 制作立体效果

第 9 节 练 一 练

炫光效果在时下非常流行，也是照片处理中常用的一种特效制作方法，如果能够灵活运用，可以做出很多经典的效果，如图 5-71 所示。

图 5-71 炫光效果

操作提示：

（1）添加光效背景，运用图层蒙版制作出背景效果。

（2）添加并调整人物素材。

（3）绘制矩形，定义为画笔，降低不透明度，运用画笔工具绘制图形，并添加图层样式，制作出发光的效果。

（4）选择钢笔工具，描边路径，制作光线。

（5）添加图层蒙版制作出光线缠绕人物的效果。

（6）添加图层样式，制作出发光的效果。

第6章 修饰和修改图像

Photoshop 的强大功能之一是对图像的修饰，灵活运用 Photoshop 中的工具可以修复破损的照片，使模糊的图片变得清晰，还可以克隆图像的局部。本章将详细介绍 Photoshop 中修饰和修改图像的各个工具。

本章要点

- 修饰图像的局部
- 擦除图像像素
- 恢复与还原
- 复制修复图像

第1节 修饰图像的局部

图像修饰工具包括模糊工具、锐化工具、涂抹工具、减淡工具、加深工具和海绵工具，使用这些工具，可以对图像对比度、清晰度、饱和度等进行控制，以创建真实、完美的图像。

1. 模糊工具

模糊工具通过降低图像相邻像素之间的反差，以柔化图像边界，从而达到模糊图像的目的，如图6-1所示。

图6-1 使用模糊工具模糊图像

模糊工具的使用方法非常简单，选择工具后，调整一个合适大小的画笔，然后移动光标至需要模糊的图像区域来回拖动即可。模糊工具常用来修正图像中一些杂点或折痕，或者通过模糊处理突出清晰的主题。

2. 锐化工具

锐化工具与模糊工具恰恰相反，它通过增大图像相邻像素之间的反差，以锐化图像，从而使图像看起来更为清晰，如图 6 -2 所示。

原图像

锐化苹果

图 6 -2　使用锐化工具锐化图像

3. 涂抹工具

涂抹工具通过混合鼠标拖动位置的颜色，从而模拟手指搅拌颜料的效果，如图 6-3 所示。涂抹时首先在其工具选项栏中选择一个合适大小的画笔，然后在图像中单击并拖动鼠标即可。

图 6-3　使用涂抹工具涂抹火苗

涂抹工具选项栏如图 6-4 所示。选中“手指绘画”选项，鼠标拖动时，涂抹工具使用前景色与图像中的颜色相融合，否则涂抹工具使用单击并开始拖动时的图像颜色。

图 6-4 涂抹工具选项栏

4. 减淡和加深工具

减淡或加深工具都属于色调调整工具，它们通过增加和减少图像区域的曝光度来变亮或变暗图像。其功能与“图像”→“调整”→“亮度/对比度”命令类似，但由于减淡和加深工具通过鼠标拖动的方式来调整局部图像，因而在处理图像的局部细节方面更为方便和灵活。

减淡和加深工具使用方法完全相同，在工具箱中选中工具后，在选项栏画笔列表框选择一个合适大小的画笔，然后在范围列表框中选择修改图像的色调范围。

- 阴影：修改图像的低色调区域。
- 高光：修改图像高亮区域。
- 中间调：修改图像的中间色调区域，即介于阴影和高光之间的色调区域。

接着在图像窗口中拖动鼠标即可。另外，设置选项栏中的曝光度值，可控制图像加深或减淡的程度，曝光度值越大，减淡或加深的效果越明显。工具选项栏如图 6-5 和图 6-6 所示。

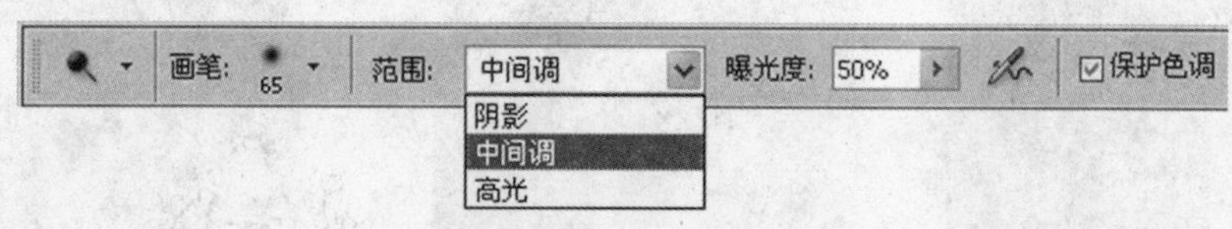

图 6-5 减淡工具选项栏

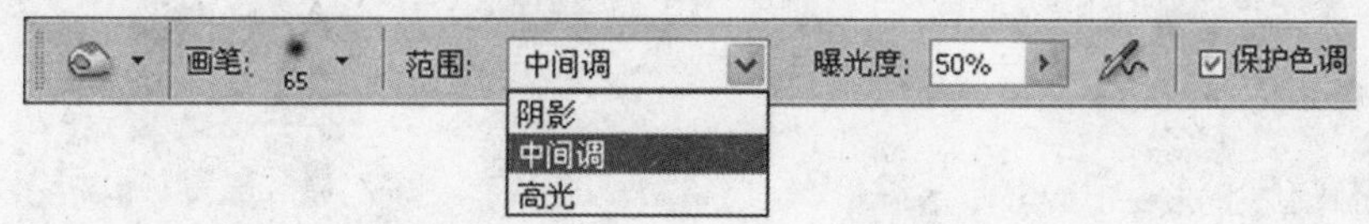

图 6-6 加深工具选项栏

使用减淡和加深工具可以为图像添加高光或阴影细节。Photoshop CS4 新增了一个“保护色调”复选框，它的作用是可以在操作的过程中保护画面的亮部和暗部尽量不受影响，或者说受到较小的影响，并且在色相可能受到改变的时候，尽量保持色相不要发生改变。

如图 6-7 所示，在运用减淡工具提亮图像时，未选择“保护色调”复选框则图像会偏黄色，选择“保护色调”复选框后图像会保持原来的红色色调。

5. 海绵工具

海绵工具为色彩饱和度调整工具，可以降低或提高图像色彩的饱和度。所谓饱和度

指的是图像颜色的强度和纯度，用 0 ~ 100% 的数值来衡量，饱和度为 0% 的图像为灰度图像。

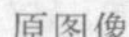
原图像

未选择“保护色调”复选框

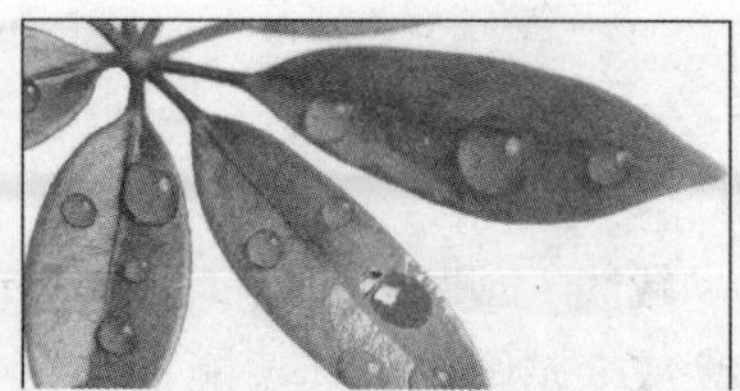
选择“保护色调”复选框

图 6-7　“保护色调”复选框

使用海绵工具前，首先需要在工具选项栏中对工具模式进行设置，工具选项栏如图 6-8 所示。其中工作模式有增加饱和度和降低饱和度两种，效果如图 6-9 所示。

画笔：800　模式：降低饱和度　流量：50%　自然饱和度

图 6-8　海绵工具选项栏

原图

降低饱和度

饱和

图 6-9　不同工作模式效果

- 降低饱和度：选择此工作模式时，使用海绵工具可降低图像的饱和度，从而使图像中的灰度色调增加。当已是灰度图像时，则会增加中间灰度色调。
- 饱和：选择此工作模式时，使用海绵工具可增加图像颜色的饱和度，使图像中的灰度色调减少。当已是灰度图像时，则会减少中间灰度色调颜色。

Photoshop CS4 新增了一个“自然饱和度”复选框，选中该复选框后，操作更加智能化。例如，要运用海绵工具对图像进行降低饱和度的操作，则它会对饱和度已经很低的像素做较轻的处理，而对饱和度比较高的像素做较强的处理，如图 6-10 所示，在运用海绵工具对樱桃图像进行降低饱和度的操作时，颜色更鲜亮的图像会降低得更为明显。

原图

选中“自然饱和度”复选框

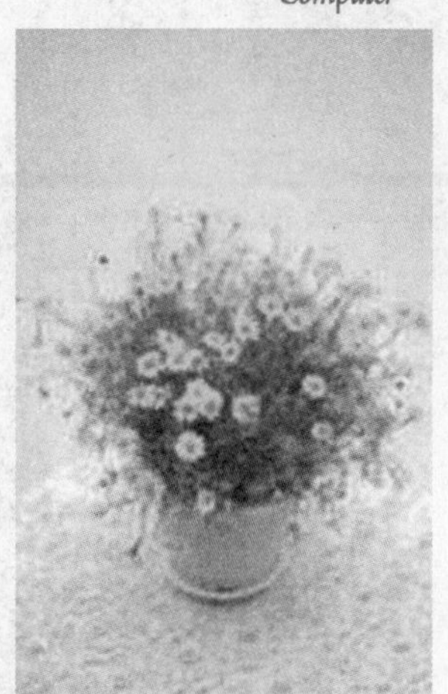
未选中“自然饱和度”复选框

图6-10　“自然饱和度”复选框

第2节　擦除图像像素

橡皮擦工具用于擦除背景或图像，共有橡皮擦、背景橡皮擦和魔术橡皮擦三种，分别在不同的场合使用。

1. 橡皮擦工具

橡皮擦工具用于擦除图像像素。如果在背景图层上使用橡皮擦，Photoshop 会在擦除的位置填入背景色；如果当前图层为非背景图层，那么擦除的位置就会变为透明。

橡皮擦工具选项栏如图6-11 所示，其中可设置模式、不透明度、流量和喷枪等选项，这里仅对其特有的“模式”和“抹到历史记录”选项进行介绍。

图6-11　橡皮擦工具选项栏

- 模式：设置橡皮擦的笔触特性，可选择画笔、铅笔和块三种方式来擦除图像，所得到的效果与使用这些方式绘图的效果相同，如图6-12 所示。
- 抹到历史记录：选择此复选框，橡皮擦工具就具有了历史记录画笔工具的功能，能够有选择性地恢复图像至某一历史记录状态，其操作方法与历史记录画笔工具相同。

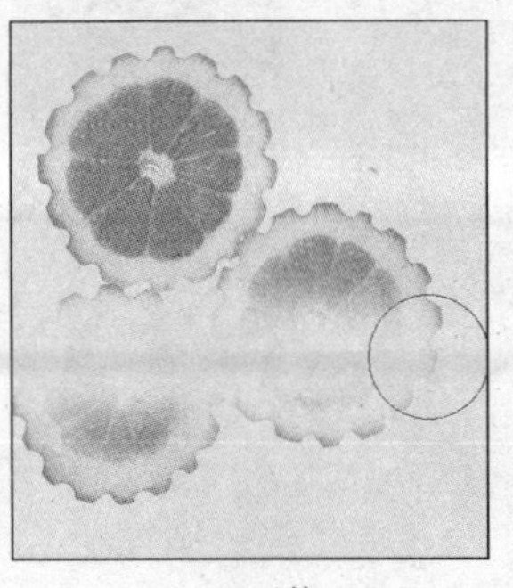

画笔

铅笔

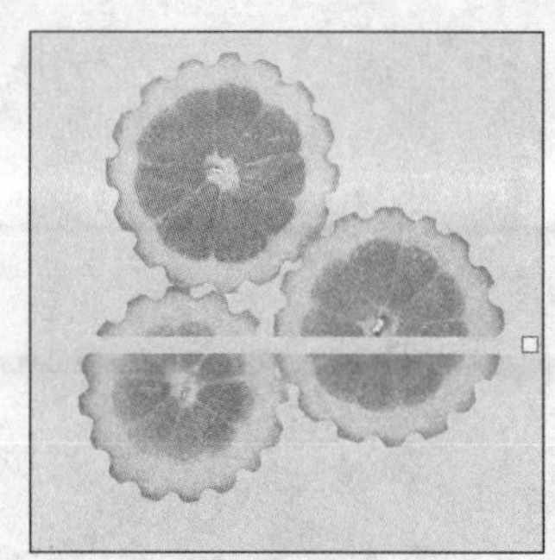
块

图 6-12　不同模式的效果

在擦除图像时，按下〈Alt〉键，可激活“抹到历史记录”功能，相当于选中“抹到历史记录”选项，这样可以快速恢复部分误擦除的图像。

2. 背景橡皮擦工具

背景橡皮擦工具用于将图层上的像素抹成透明，并且在抹除背景的同时在前景中保留对象的边缘，因而非常适合清除一些背景较为复杂的图像。如果当前图层是背景图层，那么使用背景橡皮擦工具擦除后，背景图层将转换为名为“图层 0”的普通图层。

选择背景橡皮擦工具，在工具选项栏中设置参数，如图 6-13 所示。

图 6-13　工具选项栏

打开一张图像，在其中人物边缘单击鼠标左键并拖曳，即可擦除背景，如图 6-14 所示。使用上述同样的操作方法，将人物的背景擦除，如图 6-15 所示。

图 6-14　擦除背景

图 6-15　擦除背景效果

3. 魔术橡皮擦工具

魔术橡皮擦工具是魔棒工具与背景橡皮擦工具功能的结合，它可以将一定容差范围内的背景颜色全部清除而得到透明区域，如图6-16所示。如果当前图层是背景图层，那么将转换为普通图层。

图6-16 使用魔术橡皮擦工具清除图像背景

魔术橡皮擦工具选项栏如图6-17所示，其中可设置容差、消除锯齿等参数。

容差: 32 ☑消除锯齿 ☑连续 ☐对所有图层取样 不透明度: 100%

图6-17 魔术橡皮擦工具选项栏

第3节 恢复与还原

与其他Windows软件一样，如果在操作过程中执行了误操作，可以使用恢复和还原功能快速返回到以前的编辑状态。但与大家熟知的Word、Excel等软件不同，Photoshop恢复和还原的操作方式有其自身的特点。

1. 使用命令和快捷键

使用命令和快捷键可以快速恢复和还原图像。

(1) 恢复一个操作

选择“编辑”→“还原”命令（快捷键〈Ctrl+Z〉），可以还原上一次对图像所做的操作。还原之后，可以选择“编辑”→“重做”命令，重做已还原的操作，快捷键同样是〈Ctrl+Z〉。“还原”和“重做”命令只能还原和重做最近的一次操作，因此如果连续按下〈Ctrl+Z〉键，会在两种状态之间循环，这样可以比较图像编辑前后的效果。

(2) 恢复多个操作

使用“前进一步”和“后退一步”命令可以还原和重做多步操作。在实际工作时，常直接使用〈Ctrl+Shift+Z〉（前进一步）和〈Ctrl+Alt+Z〉（后退一步）快捷键进行操作。

2. 恢复图像至打开状态

选择“文件”→“恢复”命令，可以恢复图像至打开时的状态，相当于重新打开该图像文件，操作快捷键为〈F12〉键。

使用该命令有一个前提，即在图像的编辑过程中，没有执行过“保存”等存盘操作，否则该命令会显示为灰色，表示不可用。

3. 使用历史记录面板

“历史记录”面板是一个非常有用的工具，它可以记录最近20次的历史状态。使用历史记录面板，不仅能够清楚地了解图像的编辑步骤，还可以有选择地恢复图像至某一历史状态。

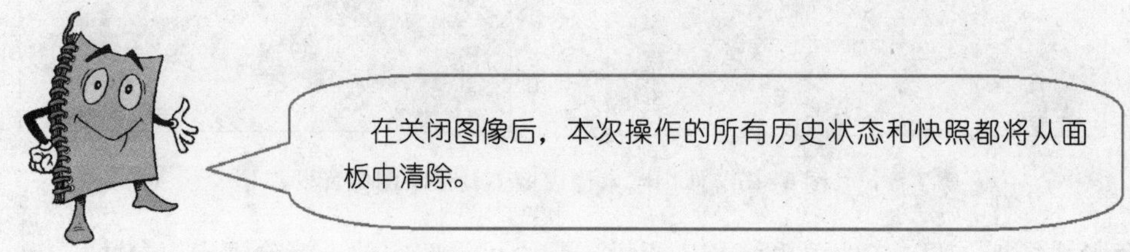

选择“窗口”→“历史记录”命令，在 Photoshop 桌面上显示历史记录面板如图6-18所示。

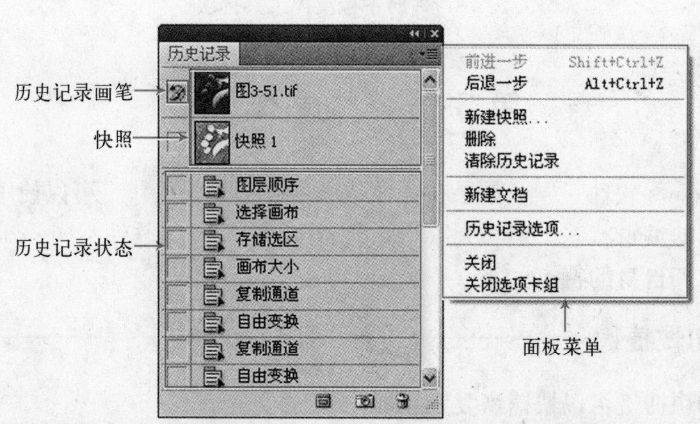

图6-18　历史记录面板

第4节　复制修复图像

Photoshop 的修饰工具具有化腐朽为神奇的力量，可轻松去除图像中的斑痕、杂色等瑕疵。

1. 仿制图章工具

仿制图章工具用于对图像的内容进行复制，既可以在同一幅图像内部进行复制，也可以

在不同图像之间进行复制。

使用仿制图章工具可分两个步骤进行：取样和复制。选中仿制图章工具，在选项栏中选择合适大小的画笔，然后移动光标至图像窗口取样位置，按下〈Alt〉键单击鼠标进行取样，此时的光标显示为⊕形状。松开〈Alt〉键，移动光标到当前图像或另一幅图像中，按住鼠标左键任意涂抹，图像被复制到当前位置，如图6-19所示。

图6-19 仿制图章工具复制图像示例

2. 图案图章工具

图案图章工具用于复制图案，在复制的过程中还可以对图案进行排列。复制的图案可以是Photoshop提供的预设图案，也可以是用户自己定义的图案。

打开一个图像文件，选择图案图章工具，在工具选项栏中选择一个柔角画笔，将混合模式设置为“柔光”，在图案下拉列表中选择一个图案，如图6-20所示。将光标移至白色的球上，单击并拖动鼠标绘制图案，如图6-21所示。

图6-20 图案图章工具选项栏

图6-21 复制图案结果

工具选项栏中选项如下：

- 对齐：同仿制图章工具相同，未选中此选项时，多次复制时会得到图像的重叠效果，如图6-22所示。
- 印象派效果：选中此选项会得到经过艺术处理的图案效果，如图6-23所示。

图 6-22　未选中“对齐”选项

图 6-23　选中“印象派效果”选项

3. 修复画笔工具

修复画笔工具与图章工具原理及使用方法非常相似，也通过从图像中取样或用图案填充图像来修复图像。不同的是，修复画笔工具在填充时，会将取样点的像素溶入到目标区域，从而使修复区域与周围图像完美地结合在一起。

使用修复画笔工具，首先要取样，按下〈Alt〉键，当光标显示为形状时在眼袋旁边的脸部皮肤位置单击鼠标进行取样；然后修复图像，释放〈Alt〉键，在眼袋位置拖动鼠标，即可去掉眼袋，如图 6-24 所示。

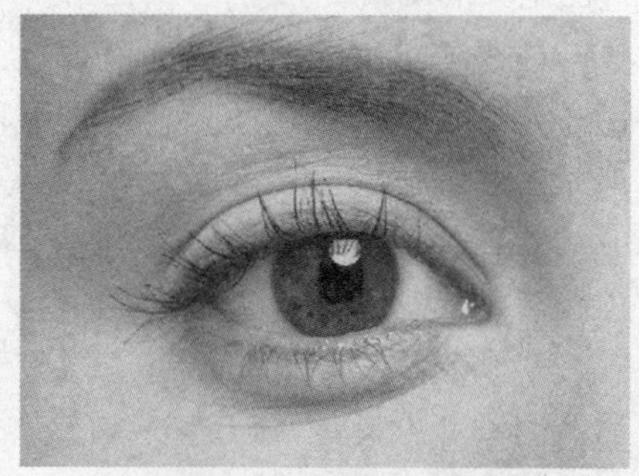

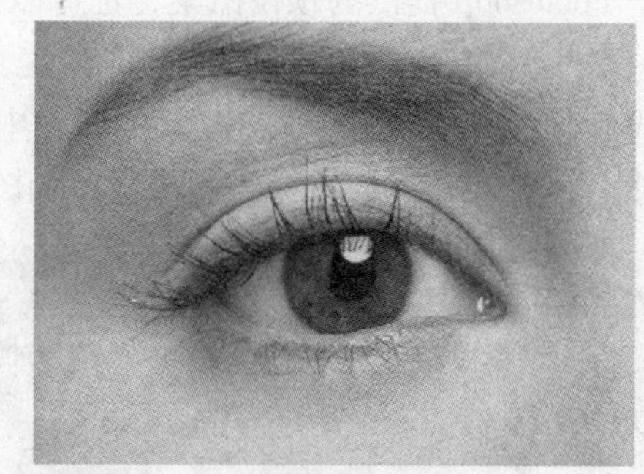

图 6-24　消除眼袋

4. 修补工具

修补工具与修复画笔工具类似，不同的是修补工具适用于对图像的某一块区域进行整体操作。修补工具选项栏如图 6-25 所示。

图 6-25　修补工具选项栏

首先使用修补工具选择需要修补的图像区域，选择图像的方法与套索工具完全相同，如图 6-26 所示。

图 6-26　选择需要修补的图像区域

然后设置修补方式。如果在其选项栏中选中“源”选项，表示当前选中的区域是需要修补的区域。移动光标至选区上方，当光标显示为形状时按住鼠标拖动至采样图像区域，如图 6-27 所示。释放鼠标后，可以使用该区域的图像修补原选区内的图像，按下〈Ctrl + D〉取消选择，如图 6-28 所示。

图 6-27　拖动至采样区域

图 6-28　修复完成

若在选项栏中选中“目标”选项则刚好相反，表示当前选中的区域是采样区域，下步要移动该选区至需要修补的区域。

5. 污点修复画笔工具

污点修复画笔工具同样用于去除照片中的杂色或污斑。不同的是，污点修复画笔工具不需要指定采样点，只需在图像中有杂色或污渍的地方单击一下鼠标即可。Photoshop 能够自动分析鼠标单击处及周围图像不透明度、颜色与质感，从而进行自动采样与修复操作。

在拍摄数码照片时，照相机会自动在照片右下角添加拍摄日期等信息，使用污点修复画笔工具可以快速去除该日期信息内容。选择污点修复画笔工具，单击鼠标左键并拖动，在拍摄日期上涂抹，即可去除日期文字，效果如图 6–29 所示。

图 6–29　去除日期信息

6. 红眼工具

红眼工具是一个专用于数码照片修饰的工具，以去除照片中人物的红眼。红眼是由于相机闪光灯在视网膜上反光引起的。在光线暗淡的房间里拍照时，光线比较黑暗，人眼瞳孔放大，如果闪光灯的强光突然照射，瞳孔来不及收缩，强光直射视网膜，视觉神经的血红色就会出现在照片上形成“红眼”。为了避免红眼，可以使用相机的红眼消除功能。

红眼工具的使用方法非常简单，只需要在设置参数后，在图像中红眼位置单击一下即可，图 6–30 为使用该工具处理示例。

图 6–30　红眼工具应用示例

红眼工具选项栏如图 6–31 所示。

瞳孔大小: 50%　变暗量: 50%

图 6–31　红眼工具选项栏

如果对修复结果不满意，可以还原修正，在选项栏中设置一个或多个以下选项，然后再次进行操作：

➢ 瞳孔大小：设置瞳孔（眼睛暗色的中心）的大小。

➢ 变暗量：设置瞳孔的暗度。

除了使用专门的红眼修复工具，也可以使用画笔工具，设置前景色为黑色，设置混合模式为“颜色”，也可以去除人物的红眼。

7. 颜色替换工具

颜色替换工具位于绘图工具组，它能在保留照片原有材质纹理与明暗的基础上，轻而易举地用前景色置换图像中的色彩。下面以调整人物眼睛颜色为例，介绍颜色替换工具的用法。

（1）在工具箱中选择颜色替换工具，在工具选项栏中设置参数如图 6-32 所示。

图 6-32　工具选项栏

（2）设置目标颜色。单击工具箱前景色色板，选择绿色为前景色。

（3）移动光标至眼睛图像上方，按下〈[〉和〈]〉键调整合适的画笔大小，在需要替换颜色的区域拖动，以替换颜色，如图 6-33 所示。

图 6-33　替换颜色

从上面实例可以看出，颜色替换工具与背景橡皮擦工具非常相似，它们都通过光标的拖动进行取样，光标中间的“ + ”表示取样点。这两个工具的选项栏中都具有“取样”、“限制”和“容差”三个选项。

其中的“模式”列表框用于选择替换颜色与图像的混合方式，有“色相”、“饱和度”、“亮度”、“颜色”与“亮度”四个选项，一般选择“颜色”方式。

第 5 节　实战演练——绘制彩蛋

本实例的制作效果非常逼真，不论是颜色还是外形都非常真实。在制作的过程中慢慢用加深及减淡工具细化光感部分，再通过“杂色”滤镜为蛋加上大致的质感表面，最终效果如左图所示。

主要使用工具：

“新建”命令、钢笔工具、加深工具、减淡工具、“添加杂色”命令、多边形套索工具、画笔工具、“打开”命令、移动工具。

视频路径：avi\6. 5. avi

1 启用 Photoshop 后，执行“文件”→“新建”命令，或按〈Ctrl + N〉快捷键，弹出“新建”对话框，设置“宽度”为 11. 5 厘米、“高度”为 8. 5 厘米，如图 6-34 所示。单击“确定”按钮，新建一个文件。

2 设置前景色为蓝色（RGB 参数值分别为 R0、G129、B164）。选择工具箱渐变工具，在具选项栏中单击渐变条，打开“渐变编辑器”对话框，设置参数如图 6-35 所示。

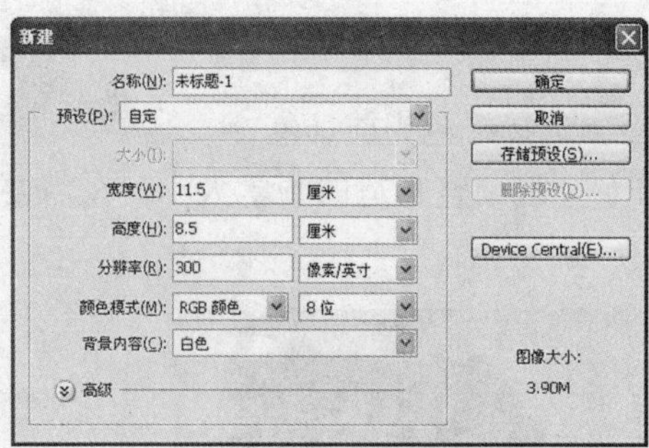

图 6-34　新建文件

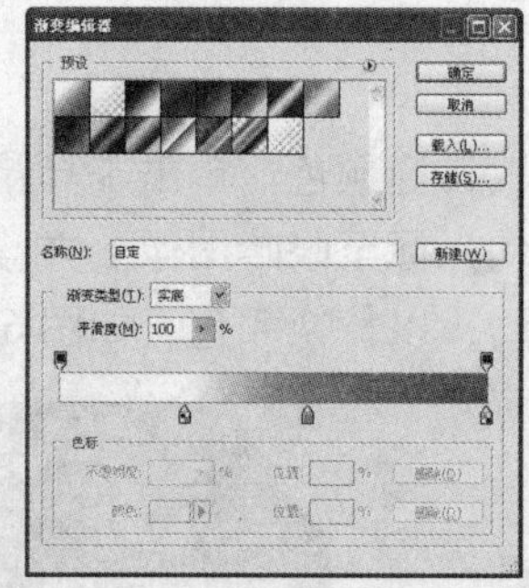

图 6-35　“渐变编辑器”对话框

3 按下“径向渐变”按钮，在图像窗口中拖动鼠标，填充渐变，得到如图 6-36 所示的效果。

4 运用钢笔工具，绘制图 6-37 所示的路径。

图 6-36　绘制背景

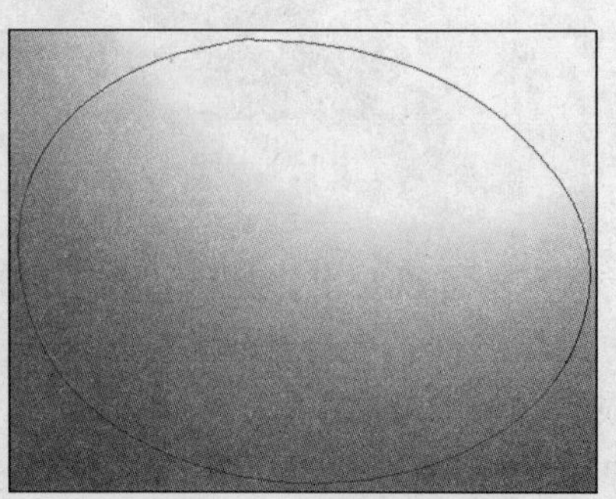

图 6-37　绘制鸡蛋路径

5 单击鼠标右键，在弹出的快捷菜单中选择“建立选区”选项，在弹出的“建立选区”对话框中单击“确定”按钮，转换路径为选区，如图6-38所示。

6 设置前景色为青灰色（RGB参数值分别为R195、G202、B188），新建一个图层，按〈Alt + Delete〉快捷键填充颜色，按〈Ctrl + D〉快捷键取消选择，如图6-39所示。

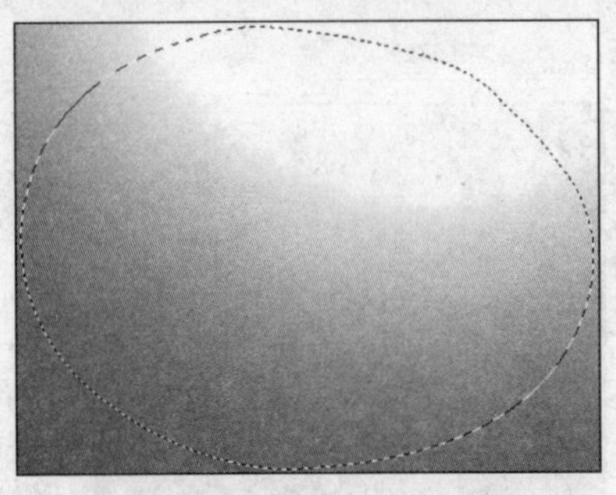

图6-38 建立选区

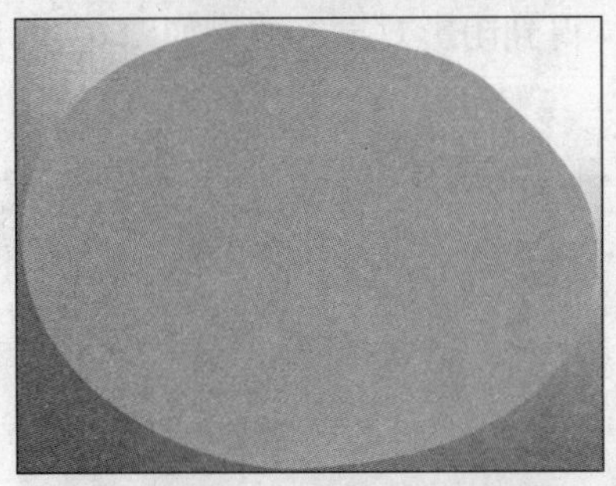

图6-39 填充颜色

7 运用加深工具和减淡工具，涂抹出蛋的立体效果，如图6-40所示。

8 执行“滤镜”→“杂色”→“添加杂色”命令，在弹出的“添加杂色”对话框中，设置“数量”为5%，如图6-41所示。

9 单击“确定”按钮，执行滤镜效果并退出对话框，得到如图6-42所示的效果。

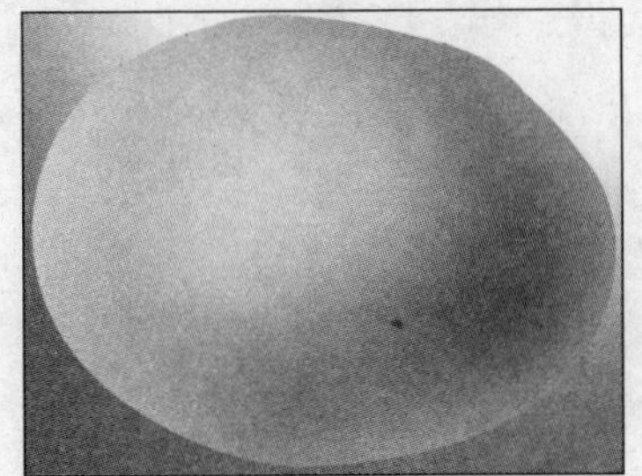

图6-40 立体效果

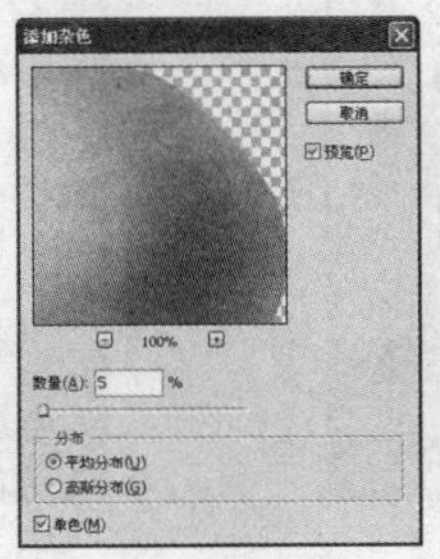

图6-41 添加杂色

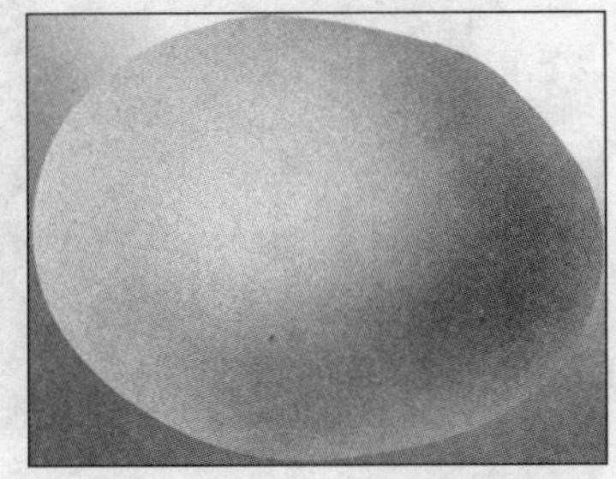

图6-42 添加杂色效果

10 绘制裂开部分。选择多边形套索工具，绘制图6-43所示的选区。

11 按〈Delete〉键，删除选区内的图形部分，按〈Ctrl + D〉快捷键取消选择，效果如图6-44所示。

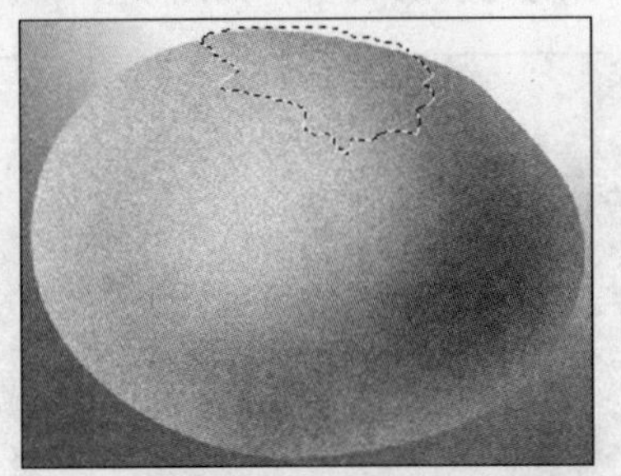

图6-43 绘制裂开部分

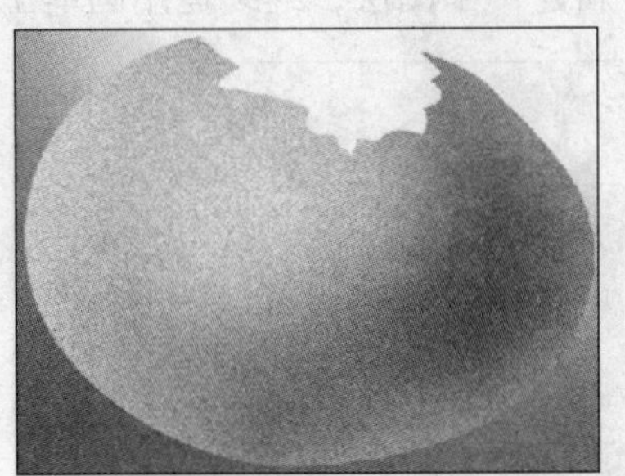

图6-44 删除选区

12 绘制鸡蛋内侧，继续运用多边形套索工具，绘制图 6-45 所示的选区。

13 新建一个图层，将图层顺序放置在下一层，填充颜色为白色。

14 设置前景色为灰色（RGB 参考值分别为 R187、G197、B196）。选择画笔工具，在工具选项栏中设置硬度为 0%，降低不透明度和流量，在白色的图形上涂抹，得到阴影效果，效果如图 6-46 所示。

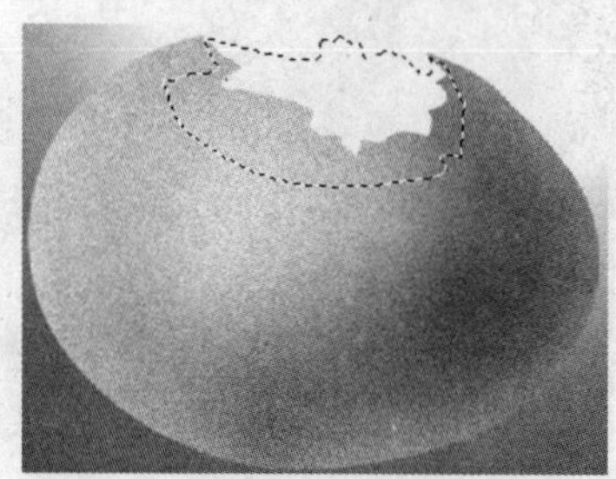
图 6-45　绘制选区

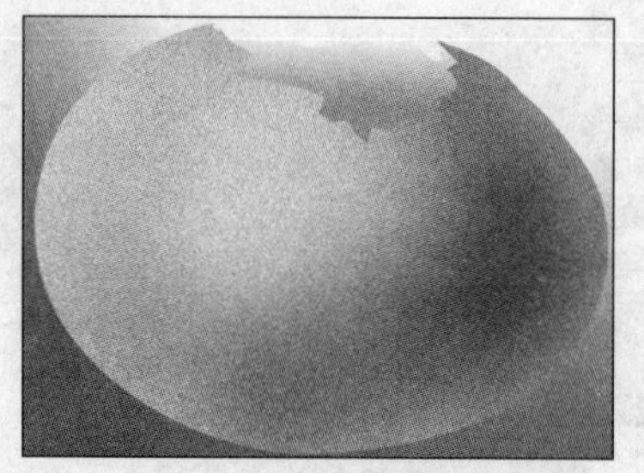
图 6-46　填充白色

15 然后参照前面的操作方法，添加 3% 的杂色效果，如图 6-47 所示。

16 参照前面同样的操作方法，制作选区，填充白色，设置图层顺序和位置，得到蛋壳的白色边缘效果，如图 6-48 所示。

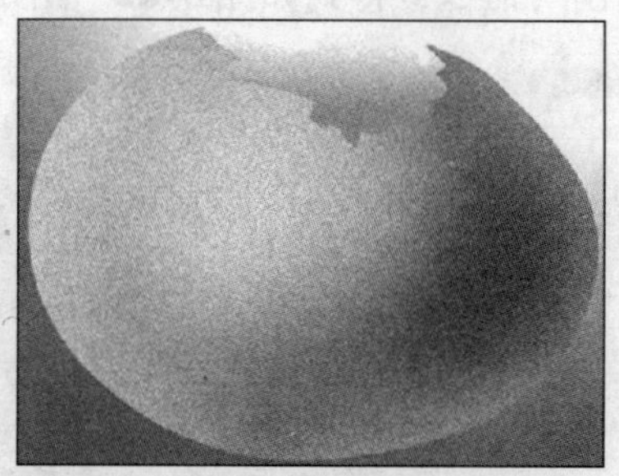
图 6-47　制作阴影

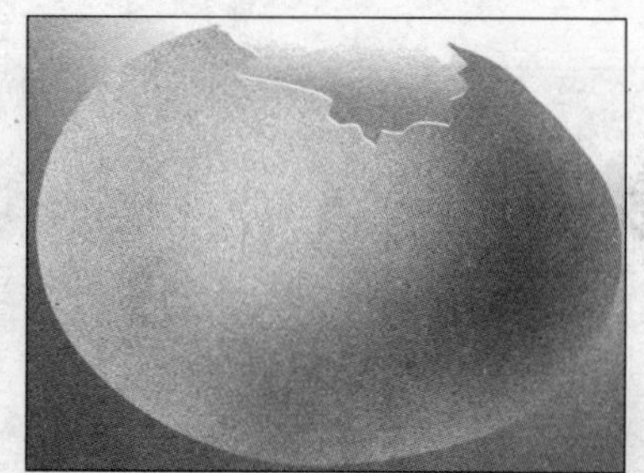
图 6-48　制作立体边缘

17 新建一个图层，将图层顺序调整至鸡蛋的下一层，设置前景色为深灰色（RGB 参考值分别为 R58、G67、B68），选择画笔工具，绘制鸡蛋的阴影，在绘制的时候可运用橡皮擦工具擦除多余的部分，得到图 6-49 所示的效果。

18 新建一个图层，继续运用画笔工具，绘制鸡蛋的裂纹，如图 6-50 所示。

图 6-49　制作阴影

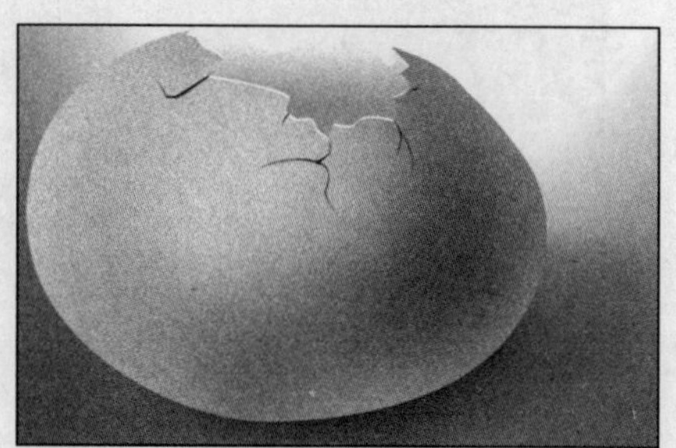
图 6-50　绘制裂纹

19 执行“文件”→“打开”命令，或按〈Ctrl + O〉快捷键，打开花纹素材，运用移动工具添加花纹素材至文件中，并调整好大小、位置和图层顺序，如图 6-51 所示。

20 将花纹素材复制一份，并调整好大小、位置和角度，如图 6-52 所示。

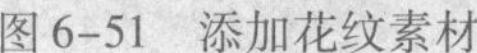

图 6-51　添加花纹素材

图 6-52　复制花纹

21 添加上背景素材，效果如图 6-53 所示。

图 6-53　最终效果

第 6 节　练　一　练

本实例制作一款时尚彩妆，整体效果体现现代女性的时尚、高雅。最终效果如图 6-54 所示。

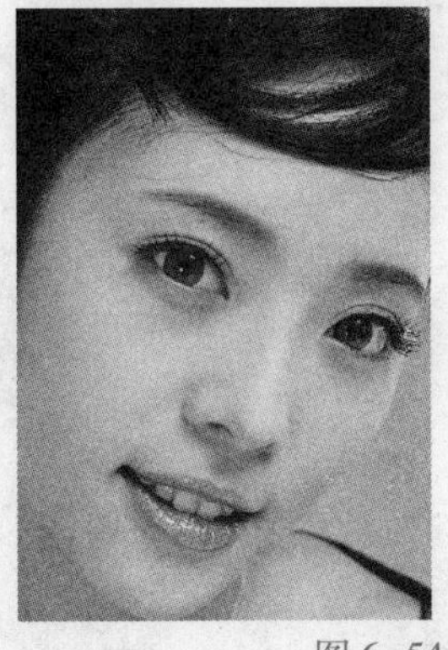

图 6-54　时尚彩妆

操作提示：

(1) 运用仿制图章工具去除人物脸上的斑点。

(2) 运用修补工具去除人物的眼袋。

(3) 运用画笔工具绘制眼影，并设置好图层模式。

(4) 运用画笔工具绘制口红和眉毛。

(5) 添加花纹素材。

第7章 图层操作

图层是 Photoshop 的核心功能之一。图层的引入，为图像的编辑带来了极大的便利。以前只能通过复杂的选区和通道运算才能得到的效果，现在通过图层和图层样式便可轻松实现。

本章深入讨论了图层的概念、类型和基本操作，并详细介绍了图像混合模式和图层样式。

本章要点

- 图层面板和创建图层
- 图层的基本操作
- 图层组
- 合并与盖印图层
- 为图层添加样式
- 智能对象
- 图层的混合模式

第1节 图层面板和创建图层

本节介绍图层的基本知识，并认识和了解图层面板，学习创建图层的方法。

1. 图层面板

图层面板是图层管理的主要场所，各种图层操作基本上都可以在图层面板中完成。例如，选择图层、新建图层、删除图层、隐藏图层等。执行“窗口”→“图层”命令，或直接按下〈F7〉键，即可在 Photoshop 桌面上显示图层面板，如图 7-1 所示。

图层面板主要由以下几个部分组成：

➢ 正常：从下拉列表框中可以选择图层的混合模式。

➢ 不透明度: 100%：输入数值，可以设置当前图层的不透明度。

➢ 锁定:：单击各个按钮，可以设置图层的各种锁定状态。

➢ 填充: 100%：输入数值可以设置图层填充不透明度。

➢ ：眼睛图标，用于控制图层的显示或隐藏。当该图标显示为形状时，表示图层

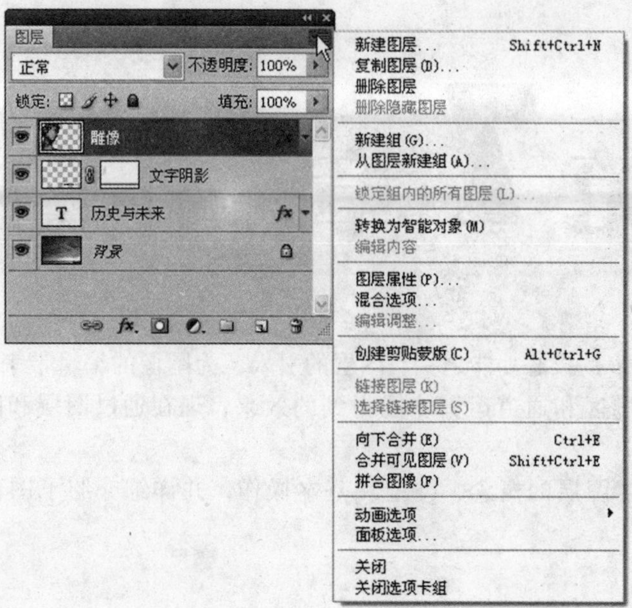

图 7-1　图层面板及面板菜单

处于显示状态；当该图标显示为▢形状时，表示图层处于隐藏状态。处于隐藏状态的图层，不能被编辑。

➢ 图层名称：为了便于图层的识别和选择，每个图层都可定义一个名称。
➢ 图层缩览图：图层缩览图是图层图像的缩小图，以便于查看和识别图层。
➢ 当前图层：在 Photoshop 中，可以选择一个或多个图层以便在上面工作，当前选择的图层以加色显示。对于某些操作，一次只能在一个图层上工作。单个选定的图层称为当前图层。当前图层的名称将出现在文档窗口的标题栏中。
➢ 图层面板按钮组：共 7 个按钮，分别用于完成相应的图层操作。
➢ 面板菜单：单击面板右上角的倒三角按钮，可以打开图层面板菜单，从中可以选择控制图层和设置图层面板的命令。

2. 创建图层

在图层面板中，可以通过各种方法来创建图层。在编辑图像的过程中，也可以创建图层，例如从其他图像中复制图层、粘贴图像时，Photoshop 就会自动生成图层。下面学习图层的具体创建方法。

Photoshop 新建图层的方法很多，在“图层”→“新建”菜单中可以找到许多相关的图层新建命令，除此之外，还可以通过图层面板中的按钮和相应的快捷键新建图层。

(1) 用图层面板新建图层

单击图层面板底端的“创建新图层”按钮▢，在当前图层的上方会得到一个新建图层，并自动命名，如图 7-2 所示。

图 7-2 新建图层

默认情况下，新建图层会置于当前图层的上方，并自动成为当前图层。按下〈Ctrl〉键单击创建新图层按钮，则在当前图层下方创建新图层。

(2) 用“新建”命令新建图层

选择“图层”→“新建”→“图层”命令或按下〈Ctrl + Shift + N〉快捷键，在弹出的图 7-3 所示的“新建图层”对话框单击“确定”按钮，即可得到新建图层。

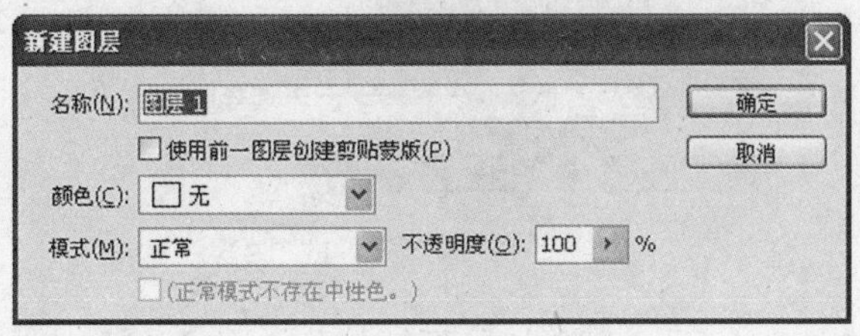

图 7-3 “新建图层”对话框

在颜色下拉列表中选择一个颜色后，可以使用颜色标记图层。用颜色标记图层在 Photoshop 中被称为颜色编码，我们可以为某些图层或者图层组设置一个可以区别于其他图层或图层组的颜色，以便于有效地进行区分，如图 7-4 所示。

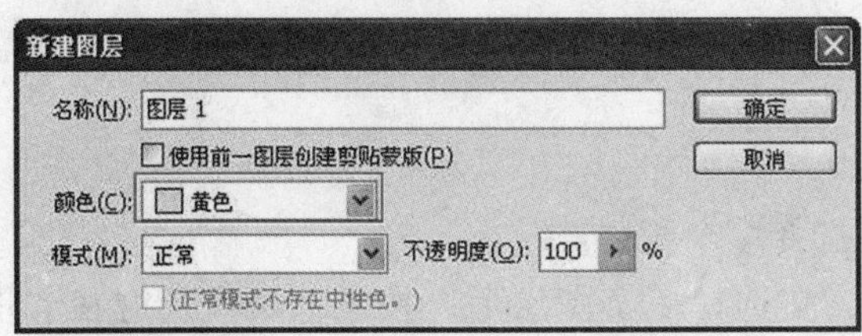

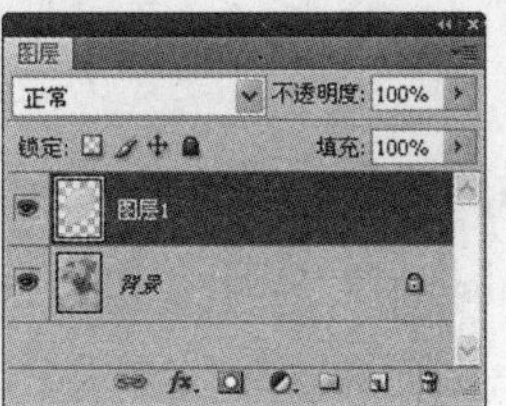

图 7-4 使用黄色标记图层

第2节　图层的基本操作

下面来学习如何选择图层、复制图层、显示和隐藏图层、移动图层等图层的基本操作方法。

1．选择图层

若想编辑某个图层，首先应选择该图层，使该图层成为当前图层。在 Photoshop CS4 中，可以同时选择多个图层进行操作，当前选择的图层以加色显示。选择图层有两种方法，一种方法是在图层面板中选择，另一种方法是在图像窗口中选择。

(1) 选择一个图层

在图层面板中，每个图层都有相应的图层名称和缩览图，因而可以轻松区分各个图层。如果需要选择某个图层，拖动图层面板滚动条，使该图层显示在图层面板中，然后单击该图层即可。

处于选择状态的图层与未选择的图层有一定区别，选择的图层将以蓝底反白显示，如图7-5所示。

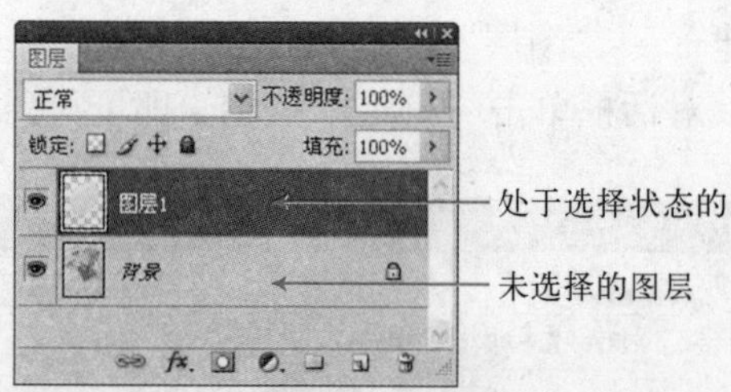

图7-5　选择“图层1”图层

选择工具选项栏如图7-6所示，单击下拉按钮，从下拉列表中可以控制是选择图层组还是选择图层。当选择“组”方式时，无论是使用何种选择方式，只能选择该图层所在的图层组，而不能选择该图层。

图7-6　选择工具选项栏

(2) 选择多个图层

在 Photoshop CS4 中，可以同时选择多个图层。

- 如果要选择连续的多个图层，在选择一个图层后，按住〈Shift〉键在“图层”面板中单击另一个图层的图层名称，则两个图层之间的所有图层都会被选中。
- 如果要选择不连续的多个图层，在选择一个图层后，按住〈Ctrl〉在“图层”面板中

单击另一个图层的图层名称。

(3) 窗口选择方式

按下〈Ctrl〉键在图像窗口中拖动鼠标，可以选择鼠标经过区域的所有图层。

如果鼠标按下位置的图层为非锁定图层，则按下〈Ctrl〉键时会默认为移动操作，此时不能使用窗口选择的方式选择图层。要避免此种情况，比较好的解决方法是移动光标至画布外，然后按下鼠标拖动建立选择范围框。

(4) 在图像窗口选择图层

在图像窗口中选择图层，需要使用工具箱移动工具。

- 选择移动工具，直接在图像中按住〈Ctrl〉键单击要选择图层中的图像。如果已经在工具选项栏中选择“自动选择图层”选项，则不必按住〈Ctrl〉键。
- 如果要选择多个图层，则可以按住〈Ctrl + Shift〉键直接在图像中单击要选择的图层包含的图像。

2. 显示和隐藏图层

图层面板中的眼睛图标不仅可指示图层的可见性，也可用于图层的显示/隐藏切换。通过设置图层的显示/隐藏，可控制一幅图像的最终效果。

单击文字图层前的图标，该图层即由可见状态转换为隐藏状态，同时眼睛图标也显示为形状。当图层处于隐藏状态时，单击该图层的图标，该图层即由不可见状态转换为可见状态，眼睛图标也显示为形状。

3. 调整图层叠放顺序

对于一幅图像而言，叠于上方的图层总是会遮挡下方的图层，因此图层的叠放顺序决定着图像的效果。

在图层调板中移动图层的位置，可以调整图层的叠放次序。移动光标至图层，当光标显示为形状时，单击并按住鼠标拖动，在拖动过程中，光标会由形状转变为形状，同时图层以半透明显示，释放鼠标时，则该图层将移动至此位置。

执行“图层”→“排列”子菜单中的命令，也可以调整图层的排列顺序：

- 置为顶层：将选择的图层调整到最顶层，快捷键为〈Shift + Ctrl +]〉。
- 前移一层：将选择的图层向上移动一层，快捷键为〈Ctrl +]〉。
- 后移一层：将选择的图层向下移动一层，快捷键为〈Ctrl + [〉。
- 置为底层：将选择的图层调整到最底层，快捷键为〈Shift + Ctrl + [〉。
- 反向：如果在图层面板中选择了多个图层，则执行该命令可以反转被选择图层的排列顺序。

4. 复制图层

通过复制图层可以复制图层中的图像。在 Photoshop 中，不但可以在同一图像中复制图层，而且还可以在两个不同的图像之间复制图层。

- 如果是在同一图像内复制，单击“图层”→“复制图层”命令，或拖动图层至“创建新图层”按钮，即可得到当前选择图层的复制图层。
- 按下〈Ctrl + J〉键，可以快速复制当前图层。
- 如果是在不同的图像之间复制，首先在 Photoshop 桌面中同时显示这两个图像窗口，然后在源图像的图层调板中拖拽该图层至目标图像窗口即可。

如果需要在不同图像之间复制多个图层，首先应选择这些图层，然后使用移动工具在图像窗口之间拖动复制。

5. 删除图层

对于多余的图层，应及时将其从图像中删除，以减少图像文件的大小。在实际工作中，可以根据具体情况选择最快捷的删除图层的方法。

- 如果需要删除的图层为当前图层，可以按下图层调板底端的“删除图层”按钮，或单击“图层”→“删除”→“图层”命令，在弹出的如图 7-7 所示的提示信息框中单击“是”按钮即可。
- 如果需要删除的图层不是当前图层，则可以移动光标至该图层上方，然后按下鼠标并拖动至按钮上，当该按钮呈按下状态时释放鼠标即可。

图 7-7 确认图层删除提示框

- 如果需要同时删除多个图层，则可以首先选择这些图层，然后按下按钮删除。
- 如果需要删除所有处于隐藏状态的图层，可单击“图层”→“删除”→“隐藏图层”命令。
- 在 Photoshop CS4 中，如果当前选择的工具是移动工具，则可以通过直接按〈Delete〉键删除当前图层（一个或多个）。

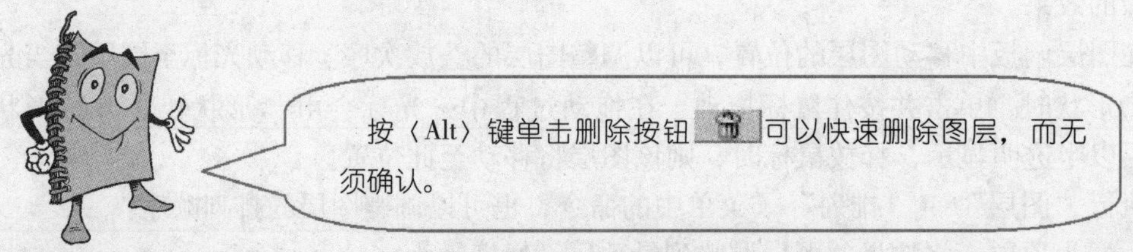

6. 对齐与分布图层

Photoshop 的对齐和分布功能用于准确定位图层的位置。在进行对齐和分布操作之前，需要首先选择这些图层，或者将这些图层设置为链接图层，然后使用“图层”→“对齐”和“图层”→“分布”级联菜单命令，或者直接单击选择工具选项栏相应按钮，如图 7-8 所示，进行对齐和分布操作。

图 7-8 移动工具选项栏

使用“对齐”命令，要求是两个或两个以上的图层；使用“分布”命令，要求是三个或三个以上的图层。

（1）对齐图层

对齐图层有以下三种情况：

- 如果当前图像中存在选区，系统自动移动当前选择图层，与选区进行对齐。
- 如果当前选择图层与其他图层存在链接关系，则当前选择图层保持不动，其他链接图层与当前选择图层进行对齐。
- 如果当前选择了多个图层，则根据对齐的方式，决定移动的图层。

（2）分布图层

“分布”命令用于将当前选择的多个图层或链接图层进行等距排列。

- 按顶分布：平均分布各图层，使各图层的顶边间隔相同的距离。
- 垂直居中分布：平均分布各图层，使各图层的垂直中心间隔相同的距离。
- 按底分布：平均分布各图层，使各图层的底边间隔相同的距离。
- 按左分布：平均分布各图层，使各图层的左边间隔相同的距离。
- 水平居中分布：平均分布各图层，使各图层的水平中心间隔相同的距离。
- 按右分布：平均分布各图层，使各图层的右边间隔相同的距离。

第3节　图　层　组

当图像的图层数量达到成十上百之后，图层面板就会显得非常杂乱。为此，Photoshop提供了图层组的功能，以方便图层的管理。

图层与图层组的关系类似于Windows系统中的文件与文件夹的关系。图层组可以展开或折叠，也可以像图层一样设置透明度、混合模式，添加图层蒙版，进行整体选择、复制或移动等操作。

1. 创建新组

在图层面板中单击“创建新组”按钮，或执行“图层”→“新建”→“组”命令，即可在当前选择图层的上方创建一个图层组，如图7-9所示。双击图层组名称位置，在出现的文本框中可以输入新的图层组名称。

通过这种方式创建的图层组不包含任何图层，需要通过拖动的方法将图层移动至图层组中。在需要移动的图层上按下鼠标，然后拖动至图层组名称或图标上释放鼠标即可，如图7-10所示，结果如图7-11所示。

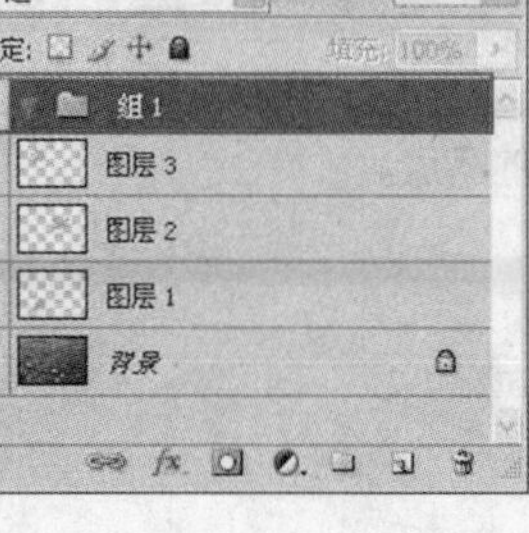

图 7-9 新建组

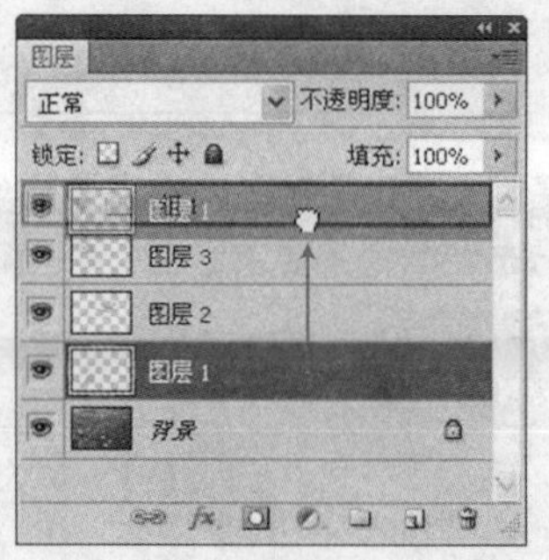

图 7-10 创建组并拖动图层

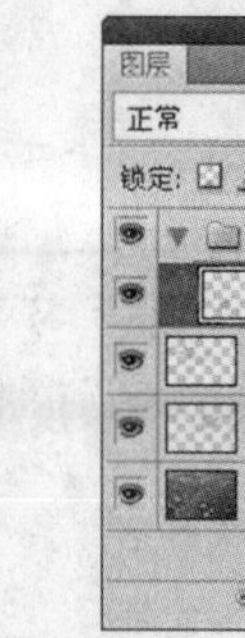

图 7-11 移动图层结果

若要将图层移出图层组，则可再次将该图层拖动至图层组的上方或下方释放鼠标，或者直接将图层拖出图层组区域。

组也可以直接从当前选择图层创建得到，这样新建的图层组将包含当前选择的所有图层，操作方法如下：

1 按住〈Shift〉或〈Ctrl〉键，选择需要添加到同一图层组中的所有图层，如图 7-12 所示。

2 执行“图层”→“新建”→“从图层建立组”命令，或按下〈Ctrl + G〉快捷键，结果如图 7-13 所示。

图 7-12 选择多个图层

图 7-13 从图层创建组

2. 删除组

选择图层组后单击 按钮，弹出图 7-14 所示的对话框，单击“组和内容”按钮，将删除图层组和图层组中的所有图层；若单击“仅组”按钮，将只删除图层组，图层组中的图层将被移出图层组。

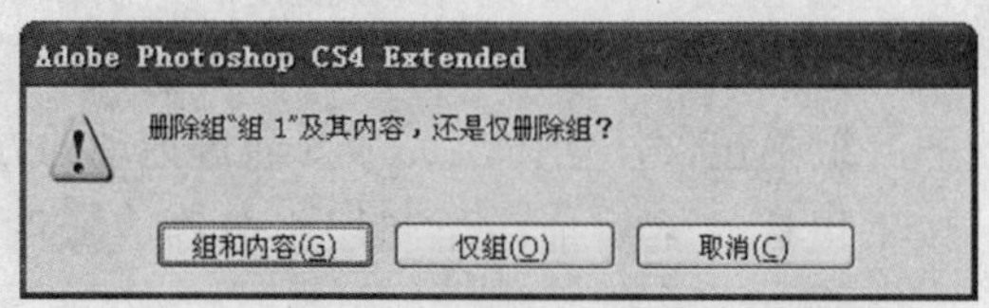

图 7-14 信息提示框

第4节 合并与盖印图层

尽管 Photoshop CS4 对图层的数量已经没有限制，用户可以新建任意数量的图层，但一幅图像的图层越多，打开和处理时所占用的内存和保存时所占用的磁盘空间也就越大。因此，及时合并一些不需要修改的图层，减少图层数量，就显得非常必要。

1. 合并图层

下面是合并图层的4种方法：

- 向下合并：选择此命令，可将当前选择图层与图层面板的下一图层进行合并，合并时下一图层必须为可见，否则该命令无效，快捷键为〈Ctrl + E〉。
- 合并可见图层：选择此命令，可将图像中所有可见图层全部合并。
- 拼合图像：合并图像中的所有图层。如果合并时图像有隐藏图层，系统将弹出一个提示对话框，单击其中的“确定”按钮，隐藏图层将被删除，单击“取消”按钮则取消合并操作。
- 如果需要合并多个图层，可以先选择这些图层，然后执行“图层”→“合并图层”命令，快捷键为〈Ctrl + E〉。

2. 盖印图层

使用 Photoshop 的盖印功能，可以将多个图层的内容合并到一个新的图层，同时使源图层保持完好。Photoshop 没有提供盖印图层的相关命令，只能通过快捷键进行操作。

首先选择需要盖印的多个图层，然后按下〈Ctrl + Alt + E〉快捷键，即得到包含当前所有选择图层内容的新图层，图7-15 所示的“图层3（合并）”盖印图层，源图层“图层3”、“图层2”和“图层1”仍保持完好。

选择多个图层

盖印图层结果

图7-15 盖印图层

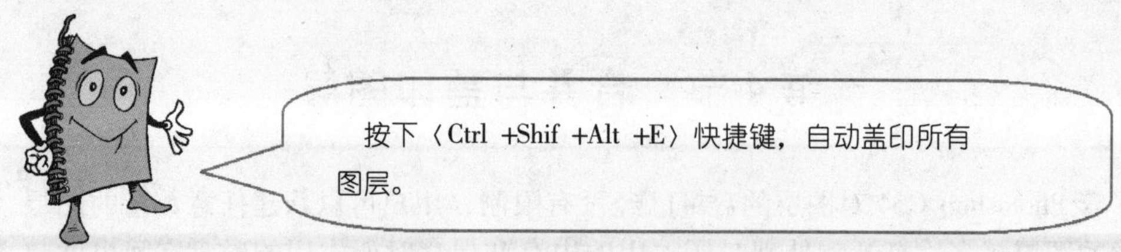

第 5 节　为图层添加样式

所谓图层样式，实际上就是由投影、内阴影、外发光、内发光、斜面和浮雕、光泽、颜色叠加、图案叠加、渐变叠加、描边等图层效果组成的集合，它能够在顷刻间将平面图形转化为具有材质和光影效果的立体物体。

如果要为图层添加样式，可以选择这一图层，然后采用下面任意一种方式打开“图层样式”对话框。

- 执行“图层”→“图层样式”子菜单中的样式命令，可打开“图层样式”对话框，并进入到相应的样式设置面板，如图 7-16 所示。
- 在图层面板中单击“添加图层样式”按钮 fx.，在打开的快捷菜单中选择一个样式命令，如图 7-17 所示，也可以打开“图层样式”对话框，并进入到相应的样式设置面板。

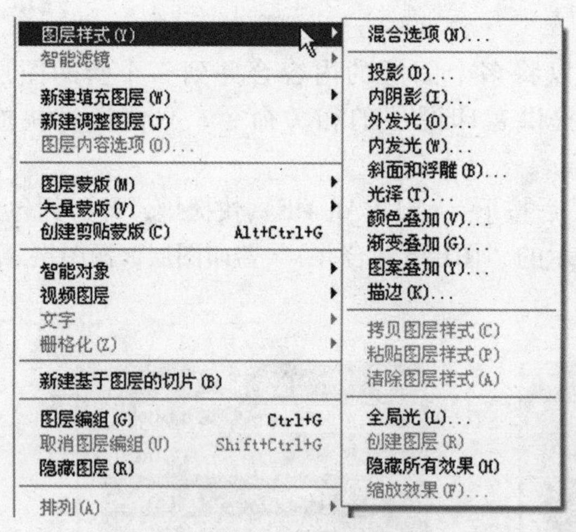

图 7-16　图层样式子菜单

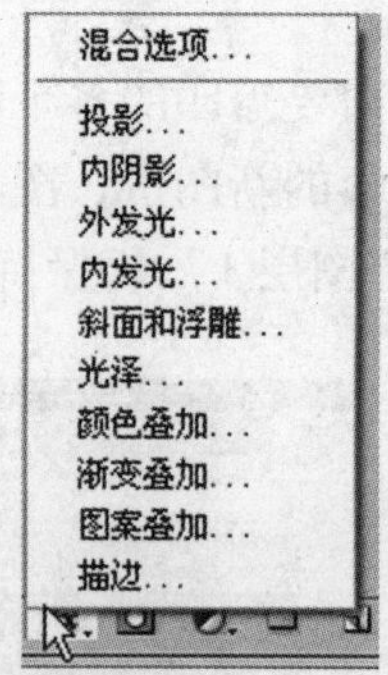

图 7-17　快捷菜单

- 双击需要添加样式的图层，可打开“图层样式”对话框，如图 7-18 所示。在对话框左侧可以选择不同的图层样式选项。

1. “投影”图层样式

“投影”效果用于模拟光源照射生成的阴影，添加“投影”效果可使平面图形产生立体

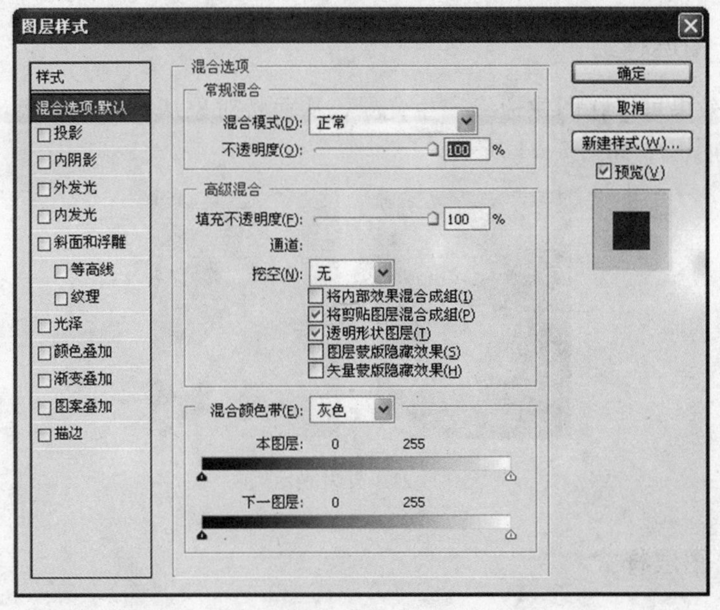

图 7-18 “图层样式”对话框

感，效果如图 7-19 所示。

图 7-19 投影效果参数

2.“内阴影”图层样式

与“投影”效果从图层背后产生阴影不同，“内阴影”效果在图层前面内部边缘位置产生柔化的阴影效果，常用于立体图形的制作，如图 7-20 所示。

图 7-20 内阴影示例

3. “外发光”图层样式

“外发光”效果可以在图像边缘产生光晕，从而将对象从背景中分离出来，以达到醒目、突出主题的作用，如图 7-21 所示。

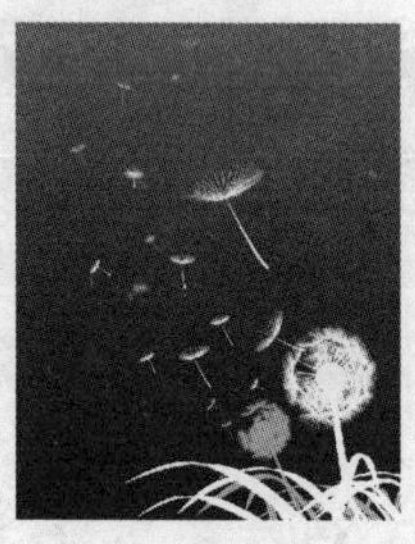

图 7-21 外发光示例

4. “内发光”图层样式

“内发光”效果在文本或图像的内部产生光晕的效果。其参数选项与外发光基本相同，其中外发光“图案”选项组中的“扩展”选项变成了内发光中“阻塞”选项，这是两个相反的参数。

“图案”选项组中的“源”选项用于选择内发光的位置：居中或边缘。“内发光”效果如图 7-22 所示。

图 7-22 内发光效果

5. “斜面与浮雕”图层样式

“斜面和浮雕”是一个非常实用的图层效果，可用于制作各种凹陷或凸出的浮雕图像或文字，如图 7-23 所示。

6. “光泽”图层样式

“光泽”效果可以用来模拟物体的内反射或者类似于绸缎的表面。原始图像效果如图 7-24 所示，选择“光泽”命令，在弹出的图层样式对话框中设置参数如图 7-25 所示，得到效果如图 7-26 所示。

图 7-23 斜面和浮雕效果

图 7-24 原图

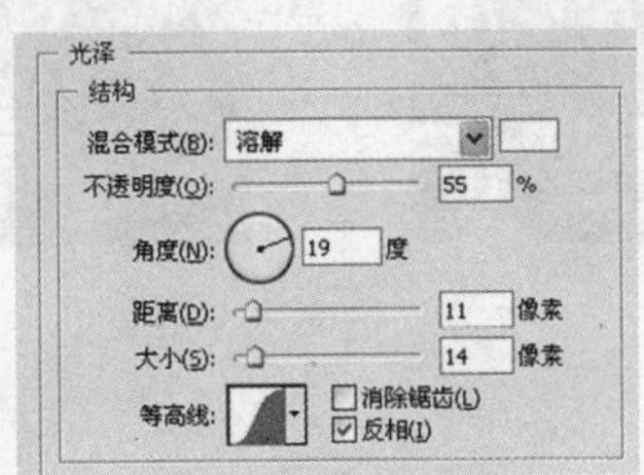

图 7-25 光泽参数

图 7-26 光泽效果

7. "颜色叠加"图层样式

颜色叠加命令用于使图像产生一种颜色叠加效果，效果如图 7-27 所示。

图 7-27 颜色叠加效果

8. "渐变叠加"图层样式

渐变叠加命令用于使图像产生一种渐变叠加效果，如图 7-28 所示。

图 7-28 渐变叠加效果

9. “图案叠加”图层样式

图案叠加命令用于在图像上添加图案效果。选择“图案叠加”命令，在弹出的图层样式对话框中可选择不同的图案，应用命令后图像效果如图 7-29 所示。

图 7-29　图案叠加效果

10. “描边”图层样式

“描边”效果用于在图层边缘产生描边效果，描边参数如图 7-30 所示。描边示例如图 7-31 所示。

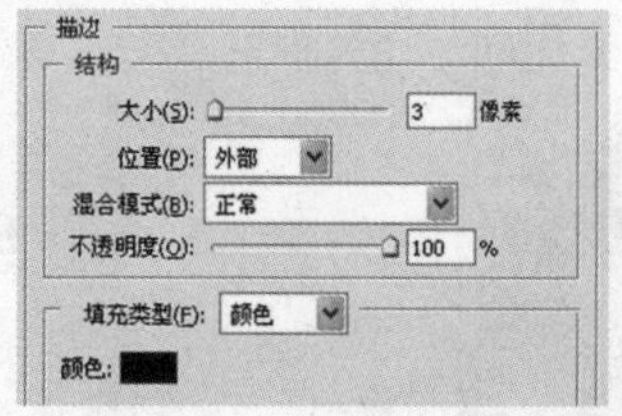

图 7-30　描边参数

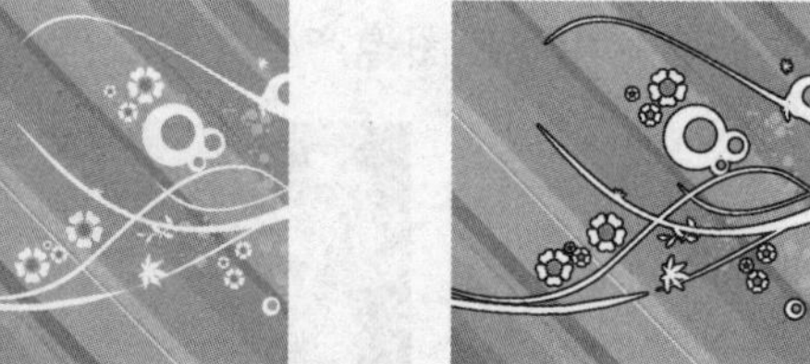
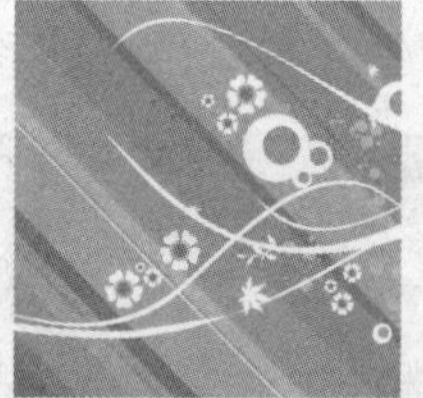
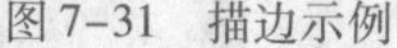

图 7-31　描边示例

在“结构”选项组中可设置描边的大小、位置、混合模式和不透明度。在“填充类型”列表框中可以选择描边的填充类型：颜色、渐变或图案，当选择不同的填充类型时，“填充类型”选项组就会发生相应的变化。

11. 复制与粘贴图层样式

快速复制图层样式，有鼠标拖动和菜单命令两种方法可供选用。

(1) 鼠标拖动

展开图层面板图层效果列表，拖动“效果”项或 fx 图标至另一图层上方，即可移动图层样式至另一个图层，此时光标显示为形状，同时在光标下方显示 fx 标记，如图 7-32 所示。

而如果在拖动时按住〈Alt〉键，则可以复制该图层样式至另一图层，此时光标显示为形状，如图 7-33 所示。

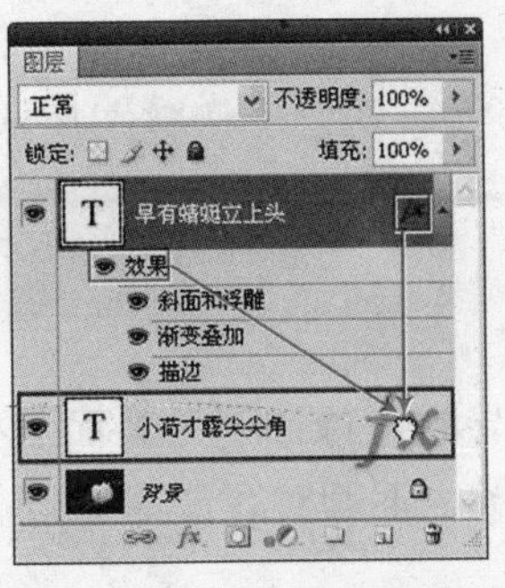

图 7-32 移动图层样式

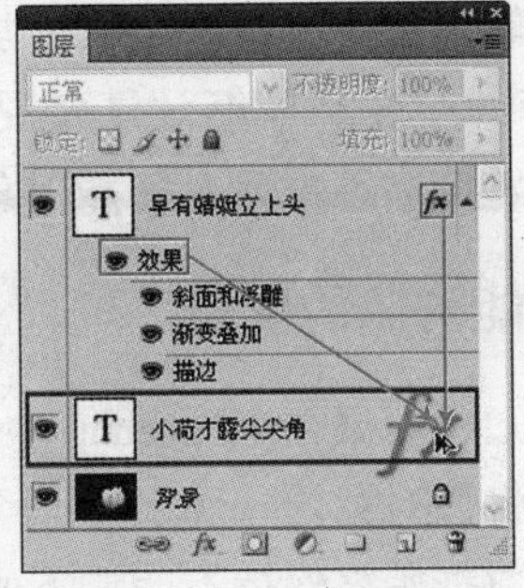

图 7-33 复制图层样式

（2）菜单命令

在具有图层样式的图层上单击右键，在弹出的菜单中选择“拷贝图层样式”命令，然后在需要粘贴样式的图层上单击右键，在弹出菜单中选择“粘贴图层样式”命令即可。

12. 隐藏与删除图层样式

通过隐藏或删除图层样式，可以去除为图层添加的图层样式效果，方法如下：

- 删除图层样式：添加图层样式的图层右侧会显示 图标，单击该图标可以展开所有添加的图层效果，拖动该图标或“效果”栏至面板底端删除按钮 ，可以删除图层样式，如图 7-34 所示。
- 删除图层效果：拖动效果列表中的图层效果至删除按钮 ，可以删除该图层效果，如图 7-35 所示。

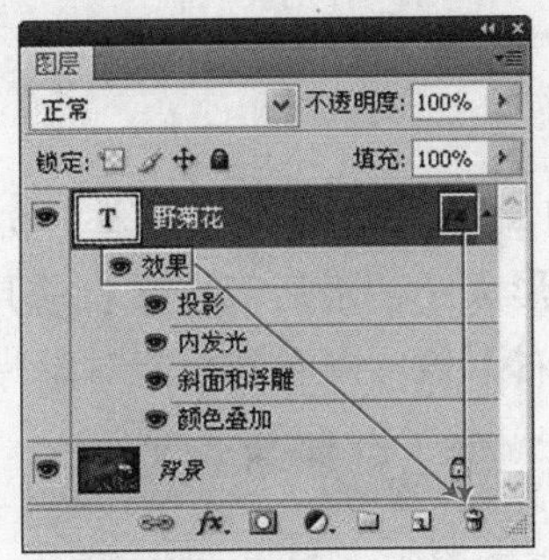

图 7-34 删除图层样式

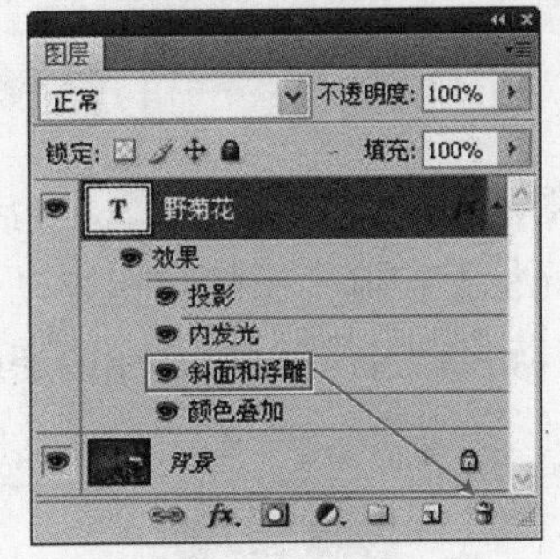

图 7-35 删除图层效果

- 隐藏图层效果：单击图层效果左侧的眼睛图标 ，可以隐藏该图层效果。

第 6 节 智能对象

智能对象是 Photoshop 提供的一种较先进的功能，我们可以把它看作是一种容器，在其中嵌入位图或矢量图像数据。例如，Photoshop 的图层或 Adobe Illustrator 图形。

智能对象的好处是它能够保持相对的独立性，能够灵活地在 Photoshop 中以非破坏性方

式缩放、旋转图层、变形，或者添加滤镜效果。

在 Photoshop 中，智能对象表现为一个图层，类似于文字图层、调整图层或填充图层，并在图层缩览图右下方显示智能对象标记。

1. 了解智能对象的优势

众所周知，如果在 Photoshop 中频繁地缩放图像，会导致图像细节丢失而变得越来越模糊，但如果将该对象转换为智能对象，就不会有这种情况。不管对智能对象进行如何的变换，它的源数据始终保持不变，下面以实例进行说明。

1 按下〈Ctrl + N〉快捷键，新建一个 800×600 像素大小的图像文件。

2 选择“文件”→“置入”命令，在打开的“置入 PDF”对话框中选择随书光盘提供的“001. AI”文件，这是由 Illustrator 绘制的矢量图形。

3 在打开的“置入 PDF”对话框中，单击“确定”按钮，如图 7-36 所示。

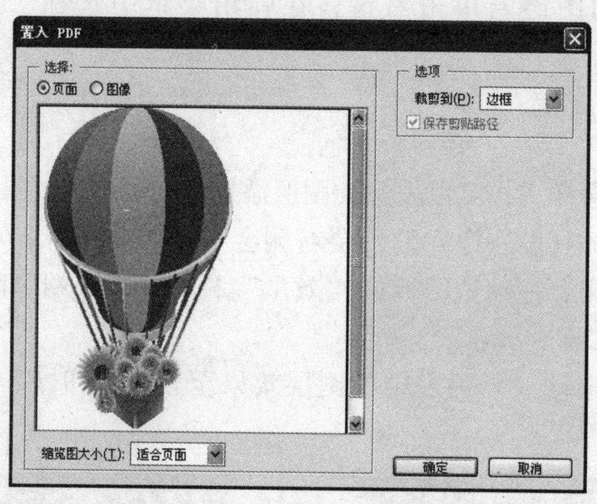

图 7-36 “置入 PDF”对话框

3 矢量图形导入到 Photoshop 窗口后，会出现调整大小的定界框，如图 7-37 所示，移动光标至控制角手柄位置拖动调整图形大小，最后双击鼠标应用变换，系统自动将其转换为智能对象，在图层缩览图右下角可以看到智能对象标记。

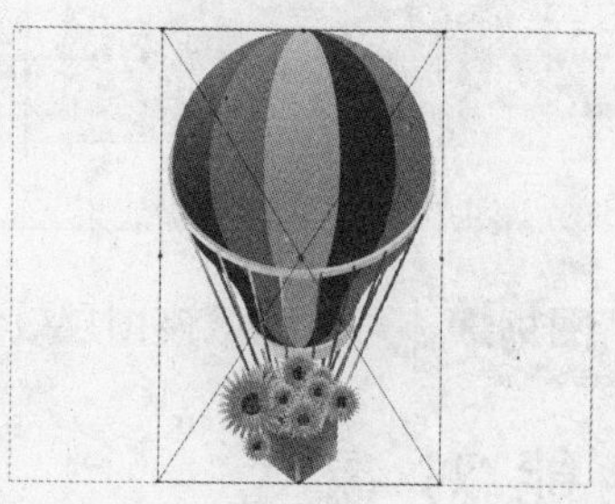
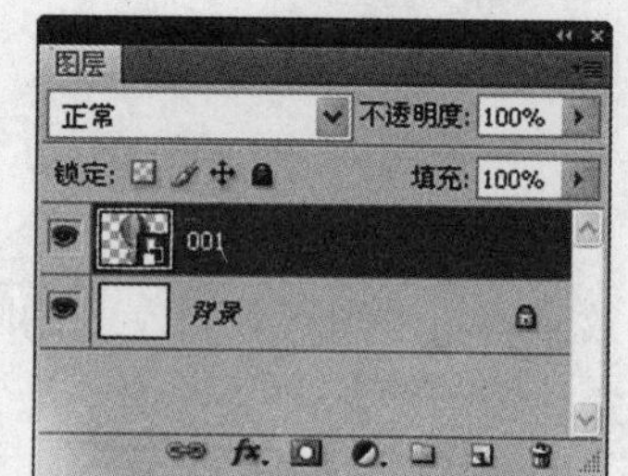

图 7-37 导入得到智能对象

5 复制 001 图层，得到“001 副本”图层，如图 7-38 所示。

6 选择 001 副本图层，执行“图层”→“栅格化”→“智能对象”命令，将智能

对象转换为普通图层，图层缩览图右下角的智能对象标记消失，如图 7-39 所示。

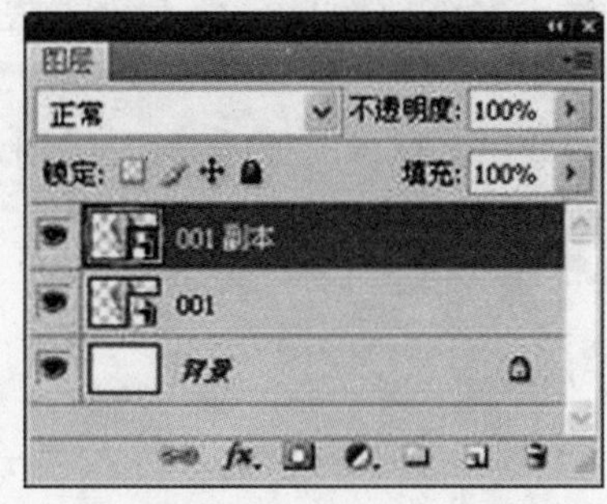

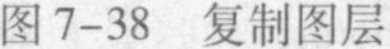
图 7-38 复制图层

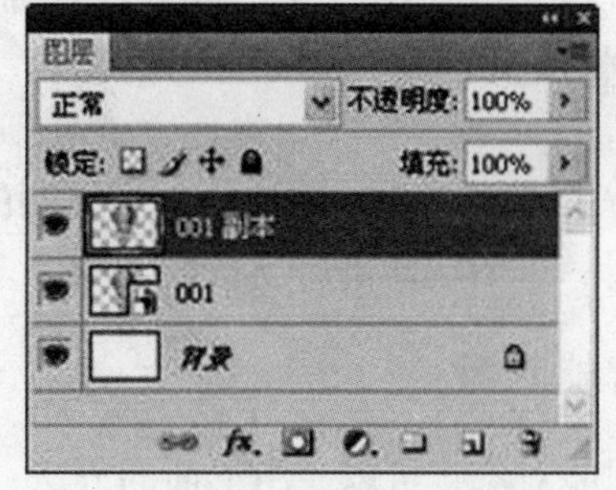

图 7-39 栅格化图层

7 同时选择 001 副本和 001 图层，按下〈Ctrl + T〉快捷键进入自由变换状态，缩小图形如图 7-40 所示，按下回车键应用变换。

图 7-40 变换对象

8 按下〈Ctrl + T〉快捷键，再次进入变换状态，将两个图层再次放大，并调整图层的位置，如图 7-41 所示。此时会发现，001 副本图层转换为普通图层之后，在经过两次缩放，图形已经变得非常模糊，而“铅笔”图层因为是智能对象，经过两次缩放后，其图形质量没有任何的损失，非常清晰锐利。

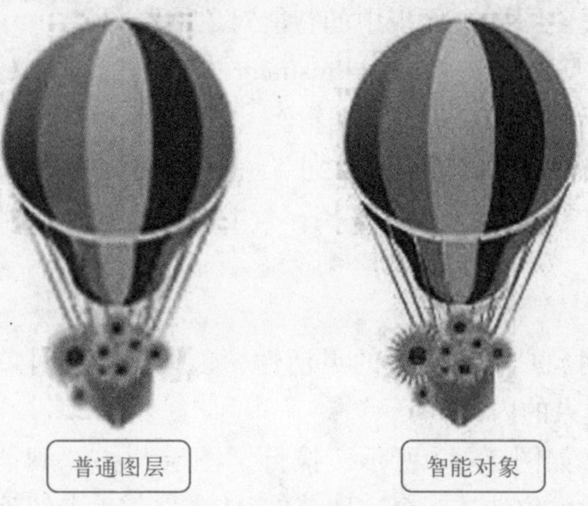

图 7-41 再次缩放

总的来说，使用智能对象具有如下优点：

- 可进行非破坏性变换。可以根据需要按任意比例缩放图层，而不会丢失原始图像数据。
- 保留 Photoshop 不会以本地方式处理的数据，如 Illustrator 中的复杂矢量图片。Photoshop 会自动将文件转换为它可识别的内容。
- 编辑一个图层即可更新智能对象的多个实例。

2. 创建智能对象

创建智能对象，可以使用下面的方法：

- 使用“置入”命令置入的矢量图形或位图图像，Photoshop 将其自动转化为智能对象。
- 选择一个或多个图层后，选择“图层”→“智能对象”→“转换为智能对象”命令，这些图层即被打包到一个名为“智能对象”的图层中。
- 复制现有的智能对象，以便创建引用相同源内容的两个版本。
- 将选定的 PDF 或 Adobe Illustrator 图层或对象拖入 Photoshop 文档中。
- 将图片从 Adobe Illustrator 拷贝并粘贴到 Photoshop 文档中。

3. 编辑智能对象内容

(1) 编辑智能对象外观

智能对象是一类特殊的对象，由于其源数据受到保护，因此只能进行有限的编辑操作：

- 可以进行缩放、旋转、斜切，但不能进行扭曲、透视、变形等操作。
- 可以更改智能对象图层的混合模式、不透明度，并且可以添加图层样式。
- 不能直接对智能对象使用颜色调整命令，只能使用调整图层进行调整。

(2) 编辑智能对象内容

如果需要更改智能对象的内容，需要进行下述操作：

- 从“图层”面板中选择智能对象，选取“图层”→“智能对象”→“编辑内容”命令，或者单击两次“图层”面板中的智能对象缩览图。
- 如果智能对象是矢量数据，将打开 Illustrator 进行编辑，如果是位图数据，则在 Photoshop 中打开一个新的图像窗口进行编辑。
- 智能对象内容编辑完成后，选取“文件”→“存储”命令以提交更改。
- 返回到包含智能对象的 Photoshop 文档，智能对象的所有实例均已更新。

4. 替换智能对象内容

Photoshop 中的智能对象具有相当大的灵活性，创建了智能对象后，可以用一个新建的内容替换在智能对象中嵌入的内容。

选择智能对象图层，如图 7-42 所示。执行“图层”→“智能对象”→“替换内容”命令，打开“置入”对话框，选择一个玫瑰花的 AI 文件，单击“确定”按钮，可将其转入到 Photoshop 中，替换当前选择的智能对象，如图 7-43 所示。

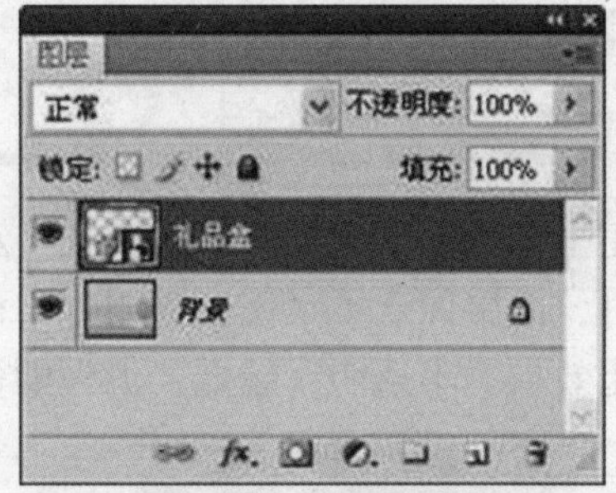

图 7-42　选择智能对象图层

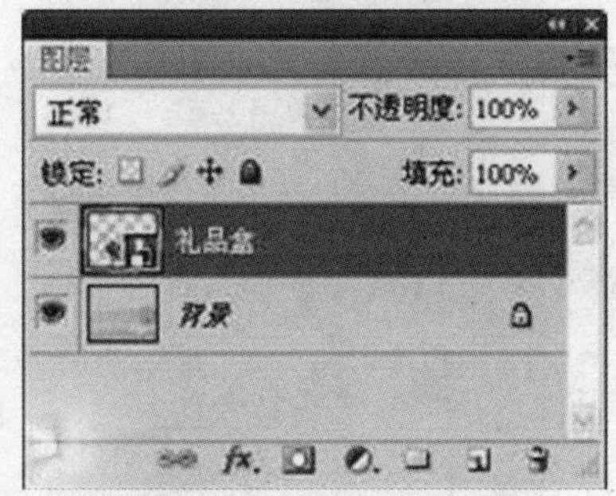

图 7-43　替换智能对象图层

5. 导出智能对象内容

选择图层智能对象导出内容命令，Photoshop 将以智能对象的原始置入格式（JPG、AI、TIF、PDF 或其他格式）导出智能对象。如果智能对象是利用图层创建的，则以 PSB 格式将其导出。

第 7 节　图层的混合模式

混合模式控制图层之间像素颜色的相互作用。Photoshop 可使用的图层混合模式有正常、溶解、叠加、正片叠底等二十几种，不同的混合模式会得到不同的效果。

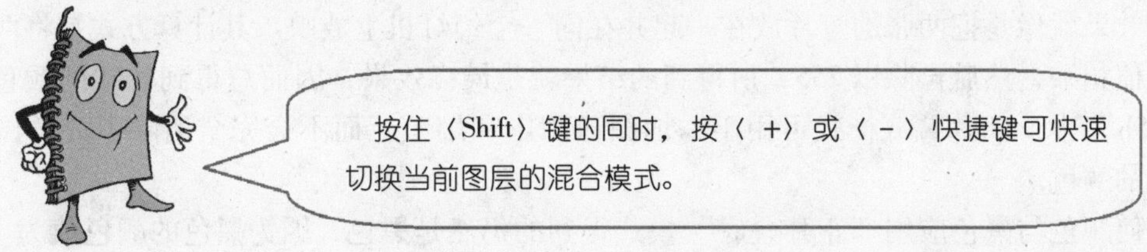

1. 正常模式

Photoshop 默认的色彩混合模式，使用此模式时上方图层与下方图层颜色之间不会发生相互作用，上方图层的图像会完全覆盖下方的所有图层。只有当上方图层的不透明度小于

100%，下方图层内容才会显示出来。

2. 溶解模式

在图层完全不透明情况下，溶解模式与正常模式所得到的效果完全相同。但当降低图层的不透明度时，图层像素不是逐渐透明化，而是某些像素透明，其他像素则完全不透明，从而得到颗粒化效果。不透明度越低，消失的像素越多，如图 7-44 所示。

“正常”混合模式，不透明度=50%

“溶解”混合模式，不透明度=50%

图 7-44　溶解混合模式效果

3. 变暗模式

上下两图层对应像素的各颜色通道分别进行比较，哪个更暗，便以这种颜色作为此像素最终的颜色，也就是取两个颜色中的暗色作为最终色，因此叠加后整体图像变暗，如图 7-45a 所示。例如在该模式下，图层某像素的颜色为（R200、G50、B25），另一图层对应位置像素的颜色为（R25、G100、B75），则混合后将得到（R25、G50、B25）的颜色。

4. 正片叠底

该效果就像是把两张幻灯片放在一起并在同一个幻灯机上放映。其计算方式是将两图层的颜色值相乘，然后再除以 255，所得到的结果就是最终效果，因而总得到较暗的颜色，如图 7-45b 所示。正片叠底模式可用于添加图像阴影和细节，而不会完全消除下方的图层阴影区域的颜色。

任何颜色与黑色应用“正片叠底”模式得到的仍然是黑色，因为黑色的颜色值为（R0、G0、B0）；任何颜色与白色应用“正片叠底”模式保存原来的颜色值不变，因为白色的颜色为（R255、G255、B255）。

图 7-46 中的原图像由于颜色过亮而细节不够丰富，复制原图层并设置为正片叠底模式后，图像细节得到了加强。

a) b) c)

图 7-45 图层混合效果

a）变暗 b）正片叠底 c）颜色加深

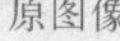

原图像 添加图像细节结果

图 7-46 使用正片叠底模式添加图像细节和阴影

5. 颜色加深

该图层模式混合时查看图层每个通道的颜色信息，通过增加对比度以加深图像颜色，通常用于创建非常暗的阴影效果，如图 7-45c 所示。

6. 线性加深

该模式混合时查看每一个颜色通道的颜色信息，加暗所有通道的基色，并通过提高其他颜色的亮度来反映混合颜色，在与白色混合时没有变化。

7. 变亮

此模式与变暗模式相反，混合结果为图层中较亮的颜色。

8. 滤色

与正片叠底模式相反，滤色模式将上方图层像素的互补色与底色相乘，因此结果颜色比

原有颜色更浅，具有漂白的效果。

任何颜色与黑色应用“滤色”模式，原颜色不受黑色影响，任何颜色与白色应用“滤色”模式得到的颜色为白色。

使用滤色模式除能够得到加亮的图像合成效果外，还可以获得其他调整命令无法得到的调整效果。图 7-47a 所示为一幅色调较暗的图像，复制该图像所在的图层得到“背景副本”复制图层，然后将复制图层的混合模式设置为滤色模式，即可修复曝光不足的图像，如图 7-47b 所示。

a)

b)

图 7-47　使用滤镜模式加亮图像
a) 原图像　b) 加亮效果

9. 颜色减淡

查看每个颜色通道的颜色信息，通过增加其对比度而使颜色变亮。使用此模式可以生成非常亮的合成效果。

10. 线性减淡

查看每个颜色通道的信息，通过降低其亮度来使颜色变亮，黑色混合时无变化。

11. 叠加

叠加模式在保留下方图层明暗变化的基础上使用“正片叠底”或“滤色”模式，上方图层的颜色被叠加到底色上，但保留底色的高光和阴影部分。使用此模式可使底色的图像的饱和度及对比度得到相应的提高，使图像看起来更加鲜亮。

图 7-48 中使用“叠加”模式为人物添加蝴蝶纹理效果。

12. 柔光

根据上方图层的明暗程度决定最终的效果是变亮还是变暗。当上方图层颜色比 50% 灰

叠加图层

叠加效果

图 7-48 叠加模式示例

色亮，那么图像变亮，就像被减淡一样；当上方图层颜色比 50% 灰色暗，那么图像将变暗，就像被加深一样。

如果上方图层是纯黑色或纯白色，最终色不是黑色或白色，而是稍微变暗或变亮；如果底色是纯白色或纯黑色，则不产生任何效果。此效果与发散的聚光灯照在图像上相似。

13. 强光

强光模式根据绘图色来决定是执行“正片叠底”模式还是“滤色”模式。当绘图色比 50% 的灰要亮时，则底色变亮，就像执行“滤色”模式一样，这对增加图像的高光非常有帮助；如果绘图色比 50% 的灰要暗，则就像执行“正片叠底”模式一样，可增加图像的暗部；当绘图色是纯白色或黑色时得到的是纯白色和黑色。此效果与耀眼的聚光灯照在图像上相似。

14. 亮光

通过增加或降低对比度来加深和减淡颜色。如果上方图层颜色比 50% 的灰度亮，则通过减小对比度使图像变亮，反之图像被加深。

15. 线性光

根据上方图层颜色增加或降低亮度来加深或减淡颜色。如果上方图层颜色比 50% 的灰度高，则图像将增加亮度。反之，图像将变暗。

16. 点光

根据颜色亮度上方图层颜色替换下方图层颜色。如果上方图层颜色比 50% 的灰度高，则上方图层的颜色被下方图层的颜色替代。否则保持不变。

17. 实色混合

“实色混合”模式将上方图层与底图颜色的颜色数值相加，当相加的颜色数值大于该颜色模式颜色数值的最大值，混合颜色为最大值；当相加的颜色数值小于该颜色模式颜色数值的最大值，混合颜色为 0；当相加的颜色数值等于该颜色模式颜色数值的最大值，混合颜色由底图颜色决定，底图颜色的颜色值比绘图颜色的颜色值大，则混合颜色为最大值，相反则为 0。

18. 差值

“差值”模式查看每个通道中的颜色信息，比较底色和上方图层颜色，用较亮的像素点的像素值减去较暗的像素点的像素值，差值作为最终色的像素值。与白色混合将使底色反相；与黑色混合则不产生变化。

19. 排除

与差值模式相似，但效果更柔和。排除模式可生成和差值模式相似的效果，但比差值模式生成的颜色对比度较小，因而颜色较柔和。与白色混合将使底色反相，与黑色混合则不产生变化。

20. 色相

采用底色的亮度、饱和度以及上方图层图像的色相来作为结果色。混合色的亮度及饱和度与底色相同，但色相则由上方图层的颜色决定。

21. 饱和度

采用底色的亮度、色相以及上方图层图像的饱和度来作为最终色。若上方图层图像的饱和度为零，则原图就没有变化。混合后的色相及亮度与底色相同。

22. 颜色

采用底色的亮度以及上方图层图像的色相和饱和度来作为最终色。可保留原图的灰阶，对图像的色彩微调非常有帮助。混合后的亮度与底色相同，混合后的颜色由上方图层图像决定。

23. 明度

采用底色的色相饱和度以及上方图层图像的亮度来作为最终色。此模式与颜色模式相反，色相和饱和度由底色决定，如图 7-49 所示。

24. 深色和浅色模式

深色（Darker Color）和浅色（Lighter Color）两种混合模式是 Photoshop CS4 新增的两种混合模式。使用“浅色”模式时，上、下图层图像亮度进行比较，使用图层中最亮的颜色作为最终颜色，如图 7-50 所示。“深色”模式使用两图层中较暗颜色作为最终颜色，如图 7-51 所示。

图 7-49　明度

图 7-50　浅色

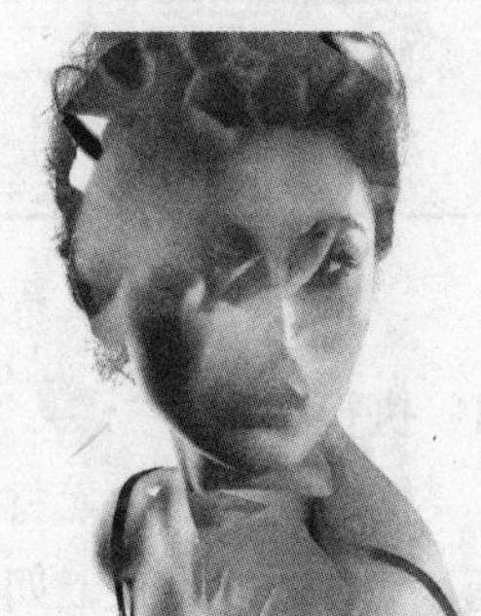

图 7-51　深色

第 8 节　实战演练——炫光特效

本实例通过制作图像炫光效果，综合演练本章所学的图层知识。炫光效果能为图像增光添彩，使图像看起来更炫、更酷。

主要使用工具：

“打开”命令、磁性套索工具、多边形套索工具、渐变工具、钢笔工具、画笔工具、图层样式、“径向模糊”命令、“取消选择”命令、变换。

视频路径：avi \ 7. 8avi

1 启用 Photoshop 后，执行“文件”→“新建”命令，弹出“新建”对话框，在对话框中设置“单位”为“厘米”、“宽度”和“高度”均为 36 厘米、“分辨率”为 72 像素/英寸、“颜色模式”为“RGB 颜色”，如图 7-52 所示，单击“确定”按钮，新建一个空白文件。

2 设置前景色为深红色（RGB 参考值分别为 R61、G5、B6），设置背景色为黑色，在工具箱中选择渐变工具，按下“径向渐变”按钮，单击选项栏渐变列表框下拉按钮，从弹出的渐变列表中选择“前景到背景”渐变。移动光标至图像窗口中间位置，然后拖动鼠标至图像窗口边缘，释放鼠标后，效果如图 7-53 所示。

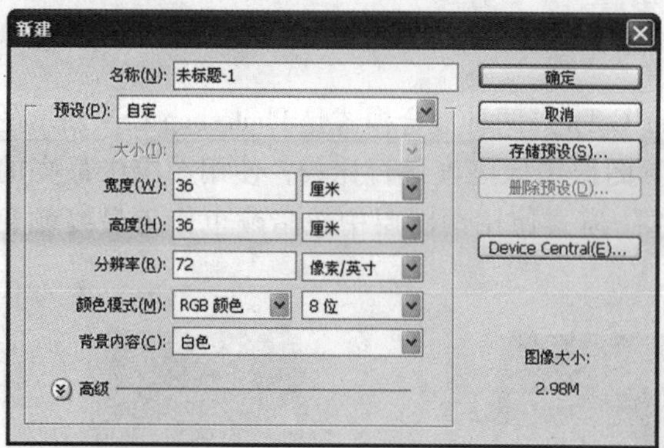

图 7-52 新建图像文件

图 7-53 填充背景

3 执行“文件”→“打开”命令，或按下〈Ctrl + O〉快捷键，弹出“打开”对话框，打开人物素材文件，运用移动工具，将人物素材添加至当前文件中，调整至合适的位置，如图 7-54 所示。

4 新建一个图层，运用钢笔工具绘制一条路径，如图 7-55 所示

图 7-54 添加人物素材

图 7-55 绘制路径

5 选择画笔工具，设置前景色为白色，画笔“大小”为“5 像素”、“硬度”为 0%，选择钢笔工具，在绘制的路径上方单击鼠标右键，在弹出的快捷菜单中选择“描边路径”选项，在弹出的对话框中选择“画笔”选项，并选中“模拟压力”复选框，单击“确定”按钮，描边路径，得到如图 7-56 所示的效果。

6 按〈Ctrl + H〉快捷键隐藏路径，单击图层面板中的“添加图层蒙版”按钮，添加一个图层蒙版，编辑图层蒙版，设置前景色为黑色，选择画笔工具，按〈 [〉或〈] 〉键调整合适的画笔大小，在光线部分涂抹，制作出光线缠绕人物的效果，如图 7-57 所示。

7 双击该图层，弹出“图层样式”对话框，选择“投影”选项，设置颜色为绿色(RGB 参考值分别为 R18、G129、B17)，“距离”为 5 像素、“扩展”为 7%、“大小”为 6 像素、“混合模式”为“变亮”，如图 7-58 所示。

图 7-56 描边路径　　图 7-57 添加蒙版

8 选择“内阴影”选项，设置颜色为绿色（RGB 参考值分别为 R0、G255、B0），“距离”为1像素、“扩展”为0%、“大小”为3像素，如图7-59所示。

9 选择“外发光”选项，设置颜色为深绿色（RGB 参考值分别为 R29、G136、B4），扩展为16%、大小为9像素，如图7-60所示。

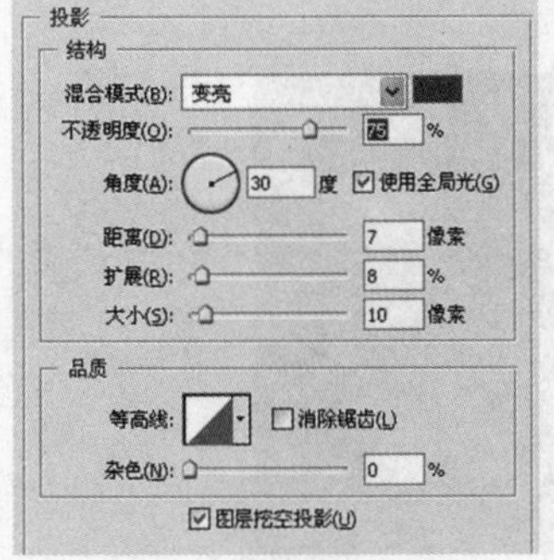

图 7-58 “投影”参数

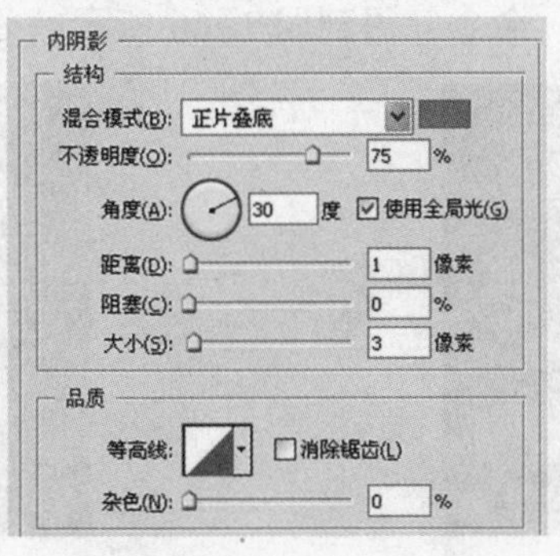

图 7-59 “内阴影”参数

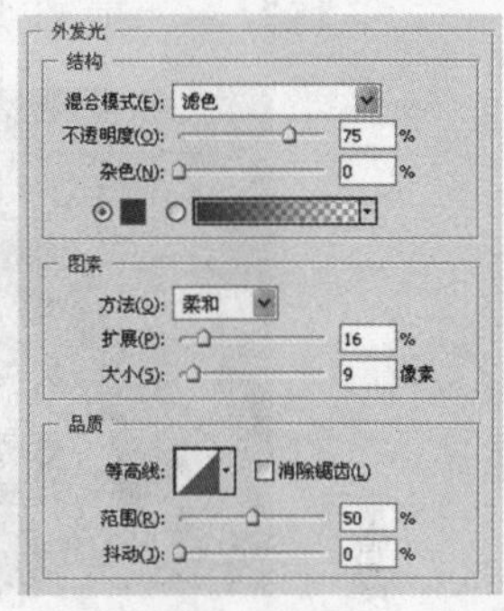

图 7-60 “外发光”参数

10 单击“确定”按钮，退出对话框，效果如图7-61所示。

11 运用同样的操作方法，制作出另一条光线，如图7-62所示。

图 7-61 添加图层样式效果

图 7-62 另一条光线

12 隐藏人物和光线图层，新建一个图层，运用画笔工具，绘制一些白色的圆点，如图 7-63 所示。

13 执行“滤镜”→“模糊”→“径向模糊”命令，设置“数量”为 100、“模糊方法”为“缩放”，单击“确定”按钮，退出对话框，效果如图 7-64 所示。

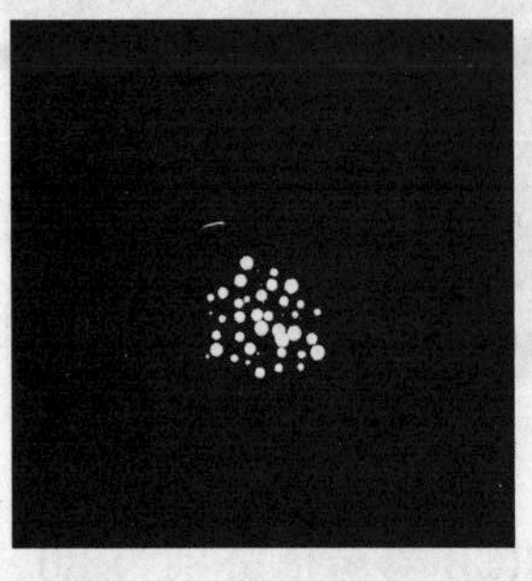
图 7-63　绘制圆点

图 7-64　“径向模糊”效果

14 加强效果，按〈Ctrl + F〉快捷键多次，得到如图 7-65 所示的效果。

15 运用矩形选框工具，绘制一个矩形选区，按〈Delete〉键删除，然后执行“选择”→“取消选择”命令，得到图 7-66 所示的效果。

图 7-65　加强效果

图 7-66　删除部分图形

16 按〈Ctrl + T〉快捷键，进入自由变换状态，调整光束至图 7-67 所示的角度和位置。

17 显示人物和光线图层，将光束图层放置在人物图层的下方，此时图像效果如图 7-68 所示。

图 7-67　调整图形

图 7-68　显示图层

18 运用前面同样的操作方法，复制光束，并调整大小、位置和角度，如图 7-69 所示。

19 双击该图层，弹出“图层样式”对话框，选择“外发光”选项，设置外发光颜色为橙色（RGB 参考值分别为 R255、G180、B0），扩展为0%、大小为0像素，如图 7-70 所示。

图 7-69 复制图形

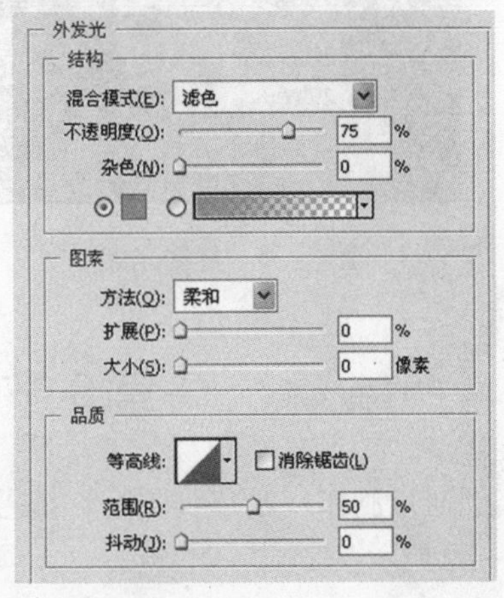

图 7-70 “外发光”参数

20 选择“内发光”选项，设置颜色为黄色（RGB 参考值分别为 R255、G255、B0），阻塞为0%、大小为5像素，如图 7-71 所示。

21 单击“确定”按钮，退出对话框，效果如图 7-72 所示。

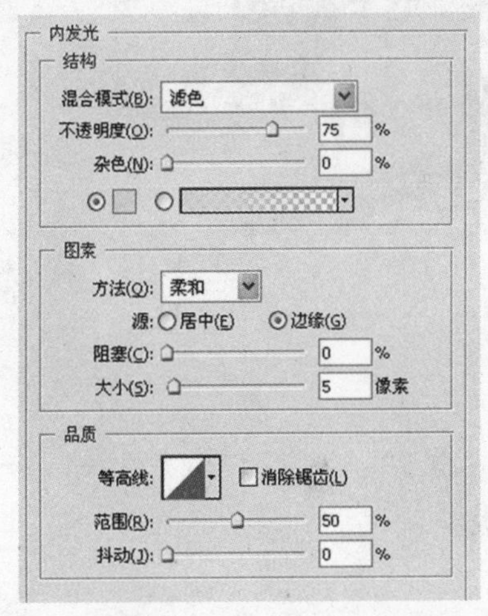

图 7-71 “内发光”参数

图 7-72 “图层样式”效果

22 运用同样的操作方法，制作其他的光束效果，如图 7-73 所示。

23 新建一个图层，运用画笔工具，在工具选项栏中选择一个柔性画笔，绘制几个光点，更改图层“混合模式”为“线性减淡”，效果如图 7-74 所示。炫光效果制作完成。

图 7–73 复制光束

图 7–74 最终效果

第 9 节 练 一 练

本实例通过制作一幅花纹图案，练习了图层的混合模式和图层样式的使用方法，具体效果如图 7–75 所示。

图 7–75 花纹

操作提示：

（1）打开人物素材。

（2）添加背景素材。

（3）添加花纹图案，设置混合模式，添加图层蒙版。

（4）添加花纹图案，添加图层样式。

第8章 蒙 版

图层蒙版可轻松控制图层区域的显示或隐藏，是进行图像合成最常用的手段。使用图层蒙版混合图像的好处在于，可以在不破坏图像的情况下反复实验、修改混合方案，直至得到所需的效果。

本章要点

- 快速蒙版
- 矢量蒙版
- 剪贴蒙版
- 图层蒙版

第1节 快速蒙版

蒙版是一种灰度图像，其用途主要是创建选区。与选框、套索工具不同的是，蒙版以图像的方式表示选区。快速蒙版则是一种临时蒙版，用于快速创建和编辑选区。

快速蒙版是一个编辑选区的临时环境，可以辅助用户创建选区。默认情况下在快速蒙版模式中，无色的区域表示选区以内的区域，半透明的红色区域表示选区以外的区域。当离开快速蒙版模式时，无色区域成为当前选择区域，具体操作如下：

1 按下〈Ctrl + O〉快捷键，打开如图 8-1 所示的图像。

2 选择工具箱魔棒工具，在选项栏中设置合适的容差值，单击背景中白色区域，选择背景图像，如图 8-2 所示。

图 8-1 素材图像

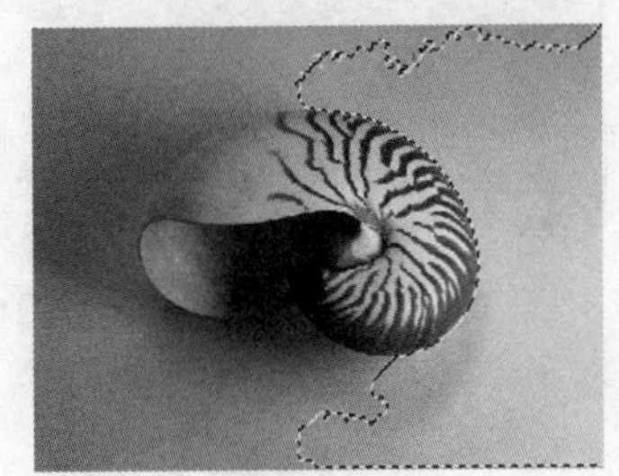

图 8-2 使用魔棒工具选择背景

3 下面使用快速蒙版编辑选区。按下工具箱快速蒙版按钮或〈Q〉快捷键，进入快速蒙版编辑模式，如图 8-3 所示。

在快速蒙版编辑模式下，系统默认未选择区域蒙上一层不透明度为50%的红色，这样既可以指示非选择区域，又不影响图像的浏览，如图 8-3 所示。用户也可以根据需要自由设置色彩指示，双击工具箱快速蒙版按钮，打开图 8-4 所示的“快速蒙版选项”对话框，从中可设置色彩指示的区域和颜色。

图 8-3　进入快速蒙版编辑模式

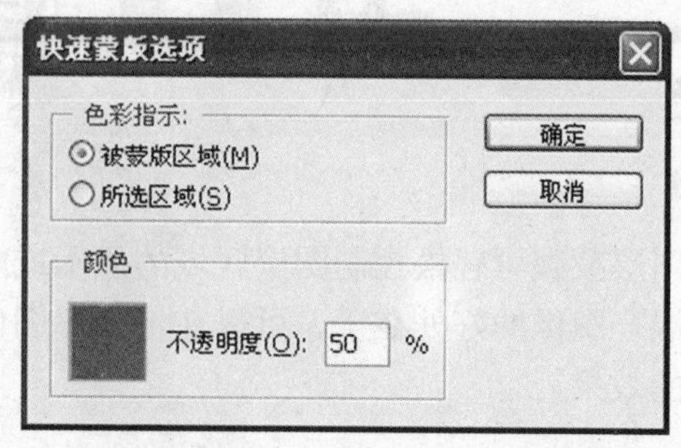

图 8-4　“快速蒙版选项”对话框

4　在快速蒙版编辑模式下，可以使用绘图工具来编辑选区。按下〈D〉键恢复前/背景色为系统默认的黑/白颜色，然后选择工具箱橡皮擦工具，移动光标至图像窗口，按〈 [〉或〈] 〉键调整画笔的大小，在阴影区域拖动鼠标，以擦除该区域的红色，结果如图 8-5 所示。

在编辑快速蒙版时，要注意前景色和背景色的颜色，当前景色为黑色时，使用画笔工具在图像窗口中涂抹，就会在蒙版上添加颜色，当前景色为白色时，涂抹时就会清除光标位置的颜色。如果使用介于黑色与白色间的任何一种具有不同灰色的颜色进行绘图，可以得到具有不同透明度值的选择区域。

5　蒙版编辑完成后，再次单击蒙版按钮或〈Q〉快捷键，使其呈弹起状态，即退出快速蒙版编辑模式。然后按下〈Ctrl + Shift + I〉键反选选区，最终得到选区如图 8-6 所示。

图 8-5　编辑蒙版

图 8-6　返回正常编辑模式

第 2 节　矢 量 蒙 版

矢量蒙版是依靠路径图形来定义图层中图像的显示区域。它与分辨率无关，是由钢笔或形状工具创建的。使用矢量蒙版可以在图层上创建锐化、无锯齿的边缘形状。

1. 创建矢量蒙版

选择自定义形状工具，在工具选项栏中按下“路径”按钮，在“形状”下拉面板菜单中选择一个形状。执行“图层”→“矢量蒙版”→“当前路径”命令，或按下〈Ctrl〉键的同时单击“添加图层蒙版”按钮，基于当前路径创建矢量蒙版，路径区域外的图像将被蒙版遮罩，如图8-7所示。

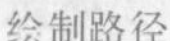
绘制路径

矢量蒙版

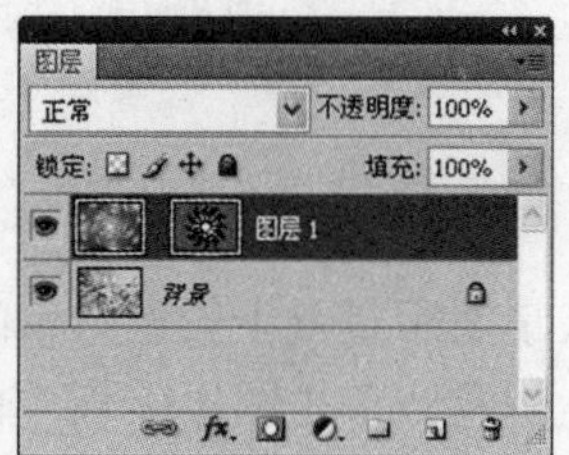

图层面板

图8-7 建立蒙版

执行“图层”→“矢量蒙版”→“显示全部”命令，可以创建显示全部图像的矢量蒙版；执行“图层”→“矢量蒙版”→“隐藏全部”命令，可以创建隐藏全部图像的矢量蒙版。

2. 编辑矢量蒙版中的图形

创建了矢量蒙版后，可以使用路径编辑工具对路径进行编辑和修改，从而改变蒙版的遮罩区域。

选择路径选择工具，按住〈Shift〉键单击画面中矢量图形，将它选择，如图8-8所示，按下〈Delete〉键，可删除这些选择的图形，如图8-9所示。

图8-8 选择形状

图8-9 删除形状

选择如图8-10所示的图形，拖动鼠标可将其移动。移动位置后，蒙版的遮罩区域也随之变化，如图8-11所示。

图 8-10　选择形状

图 8-11　移动形状

3. 变换矢量蒙版

矢量蒙版是基于矢量对象的蒙版，它与分辨率无关，因此，在进行变换和变形操作时不会产生锯齿。单击图层面板中的矢量蒙版缩览图，选择矢量蒙版，执行“编辑”→“变换路径”子菜单中的命令，可以对矢量蒙版进行各种变换操作，如图 8-12 所示。

图 8-12　缩放矢量蒙版

4. 将矢量蒙版转换为图层蒙版

选择矢量蒙版所在的图层，执行“图层”→“栅格化”→“矢量蒙版”命令，或者在矢量蒙版缩览图上单击鼠标右键，在弹出的快捷菜单中选择“栅格化矢量蒙版”命令，可栅格化矢量蒙版，并将其转换为图层蒙版，如图 8-13 所示。

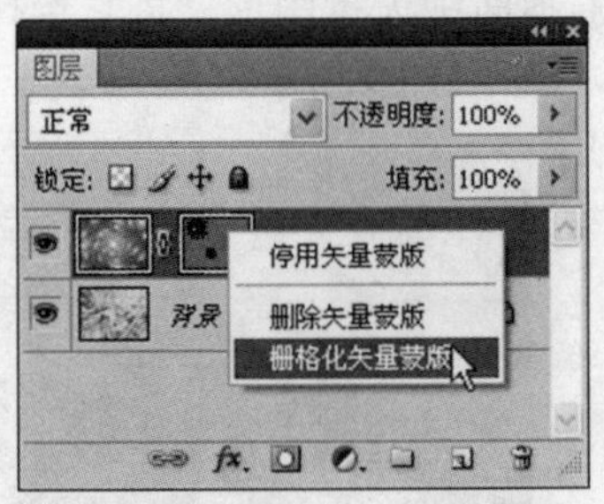

图 8-13　转换蒙版

5. 启用与停用矢量蒙版

创建矢量蒙版后，按住〈Shift〉键单击蒙版缩览图可暂时停用蒙版，蒙版缩览图上会显

示出一个红色的叉，如图8-14所示，图像也会恢复到应用蒙版前的状态。按住〈Shift〉键再次单击蒙版缩览图可重新启用蒙版，恢复蒙版对图像的遮罩作用。

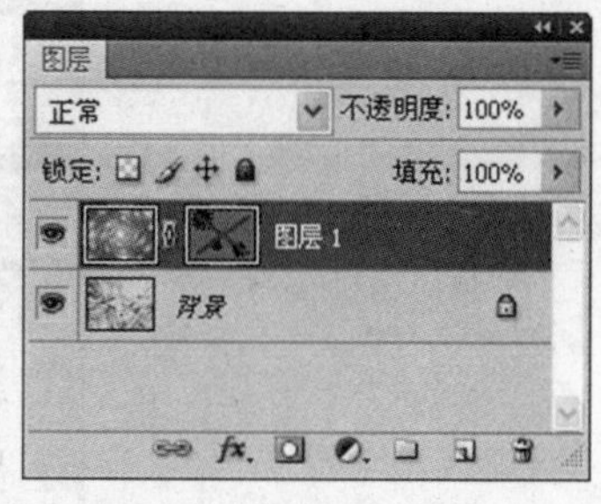

图 8-14 停用蒙版

6. 删除矢量蒙版

选择矢量蒙版所在的图层，执行“图层”→“矢量蒙版”→“删除”命令，可删除矢量蒙版；直接将矢量蒙版缩览图拖至“图层”面板中的删除图层按钮 上，也可将其删除。

第3节 剪贴蒙版

剪贴蒙版图层是 Photoshop 中的特殊图层，它利用下方图层的图像形状对上方图层图像进行剪切，从而控制上方图层的显示区域和范围，最终得到特殊的效果。

1. 创建剪贴蒙版

可以通过以下两种方法创建剪贴蒙版图层：

（1）选择要创建剪贴蒙版的图层，选择“图层”→“创建剪贴蒙版”命令，或者按下〈Alt + Ctrl + G〉快捷键，即可创建剪贴蒙版，如图8-15所示。

图 8-15 创建剪贴蒙版

（2）按〈Alt〉键，移动光标至分隔两个图层之间的实线上，当光标显示为形状时单击，也可创建剪贴蒙版。

2. 了解剪贴蒙版中的图层

在剪贴蒙版中，最下面的图层为基底图层（即箭头指向的那个图层），上面的图层为内容图层。基底图层名称带有下划线，内容图层的缩览图是缩进的，并显示出一个剪贴蒙版标志，如图8-16所示。

移动基底图层，可以改变内容图层的显示区域，如图8-17所示。

图 8-16 创建剪贴蒙版

图 8-17 移动基底图层效果

3. 将图层加入或移出剪贴蒙版

剪贴蒙版可以应用于多个图层，但这些图层必须是连续的。将一个图层拖入剪贴蒙版的基底图层上，可将其加入到剪贴蒙版中，如图 8-18 所示。

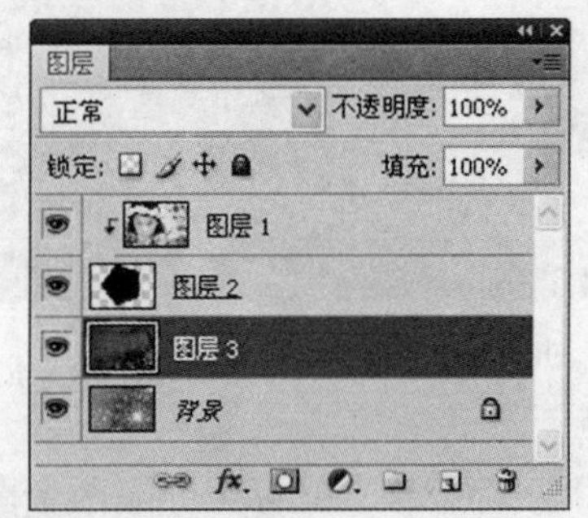

图 8-18 将图层 3 加入到剪贴蒙版中

将剪贴蒙版中的内容图层移出剪贴蒙版，则可以释放该图层，如图 8-19 所示。选择剪贴蒙版中的一个内容图层后，执行“图层”→“释放剪贴蒙版”命令，也可释放该内容图层，如果该图层上面还有其他内容图层，则这些图层也会被同时释放。

4. 释放剪贴蒙版

选择剪贴蒙版中的基底图层后，执行“图层”→“释放剪贴蒙版”命令，或按下〈Alt + Ctrl + G〉快捷键，可释放全部剪贴蒙版，如图 8-20 所示。

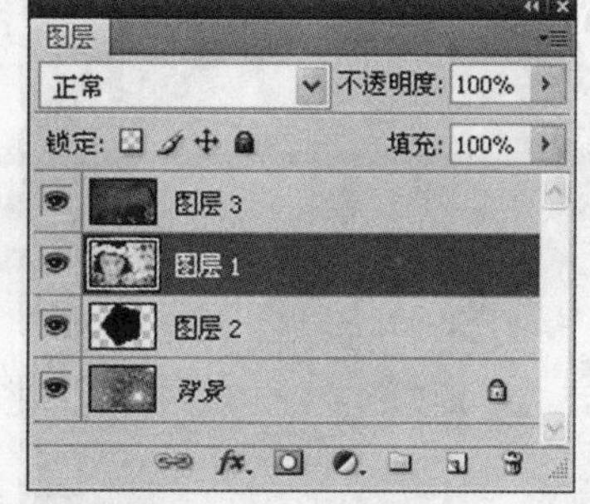

图 8-19 将图层 3 移出剪贴蒙版

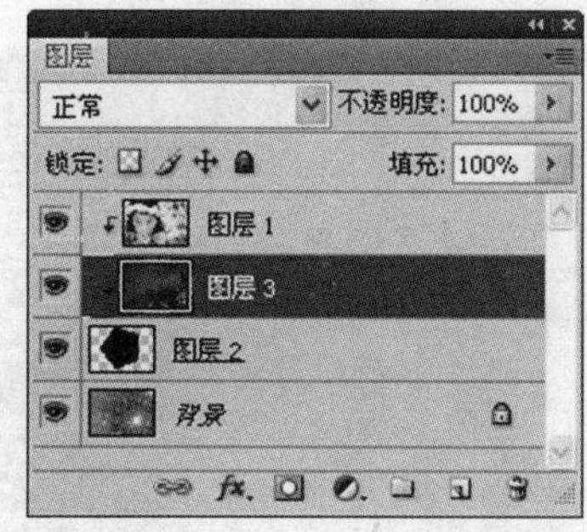

图 8-20 释放剪贴蒙版

5. 设置剪贴蒙版的不透明度

剪贴蒙版使用基底图层的不透明度属性，因此，调整基底图层的不透明度时，可以控制整个剪贴蒙版的不透明度，如图 8-21 所示。

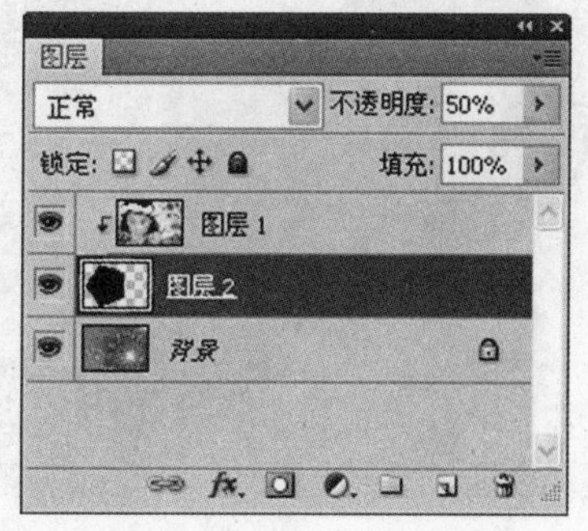

图 8-21 基底图层的不透明度为 50%

6. 设置剪贴蒙版的混合模式

剪贴蒙版使用基底图层的混合模式属性，调整基底图层的混合模式时，可以控制着整个剪贴蒙版的混合模式。图 8-22 为基底图层为“正常”模式的图像效果，图 8-23 为基底图层为“强光”模式的图像效果。

图 8-22　设置基底图层为“正常”模式

图 8-23　设置基底图层为“强光”模式

调整内容图层的混合模式，仅对其自身产生作用，图 8-24 为设置内容图层为“强光”模式的图像效果。

图 8-24　设置内容图层为“强光”模式

第 4 节　图 层 蒙 版

图层蒙版是与分辨率相关的位图图像，它是图像合成中应用最为广泛的蒙版。我们下面来学习如何创建和编辑图层蒙版。

1. 图层蒙版的原理与工作方式

根据图层蒙版的类型，可以分为两种：像素蒙版和矢量蒙版。

像素蒙版实际上是一个灰度图像，蒙版中白色区域表示当前图层的对应图像呈显示状态，蒙版中的黑色区域表示当前图层中的对应图像呈隐藏状态，蒙版的灰度区域，根据256级灰度的不同使对应图像区域呈现不同层次的透明效果。

图8-25所示为图层蒙版应用的简单示例。

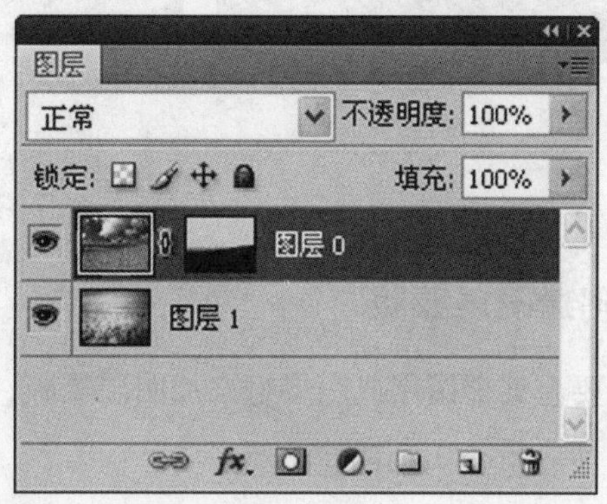

图8-25　图层蒙版示例

像素蒙版的作用原理如图8-26所示。因为图层蒙版是从黑到白的渐变，所以大桥图像逐渐消失，与云层图像合成后过渡非常自然，没有明显的衔接痕迹。

图8-26　蒙版作用原理示意图

在编辑图层蒙版时，必须掌握以下规律：

- 因为蒙版是灰度图像，因而可使用画笔工具、铅笔工具或渐变填充等绘图工具进行编辑，也可以使用色调调整命令和滤镜。
- 使用黑色在蒙版中绘图，将隐藏图层图像，使用白色绘图将显示图层图像。
- 使用介于黑色与白色之间的灰色绘图，将得到若隐若现的效果。

使用蒙版控制图层的显示或隐藏，并不直接编辑图层图像，因此不会像使用橡皮擦工具或剪切删除命令一样破坏原图像，而且还可以运用不同滤镜，产生一些奇特的效果。

图 8-27 所示为使用蒙版合成示例。

原图

图层蒙版

合成效果

图 8-27 图层蒙版示例

2. 创建图层蒙版

要为某个图层或图层组添加图层蒙版，可以使用下面介绍的任何一种方法。

(1) 直接添加图层蒙版

首先在图层面板中选中需要添加图层蒙版的图层，然后执行“图层”→“图层蒙版”→“显示全部”命令，或直接在图层面板中单击“添加图层蒙版”按钮，或单击蒙版面板上的“添加像素蒙版”按钮，即可在当前图层上添加图层蒙版。

下面通过具体的实例进行说明。

1 打开随书光盘提供的图 8-28 所示的背景素材，和图 8-29 所示的人物婚纱素材。

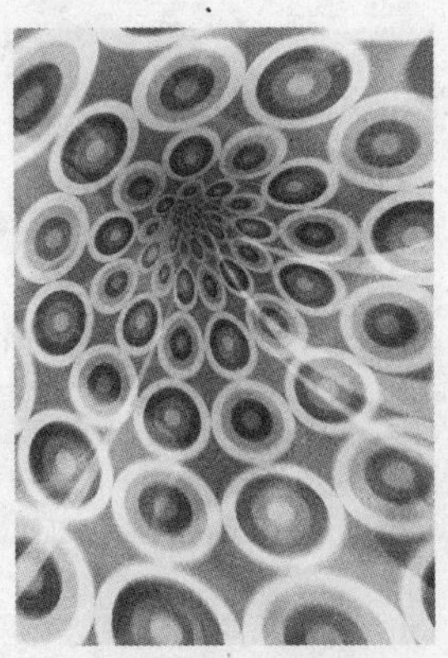
图 8-28 背景素材

图 8-29 人物婚纱图片

2 拖动复制人物婚纱图像至背景图像窗口中，按下〈Ctrl + T〉键调整图片的大小和位置，如图 8-30 所示。

3 单击图层面板上的“添加图层蒙版”按钮，为“图层 1”添加图层蒙版，此时图层面板如图 8-31 所示。

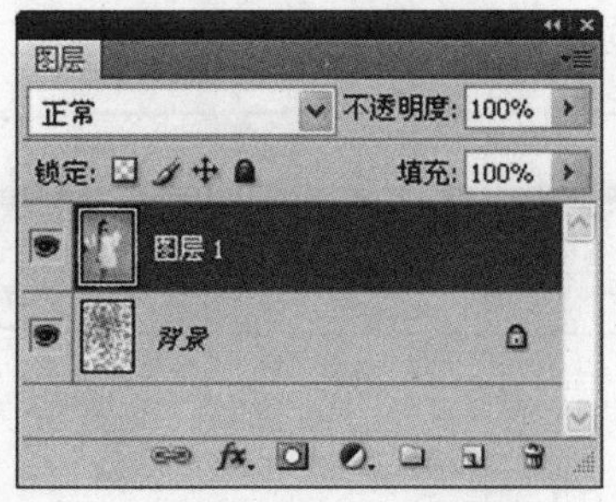

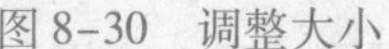
图 8-30 调整大小

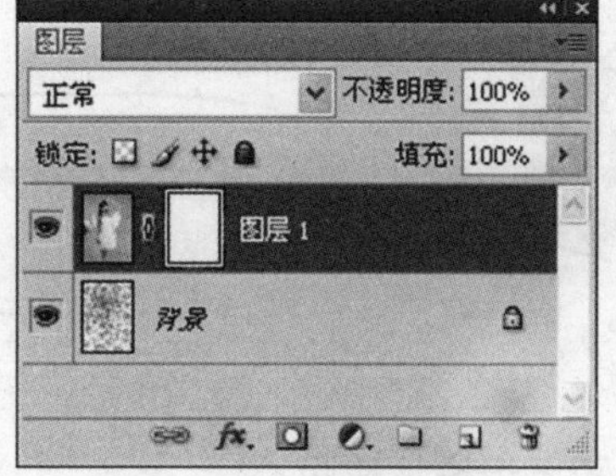

图 8-31 添加图层蒙版

4 按〈D〉键，恢复前景色和背景色为默认的黑白颜色，选择渐变工具，在蒙版中填充径向渐变。

5 按下〈Alt〉键单击图层蒙版缩览图，图像窗口会显示出蒙版图像，如图 8-32 所示，从图中可以看出，位于蒙版黑色区域的图像被隐藏。如果要恢复图像显示状态，再次按住〈Alt〉键单击蒙版缩览图即可。

图 8-32 填充径向渐变

图 8-33 在图像窗口显示蒙版图像

6 添加图层蒙版，最终效果如图 8-34 所示。

图 8-34 最终效果

从上述操作可以看出，使用“图层”→“图层蒙版”→“显示全部”命令创建的蒙版，默认全部填充白色，因而图层中的图像仍全部显示在图像窗口中。

如果选择的是“图层”→“图层蒙版”→“隐藏全部”命令，或按住〈Alt〉键单击 按钮，则得到的是一个黑色的蒙版，当前图层中的图像会被全部隐藏。

添加图层蒙版后，图层的右侧会显示出蒙版缩览图，同时在图层缩览图和蒙版缩览图之间显示链接标记，表示当前图层蒙版和图层处于链接状态，如果移动或缩放其中一个，另一个也会发生相应的改变，如同链接图层一样。

(2) 为图层组增加蒙版

如果有多个图层需要统一的蒙版效果，可以将这些图层放于一个图层组中，然后为图层组添加蒙版，以简化操作。为图层组添加蒙版方法为选择图层组，单击图层面板“添加图层蒙版”按钮 即可。

(3) 从选区中生成图层蒙版

如果当前图层中存在选区，则可以将选区转换为蒙版。具体操作如下：

1 打开两张素材图像，将树叶素材添加至花朵素材中，如图 8-35 所示。

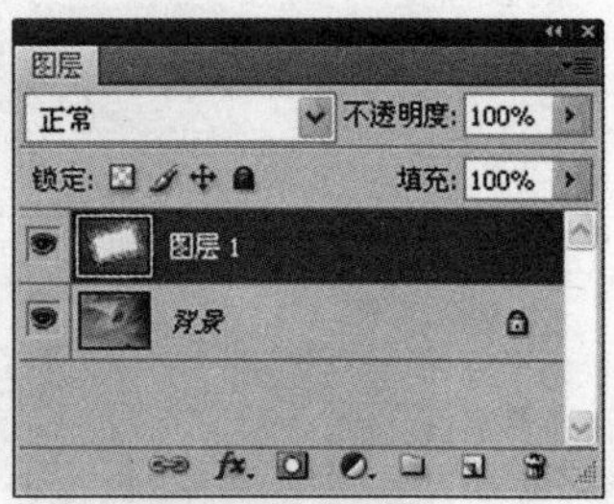

图 8-35 素材

2 运用魔棒工具，在树叶素材中白色部分单击，得到选区，按〈Ctrl + Shift + I〉快捷键，反选选区，如图 8-36 所示。

图 8-36 建立选区与反选选区

3 单击图层面板上的“添加图层蒙版”按钮 ，可以从选区中自动生成蒙版，选区内的图像是显示的，而选区外的图像则被蒙版隐藏，如图 8-37 所示。

选择“图层”→“图层蒙版”→“显示选区”命令，可得到选区外图像被隐藏的效果；若选择“图层”→“图层蒙版”→“隐藏选区”命令，则会得到相反的结果，选区内的图像会被隐藏，与按住〈Alt〉键再单击 按钮效果相同。

图 8-37 添加蒙版

此外，在创建选区后，选择“编辑”→“贴入”命令，在新建图层的同时会添加相应的蒙版，默认选区外的图像被隐藏。

选区与蒙版之间可以相互转换。按住〈Ctrl〉键单击图层蒙版，可载入图层蒙版作为选区，蒙版的白色区域为选择区域，蒙版中的黑色区域为非选择区域。

3. 复制与转移蒙版

图层蒙版可以在不同图层之间移动或复制。

- 要将蒙版移动到另一个图层，将蒙版拖动到该图层上方。
- 要复制蒙版，按住〈Alt〉并将蒙版拖动到该图层上方。

如图 8-38 所示，“图层 1”使用了图层蒙版。

图 8-38 原图像

显示“图层 2”，隐藏“图层 1”，在图层面板中拖动“图层 1”蒙版缩览图至“图层 2”上方，蒙版即移动到了“图层 2”，即可在“图层 2”图像上看到替换背景的效果，如图 8-39 所示。

图 8-39　移动蒙版

如果按住〈Alt〉键拖动“图层 1”，则可以复制蒙版至“图层 2”，如图 8-40 所示。

图 8-40　复制蒙版

4. 链接与取消链接蒙版

系统默认图层与图层蒙版是相互链接的，两者的缩览图之间会出现🔗标记，因而当对其中的一方进行移动、缩放或变形操作时，另一方也会发生相应的改变。

单击🔗标记，使之消失，可取消两者的链接状态，从而可单独地移动图层或图层蒙版。

如果要重新在图层与图层蒙版间建立链接，可以单击图层和图层蒙版之间的区域，重新显示链接标记🔗即可。

5. 蒙版面板

Photoshop CS4 中出现了一个全新的面板——蒙版面板，在蒙版面板中可以对蒙版进行一系列操作，如添加蒙版、删除蒙版、应用蒙版等，也可以随时进行修改，十分方便快捷，如图 8-41 所示。

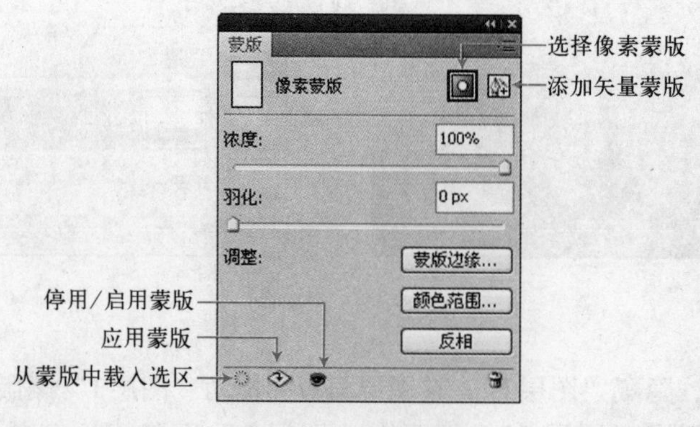

图 8-41　蒙版面板

第5节 实战演练——合成

蒙版的主要功能就是用于合成图像，通过填充黑色或白色，可以非常方便地控制图层的显示或隐藏。

本实例制作一副创意海报，充分利用了 Photoshop 的图层蒙版功能，最终完成效果如左图所示。

主要使用工具：

"新建"命令、渐变工具、"打开"命令、移动工具、"去色"命令、图层蒙版、画笔工具、"色相饱和度"命令、"亮度/对比度"命令、"曲线"命令、图层混合模式、图层样式、多边形套索工具、渐变工具。

视频路径：avi \ 8. 5. avi

1 启用 Photoshop 后，执行"文件"→"新建"命令，或按〈Ctrl + N〉快捷键，弹出"新建"对话框，设置"宽度"为 20 厘米、"高度"为 15 厘米，如图 8-42 所示，单击"确定"按钮，新建一个文件。

2 设置前景色为深绿色（RGB 参数值分别为 R28、G122、B116），按〈Alt + Delete〉键填充背景如图 8-43 所示。

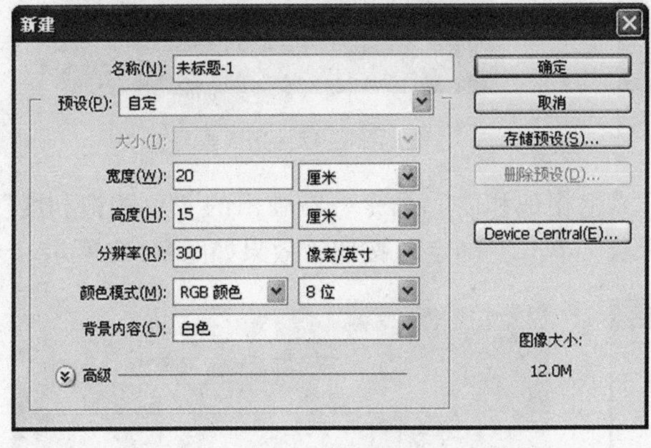

图 8-42 新建文件

图 8-43 填充背景

3 执行"文件"→"打开"命令，或按〈Ctrl + O〉快捷键，打开一张云彩素材图像，如图 8-44 所示。

4 运用移动工具将素材添加至文件中，调整好大小和位置，执行"图像"→"调整"→"去色"命令，设置图层的"混合模式"为"强光"，效果如图 8-45 所示。

图 8-44 云彩素材

图 8-45 “强光”模式

5 单击图层面板上的“添加图层蒙版”按钮，为云彩素材图层添加图层蒙版。设置前景色为黑色，选择画笔工具，按〈[〉或〈]〉键调整合适的画笔大小，在图像下侧涂抹，效果如图 8-46 所示。

6 执行“文件”→“打开”命令，或按〈Ctrl + O〉快捷键，打开一张光效素材图像，如图 8-47 所示。

图 8-46 添加蒙版

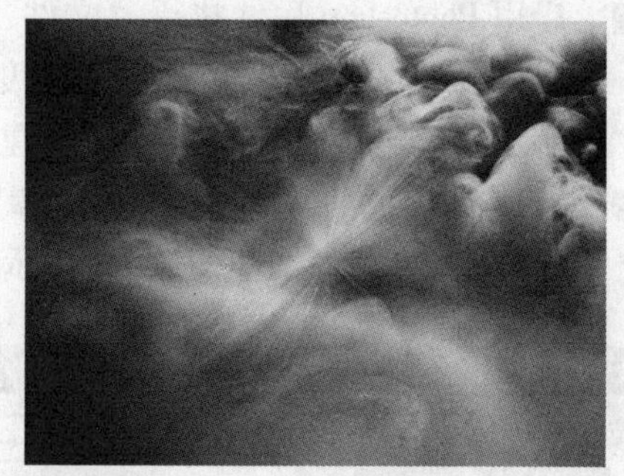

图 8-47 光效素材

7 执行“图像”→“调整”→“色相饱和度”命令，在弹出的“色相饱和度”对话框中设置参数如图 8-48 所示。单击“确定”按钮，效果如图 8-49 所示。

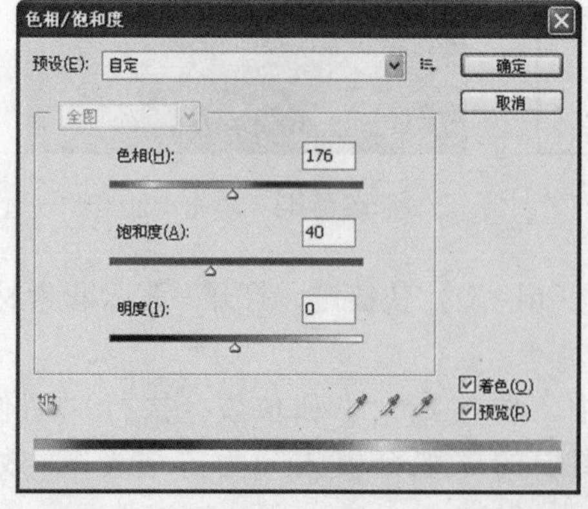

图 8-48 “色相饱和度”调整参数

图 8-49 “色相饱和度”调整效果

8 参照前面同样的操作方法，运用移动工具将素材添加至文件中，调整好大小和位置，设置图层的“混合模式”为“叠加”，添加图层蒙版，设置前景色为黑色，运用画笔工具在图像上侧涂抹，效果如图 8-50 所示。

9 执行“图像”→“调整”→“亮度/对比度”命令，在弹出的“亮度/对比度”对话框中设置“亮度”为 -75、“对比度”为 100，单击“确定”按钮，效果如图 8-51 所示。

图 8-50 添加蒙版

图 8-51 调整“亮度/对比度”

10 单击调整面板中的“曲线”按钮，创建曲线调整图层，调整曲线如图 8-52 所示。

11 选择调整图层中的图层蒙版，填充颜色为黑色，设置前景色为白色，选择画笔工具，按〈［〉或〈］〉键调整合适的画笔大小，在图像窗口边缘涂抹，效果如图 8-53 所示。

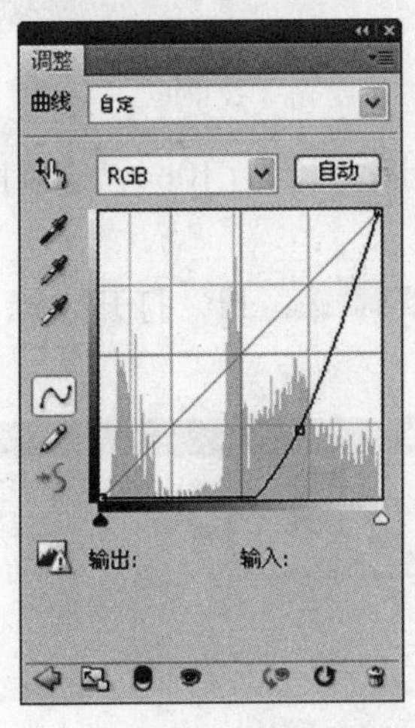

图 8-52 调整曲线

图 8-53 添加蒙版

12 参照前面同样的操作方法，打开一张水波素材，添加至文件中，设置图层的“混合模式”为“明度”，然后添加图层蒙版，设置前景色为黑色，运用画笔工具在素材四周边缘涂抹，使其融合至背景中，效果如图 8-54 所示。

13 运用同样的操作方法，添加人物素材，并添加图层蒙版将人物素材的背景隐藏，效果如图 8-55 所示。

图 8-54 添加水波素材

图 8-55 添加人物素材

14 双击人物素材图层，弹出“图层样式”对话框，选择“外发光”选项，设置参数如图 8-56 所示。

15 单击“确定”按钮，退出对话框，效果如图 8-57 所示。

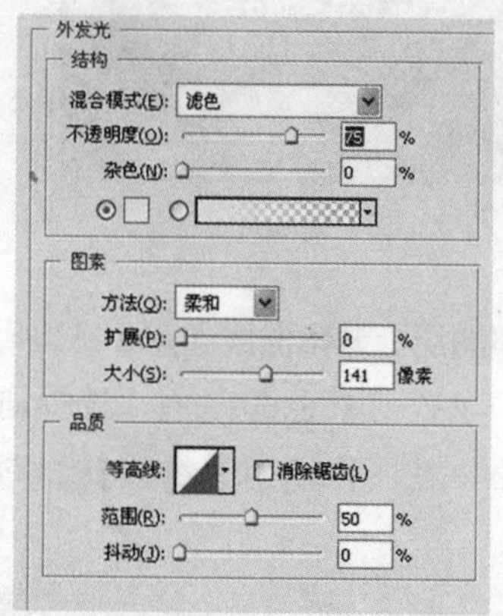

图 8-56 “外发光”参数

图 8-57 “外发光”效果

16 选择多边形套索工具，在工具选项栏中设置“羽化”值为 10px，绘制图 8-58 所示的选区。

17 选择工具箱渐变工具，在具选项栏中单击渐变条，打开“渐变编辑器”对话框，设置参数如图 8-59 所示。

图 8-58 绘制选区

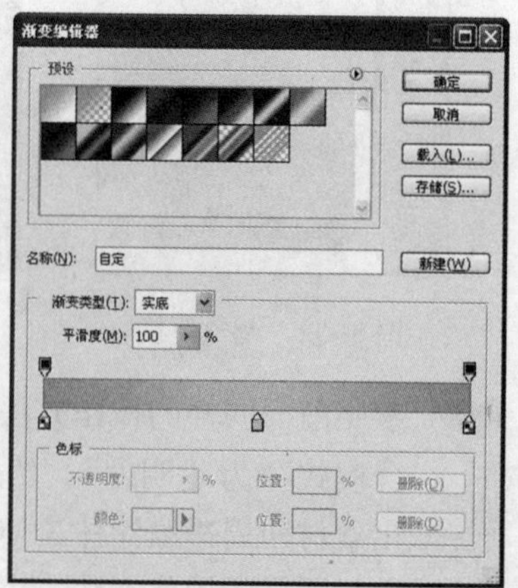

图 8-59 “渐变编辑器”对话框

18 按下工具选项栏中的“线性渐变”按钮，新建一个图层，在选区中拖动鼠标，填充渐变效果如图 8-60 所示。

19 选择画笔工具，设置前景色为白色，在工具选项栏降低不透明度和流量，在图形的上半部分涂抹，效果如图 8-61 所示。

图 8-60 填充渐变

图 8-61 绘制白色部分

20 执行“选择”→“取消选择”命令，或按〈Ctrl + D〉键取消选择，参照前面同样的操作方法，添加图层蒙版，设置前景色为黑色，运用画笔工具在图形的下边缘涂抹，效果如图 8-62 所示。

21 设置图层的“不透明度”为 50%，效果如图 8-63 所示。

图 8-62 添加图层蒙版

图 8-63 降低不透明度

22 双击图层，弹出“图层样式”对话框，选择“外发光”选项，设置参数如图 8-64 所示。

23 单击“确定”按钮，退出对话框，效果如图 8-65 所示。

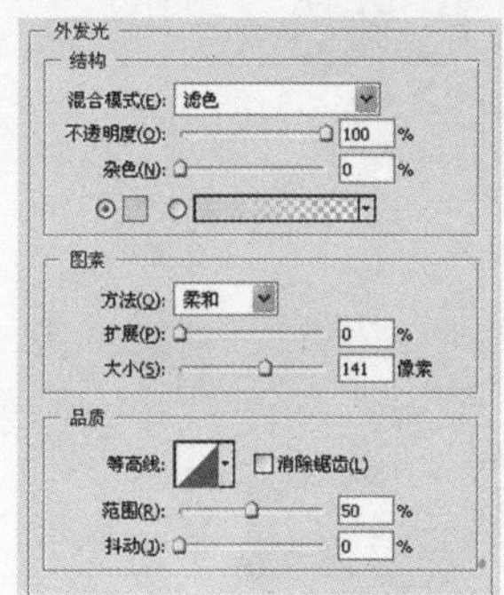

图 8-64 “外发光”参数

图 8-65 “外发光”效果

24 运用同样的操作方法，制作其他的发光效果，如图 8-66 所示。

25 运用同样的操作方法，添加其他的素材，效果如图 8-67 所示。

图 8-66　发光效果

图 8-67　添加其他素材

第 6 节　练　一　练

本例是一个图层合成功能在婚纱相册制作中的应用示例，通过图层蒙版隐藏多余图像，通过图层混合模式融合人物图像和背景，最终完成效果如图 8-68 所示。

图 8-68　婚纱相册

操作提示：

(1) 新建文件，填充背景为紫色。

(2) 打开人物素材，添加图层蒙版。

(3) 添加其他的人物素材，调整好大小和位置，添加图层蒙版。

(4) 添加文字素材，完成实例的制作。

第9章 通道

通道的主要功能是保存颜色数据，同时通道也可以用来保存和编辑选区。由于通道功能强大，因而在制作图像特效方面应用广泛，但同时也最难于理解和掌握。

本章从实际应用出发，详细讲解了通道的分类、作用和和实际工作中的应用方法。

本章要点

- 通道面板
- 颜色通道
- Alpha 通道
- 专色通道
- 编辑通道
- 通道与色彩调整
- “应用图像”命令
- “计算”命令

第1节 通道面板

通道面板是创建和编辑通道的主要场所。打开一幅图像文件，如图 9-1 所示。选择“窗口”→“通道”命令，在 Photoshop 窗口中即可看到如图 9-2 所示的通道面板。

图 9-1 素材图像

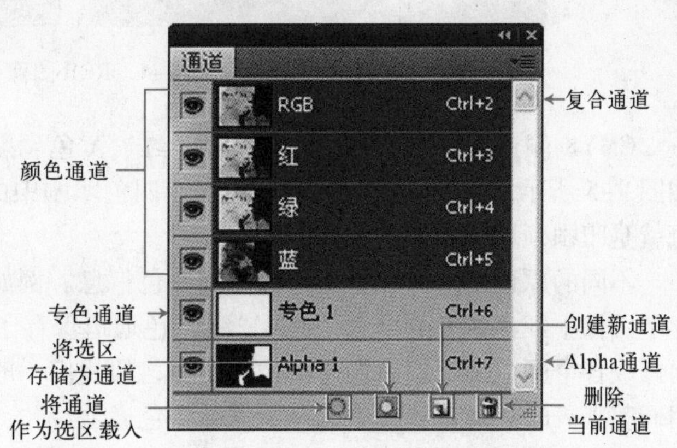

图 9-2 通道面板

通道面板用来创建、保存和管理通道。当打开一幅新的图像时，Photoshop 会在通道调板中自动创建该图像的颜色信息通道，通道名称的左侧显示了通道内容的缩览图，在编辑通道时缩览图会自动更新，图 9-3 为通道调板菜单。

- 眼睛图标：用于控制各通道的显示/隐藏，使用方法与图层眼睛图标相同。
- 缩览图：用于预览各通道中的内容。
- 通道快捷键：各通道右侧显示的〈Ctrl + ~〉、〈Ctrl + 1〉和〈Ctrl +2〉等即为快捷键，按下快捷键可快速选中所需的通道。

新建通道...
复制通道...
删除通道

新建专色通道...
合并专色通道(G)

通道选项...

分离通道
合并通道...

面板选项...

关闭
关闭选项卡组

图 9-3 通道调板菜单

第 2 节 颜色通道

Photoshop 中包含三种类型的通道，即颜色通道、Alpha 通道和专色通道。

颜色信息通道也称为原色通道，主要用于保存图像的颜色信息。打开一幅新图像，Photoshop 会自动创建相应的颜色通道。所创建的颜色通道的数量取决于图像的颜色模式，而非图层的数量。例如，RGB 图像有 4 个默认通道，红色、绿色和蓝色各有一个通道，以及一个用于编辑图像的复合通道，如图 9-4 所示。当所有颜色通道合成在一起，才会得到具有色彩效果的图像。如果图像缺少某一原色通道，则合成的图像将会偏色。

图 9-4 RGB 图像

CMYK 颜色模式图像则拥有青色、洋红、黄色、黑色四个单色通道和 CMYK 复合通道，如图 9-5 所示。这四个单色通道就相当于四色印刷中的四色胶片，将这四色胶片分别输出，也就是印刷领域中俗称的“出片”。

不同的原色通道保存了图像的不同颜色信息。例如，RGB 模式图像中，“红”色通道保存了图像中红色像素的分布信息，“绿”色通道保存了图像中全部绿色像素的分布信息，因而修改各个颜色通道即可调整图像的颜色，但我们一般不直接在通道中进行编辑，而是在使用调整工具时从通道列表中选择所需的颜色通道。

复合通道不包含任何信息，实际上它只是同时预览并编辑所有颜色通道的一个快捷方式。它通常被用来在单独编辑完一个或多个颜色通道后使通道面板返回到默认状态。

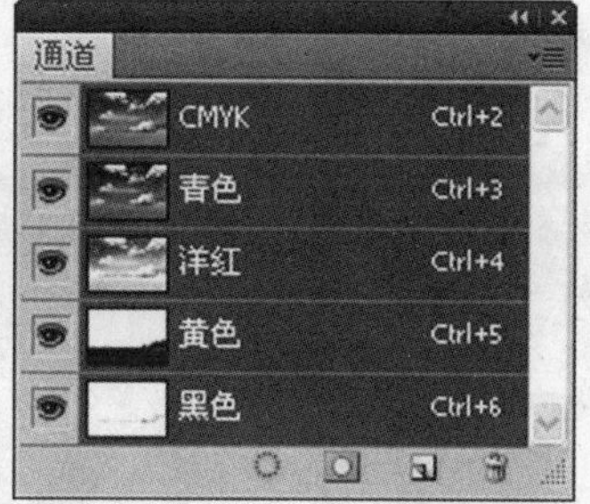

图9-5　CMYK图像

第3节　Alpha通道

Alpha通道的使用频率非常高，而且非常灵活，其最为重要的功能就是保存并编辑选区。

1. 关于Alpha通道

Alpha通道用于创建和存储选区。一个选区保存后就成为一个灰度图像保存在Alpha通道中，在需要时也可载入图像继续使用。我们可以添加Alpha通道来创建和存储蒙版，这些蒙版用于处理或保护图像的某些部分。Alpha通道与颜色通道不同，它不会直接影响图像的颜色。

在Alpha通道中，白色代表被选择了的区域，黑色代表未被选择的区域，而灰色则代表了被部分选择的区域，即羽化的区域。图9-6为一个图像的Alpha通道，图9-7为载入该通道的选区后，填充黑色的效果。

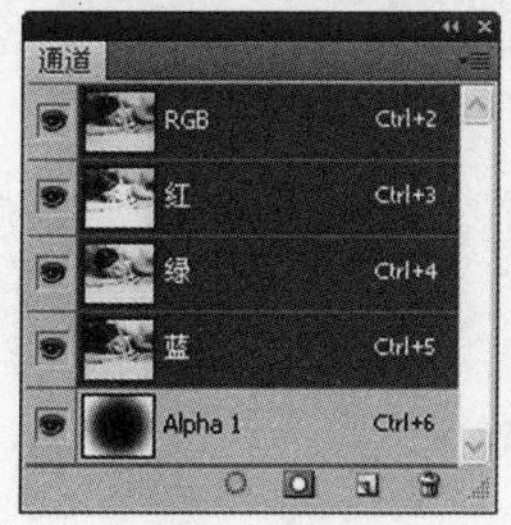

图9-6　Alpha通道和图像

图9-7　填充黑色

Alpha通道是一个8位的灰度图像，可以使用绘图和修图工具进行各种编辑，也可使用滤镜进行各种处理，从而得到各种复杂的效果。

2. 新建Alpha通道

单击通道面板中的“创建新通道”按钮，即可新建一个Alpha通道，如图9-8所示。如果在当前文档中创建了选区，如图9-9所示，则单击“将选区存储为通道”按钮，可以将选区保存为Alpha通道，如图9-10所示。

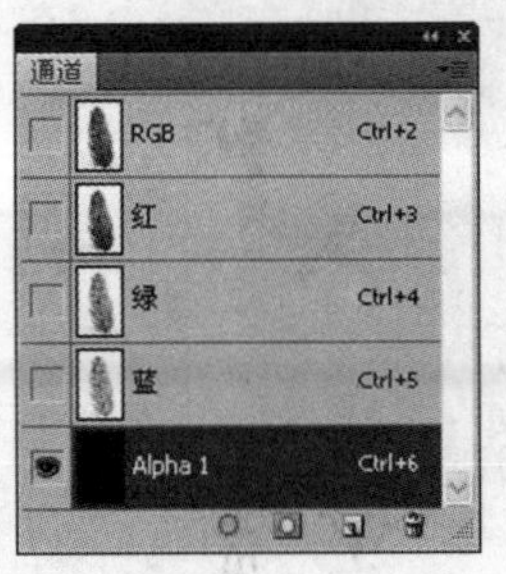
图 9-8 新建通道

图 9-9 创建选区

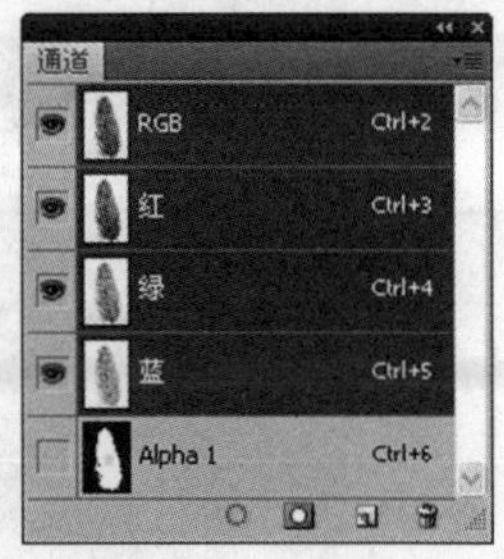
图 9-10 存储选区

单击通道面板中右上角按钮，从弹出面板菜单中选择“新建通道”命令，打开“新建通道”对话框如图 9-11 所示，输入新通道的名称，单击“确定”按钮，也可得到创建的 Alpha 通道，如图 9-12 所示。Photoshop 默认以 Alpha 1、Alpha 2……为 Alpha 通道命名。

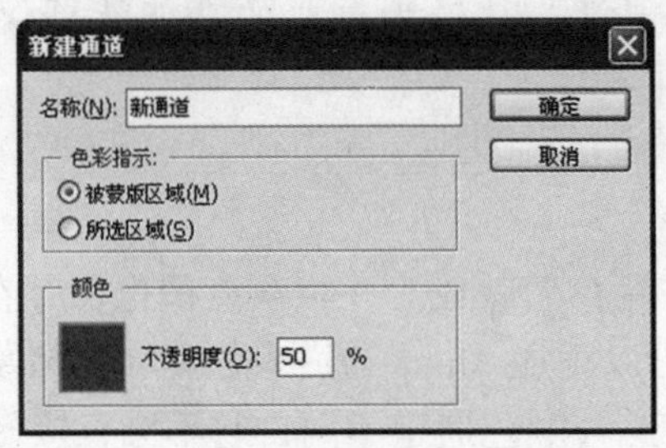
图 9-11 “新建通道”对话框

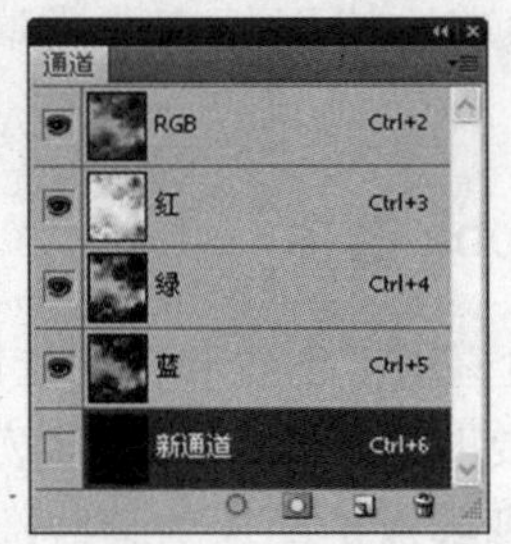
图 9-12 新建通道

第 4 节 专色通道

专色通道应用于印刷领域。当需要在印刷物上加上一种特殊的颜色（如银色、金色），就可以创建专色通道，以存放专色油墨的浓度、印刷范围等信息。

需要创建专色通道时，可以执行面板菜单中的“新建专色通道”命令，打开“新建专色通道”对话框，如图 9-13 所示。

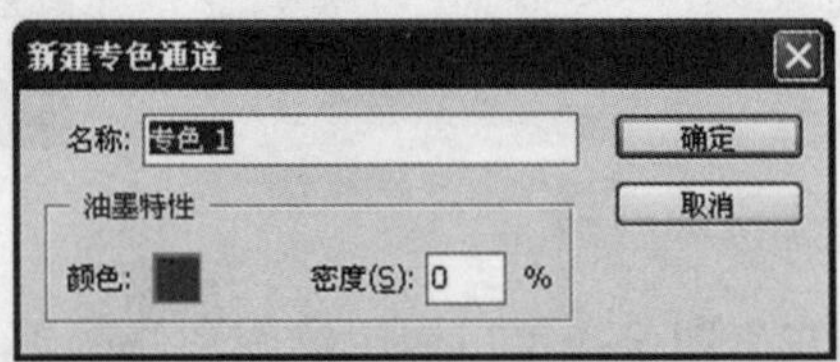
图 9-13 “新建专色通道”对话框

在对话框中可以设置以下内容：

- 名称：用来设置专色通道的名称。如果选取自定义颜色，通道将自动采用该颜色的名称，这有利于其他应用程序能够识别它们，如果修改了通道的名称，可能无法打印该文件。

➢ 颜色：单击该选项右侧的颜色图标可打开“选择专色”对话框，如图 9-14 所示。

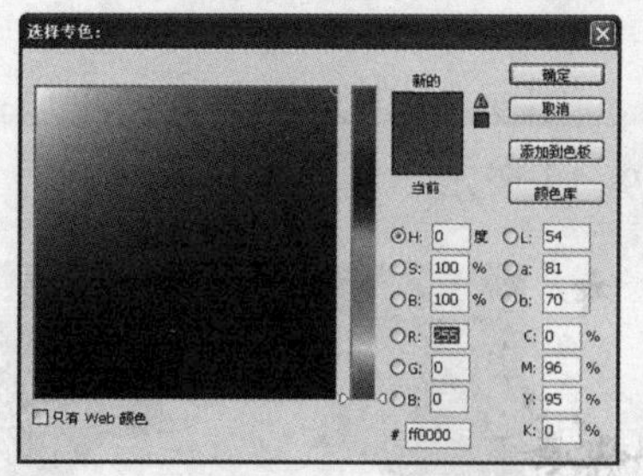

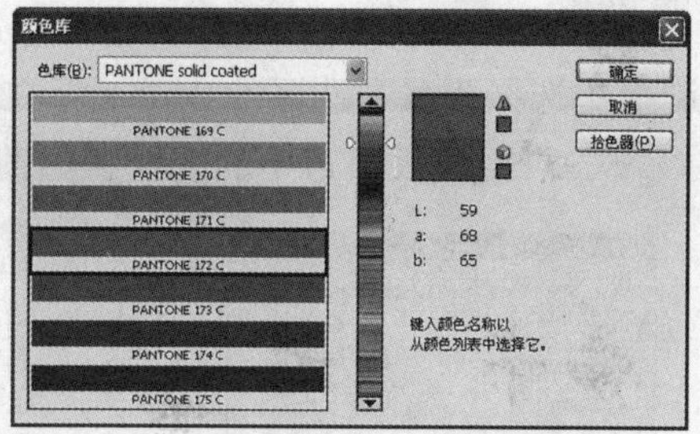

图 9-14 “选择专色”对话框

➢ 密度：用来在屏幕上模拟印刷后专色的密度。它的设置范围为 0%～100%，当该值为 100% 时模拟完全覆盖下层油墨；当该值为 0% 时可模拟完全显示下层油墨的透明油墨。

第 5 节 编 辑 通 道

本节学习如何使用通道调板和调板菜单创建通道，以及对通道进行复制、删除、分离与合并等操作。

1. 选择通道

单击通道调板中的一个通道便可以选择该通道。选择通道后，画面中会显示该通道的灰度图像，如图 9-15 所示。

图 9-15 选择通道

按住〈Shift〉键单击可选择多个通道，选择多个通道后，画面中会显示这些通道的复合图像，如图 9-16 所示。

图 9-16 选择多个通道

2. 载入通道选区

在通道调板中选择要载入选区的 Alpha 通道，如图 9-17 所示，单击“将通道作为选区载入”按钮，可以载入通道中的选区，如图 9-18 所示。

图 9-17　选择 Alpha 通道

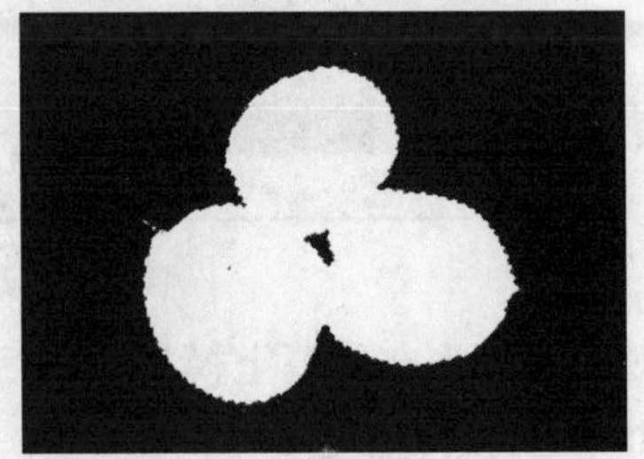

图 9-18　载入通道中的选区

另外，按下〈Ctrl〉键的同时，单击 Alpha1 通道，或者将 Alpha1 通道拖至“将通道作为选区载入”按钮上也都可以载入选区。

3. 修改通道名称

双击通道调板中一个通道的名称，在显示的文本输入框中可为其输入新的名称，如图 9-19 所示。

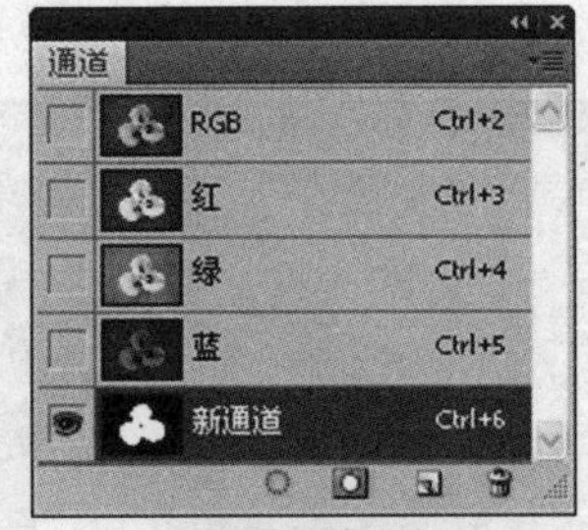

图 9-19　修改通道名称

4. 删除通道

删除通道的方法也很简单，将要删除的通道拖动至按钮，或者选中通道后，执行面板菜单中的“删除通道”命令即可。

要注意的是，如果删除的不是 Alpha 通道而是颜色通道，则图像将转为多通道颜色模式，图像颜色也将发生变化。图 9-20 为删除了黑色和黄色通道后，图像变为了只有 2 个通道的多通道模式。

5. 复制通道

复制通道与复制图层非常类似。选中需要复制的通道，拖动该通道至面板底端“创建新通道”按钮，即可得到复制通道，如图 9-21 所示。

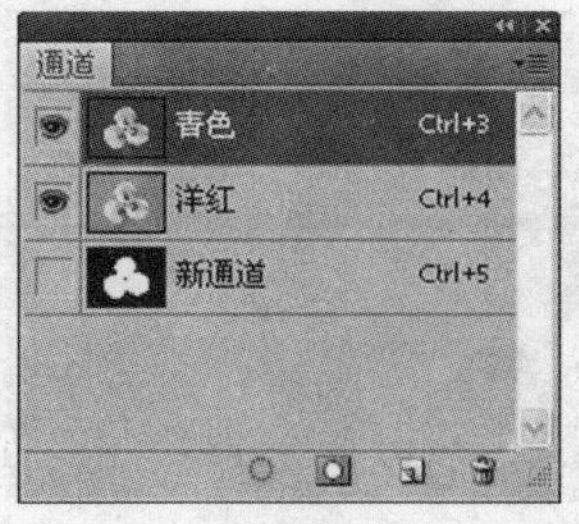

图 9-20 删除通道

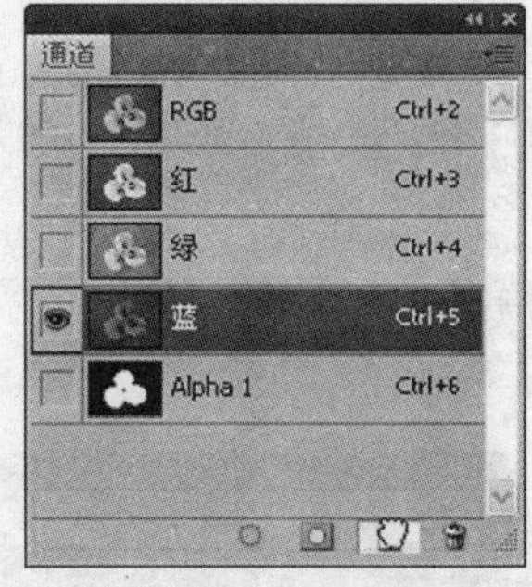

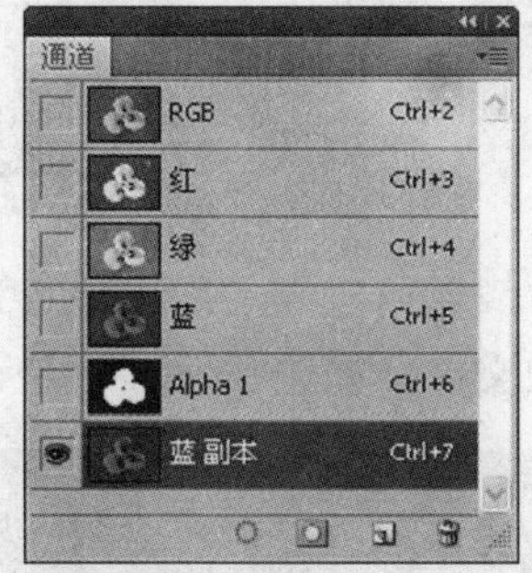

图 9-21 拖动复制通道

另一种方法是在选中通道之后，从面板菜单中选择“复制通道”命令，此时将弹出一个对话框供用户设置新通道的名称和目标文档，如图 9-22 所示。

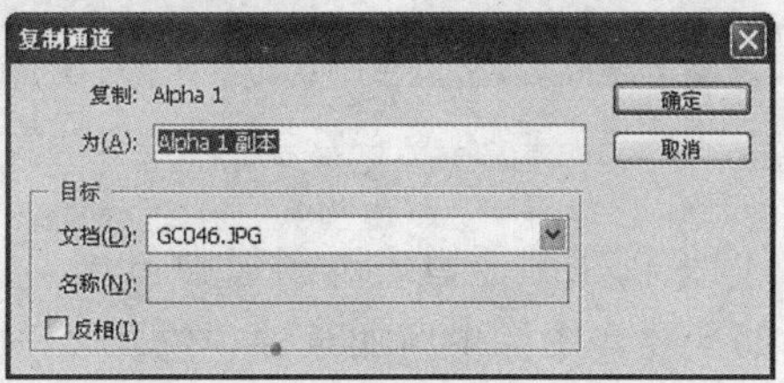

图 9-22 “复制通道”对话框

6. 同时显示 Alpha 通道和图像

单击 Alpha 通道后，图像窗口会显示该通道的灰度图像，如图 9-23 所示。如果想要同时查看图像和通道内容，可以在显示 Alpha 通道后，单击复合通道前的眼睛图标，Photoshop 会显示图像并以一种颜色替代 Alpha 通道的灰度图像，就类似于在快速蒙版模式下的选区一样，如图 9-24 所示。

图 9-23 显示 Alpha 通道

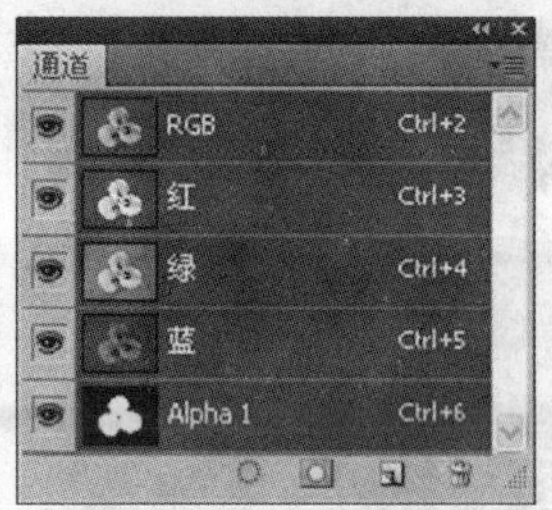

图 9-24　同时显示 Alpha 通道和图像

第 6 节　通道与色彩调整

在通道调板中，颜色通道记录了图像的颜色信息，如果对颜色进行调整，将影响图像的颜色。打开一个图像文件，如图 9-25 所示。

图 9-25　图像文件

这是一个 RGB 模式的图像，较亮的通道表示图像中包含大量的该颜色，而较暗的通道则说明图像中缺少该颜色。如果要在图像中增加某种颜色，可以将相应的通道调亮。

图 9-26 为使用色阶命令将红色通道调亮时，在图像中增加红色。

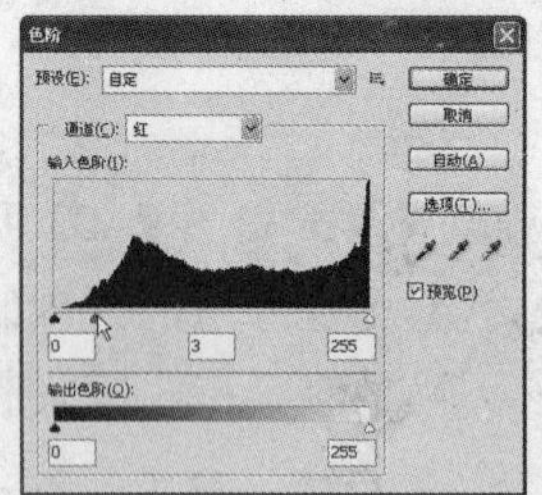

图 9-26　将红色通道调亮

而将红色通道调暗时，在图像中减少红色，图像的整体颜色偏向青色，如图 9-27 所示。

如果将绿色通道调亮，图像的整体颜色将偏向绿色，如图 9-28 所示；如果将绿色通道调暗，图像的整体颜色将偏向洋红色，如图 9-29 所示。

如果将蓝色通道调亮，图像的整体颜色将偏向蓝色，如图 9-30 所示；如果将蓝色通道调暗，图像的整体颜色将偏向黄色，如图 9-31 所示。

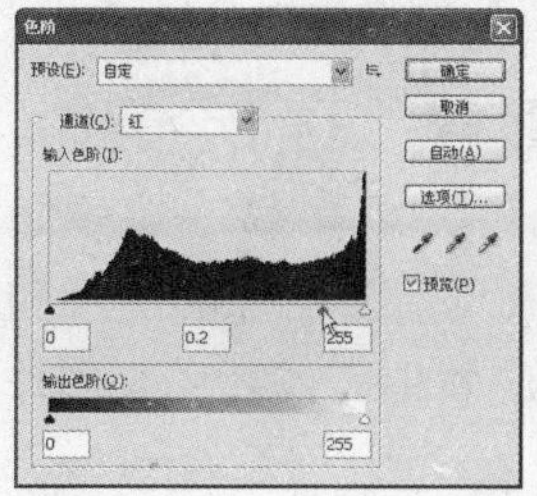

图 9-27　将红色通道调暗

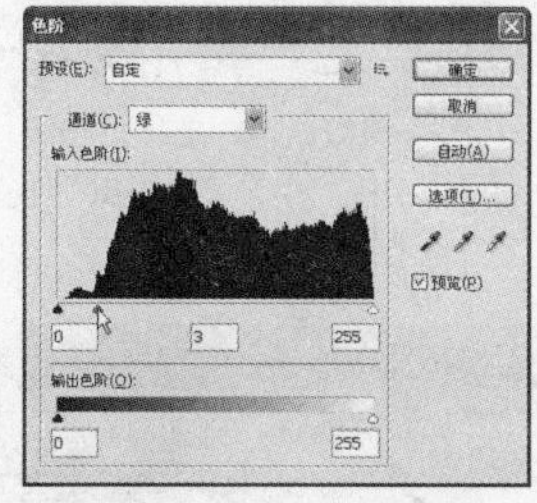

图 9-28　将绿色通道调亮

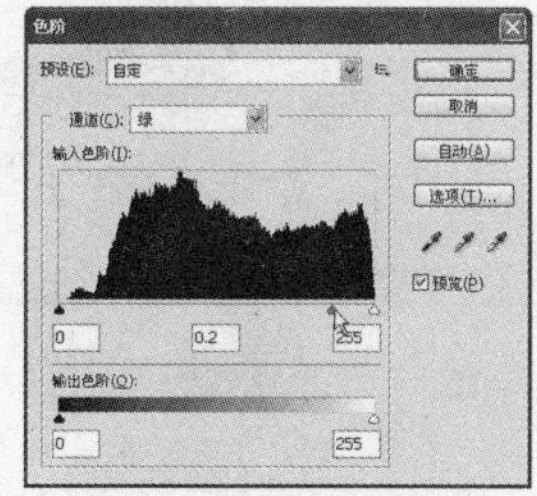

图 9-29　将绿色通道调暗

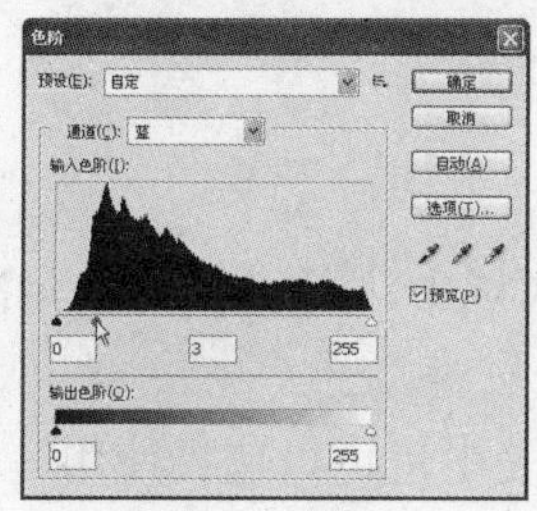

图 9-30　将蓝色通道调亮

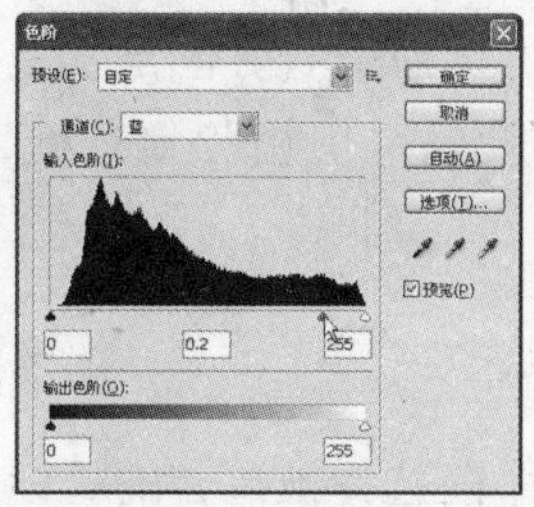

图 9-31　将蓝色通道调暗

第 7 节　“应用图像”命令

“应用图像”命令可以将一个图像的图层和通道与当前图像的图层和通道混合，该命令与混合模式的关系密切，常用来创建特殊的图像合成效果，或者用来制作选区。下面就来了解应用图像命令。

1. 了解“应用图像”命令对话框

打开一个图像文件，如图 9-32 所示。执行“图像”→“应用图像”命令，可以打开“应用图像”对话框，如图 9-33 所示。

图 9-32　原图像

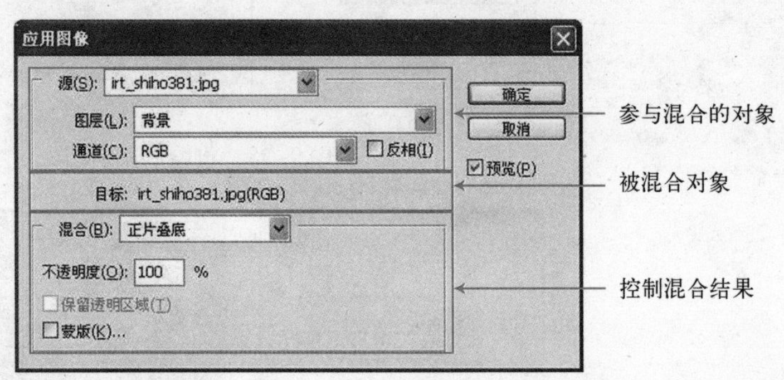

图 9-33　“应用图像”对话框

“应用图像”命令对话框共分为“源”、“目标”和“混合”三个部分。“源”是指参与混合的对象，“目标”是指被混合的对象，“混合”是用来控制“源”对象与“目标”对象如何混合。

2. 设置参与混合的对象

在“应用图像”命令对话框中的“源”选项区域中，可以设置参与混合的源文件。源文件可以是图层，也可以是通道。

- 源：默认设置为当前的文件。在选项下拉列表中也可以选择使用其他文件来与当前图像混合，选择的文件必须是打开，并且与当前文件具有相同尺寸和分辨率的图像。
- 图层：如果源文件为分层的文件，可在该选项下拉列表中选择源图像文件的一个图层来参与混合。要使用源图像中的所有图层，可选择“合并图层”复选框。
- 通道：用来设置源文件中参与混合的通道。选择“反相”复选框，可将通道反相后再进行混合。

3. 设置被混合的对象

“应用图像”命令的特别之处是必须在执行该命令前选择被混合的目标文件。被混合的目标文件可以是图层，也可以是通道。但无论是哪一种，都必须在执行该命令前先将其选择。

4. 设置混合模式

“混合”下拉列表中包含了可供选择的混合模式，如图 9-34 所示。通过设置混合模式才能混合通道或者图层。图 9-35 为采用“颜色加深”模式混合图像的效果，图 9-36 为采用“滤色”模式混合图像的效果。

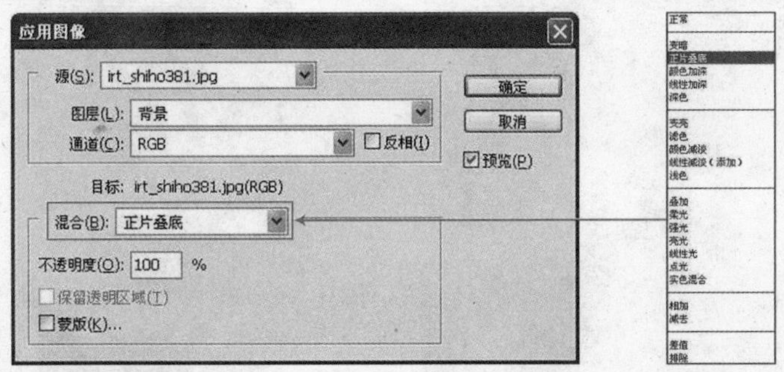

图 9-34 “混合”下拉列表

图 9-35 颜色加深

图 9-36 滤色

“应用图像”命令还包含图层调板中没有的两个附加混合模式，即“相加”和“减去”。“相加”模式可以增加两个通道中的像素值，“减去”模式可以从目标通道中相应的像素上减去源通道中的像素值，选择蓝通道后，“相加”与“减去”模式对比效果如图 9-37、图 9-38 所示。

图 9-37 “相加”模式

图 9-38 “减去”模式

5. 控制混合强度

如果要控制通道或者图层混合效果的强度，可以调整不透明度值。该值越高，混合的强度越大，如图 9-39 所示。

图 9-39　调整不透明度

6. 设置混合范围

“应用图像”命令有两种控制混合范围的方法，一是选择“保留透明区域”复选框，将混合效果限定在图层的不透明区域的范围内，如图 9-40 所示。

第二种方法是选择“蒙版”复选框，显示出扩展的面板，如图 9-41 所示，然后选择包含蒙版的图像和图层。对于“通道”选项，可以选择任何颜色通道或 Alpha 通道以用作蒙版，也可使用基于现用选区或选中图层边界的蒙版。选择“反相”复选框，反转通道的蒙版区域和未蒙版区域。

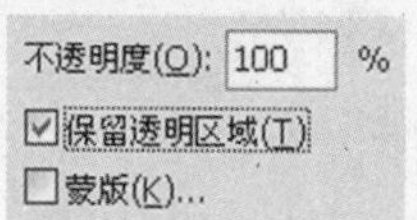

图 9-40　选择“保留透明区域”复选框

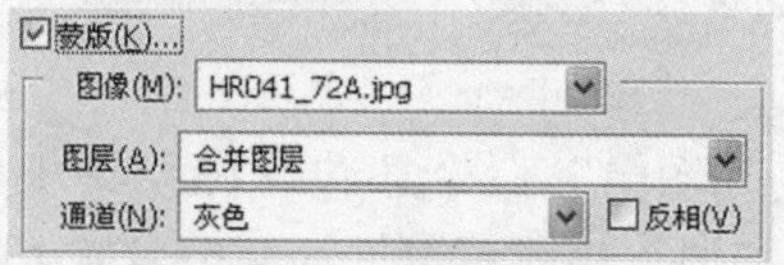

图 9-41　选择“蒙版”复选框

第 8 节　“计算”命令

“计算”命令的工作原理与应用图像命令相同，它可以混合两个来自一个或多个源图像的单个通道。通过该命令可以创建新的通道和选区，也可创建新的黑白图像。

打开一个图像文件，如图 9-42 所示。执行“图像”→“计算”命令，可以打开“计算”对话框，如图 9-43 所示。

对话框中主要选项含义如下：

- 源 1：用来选择第一个源图像、图层和通道。
- 源 2：用来选择与源 1 混合的第二个源图像、图层和通道。该文件必须是打开的，并且与“源 1”的图像具有相同尺寸和分辨率的图像。

图 9-42 素材图像

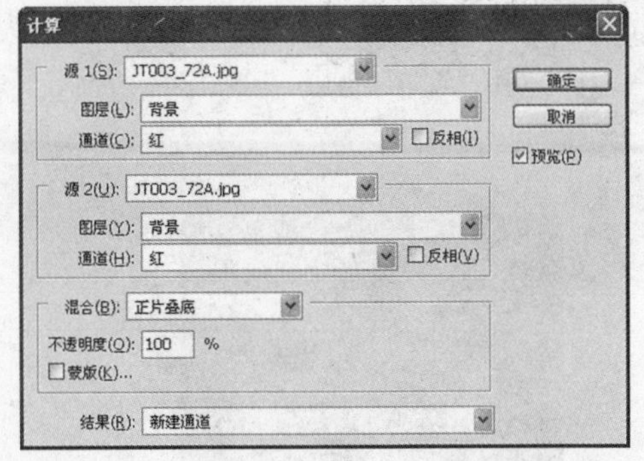

图 9-43 "计算"对话框

➤ 结果：在该选项下拉列表中可以选择计算的结果。选择"新建通道"选项，计算结果将应用到新的通道中，参与混合的两个通道不会受到任何影响，如图 9-44 所示。选择"新建文档"选项，可得到一个新的黑白图像，如图 9-45 所示。选择"选区"选项，可得到一个新的选区，如图 9-46 所示。

图 9-44 新建通道

图 9-45 新建文档

图 9-46 选区

第 9 节 实战演练——通道抠图

通道保存了图像最原始的颜色信息，合理使用通道可以建立其他方法无法创建的图像选区。下面以抠取透明的婚纱为例，介绍通道抠图的方法及技巧，效果如左图所示。

主要使用工具：

磁性套索工具、多边形套索工具、"存储选区"命令、"色阶"命令、"反相"命令、矩形选框工具、套索工具、"曲线"命令、移动工具、图层蒙版、创建剪贴蒙版。

视频路径：

avi\9.9.avi

1 执行"文件"→"打开"命令，或按〈Ctrl + O〉快捷键，打开随书光盘提供的图 9-47 所示的图像。

2 选择磁性套索工具，围绕人物创建大致选区，选择多边形套索工具，配合使用〈Shift〉和〈Alt〉键，调整选区，将人选择出来，注意不要选到白纱，效果如图 9-48 所示。

图 9-47　打开图像

图 9-48　建立选区

3 单击鼠标右键，在弹出的快捷菜单中选择“存储选区”命令，切换至通道调板，可以看到存储的选区，如图 9-49 所示。按〈Ctrl + D〉组合键取消选择。

4 切换至“通道”面板，分别单击查看“红”、“绿”和“蓝”颜色通道，因为绿通道黑白对比最强烈，选择绿通道，如图 9-50 所示。

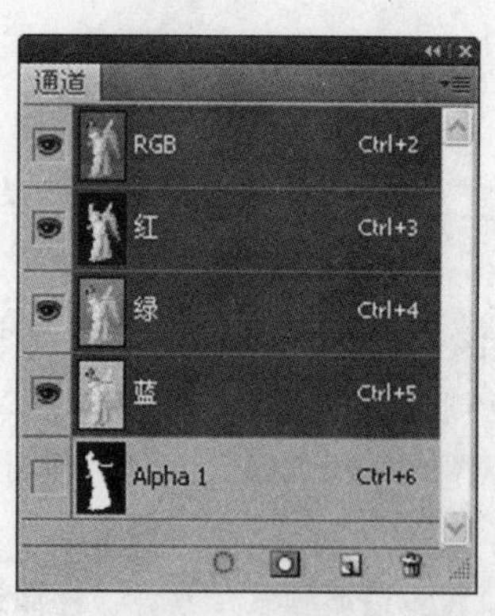

图 9-49　存储选区

图 9-50　绿通道

5 拖动“绿”通道至按钮，复制得到“绿副本”通道，如图 9-51 所示。通道中的白色代表选取区域，黑色代表未选取区域。

6 按下〈Ctrl + L〉快捷键，打开“色阶”调整对话框，向右移动阴影滑块，将灰色背景调整为黑色，向左移动白色滑块，将细微的白纱透明部分从背景中分离出来，如图9-52 所示，效果如图 9-53 所示。

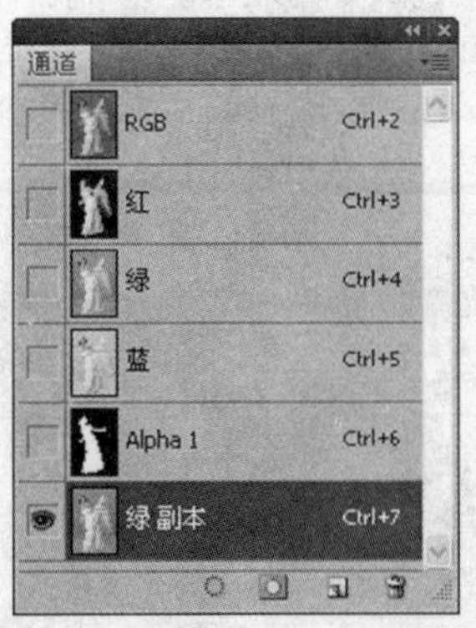

图 9-51　复制绿通道

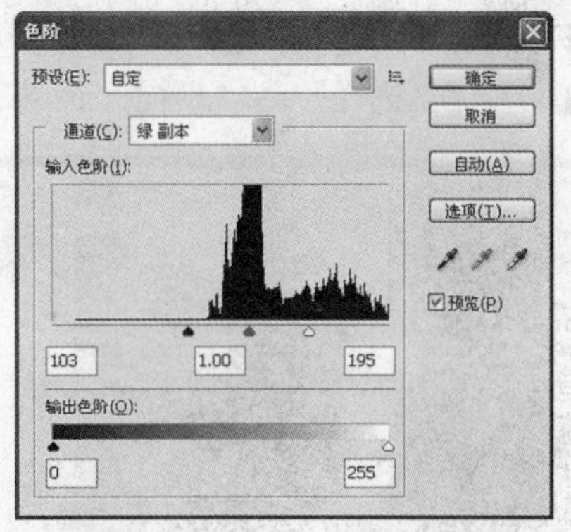

图 9-52　“色阶”调整对话框

7　运用套索工具，围绕人物头部创建选区，如图 9-54 所示。

图 9-53　“色阶”调整效果

图 9-54　建立选区

8　执行“图像”→“调整”→“反相”命令，或按〈Ctrl + I〉快捷键，效果如图 9-55所示。

9　按住〈Ctrl〉键的同时，单击 Alpha 1 通道，载入通道选区，如图 9-56 所示。

图 9-55　反相

图 9-56　载入通道选区

10 设置前景色为白色，按〈Alt + Delete〉键填充前景色，效果如图 9-57 所示。

11 执行“选择”→“反向”命令，或按〈Shift + Ctrl + I〉快捷键，得到如图 9-58 所示的选区。

图 9-57 填充选区为白色

图 9-58 反选

12 选择矩形选框工具，按住〈Alt〉键的同时，绘制一个矩形选框，得到如图 9-59 所示的选区。

13 设置前景色为黑色，按〈Alt + Delete〉键填充前景色，效果如图 9-60 所示。

图 9-59 绘制选区

图 9-60 填充黑色

14 因为边缘有灰色的部分，需要对其进行调整。选择套索工具，建立一个图 9-61 所示的选区。

15 执行“图像”→“调整”→“曲线”命令，在弹出的“曲线”对话框中调整曲线，如图 9-62 所示。单击“确定”按钮，调整效果如图 9-63 所示。

16 运用同样的操作方法，选择其他的边缘区域并调整曲线，得到图 9-64 所示的效果。

图 9-61 绘制选区

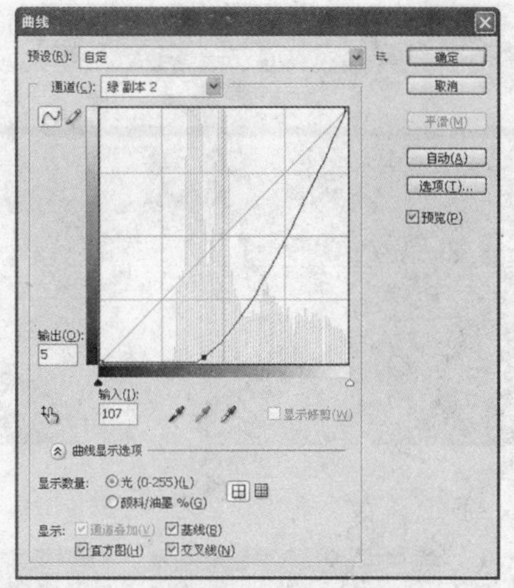

图 9-62 调整曲线

17 检查修改完成之后，按下〈Ctrl〉键单击“绿副本”通道，载入通道选区，然后返回图层面板，图像效果如图 9-65 所示。

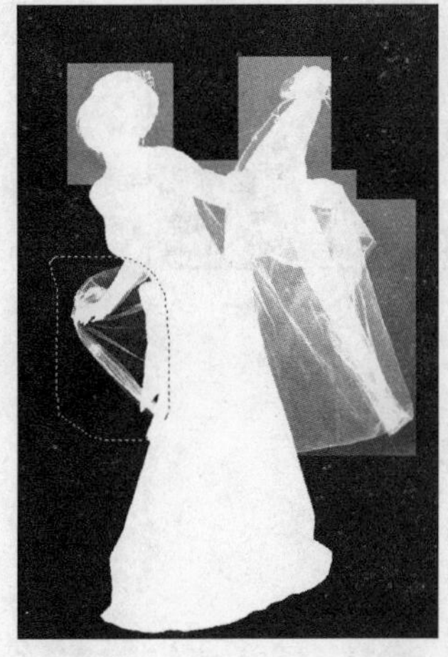

图 9-63 调整曲线效果

图 9-64 继续调整曲线

图 9-65 得到人物选区

18 打开婚纱模版素材，运用移动工具将人物素材添加至文件中，调整好大小和位置，效果如图 9-66 所示。

19 单击图层面板上的“添加图层蒙版”按钮，为人物素材图层添加图层蒙版。设置前景色为黑色，选择矩形选框工具，在右下角绘制一个矩形选区，然后填充前景色，效果如图 9-67 所示。

20 单击调整面板中的“曲线”按钮，添加曲线调整图层，调整曲线如图 9-68 所示。

21 单击按钮，创建剪贴蒙版，使此调整只作用于人物素材图像，最终效果如图 9-69 所示。

图 9-66　添加人物素材　　　　图 9-67　添加图层蒙版

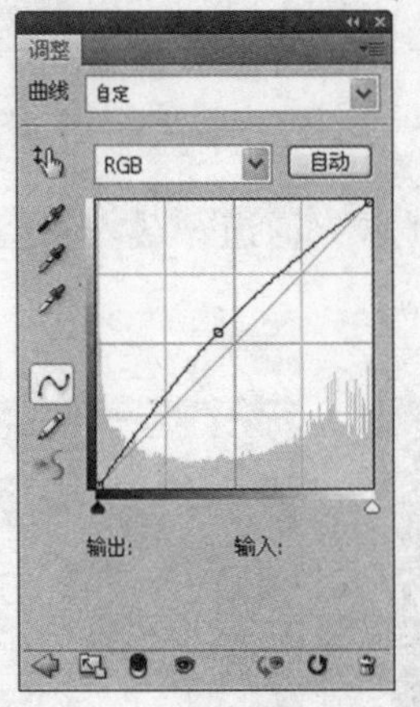

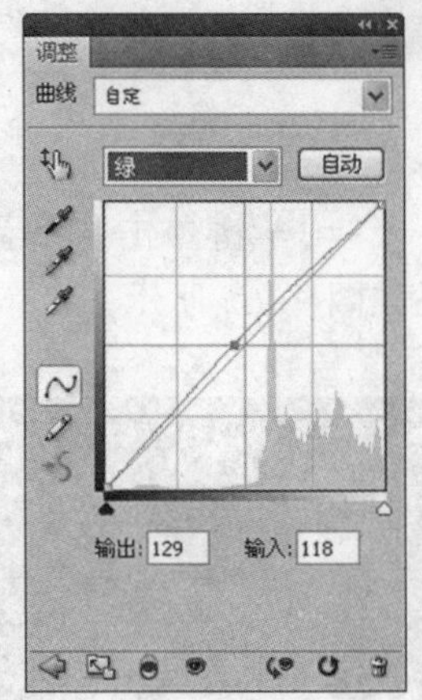

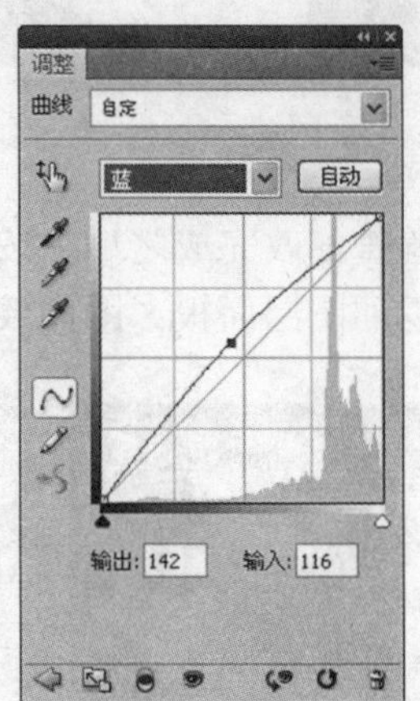

图 9-68　调整曲线

图 9-69　最终效果

第 10 节　练　一　练

随着数码相机的普及，拍的人物照片也多了，很多照片上的人物脸部会有一些斑点，皮肤也不够白晰，使整个照片显得美中不足，本实例通过短短几个步骤，就可以为人物打造光

滑细嫩的肌肤，效果如图9-70所示。

图9-70 通道美肤

操作提示：

（1）打开人物素材图像，复制绿通道，执行“滤镜”→“其它”→“高反差保留”命令。

（2）执行“图像”→“计算”命令。

（3）载入Alpha 3通道选区，反选选区，调整曲线。

第10章 文 字

平面设计中，文字一直是画面不可缺少的元素，好的文字布局和设计有时会起到画龙点睛的作用。对于商业平面作品而言，文字更是不可缺少的内容，只有通过文字的解释和说明，才能清晰、完整的表达作品的含义。

本章要点

- 使用文字工具输入文字
- 文本格式
- 转换文字图层
- 文字变形
- 沿路径绕排文字
- 异形轮廓段落文本

第1节 使用文字工具输入文字

Photoshop 中的文字分为点文字和段落文字两种，本节分别介绍它们的创建方法。

1. 创建点文字

点文字是最简单的文字，在处理标题等字数较少的文字时，可以通过点文字来完成，具体操作方法如下：

1 执行“文件”→“打开”命令，打开一张图片。

2 设置前景色为白色。

3 在工具箱中选择直横排文字工具 T，在工具选项栏“设置字体”下拉列表框 宋体 中选择“方正舒体”字体。

4 在“设置字体大小”下拉列表 T 30点 框中输入 100，确定字体大小。

5 单击按钮，设置对齐方式为顶对齐，此时工具选项栏如图 10-1 所示。

T · 方正舒体 - T 100点 aa 锐利

图 10-1 文字工具选项栏

6 在图像窗口单击鼠标，此时会出现一个文本光标，如图 10-2 所示，然后输入文字即可得到水平排列的文字。按〈Ctrl + Enter〉键确定，完成文字的输入，如图 10-3 所示。

图 10-2 文本光标

图 10-3 输入文字

如果工具选项栏字体列表框中没有显示中文字体名称，可选择“编辑”→“首选项”→“文字”命令，在打开的对话框中去掉“以英文显示字体名称”复选框的勾选即可。

2. 创建段落文字

段落文本是在定界框内输入的文字，它具有自动换行、可调整文字区域大小等优势。在需要处理文字较多的文本时，可以使用段落文字来完成，具体操作方法如下：

图 10-4 素材图片

1 执行“文件”→“打开”命令，打开一张素材图片，如图 10-4 所示。

2 在工具选项栏中设置文字的字体、字号和颜色等属性，如图 10-5 所示。

图 10-5 工具选项栏

3 运用横排文字工具T在画面中单击并拖动鼠标，绘制一个定界框，如图 10-6 所示。此时画面中会出现闪烁的文本输入光标。

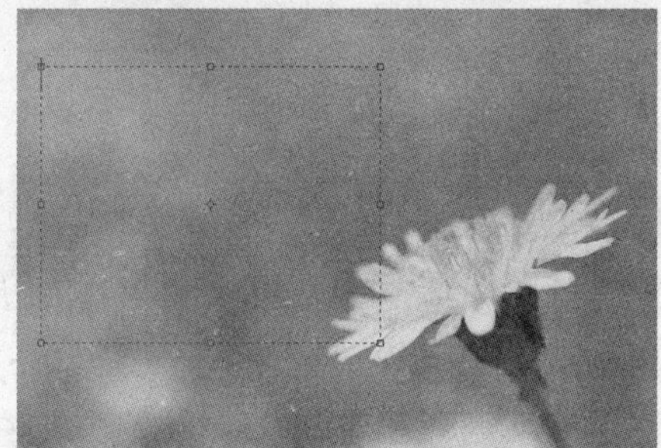

图 10-6 绘制定界框

4 在定界框内输入文字，如图 10-7 所示。输入完成后，按下〈Ctrl + Enter〉键，可创建段落文本，如图 10-8 所示。

图 10-7　输入文字

图 10-8　段落文本效果

第 2 节　文本格式

文字只有设置合适的字体、大小、间距和对齐方式等格式，才能呈现最佳的外观。本节介绍点文字和段落文字的格式设置方法。

1. 设置文字属性

字符面板用于编辑文本字符。选择“窗口”→“字符”命令，弹出字符控制面板，如图 10-9 所示。

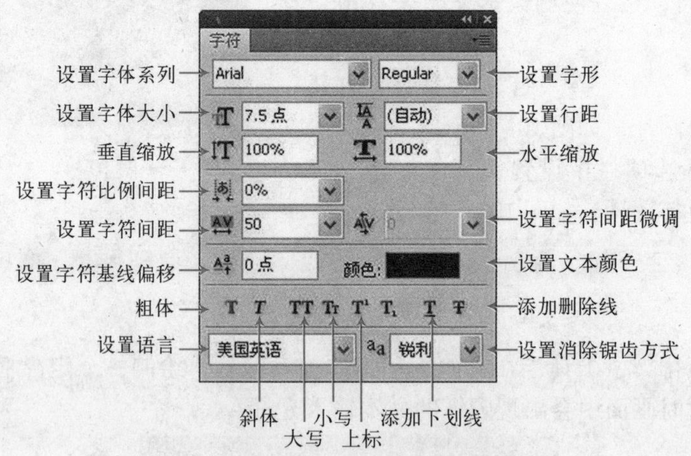

图 10-9　字符面板

(1) 设置字体、大小和颜色

在字符面板中，可以通过“设置字体系列”和“设置字体大小”选项来设置字体和字号，在“设置文本颜色”选项中设置文字的颜色，具体方法如下：

- 设置字体：单击“设置字体系列”右侧的下拉按钮，在打开的下拉列表中可以为文字选择字体，如图 10-10 所示。

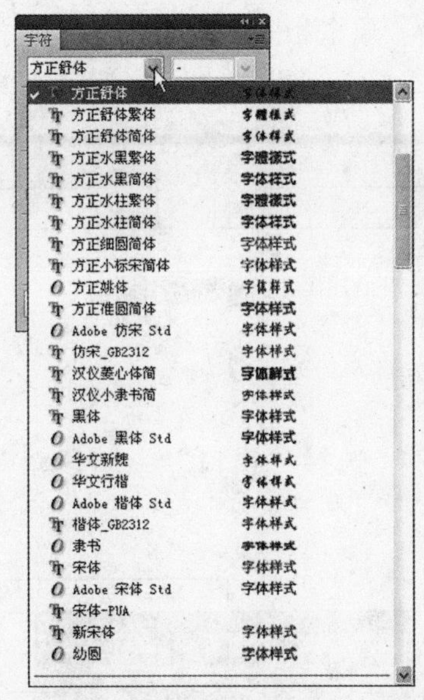

图 10-10 “设置字体系列”下拉列表

➢ 设置文字大小：单击“设置字体大小” 右侧的下拉按钮，在打开的下拉列表中可以选择字号。也可以在数值框中直接输入数值来设置字体的大小。

➢ 设置文字颜色：单击颜色选项中的颜色色块，可以打开“拾色器”对话框，从中设置文字的颜色。

（2）设置字符的其他属性

字符面板中的其他选项还包括“行距”、“字距微调”、“字距调整”和“基线偏移”等内容，通过这些选项，可以对文本的字距和字符等进行细致的调整。

➢ 行距：行距是指文本中各个文字行之间的垂直间距。在行距下拉列表中可以为文本设置行距，也可以在数值栏中输入数值来设置行距。

➢ 设置字符间距：字距调整选项用来设置整个文本中所有字符，或者被选择的字符之间的间距。

➢ 设置字符间距微调：字距微调选项用来调整两个字符之间的间距。在处理时需要将光标插入在两个字符之间，运用横排文字工具在文字之间单击鼠标左键，然后设置字符间距。

➢ 水平缩放与垂直缩放：通过水平缩放选项可以调整字符的宽度；通过垂直缩放选项可以调整字符的高度，未设置缩放的字符的值为100%。

➢ 基线偏移：基线偏移选项用来控制文字与基线的距离，它可以升高或降低选定的文字，从而创建上标或下标。当该值为正值时，横排文字上移，直排文字移向基线右侧；该值为负值时，横排文字下移，直排文字移向基线左侧。

（3）设置字体样式

字符面板下面的一排T字形状按钮用来创建仿粗体、斜体等字体样式，以及为字符添加上下划线或删除线。选择文字后，单击相应的按钮即可为其添加样式，如图 10-11 所示。

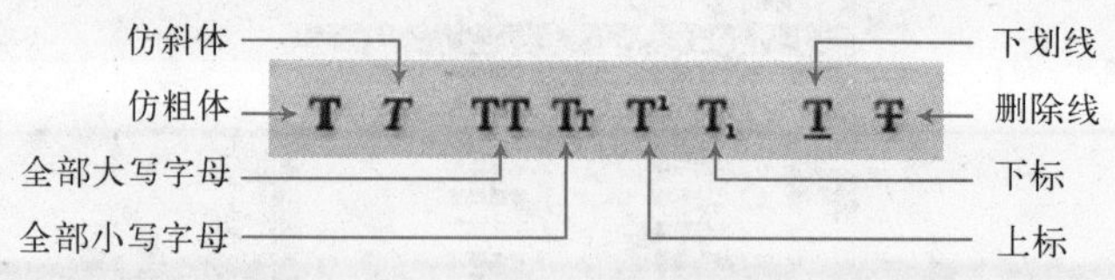

图 10-11　设置字体样式

2. 设置段落属性

段落面板用于编辑段落文件。选择“窗口”→“段落”命令，打开段落面板，如图 10-12 所示。

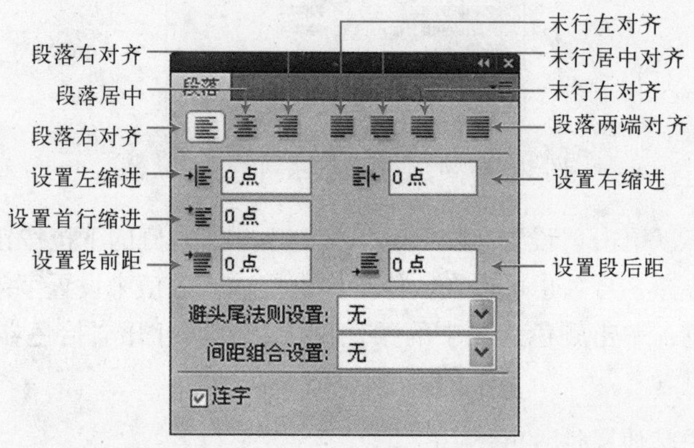

图 10-12　段落面板

- 段落左对齐：将文本左对齐，段落右端参差不齐。
- 段落右对齐：将文本右对齐，段落左端参差不齐。
- 段落居中对齐：将文本居中对齐，段落两端参差不齐。
- 末行左对齐：将文本中最后一行左对齐，其他行左右两端强制对齐。
- 末行右对齐：将文本中最后一行右对齐，其他行左右两端强制对齐。
- 末行居中对齐：将文本中最后一行居中对齐，其他行左右两端强制对齐。
- 段落两端对齐：通过在字符间添加间距的方式，使文本左右两端强制对齐。
- 设置左缩进：横排文字从段落的左边缩进，直排文字则从段落的顶端缩进。
- 设置右缩进：横排文字从段落的右边缩进，直排文字则从段落的底端缩进。
- 设置首行缩进：可缩进段落中的首行文字。对于横排文字，首行缩进与左缩进有关；对于直排文字，首行缩进与顶端缩进有关。
- 设置段前距：在选择的段落前添加空格。
- 设置段后距：在选择的段落后添加空格。
- 连字：为了对齐的需要，有时会将某一行末端的单词断开至下一行，这时需要使用连字符在断开的单词之间显示标记。

第3节 转换文字图层

除了可以在字符和段落面板中编辑文字外，还可以转换文字图层后再对文字进行编辑。

1. 转换为普通图层

在 Photoshop 中，有些命令和工具不能用于文字图层，例如无法为文字添加滤镜效果等。遇到这种情况，就需要将文字转换为普通图层。

执行“图层”→“栅格化”→“文字”命令，或在文字图层处单击鼠标右键，在弹出的快捷菜单中选择“栅格化文字”选项，可将文字图层转换为普通图层。

2. 转换为路径或形状

使用 Photoshop CS4 的文字工具，除了可以在变形文字对话框中对文字进行各种变形操作外，还可以将文字创建成形状，对文字进行更加细致精巧的变形操作。

选择文字图层为当前图层，然后执行“图层”→“文字”→“创建工作路径”或“转换为形状”命令，可创建得到文字轮廓路径。选择“视图”→“路径”命令，在窗口中显示路径面板，即可看到转换完成的路径。

通过文字创建路径，然后使用路径调整工具进行变形，可以非常方便创建一些特殊艺术字效果，如图 10-13 所示。

图 10-13 艺术字效果

第4节 文字变形

Photoshop 文字可以进行变形操作，转换为波浪形、球形等各种形状，从而创建得到富有动感的文字特效。

1. 创建变形文字

用户可以根据需要对文字进行各种变形。

在图像中输入文字，单击工具选项栏中的“创建文字变形”按钮，弹出“变形文字”对话框。在“样式”下拉列表框中选择一种变形样式，如扇形、上弧、下弧样式等，然后单击选择变形的方向：“水平”或“垂直”，再在其下的三根滑杆上调整变形文本的参数。最后单击“确定”按钮，便得到文本变形效果。

2. 设置变形选项

选择“图层”→“文字”→“文字变形”命令，或单击选项栏按钮，打开图 10-14 所示的“变形文字”对话框，使用该对话框可制作出各种文字弯曲变形的艺术效果。

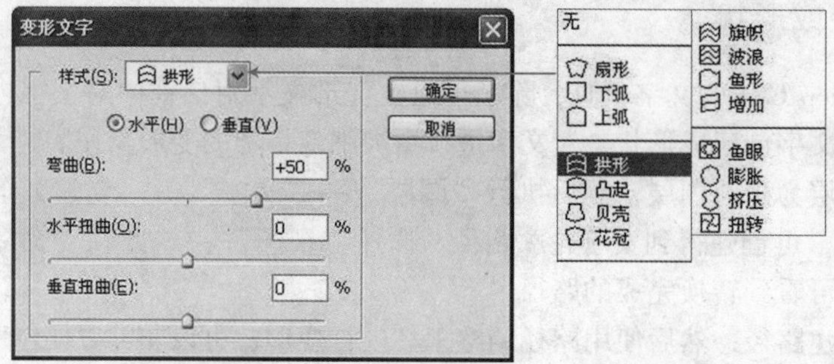

图 10-14 “变形文字”对话框

Photoshop 提供的 15 种文字变形样式效果如图 10-15 所示。

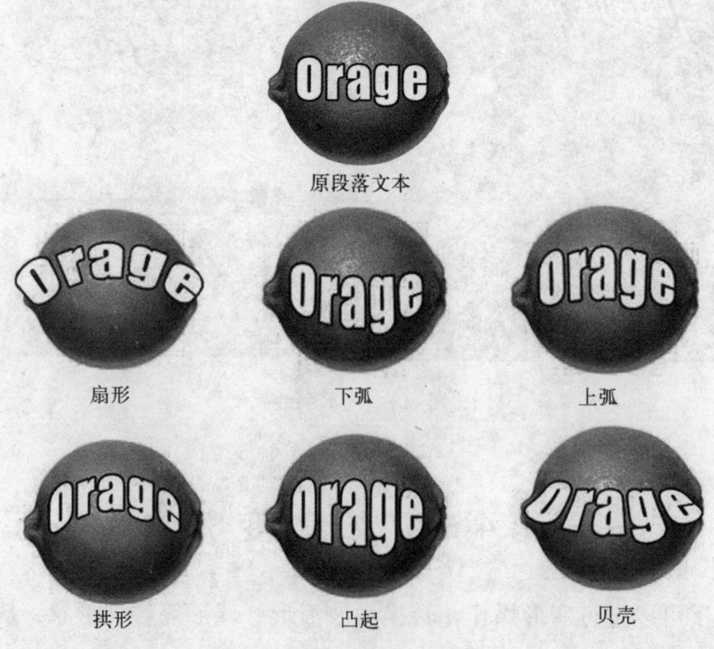

图 10-15 文字变形效果

图 10-15 文字变形效果（续）

第 5 节 沿路径绕排文字

路径指的是使用钢笔工具或形状工具创建的直线或曲线轮廓。在以前的版本中，如果需要制作文字沿路径绕排的效果，必须借助于 Illustrator 等矢量软件，而现在可以直接在 Photoshop 中轻松实现这一功能。

1. 制作文字绕排路径效果

沿路径排列文字，首先是绘制路径，然后使用文字工具输入文字，具体操作如下：

1 选择工具箱钢笔工具或形状工具，按下工具选项栏“路径”按钮。

2 使用绘制路径的方法，绘制一段开放或闭合的路径，如图 10-16 所示。

3 选择横排文字工具，放置光标至路径上方（光标会显示为形状），单击即可输入文字，如图 10-17 所示。

图 10-16 绘制路径

图 10-17 输入文字

4 文字输入完成后，按下〈Ctrl + H〉键隐藏路径，即得到文字按照路径走向排列的效果。若是水平文字，文字的方向与路径垂直；若是垂直文字，文字的方向与路径平行，如图 10-18 所示。

图 10-18　水平和垂直文字沿路径排列效果

2. 修改文字绕排路径效果

输入路径文字后，可以对其进行修改，使效果更加符合设计的要求。

（1）移动路径上的文字

细心观察输入文字的路径，在点击开始输入文字的位置会多一条与路径垂直的细线，这就是文字的起点，并且在文字输入结束的位置会有一个小圆圈，这个圆圈代表了文字的终点，如图 10-19 所示，起点与终点的路径范围就是文字显示的范围。

图 10-19　起点和终点

使用路径选择工具和直接选择工具可调整文字的起点和终点位置。选择路径选择工具，移动光标至文字上方，当光标显示为形状时拖动，即可改变文字在路径上的起始位置，如图 10-20 所示。当拖动光标至路径下方时，文字就会在路径上进行倒序排列，如图 10-21 所示。

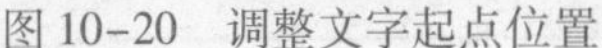
图 10-20 调整文字起点位置

图 10-21 调整文字排列方向

若在选择路径选择工具后，移动光标至文字的终点位置，光标会显示形状，此时拖动光标可改变文字终点的位置。如果终点的小圆圈显示“+”标记，就意味着定义的显示范围小于文字所需的最小长度，此时文字的一部分将被隐藏（注意英文以单词为单位隐藏或显示），如图 10-22 所示。

文字内容全部显示

部分文字被隐藏

图 10-22 调整文字终点位置

(2) 调整文字路径

执行“窗口”→“路径”命令，在图像窗口中显示路径面板。会发现有两条完全相同的路径并存，如图 10-23 所示。

究其原因，是由于路径文字将排列路径复制一条出来，再将文字排列在其上，这样文字与原先绘制的路径就没有关联了。即使现在修改或删除最初绘制的路径，也不会改变文字的排列。

要修改文字排列的形态，首先在路径面板中选择文字路径，此时文字的排列路径就会显示出来。使用路径选择工具或直接选择工具，在稍微偏离文字路径的地方（即不会出现起点/终点调整的位置）单击鼠标，便会看到与普通路径一样的锚点和控制句柄，这时再使用路径工具进行路径形态调整即可，如图 10-24 所示。

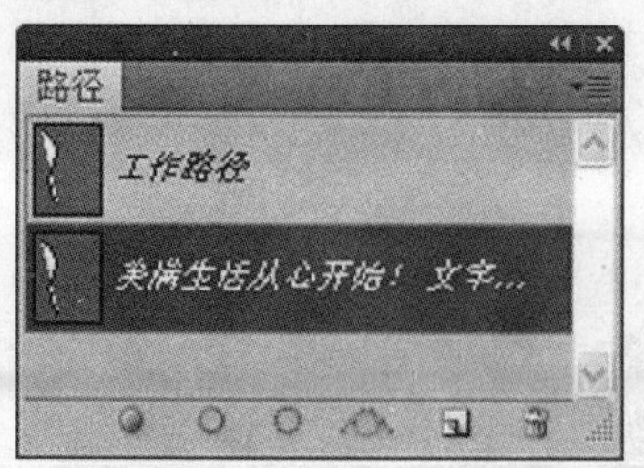

图 10-23 路径面板

图 10-24 调整文字路径

文字路径是无法在路径面板中直接删除的，除非在图层面板中删除这个文字层。

图 10-25 所示为路径文字应用示例。

图 10-25 路径文字应用示例

(3) 调整文字与路径的距离

使用字符面板的基线偏移参数，可以调整路径文字在路径上的偏移距离。如图 10-26 所示，当基线偏移距离为 0 时，路径文字紧贴文字路径。

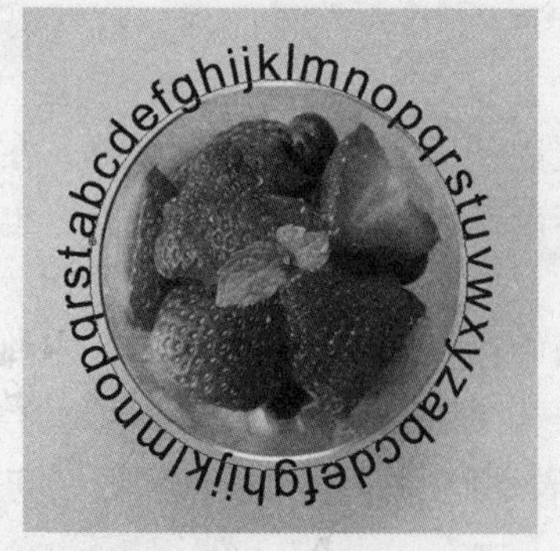

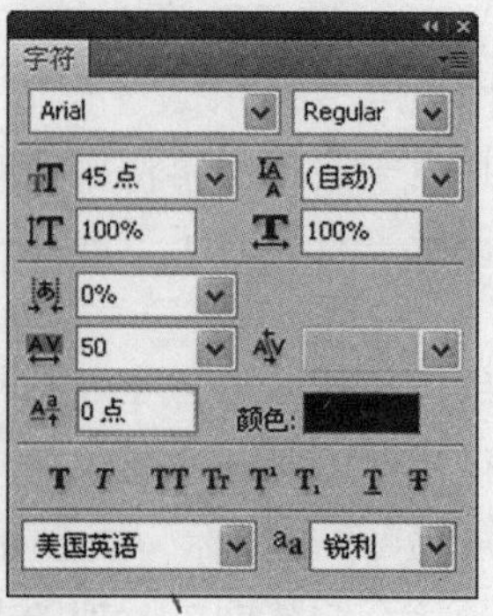

图 10-26 基线偏移距离为 0

当增大基线偏移距离参数时，路径文字即在路径上产生偏移，如图 10-27 所示。

图 10-27　基线偏移距离为 20

如果偏移距离设置为负数，则文字向相反的方向偏移。

从上面操作可以看出，调整路径文字基线偏移距离，可以在不编辑路径的情况下轻松调整文字的位置。

第 6 节　异形轮廓段落文本

在 Photoshop CS4 中，除了可以将文字沿路径排列之外，也可以将文字放置于一个闭合的路径或形状中。该功能在特殊的文字排版中非常有用。

下面以实例进行说明。

1　按下〈Ctrl + O〉键，打开随书光盘提供的图 10-28 所示的素材。

2　新建一个图层，在工具箱中选择自定形状工具，然后单击选项栏“形状”下拉列表按钮，从形状列表中选择图 10-29 所示的形状。

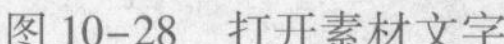

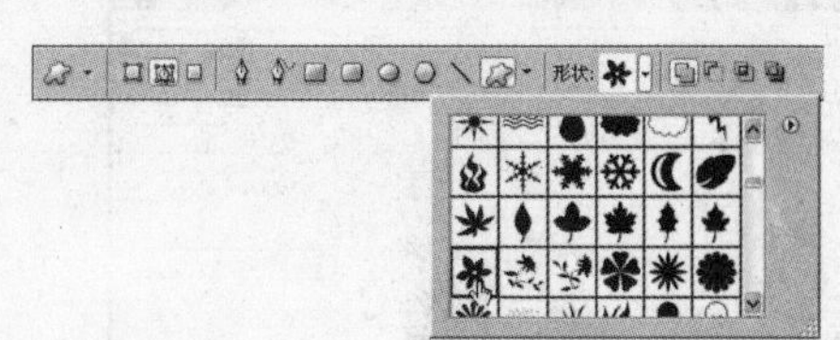

图 10-28　打开素材文字　　图 10-29　选择形状

3　在图像窗口中拖动鼠标，绘制一个形状，如图 10-30 所示。

4　接着选择横排文字工具T，移动光标至路径内，光标会显示为形状，此时单击光标输入文字，文字即可按照路径的形状进行排列，如图 10-31 所示。如果对文字排列效果不满意，可以选择钢笔工具对路径进行修改，以调整文字排列效果。

图 10-30 绘制形状

图 10-31 输入文字

第 7 节 实战演练——立体文字效果

立体字的制作方法有很多，制作的时候主要注意字体的构造，如构成面和受光等，本实例通过添加一些花纹素材，使整体效果更加时尚，最终效果如左图所示。

主要使用工具：

图层蒙版、“曲线”命令、图层混合模式、横排文字工具、矩形选框工具、“斜切”命令、加深工具、渐变工具、自定形状工具、“色相/饱和度”命令。

视频路径：avi \ 10. 7. avi

1 启用 Photoshop 后，执行“文件”→“新建”命令，或按〈Ctrl + N〉快捷键，弹出“新建”对话框，设置“宽度”为 15 厘米、“高度”为 10 厘米，如图 10-32 所示，单击“确定”按钮，新建一个文件。

2 填充背景为黑色，设置前景色分别为红色、蓝色和紫色，选择画笔工具，在工具选项栏中设置硬度为 0%，降低不透明度和流量，在背景上涂抹，效果如图 10-33 所示。

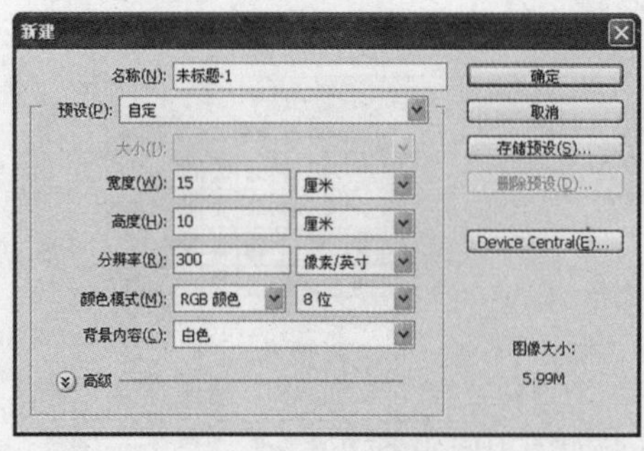

图 10-32 新建文件

图 10-33 制作背景

3 执行“文件”→“打开”命令，或按〈Ctrl + O〉快捷键，打开建筑素材，如图 10-34 所示。

4 运用移动工具添加素材至文件中，并调整好大小和位置，单击图层面板上的“添加图层蒙版”按钮，为建筑素材图层添加图层蒙版。设置前景色为黑色，选择画笔工具，按〈[〉或〈]〉键调整合适的画笔大小，在图像背景上涂抹，使建筑素材融入背景中，效果如图10-35所示。

图10-34　建筑素材

图10-35　添加图层蒙版

5 调整建筑素材的色调。单击调整面板中的“曲线”按钮，添加曲线调整图层，选择蓝通道选项，调整曲线如图10-36所示，通过调整，图像成为紫色调，单击按钮，创建剪贴蒙版，使此调整只作用于建筑素材图像，此时效果如图10-37所示。

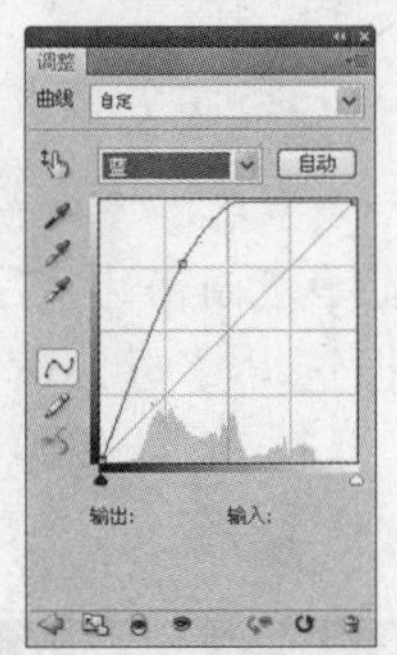

图10-36　调整“曲线”

图10-37　紫色调效果

6 执行“文件”→“打开”命令，或按〈Ctrl + O〉快捷键，打开一张云彩素材图像，如图10-38所示。

7 运用移动工具将素材添加至文件中，调整好大小和位置角度，效果如图10-39所示。

图10-38　云彩素材

图10-39　添加云彩素材

8 设置图层的“混合模式”为“叠加”，如图 10-40 所示。

9 单击图层面板上的“添加图层蒙版”按钮，为云彩素材图层添加图层蒙版。设置前景色为黑色，运用画笔工具，在图像四周涂抹，制作出渐隐效果，让云彩与建筑以及背景融合在一起，效果如图 10-41 所示。

图 10-40 “叠加”混合模式

图 10-41 添加图层蒙版

10 在工具箱中选择横排文字工具，在工具选项栏“设置字体”下拉列表框 宋体 中选择 Impact 字体，在“设置字体大小”下拉列表框 30点 中输入 93，确定字体大小。

11 在图像窗口单击鼠标，此时会出现一个文本光标，然后输入文字。输入完成后，按〈Ctrl + Enter〉键确定，效果如图 10-42 所示。

12 在文字图层上单击鼠标右键，在弹出的快捷菜单中选择“栅格化文字”选项，将文字栅格化，运用矩形选框工具，绘制矩形选区，框选 P 字母，然后按〈Ctrl + J〉快捷键，复制图层。

13 单击图层前面的按钮，将图层隐藏，效果如图 10-43 所示。

图 10-42 输入文字

图 10-43 复制文字

14 执行“编辑”→“变换”→“斜切”命令，调整文字后的效果如图 10-44 所示。

15 按住〈Ctrl〉键的同时，单击文字图层，载入选区，填充颜色为红色（RGB 参考值分别为 R235、G82、B143），效果如图 10-45 所示。

16 运用加深工具和减淡工具，涂抹出文字的立体效果，如图 10-46 所示。

17 将文字图层复制一层，将图层顺序向下移一层，然后调整至合适的位置，如图 10-47所示。

图10-44 斜切

图10-45 填充颜色

图10-46 涂抹文字

18 按住〈Ctrl〉键的同时，单击复制的图层，载入选区，运用渐变工具，设置前景色为深红色（RGB参考值分别为R84、G4、B7）、背景色为黑色（RGB参考值分别为R56、G1、B9），按下工具选项栏中的“线性渐变”按钮，单击选项栏渐变列表框下拉按钮，从弹出的渐变列表中选择“前景到背景”渐变。移动光标至图像窗口中，拖动鼠标填充渐变，然后按〈Ctrl+D〉键取消选择，如图10-48所示。

19 新建一个图层，运用多边形套索工具，绘制选区，填充渐变，效果如图10-49所示。

图10-47 复制文字

图10-48 填充渐变

图10-49 绘制选区并填充渐变

20 继续运用多边形套索工具，绘制选区，新建一个图层，填充渐变，效果如图10-50所示。

21 新建一个图层，继续运用多边形套索工具，绘制选区，填充颜色为粉红色（RGB参考值分别为R254、G104、B167），效果如图10-51所示。

22 更改图层的“混合模式”为“柔光”，效果如图10-52所示。

图10-50 填充渐变

图10-51 填充颜色

图10-52 “柔光”混合模式

23 运用橡皮擦工具，擦除多余的部分，也可以运用多边形套索工具，绘制选区，然后按〈Delete〉键删除多余的部分，得到图 10-53 所示的效果。

24 将制作立体效果的几个图层复制一层，然后合并复制的图层，调整好大小、角度、位置和图层顺序，效果如图 10-54 所示。

25 将合并的图层再复制一层，调整好大小、角度、位置和图层顺序，效果如图 10-55 所示。

图 10-53 删除多余的部分

图 10-54 复制文字

图 10-55 复制文字

26 运用同样的操作方法，制作出其他的几个文字，效果如图 10-56 所示。

27 按住〈Ctrl〉键的同时，分别单击选择几个文字图层，然后复制一份，执行“编辑”→“变换”→“垂直翻转”命令，运用移动工具向下移动位置，调整好图层顺序，得到图 10-57 所示的效果。

图 10-56 制作出其他文字

图 10-57 制作倒影

28 合并复制的图层，单击图层面板上的“添加图层蒙版”按钮，为云彩素材图层添加图层蒙版。按〈D〉键，恢复前景色和背景色为默认的黑白颜色，选择渐变工具，按下工具选项栏中的“线性渐变”按钮，单击选项栏渐变列表框下拉按钮，从弹出的渐变列表中选择“前景到背景”渐变，在图像窗口中拖动鼠标填充渐变，制作出文字的倒影效果，如图 10-58 所示。

29 设置前景色为白色，选择自定形状工具，新建一个图层，按下工具选项栏中的“填充像素”按钮，单击选项栏“形状”下拉列表按钮，从形状列表中选择五角星形状，然后在图像窗口中拖动鼠标，绘制一个五角星图形，如图 10-59 所示。

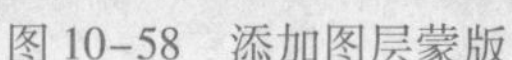
图10-58 添加图层蒙版

图10-59 绘制星星

30 按〈Ctrl+T〉快捷键，进入自由变换状态，单击鼠标右键，在弹出的快捷菜单中选择“斜切”选项，调整至合适的角度，如图10-60所示。

31 运用加深工具和减淡工具，涂抹出五角星的立体效果，如图10-61所示。

图10-60 斜切

图10-61 涂抹

32 新建一个图层，运用多边形套索工具，绘制选区，运用渐变工具，设置前景色为深红色（RGB参考值分别为R140、G12、B58）、前景色为黑色（RGB参考值分别为R78、G12、B29），按下工具选项栏中的“线性渐变”按钮，单击选项栏渐变列表框下拉按钮，从弹出的渐变列表中选择“前景到背景”渐变。移动光标至图像窗口中黑色文字位置，然后向白色文字处拖动鼠标，填充渐变，然后按〈Ctrl+D〉键取消选择，如图10-62所示。

33 运用同样的操作方法，绘制其他的选区并填充渐变，效果如图10-63所示。

图10-62 绘制选区并填充渐变

图10-63 绘制其他的选区并填充渐变

34 调整五角星图形至合适的图层顺序，然后复制两份，调整好大小和位置，效果如图 10-64 所示。

35 选择椭圆选框工具，按住〈Shift〉键的同时，拖动鼠标绘制一个正圆，单击图层面板上的“创建新图层”按钮，新建一个图层，填充颜色为红色（RGB 参考值分别为 R242、G49、B109），如图 10-65 所示。

36 执行“选择”→“变换选区”命令，按住〈Shift + Alt〉键的同时，向内拖动控制柄，如图 10-66 所示。

图 10-64 复制图形

37 按〈Enter〉键确认调整，按〈Delete〉键，删除选区中的部分图形，如图 10-67 所示。

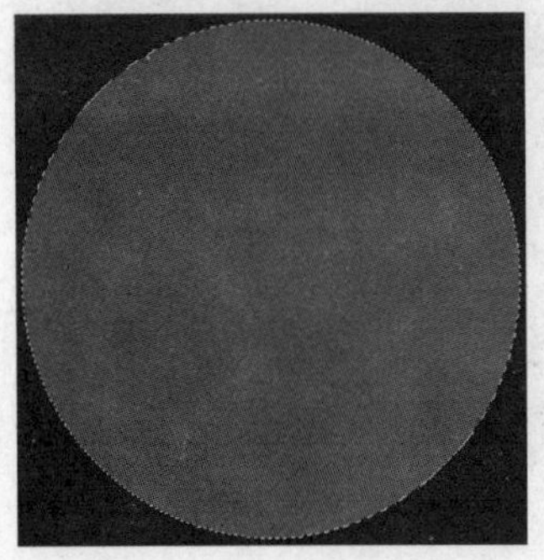

图 10-65 绘制圆

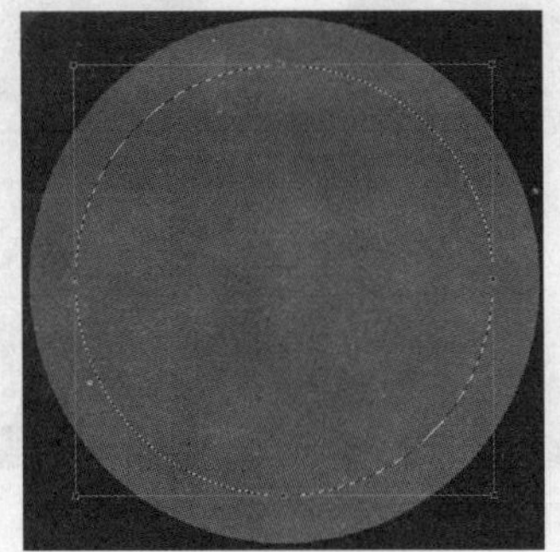

图 10-66 变换选区

图 10-67 删除选区

38 继续执行“选择”→“变换选区”命令，按住〈Shift + Alt〉键的同时，向内拖动控制柄，按〈Enter〉键确认调整，填充颜色为红色，如图 10-68 所示。

39 继续执行“选择”→“变换选区”命令，按住〈Shift + Alt〉键的同时，向内拖动控制柄，按〈Enter〉键确认调整，按〈Delete〉键，删除选区中的部分图形，如图 10-69 所示。

40 执行“编辑”→“变换”→“斜切”命令，调整圆环图形为如图 10-70 所示的效果。

图 10-68 填充绿色

图 10-69 填充白色

图 10-70 斜切圆环

41 将图层复制一层，向下移动位置和图层顺序，按住〈Ctrl〉键的同时，单击复制的图层，载入选区，运用渐变工具，设置前景色为浅红色（RGB参考值分别为R185、G102、B123）、背景色为深红色（RGB参考值分别为R132、G5、B25），按下工具选项栏中的“线性渐变”按钮，单击选项栏渐变列表框下拉按钮，从弹出的渐变列表中选择“前景到背景”渐变。移动光标至图像窗口中，拖动鼠标填充渐变，然后按〈Ctrl + D〉键取消选择，如图10-71所示。

42 运用移动工具将圆环图形调整至合适的位置和图层顺序，效果如图10-72所示。

图10-71 立体效果

图10-72 调整位置和图层顺序

43 执行“文件”→“打开”命令，或按〈Ctrl + O〉快捷键，打开一张雏菊素材图像。

44 选择磁性套索工具，围绕花朵创建大致选区，选择多边形套索工具，配合使用〈Shift〉和〈Alt〉键，调整选区，将花朵选择出来，如图10-73所示。

45 运用移动工具将花素材添加至文件中，调整好大小、位置和图层顺序，如图10-74所示。

图10-73 建立选区

图10-74 添加素材

46 单击调整面板“色相/饱和度”按钮，在调整面板中设置参数如图10-75所示，单击按钮，创建剪贴蒙版，使此调整只作用于花朵素材图像，此时图像效果如图10-76所示。

47 运用同样的操作方法，添加其他的花朵素材，并调整颜色，效果如图10-77所示。

48 参照前面同样的操作方法，运用横排文字工具输入文字，效果如图10-78所示。

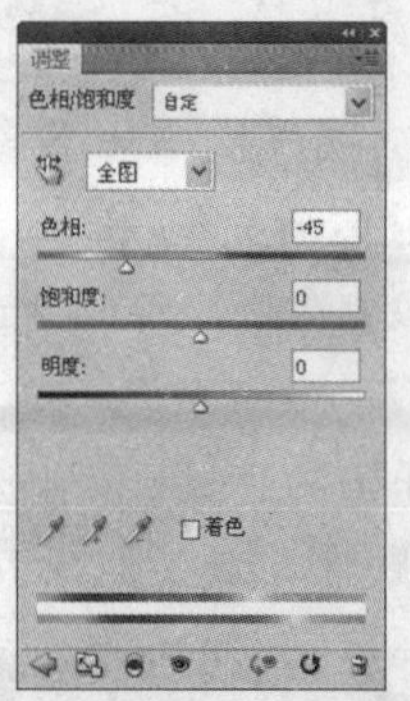
图 10-75 "色相/饱和度"调整参数

图 10-76 "色相/饱和度"调整效果

图 10-77 继续添加素材

图 10-78 输入文字

49 在文字图层上单击鼠标右键，在弹出的快捷菜单中选择"栅格化文字"选项，将文字栅格化，然后将文字复制一份，调整大小如图 10-79 所示。

50 将两个文字图层合并，按住〈Ctrl〉键的同时，单击文字图层，载入选区，选择工具箱渐变工具，在具选项栏中单击渐变条，打开"渐变编辑器"对话框，设置参数如图 10-80 所示。

图 10-79 复制文字

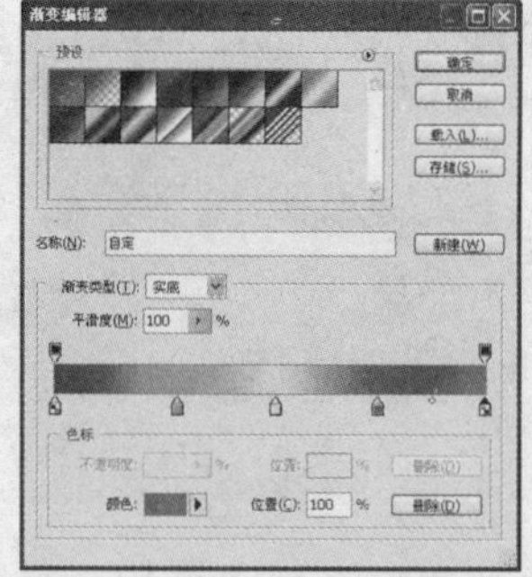
图 10-80 "渐变编辑器"对话框

51 移动光标至图像窗口中，拖动鼠标填充渐变，然后按〈Ctrl + D〉键取消选择，如图 10-81 所示。

52 运用同样的操作方法，添加其他的素材，完成实例的制作，最终效果如图 10-82 所示。

图 10-81 填充渐变

图 10-82 添加其他素材

第8节 练 一 练

本练习制作的晶莹剔透的水晶文字效果如图 10-83 所示，其中关键是图层样式的应用。通过各图层效果的合理搭配，可得到非常精美的文字特效。

图 10-83 水晶文字

操作提示：

(1) 打开背景素材。

(2) 通过横排文字工具添加文字效果。

(3) 添加花纹素材。

(4) 通过添加图层样式制作水晶效果。

第 11 章 动作与自动化

随着 Photoshop 版本的升级和功能增强，其智能化程度也越来越高，其中动作和自动化是其智能功能的集中体现。它们共同的特点是能够根据用户要求迅速完成一个文件或多个文件的成批处理。

灵活使用动作和自动化功能，可以减少重复劳动、降低工作强度、提高工作效率。

本章要点

- 动作面板
- 播放动作
- 载入动作
- 录制动作
- 编辑动作
- 任务自动化

第 1 节 使用动作

动作面板是建立、编辑和执行动作的主要场所，选择“窗口”→“动作”命令，在图像窗口中显示动作面板如图 11-1 所示。

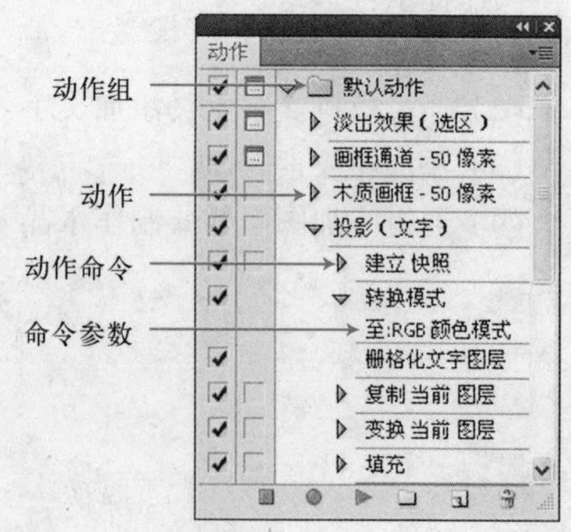

图 11-1 动作面板

- 动作组：组是一组动作的集合，其中包含了一系列的相关动作，Photoshop 提供了“默认动作”、“文字效果”、“纹理效果”等多组动作。组就像是一个文件夹，单击其左侧的▶或▼按钮可展开或折叠其中的动作。Photoshop 在保存和载入动作时，都是以组为单位。
- 屏蔽切换开/关✔：单击动作中的某一个命令名称最左侧的✔，去掉“√”显示，可以屏幕此命令，使其在播放动作时不被执行。如果当前动作中有一部分命令被屏蔽，动作名称最左侧的✔将显示为红色。
- 切换对话开/关▭：若动作中的命令显示▭标记，表示在执行该命令时会弹出对话框以供用户设置参数。

1. 播放动作

打开需播放动作的图像文件，然后在动作调板中选中该动作，按下“播放选定的动作”按钮▶，或直接按下播放该动作的快捷键即可开始播放动作，若打开对话开关（命令的左侧显示▭标记），在播放命令时就会弹出对话框供用户设置命令运行的参数。

播放动作操作步骤如下：

1 打开一张素材图像，如图 11-2 所示。

2 单击动作面板中右上角▾☰按钮，在弹出的面板菜单中选择“图像效果”选项，如图 11-3 所示。将“图像效果”动作组载入到面板中，如图 11-4 所示，选择“细雨”动作，如图 11-5 所示。

图 11-2　素材图像

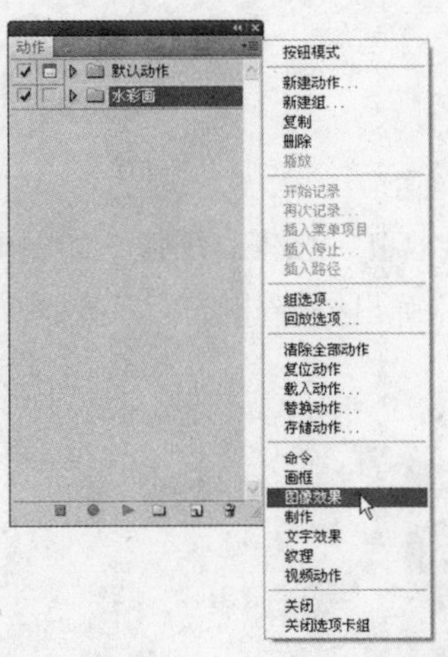

图 11-3　面板菜单

图 11-4　“图像效果”动作组

3 按下“播放选定的动作”按钮▶，播放该动作，得到的下雨效果，如图 11-6 所示。

图 11-5　“细雨”动作

图 11-6　下雨效果

由于动作是一系列命令，因此使用“编辑”→“还原”命令只能还原动作中的最后一个命令。若要还原整个动作，可在播放动作前在历史记录调板中创建一个快照，选择此快照即可还原动作。

此外，也可以有选择地播放动作中的单个或部分命令。选择动作中的某个命令，然后单击播放按钮，可从指定位置开始播放动作。

若使用〈Shift〉或〈Ctrl〉键在动作调板中同时选中多个动作，然后单击播放按钮，可按照次序依次播放选中的动作。

在播放动作时，可以有选择地跳过某个命令，从而使一个动作能够产生多个不同的效果。要跳过动作中某个命令，可单击该命令名称左边的切换项目开/关，以取消选择。

2. 录制动作

录制动作的具体操作步骤如下：

1 按〈Ctrl+O〉快捷键，打开一张素材图像，如图 11-7 所示。

2 单击动作调板按钮，弹出“新建组”对话框，在“名称”框中输入组的名称，如图 11-8 所示。

图 11-7　素材图像

图 11-8　“新建组”对话框

3 单击动作调板按钮，弹出“新建动作”对话框，设置各参数如图 11-9 所示。

4 单击“记录”按钮关闭“新建动作”对话框，进入动作记录状态，此时的“开始记录”按钮呈按下状态并显示为红色，如图 11-10 所示。

5 将背景图层复制一份，更改图层模式为“柔光”，如图 11-11 所示。

6 单击“滤镜”→“像素化”→“马赛克”命令，弹出“马赛克”对话框，设置“单元格大小”为 150，如图 11-12 所示。

7 单击“确定”按钮，效果如图 11-13 所示。

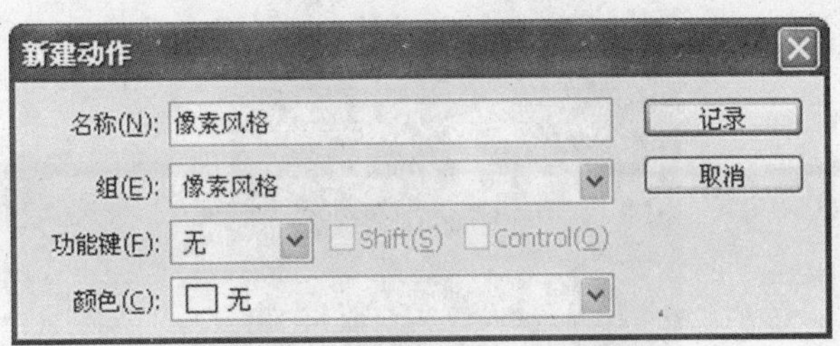

图 11-9　“新建动作”对话框

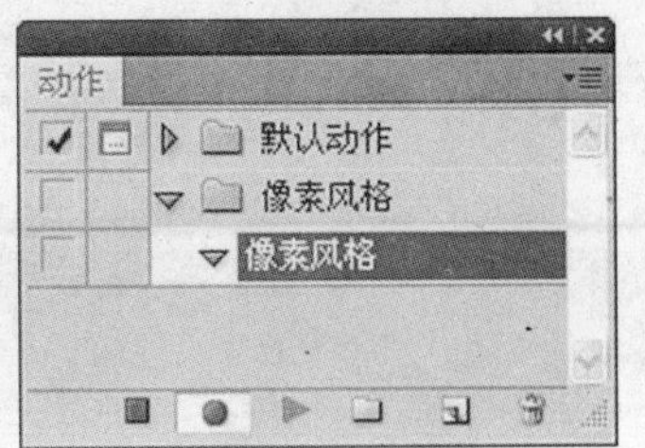

图 11-10　动作记录状态

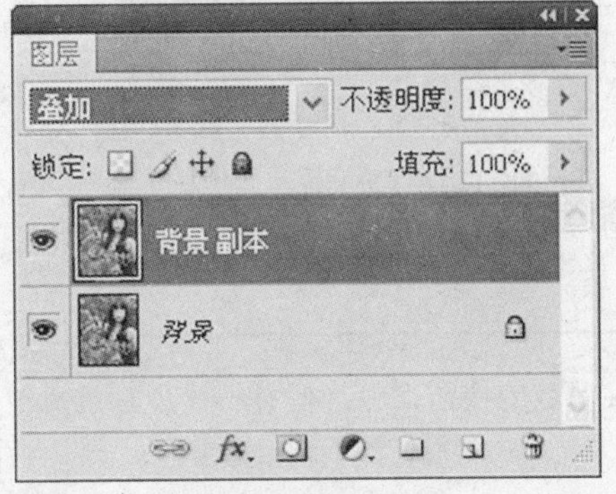

图 11-11　更改图层模式

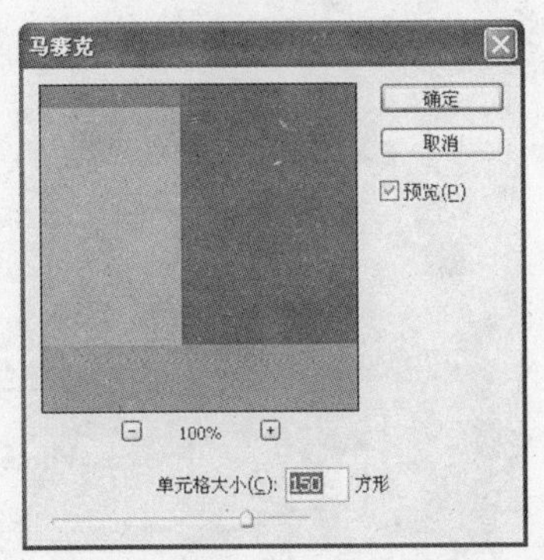

图 11-12　“马赛克”对话框

8 单击“滤镜”→“锐化”→“锐化”命令，并按〈Ctrl + F〉组合键，重复单击该命令 10 次，效果如图 11-14 所示。

图 11-13　马赛克效果

图 11-14　锐化效果

9 单击动作调板“停止播放/记录”按钮，完成动作记录，此时动作调板如图 11-15所示。

10 按〈Ctrl + O〉快捷键，打开另一张素材图像，单击“播放选定的动作”按钮，系统即按照录制的动作对图像进行操作，效果如图 11-16 所示。

记录完成后，按下按钮，用户可以继续在动作中追加记录或插入记录。

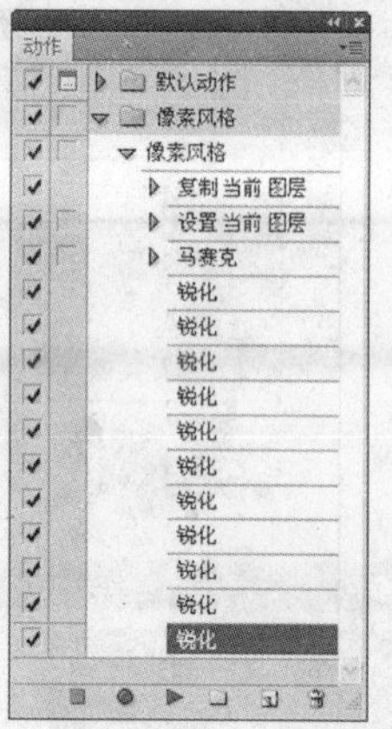

图 11-15　动作调板

图 11-16　处理另一幅图像

Photoshop 可记录大多数的操作命令，但并不是所有的命令，像绘画、视图放大、缩小等操作就不能被记录。

3. 复制及删除动作

(1) 复制动作或命令

选中动作或动作中的命令后，单击调板菜单中的“复制”命令或拖动该动作至调板上的创建新动作按钮 即可完成复制。按住〈Alt〉键拖动，可以快速复制动作或命令。

(2) 删除动作或命令

先选中要删除的动作或命令，再选择调板菜单中“删除”命令或直接单击调板 按钮即可。

4. 编辑动作

动作记录完成之后，可以使用下列方法对其进行修改。

(1) 插入操作

选择调板菜单“开始记录”命令可在动作的中间或末尾添加新的操作。若当前所选的是动作，选择该命令或按下调板“开始记录”按钮 ，新记录的操作将被添加到动作的末尾；若当前所选的是动作中的某个命令，则新记录的操作将添加在该命令之后。

(2) 录制动作

选择调板菜单中的“再次记录”命令，可将动作重新记录，记录时仍以动作中的原有的命令为基础，但会打开对话框，让用户重新设置对话框中的参数。如果用户仅需更改动作中某个命令的单击参数，则可直接在动作中双击该命令。

(3) 插入菜单项目

在录制动作时，一些命令可能无法记录，如绘画和上色工具、工具选项、视图命令和窗口命令等。不过，使用“插入菜单项目”命令可将许多不可记录的命令插入到动作中。

具体操作步骤如下：

1 在动作中指定插入菜单项目的位置。

2 选择调板菜单中的“插入菜单项目”命令，打开如图11-17所示的对话框。

图11-17 插入菜单项目对话框

3 用鼠标在菜单中选取命令，按“确定”按钮即可。

(4) 录制提示信息

在播放动作的过程中如果希望加入一些特殊的手动操作，可使用在动作中插入停止和提示信息方法，让动作在单击某个命令前停止下来，然后手动进行操作，待这些操作完成之后再继续播放动作中的命令。

在动作中指定插入停止的位置，选择调板菜单中的“插入停止”命令，打开如图11-18所示的“记录停止”对话框。在“信息”框中可输入一些文本以作为暂停对话框中的提示信息。若选中“允许继续”选项，则在暂停对话框中将出现“继续”按钮 ，如图11-19所示，单击该按钮可继续播放动作。

图11-18 记录停止对话框

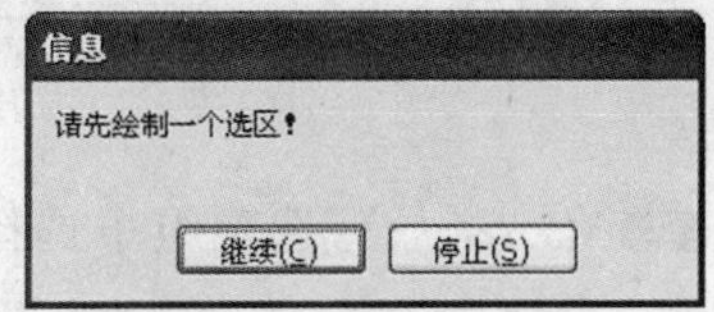

图11-19 暂停信息框

(5) 插入路径

在记录动作的过程中，如果用户绘制了路径，动作是无法记录的。为此Photoshop专门设置了“插入路径”命令，以供用户在动作中插入路径，方法为：在动作中指定插入路径的位置，在路径调板中选择需要插入的路径，选择动作调板菜单“插入路径”命令。

如果当前图像窗口中没有路径，则“插入路径”命令将显示为无效状态。

第2节 自 动 化

自动化功能是Photoshop CS4为用户提供的快速完成工作任务、大幅度提高工作效率的功能。

1. 批处理

所谓批处理就是将一个指定的动作应用于某文件夹下的所有图像或当前打开的多个图像，从而大大节省操作时间。

使用批处理时，要求所处理的图像必须保存于同一个文件夹或者全部打开，执行的动作也需先载入至动作面板。

下面以一个实例讲解使用批处理的方法。本例的目标是将某文件夹下的所有图像制作成水彩画效果。

1 执行“文件”→“自动”→“批处理”命令，打开“批处理”对话框，如图11-20所示。

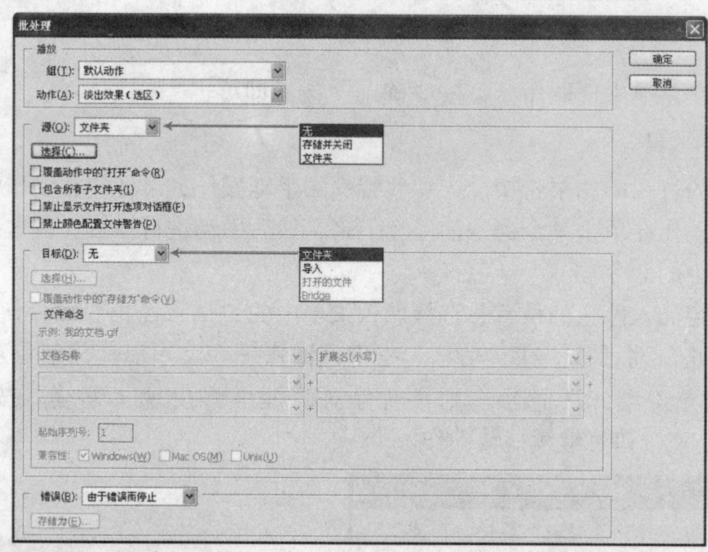

图 11-20 “批处理”对话框

2 在“播放”选项组中选择先前录制的“水彩画”动作所在的组，及“水彩画”动作。

3 “源”选项组用于选择处理图像的来源。这里单击“选取”按钮，在打开的“浏览文件夹”对话框中指定处理图像所在的文件夹。

4 “目标”选项组于设置执行动作后文件的保存位置和方式。共三个选项：① 无，不保存文件也不关闭已经打开的文件；② 保存并关闭；③ 文件夹，将处理后的文件保存至一个指定的文件夹中。

5 单击“确定”按钮，Photoshop 自动依次打开各个图像文件，并执行指定的“水彩画”动作。

2. 裁切并修齐照片

如果在扫描图片时，同时扫描了多张图片，可以使用“文件”→“自动”→“裁剪并修齐照片”命令，将扫描的图片从大的图像分割出来，并生成单独的图像文件。为了获得

最佳结果，应该在要扫描的图像之间保持1/8英寸的间距。

图11-21所示为扫描后得到的图像，选择“裁剪并修齐照片”命令，将图像分割为单独的文件，结果如图11-22所示。

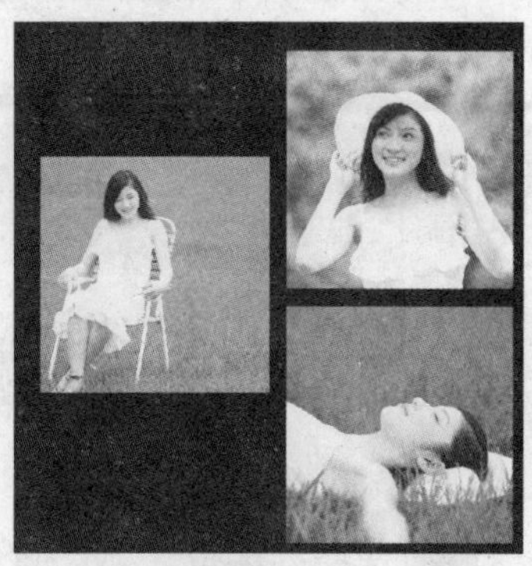

图11-21　扫描的图片

3. 图层自动对齐和混合

图层自动对齐和混合功能，能够自动对多个图层或图像中的相似内容进行分析，从而创建更加准确的复合图像。其中“自动对齐图层”命令可以快速分析图层，并移动、旋转或变形图层以将它们自动对齐，而“自动混合图层”命令可以混合颜色和阴影来创建平滑的、可编辑的图层混合结果。

图11-22　分离的照片

下面以实例说明Photoshop的自动对齐和混合功能的用法。

1 按下〈Ctrl+O〉快捷键，打开配套光盘提供的图11-23所示的三张图像素材，该素材是在同一地点拍摄的三张人物照片。

图11-23　打开图像素材

2 选择工具箱移动工具，将另两张素材拖动复制至一张素材图像窗口中，图层面板如图11-24所示。

3 将背景图层转换为“图层0”，如图11-25所示。按下〈Ctrl〉键，在图层面板中同时选择“图层2”、“图层1”和“图层0”三个图层，下面使用Photoshop的自动对齐功能进行对齐。

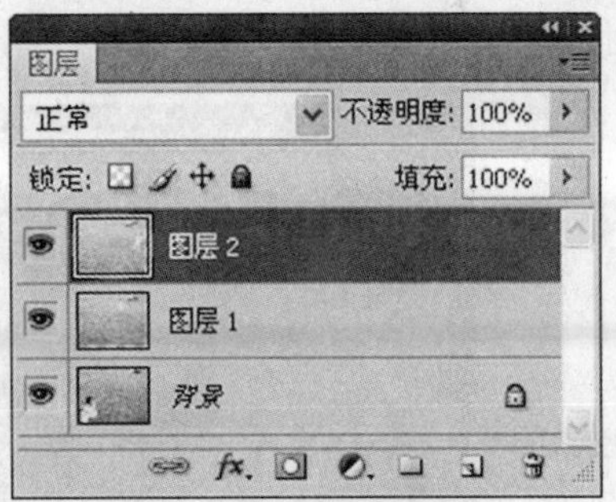

图 11-24　图层面板

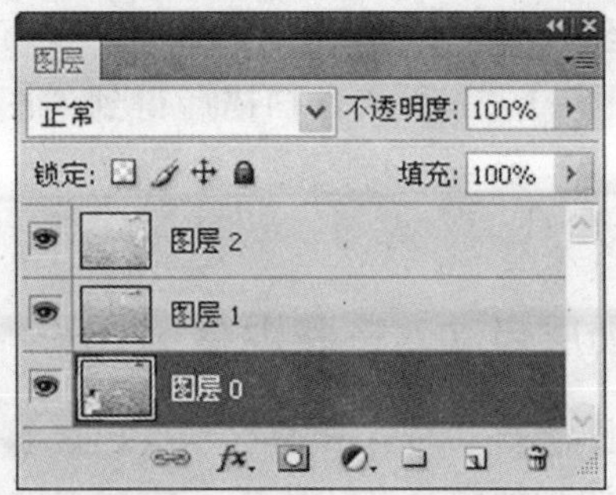

图 11-25　转换背景图层

4 选择“编辑”→“自动对齐图层”命令，打开“自动对齐图层”对话框，这里选择“自动”选项，如图 11-26 所示，让 Photoshop 自动决定对齐图层的方式。

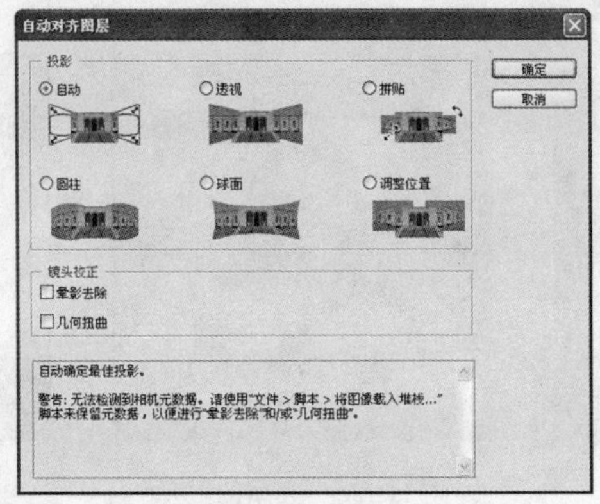

图 11-26　“自动对齐图层”对话框

5 单击“确定”按钮关闭“自动对齐图层”对话框，Photoshop 即开始分析图层中的相同部分，并依据相同部分对图层进行对齐。对齐结果如图 11-27 所示。

图 11-27　图层自动对齐结果

6 图层对齐之后，选择“编辑”→“自动混合图层”命令，弹出“自动混合图层”对话框，选中“堆叠图像”单选按钮，如图 11-28 所示。

7 单击“确定”按钮，Photoshop 自动根据图层的相同部分，通过添加图层蒙版，将三个图层中的图像拼接为一个整体，如图 11-29、图 11-30 所示。

图 11-28 “自动混合图层”对话框

图 11-29 图层混合结果

图 11-30 混合后的图层面板

8 选择画笔工具，设置前景色为白色，编辑图层蒙版，将隐藏的图像重新显示，即可得到如图 11-31 所示的图像合成效果。

图 11-31 编辑图层蒙版

从上述操作可以看出，使用 Photoshop 的自动对齐和混合功能，可以大大方便图像的合成和拼接操作。

有关图层蒙版的详细信息请参考本书第 8 章蒙版。

4. 多照片合成为全景图

所谓全景图，指的是在某个视点，用照相机旋转 360 度拍摄所得到的照片。由于视点很宽，全景照片能够使人有亲临其镜的感受。

要得到全景照片，一般有两种方法：一是使用专用的全景相机，在快门开启的同时，相机会左右或上下转动，记录在底片上的就是全景照片；二是后期制作，在暗房中将几幅照片拼接起来。

全景相机的价格较为昂贵，为此 Photoshop 提供了“Photomerge”命令，以快速、轻松地制作全景照片效果。

下面以实例说明全景图的合并方法：

(1) 选择“文件”→“自动”→Photomerge 命令，打开 Photomerge 对话框，如图 11-32 所示。

(2) 单击“浏览”按钮，在打开的对话框中选择图 11-33 所示的 3 张照片。

(3) 导入的照片显示在源文件列表中，如图 11-34 所示，在“版面”选项组中选择“自动”选项。

(4) 单击“确定”按钮，程序即对各照片进行分析并自动进行拼接和调整，生成如图 11-35 所示的全景图像。

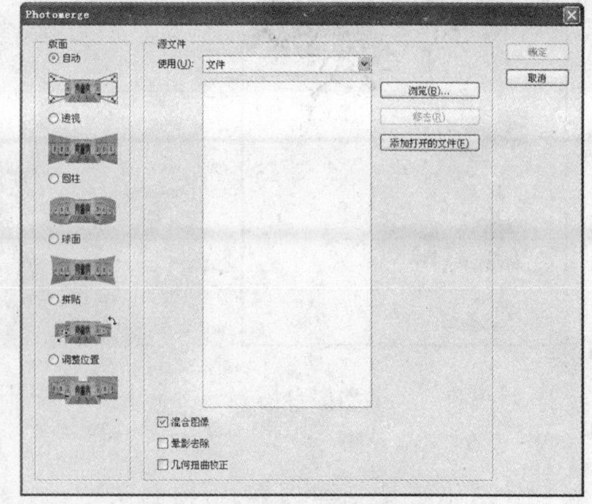

图 11-32 Photomerge 对话框

图 11-33 连续拍摄的照片

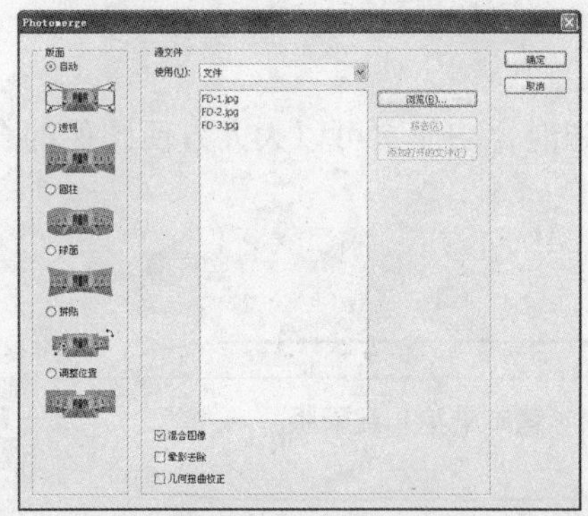

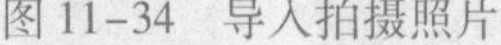

图 11-34 导入拍摄照片

图 11-35 合并得到的图像效果

(5) 此时的图层面板如图 11-36 所示，从图中可以看出，Photoshop 是使用蒙版对各照片进行拼接和合成的。

(6) 选择“图层”→“合并可见图层”命令，或按下〈Ctrl + Shift + E〉快捷键，将可见图层合并。

(7) 选择裁剪工具，在图像中绘制一个裁剪框，如图 11-37 所示，消除合并后出现的空白区域。

(8) 双击鼠标或按〈Enter〉键，确定裁剪，效果如图 11-38 所示。

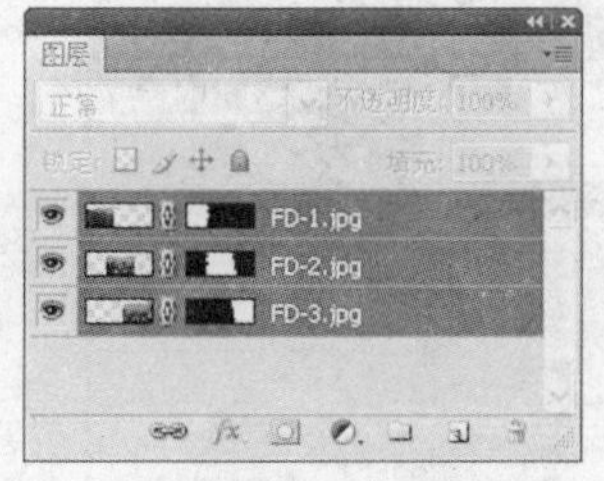

图 11-36　图层面板

图 11-37　裁剪图像

图 11-38　调整颜色

第 3 节　实战演练——制作旋转效果

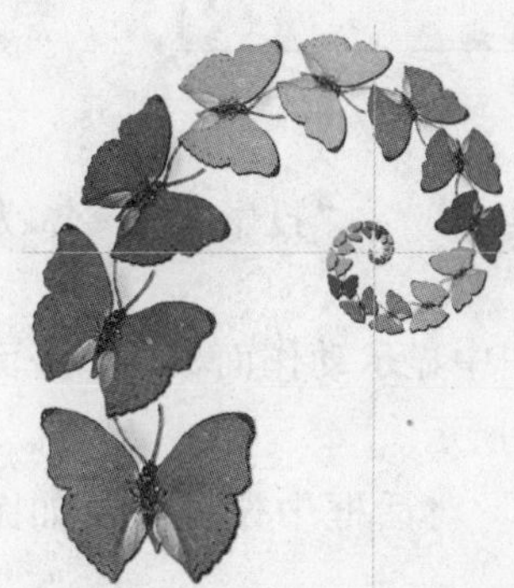

本实例综合展示了在图像处理过程中动作的录制和应用方法。制作完成的螺旋形旋转图像效果如左图所示。

主要使用工具：

图层样式、录制动作、变换图像、"色相/饱和度"命令、播放动作。

视频路径：

avi \ 12. 3. avi

1 按下〈Ctrl + O〉键，打开随书光盘提供的蝴蝶图像，如图 11-39 所示。

2 选择工具箱中的魔术橡皮擦工具，在图像窗口白色背景处单击，清除背景。

3 按下〈Ctrl + N〉键，按照图 11-40 所示参数新建一个图像文件，下面将在该图像文件中制作蝴蝶旋转效果。

4 选择移动工具，将蝴蝶图像拖至新建图像窗口，得到"图层 1"新建图层。按下〈Ctrl + T〉键调整图像的大小，放置于如图 11-41 所示的位置。

5 执行"视图"→"标尺"命令，或按下〈Ctrl + R〉键，在视图中显示标尺，拖出水平和垂直两条辅助线，相交于如图 11-42 所示的位置。

6 拖动标尺左上角的原点至两参考线的相交处，调整原点的位置，该原点位置将作为图像变换的中心位置。

图 11-39 打开素材

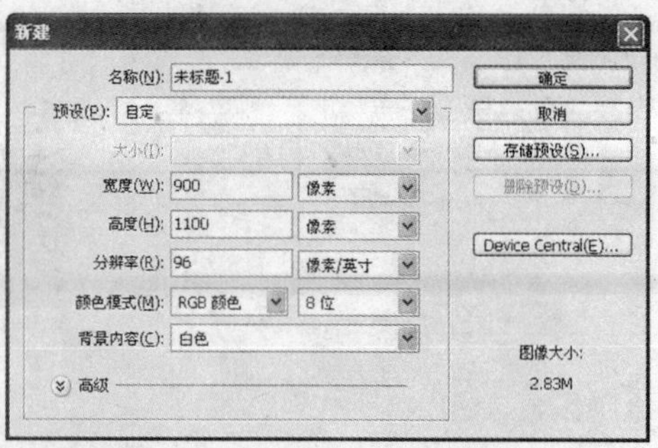

图 11-40 新建对话框

图 11-41 调整素材大小

图 11-42 调整原点位置

7 选择“图层 1”为当前图层，选择“图层”→“图层样式”→“投影”命令，为图像添加阴影效果。

8 开始记录动作。选择“窗口”→“动作”命令，在视图中显示动作面板，单击面板“创建新组”按钮，创建一个动作组，如图 11-43 所示。

9 单击“创建新动作”按钮，在弹出的“新建动作”对话框中设置参数如图 11-44所示，单击“记录”按钮开始记录动作。

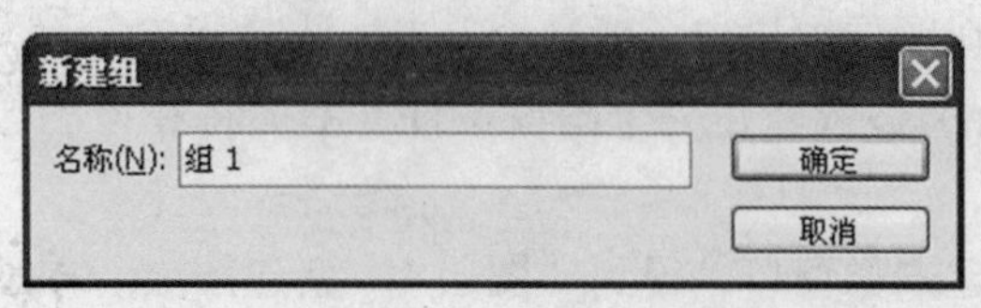

图 11-43 新动作对话框

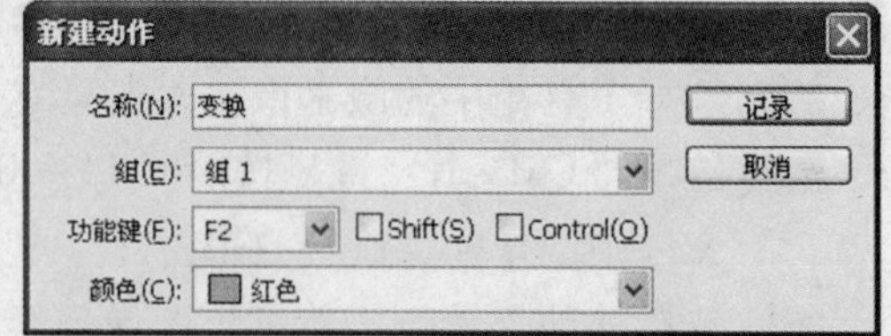

图 11-44 新动作对话框

10 在图层面板中，拖动“图层 1”至面板下方的新建按钮，复制得到“图层 1 副本”图层，此时的动作面板如图 11-45 所示。

11 设置“图层 1 副本”图层为当前图层，按下〈Ctrl + T〉键，拖动变换的中心至辅助线的交点位置，如图 11-46 所示。

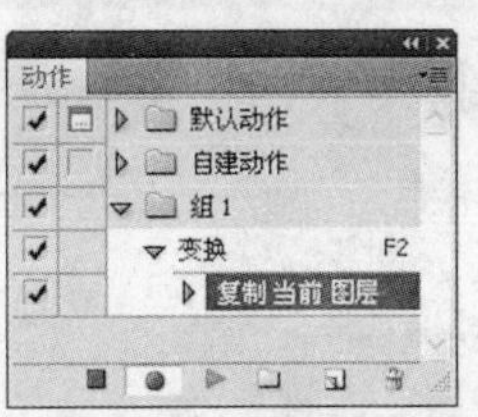

图 11-45 动作面板

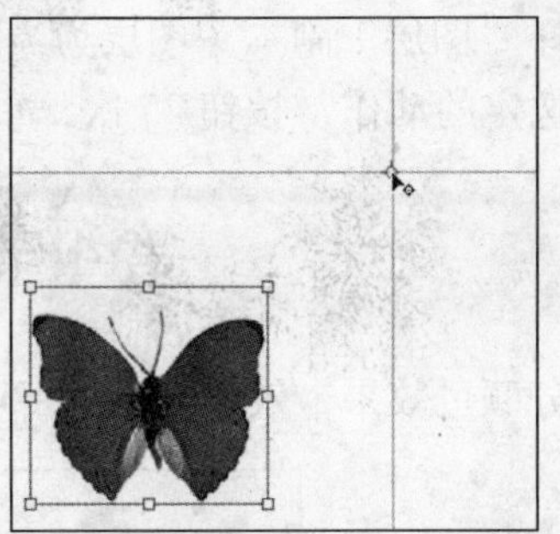

图 11-46 移动变换中心位置

12 在变换选项栏中设置缩放比例和旋转角度参数如图 11-47 所示，最后按下回车键应用变换。

图 11-47 变换选项栏设置

13 按下〈Ctrl + U〉快捷键，打开"色相/饱和度"对话框，设置参数如图 11-48 所示。

14 选择"图层"→"图层样式"→"缩放效果"命令，在弹出对话框中设置缩放比例为 85%，如图 11-49 所示。

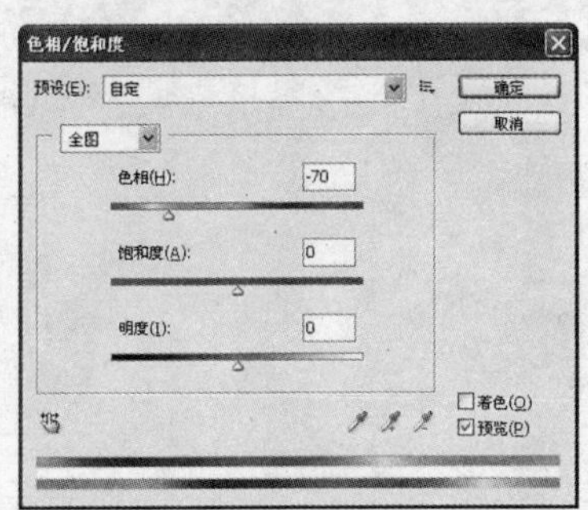

图 11-48 色相/饱和度对话框

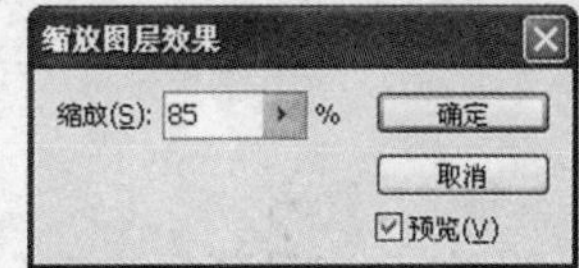

图 11-49 缩放图层效果

15 单击动作面板"停止/播放记录"按钮 ，结束动作录制，此时的动作面板应显示如图 11-50 所示，图像窗口应显示为图 11-51 所示。

图 11-50 动作面板

图 11-51 图像效果

16 选择“图层 1 副本”图层为当前图层，选择动作，连接按下〈F2〉键或单击“播放选定的动作”按钮 25 次，重复执行动作可得到最终效果。

第 4 节 练 一 练

制作四分颜色效果，效果如图 11-52 所示。

图 11-52 四分颜色效果

操作提示：

(1) 打开一张人物素材图像。

(2) 打开动作面板，展开默认动作。

(3) 执行“四分颜色”动作。

第12章 滤 镜

滤镜是 Photoshop 的万花筒，可以在顷刻之间完成许多令人眼花缭乱的特殊效果，例如指定印象派绘画或马赛克拼贴外观，或者添加独一无二的光照和扭曲。Photoshop 的所有滤镜都按类别放置在“滤镜”菜单中，使用时只需用鼠标单击这些滤镜命令即可。

Photoshop CS4 提供了将近 100 个内置滤镜，本章通过几个精彩的实例，详细讲解了几个常用滤镜在图像处理和平面设计中的应用方法和技巧。

本章要点

- 使用滤镜
- 使用滤镜库
- 使用智能滤镜
- 特殊功能滤镜
- 处理图像细节的滤镜

第1节 使用滤镜

Photoshop 滤镜种类繁多，功能和应用各不相同，但在使用方法上却有许多相似之处，了解和掌握这些方法和技巧，对提高滤镜的使用效率很有帮助。

1. 滤镜基本使用方法

执行“文件”→“打开”命令，打开一张图像，然后执行“滤镜”→“风格化”→“查找边缘”命令，即得为图像应用“查找边缘”滤镜，效果如图 12-1 所示。

图 12-1 添加滤镜的效果

2. 混合滤镜效果

选择"编辑"→"渐隐"命令，可将应用滤镜后的图像与原图像进行混合，就好像混合了两个单独的图层一样，其中一个图层是原图像，另一个图层是应用滤镜后的图像，这样可得到一些特殊的效果。

"渐隐"对话框如图 12-2 所示，拖动滑块可以设置"不透明度"数值，在"模式"列表框中可以选择混合的模式，效果如图 12-3 所示。

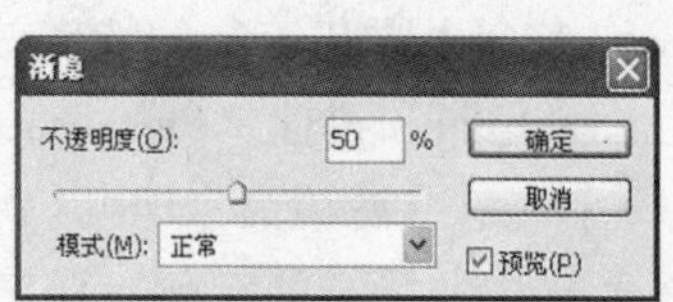

图 12-2 "渐隐"对话框

图12-3 "渐隐"效果

3. 滤镜使用技巧

（1）重复使用滤镜

如果在使用一次滤镜后，效果不明显，可以重复使用该滤镜，直到达到满意的效果。方法是按〈Ctrl + F〉快捷键。

（2）对通道使用滤镜

如果分别对图像的各个通道使用滤镜，结果和对图像使用滤镜的效果是一样的。但对图像的单独通道使用滤镜，则可以得到一种特殊的效果。图 12-4 为对蓝通道执行炭笔滤镜的效果。

图 12-4 对通道使用滤镜

（3）对图像局部使用滤镜

如果当前图像中存在选区，则使用的滤镜效果将作用于选区中的图像。如果没有选区，使用的滤镜效果将作用于整幅图像，如图 12-5 所示。

原图像

对选区运用滤镜命令

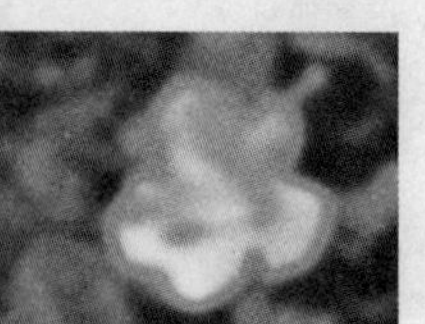

对所有图像运用滤镜命令

图 12-5 局部使用滤镜效果

第2节 滤 镜 库

滤镜库是 Photoshop 提供给用户的一个快速应用滤镜的工具和平台，它使滤镜的浏览、选择和应用变得直观和简单。使用该工具，可以完成添加多个滤镜的操作，并反复修改滤镜的参数和应用的先后次序，直至得到满意的效果。需注意的是，并非所有滤镜都能在滤镜库中应用。

1. 使用滤镜库

使用滤镜库添加滤镜的具体操作步骤如下：

1 单击“文件”→“打开”命令，打开一张素材图像，如图 12-6 所示。

2 选择“滤镜”→“滤镜库”命令，打开“滤镜库”对话框。从滤镜缩览图列表窗口或滤镜下拉列表框中选择所需的滤镜，然后在对话框的右侧调整滤镜参数。单击 按钮，在滤镜列表中添加新的滤镜。然后选择所需滤镜和设置相应的参数，如图 12-7 所示。

3 单击“确定”按钮，关闭“滤镜库”对话框，完成滤镜效果的添加，最终效果如图 12-8 所示。

图12-6 素材图像

图 12-7 “滤镜库”对话框

图 12-8 添加滤镜的效果

2. 排列滤镜

在滤镜库中可重新排列应用的滤镜，重排顺序后，滤镜在图像上的作用效果也会发生变化。打开一张图像后，为其添加两个滤镜，如图 12-9 所示。

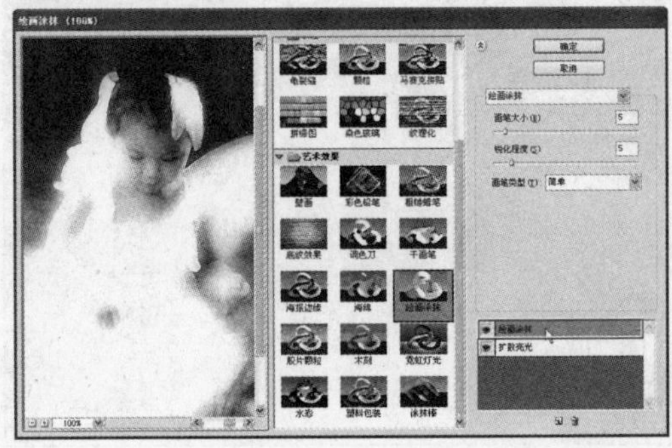

图 12-9 添加滤镜

在“纹理化”滤镜上按住鼠标并拖动，将它拖至“胶片颗粒”滤镜的下方，释放鼠标左键，可以调整两个滤镜的顺序，滤镜顺序不同，图像效果也会发生变化，在“滤镜库”对话框左侧的预览窗口中可以对图像进行观察，如图 12-10 所示。

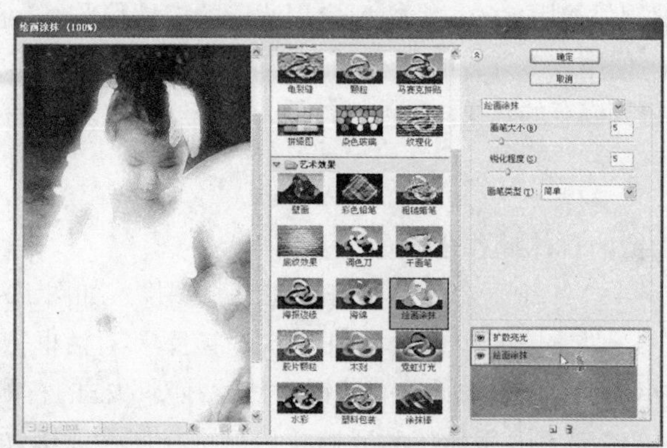

图 12-10　调整滤镜排列顺序

第 3 节　智 能 滤 镜

所谓智能滤镜，实际上就是应用在智能对象上的滤镜。与应用在普通图层上的滤镜不同，应用在智能对象上的滤镜，Photoshop 保存的是滤镜的参数和设置，而不是图像应用滤镜的效果，这样在应用滤镜的过程中，当发现某个滤镜的参数设置不恰当，滤镜前后次序颠倒、或某个滤镜不需要时，就可以像更改图层样式一样，将该滤镜关闭或重设滤镜参数，Photoshop 会使用新的参数对智能对象重新进行计算和渲染。

1. 添加智能滤镜

要应用智能滤镜，首先应将图层转换为智能对象，或选择“滤镜”→“转换为智能滤镜”命令。

下面以实例说明智能滤镜的用法。

1 按下〈Ctrl + O〉快捷键，打开本书光盘提供的图 12-11 所示的素材图像。

图 12-11　素材图像

2 执行“滤镜”→“转换为智能滤镜”命令，在弹出的提示对话框中单击“确定”按钮，背景图层转换为智能对象，图层缩览图右下角出现智能对象标识，如图12-12所示。

3 将智能对象图层复制一层，如图12-13所示。

图12-12 转换为智能对象

图12-13 复制图层

4 执行“滤镜”→“纹理”→“颗粒”命令，打开“颗粒”对话框，设置“强度”为30、“对比度”为75、“颗粒类型”为“喷洒”，如图12-14所示。

5 单击“确定”按钮关闭对话框，此时图像效果如图12-15所示。

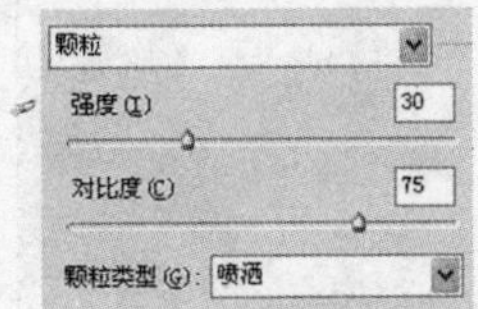

图12-14 “颗粒”滤镜参数

图12-15 添加“颗粒”滤镜效果

6 执行“滤镜”→“模糊”→“动感模糊”命令，打开“动感模糊”对话框，设置“角度”为“45度”、“距离”为“30像素”，如图12-16所示，最后单击“确定”按钮关闭对话框。

7 继续添加“成角的线条”滤镜，执行“滤镜”→“画笔描边”→“成角的线条”命令，打开“成角的线条”对话框，设置“方向平衡”为40、“描边长度”为30、“锐化程度”为10，如图12-17所示。

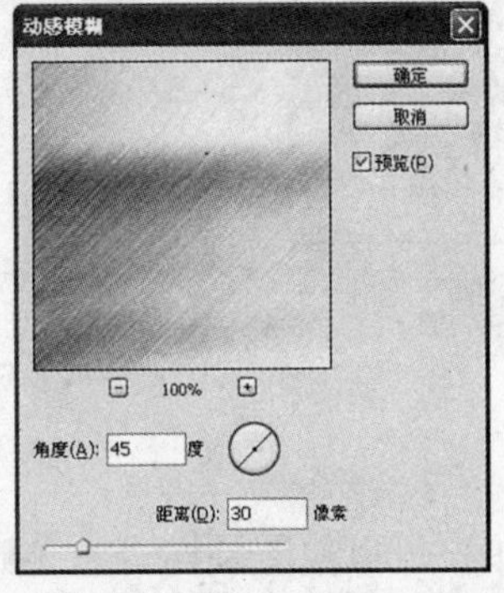

图12-16 “动感模糊”对话框

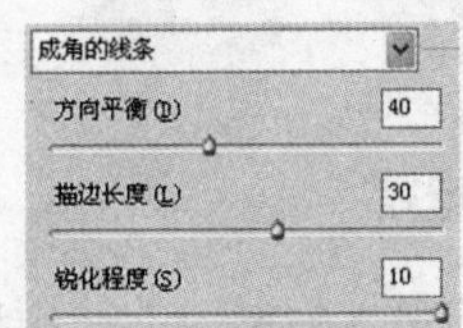

图12-17 “成角的线条”滤镜参数

8 单击“确定”按钮关闭对话框，在图层面板的智能图层下方，可以看到智能滤镜列表，如图 12–18 所示，更改图层的混合模式为“柔光”，此时图像效果如图 12–19 所示。

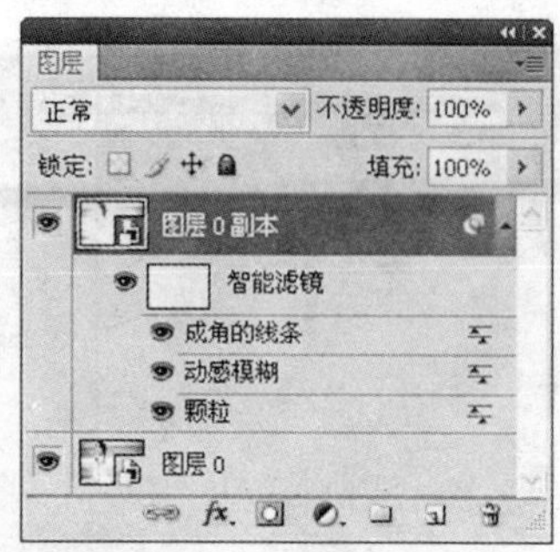

图 12–18　智能滤镜列表

图 12–19　图像效果

9 将图层 0 复制一层，执行“滤镜”→“风格化”→“查找边缘”命令，更改图层的混合模式为“颜色加深”，此时图层面板如图 12–20 所示，图像效果如图 12–21 所示。

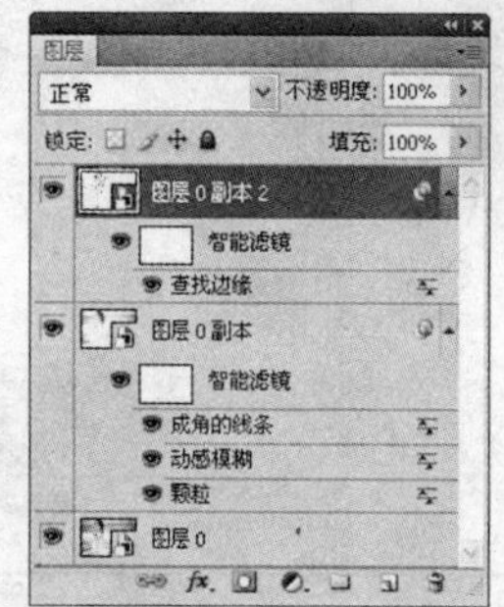

图 12–20　图层面板

图 12–21　图像效果

10 最后添加上文字效果，完成实例的制作，最终效果如图 12–22 所示。

图 12–22　添加文字效果

2. 编辑智能滤镜

智能滤镜的引入为滤镜的使用提供了极大的便利，用户可以像图层样式一样随心所欲的修改滤镜参数、调整滤镜次序、关闭/启用滤镜，而不破坏原图像。

➢ 修改滤镜参数：在图层面板中双击智能滤镜，可以打开该滤镜的设置对话框，在对话框中可以修改滤镜的参数，如图 12-23 所示。

双击智能滤镜

修改参数

修改前

修改后

图 12-23 修改滤镜参数

➢ 设置混合选项：在图层面板中双击智能滤镜旁边的编辑混合选项图标，打开“混合选项”对话框，在对话框中可以设置滤镜效果的不透明度和混合模式，如图 12-24 所示。

图 12-24 设置混合选项

➢ 显示与隐藏智能滤镜：单击图层面板滤镜项左侧的眼睛图标，可以显示或隐藏该智能滤镜，如图 12-25 所示。单击滤镜行旁边的眼睛图标，可以显示或隐藏所有的智能滤镜，如图 12-26 所示。

➢ 重新排列智能滤镜：在图层面板中拖动某一滤镜项至另一滤镜项下方，可以调整滤镜的先后次序，如图 12-27 所示。

图 12-25　显示或隐藏单个滤镜

图 12-26　显示或隐藏全部滤镜

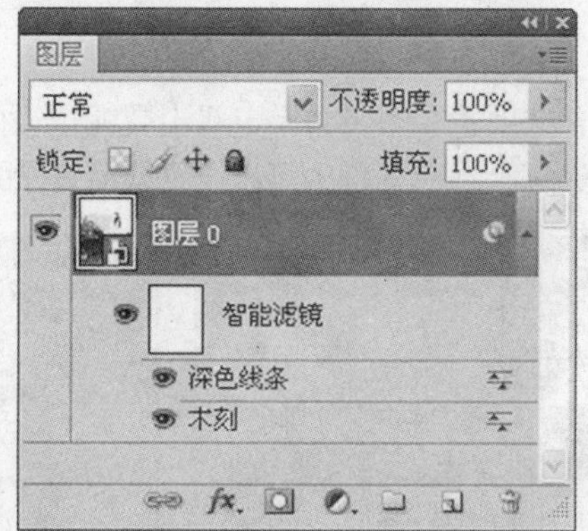

图 12-27　重新排列智能滤镜

- 复制智能滤镜：在图层面板中，按住〈Alt〉键将智能滤镜从一个智能对象拖动到另一个智能对象，或拖动到智能滤镜列表中的新位置，可以复制智能对象。如果要复制所有智能滤镜，可按住〈Alt〉键的同时拖动在智能对象图层旁边出现的智能滤镜图标，如图 12-28 所示。
- 删除智能滤镜：在图层面板中拖动智能滤镜至面板底端的按钮，可以将智能滤镜删除。如果要删除应用于对象图层的所有智能滤镜，可选择该智能对象图层，然后执行“滤镜”→“智能滤镜”→“清除智能滤镜”命令。

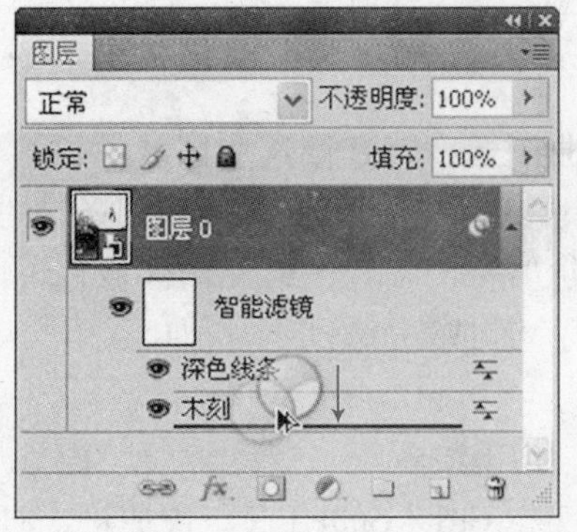

图 12-28　复制智能滤镜

➢ 遮盖智能滤镜：当将智能滤镜应用于某个智能对象时，Photoshop 会在图层面板中该滤镜行上显示一个空白蒙版缩览图，默认情况下，该蒙版为白色，显示完整的滤镜效果，如图 12-29 所示。编辑滤镜蒙版可有选择的遮盖智能滤镜。滤镜蒙版的工作方式与图层蒙版非常类似，在滤镜蒙版上用黑色绘制的区域将隐藏，白色绘制的区域将显示，灰色区域将以不同级别的透明度出现，如图 12-30 所示。

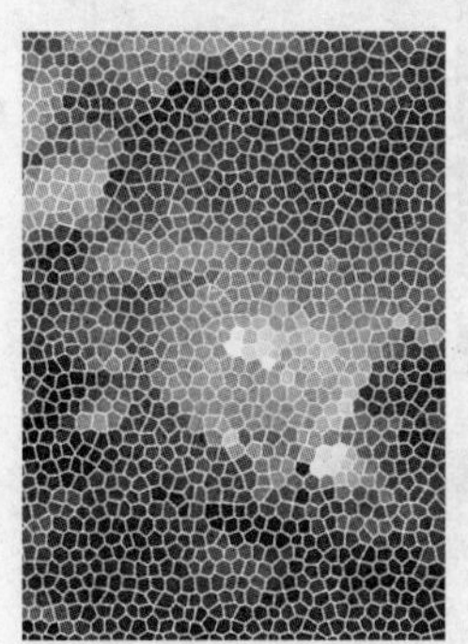

图 12-29　智能滤镜蒙版

图 12-30　涂抹智能滤镜蒙版

第 4 节　特殊功能滤镜

本节介绍液化、消失点和光照效果三个比较特殊的滤镜。

1. 液化

使用“液化”滤镜可非常方便地变形和扭曲图像，就好像这些区域已被熔化而像流体一样。在数码照片处理中，常使用“液化”工具修饰脸形或身材，或得到怪异的变形效果。

在扭曲图像时，不需要变形的区域可以将其“冻结”，“冻结”的区域也可以“解冻”，使它们能被重新编辑。还可以使用多种重建模式全部或部分地反向扭曲。

液化滤镜使用方法如下：

1 如果只想更改当前图层中的部分内容，使用选择工具选择要更改的区域。

2 选取“滤镜”→“液化”命令，或按下〈Ctrl + Shift + X〉快捷键，打开“液化”对话框，如图 12-31 所示。

图 12-31 液化对话框

3 根据需要在“工具选项”选项组中调整画笔大小、密度、压力等参数，以控制变形的区域大小和变形的程度。

4 使用冻结蒙版工具涂抹图像中不需要变形的区域。

5 使用以下任何一个工具扭曲图像：

- ：重建工具，在图像上拖动时，可使图像恢复至原始状态。
- ：向前变形工具，在拖移时向前推进像素，其效果类似 Photoshop 工具箱的涂抹工具。
- ：顺时针旋转扭曲工具，在图像上拖动时顺时针旋转像素。如果需要逆时针旋转扭曲像素，可在拖移时按住〈Alt〉键。
- ：褶皱工具，在图像中拖移时使像素向画笔区域的中心靠拢，从而产生图像挤压变形效果。
- ：膨胀工具，在图像中拖移时使像素远离画笔区域的中心，从而产生图像膨胀的效果。
- ：左推工具，在图像中向上拖移该工具时，像素向左移动（如果向下拖移，像素

会向右移动）。若围绕对象顺时针拖移，则增加其大小；若逆时针拖移则减小其大小；若按住〈Alt〉键，则可得到相反的结果。

➢ ：镜像工具，拖动得到镜像效果。

➢ ：湍流工具，平滑地扭曲像素，可轻易地得到火、云、波浪等扭曲效果。

（6）预览图像被扭曲后，可以使用重建工具或其他处理方法全部或部分地恢复，或者使用新方法进一步更改图像。

（7）单击“确定”按钮将预览图像中的更改应用到实际的图像。

使用蒙版冻结工具在图像中涂抹，可以冻结图像区域，以避免被更改，使用解冻蒙版工具则可以取消冻结，使图像可被重新编辑。

图 12-32 为使用液化工具对脸部进行特殊变形，得到夸张表情的效果。

图 12-32 脸部变形效果

2. 消失点

“消失点”滤镜能够在保证图像透视角度不变的前提下，对图像进行绘画、仿制、拷贝或粘贴以及变换等编辑操作。

在使用该工具时，首先需要创建一个透视网格，以定义图像的透视关系，然后使用选择工具或图章工具进行透视编辑操作。

下面通过一个实例，介绍“消失点”滤镜的具体应用。

图 12-33 打开包装盒素材

1 按下〈Ctrl + O〉快捷键，打开配套光盘提供的 DVD 包装盒素材，如图 12-33 所示。下面使用消失点工具，将一个制作好的包装盒封面按照透视关系贴于包装盒表面。

2 执行“滤镜”→“消失点”命令，打开“消失点”对话框。

3 选择创建平面工具，在包装盒背面 4 角位置分别单击鼠标，创建图 12-34 所示形状的平面。按下〈Ctrl + +〉快捷

键放大图像显示，移动光标至角点，当光标显示形状时，可以仔细调整平面角点的位置。

图 12-34 创建平面

按下退格键可以删除创建的变形平面。

4 选择编辑平面工具，移动光标至透视平面右侧中间控制点位置，按下〈Ctrl〉键，当光标显示为形状时拖动鼠标，创建一个与原透视平面垂直的平面，如图 12-35 所示。

5 由于图像中包装盒中缝与背面并非垂直，因此需要调整中缝平面的透视角度。按下〈Alt〉键，移动光标至新建平面右侧中间控制点，当光标显示为形状时拖动鼠标，调整其透视角度，如图 12-36 所示。

图 12-35 拉出垂直平面

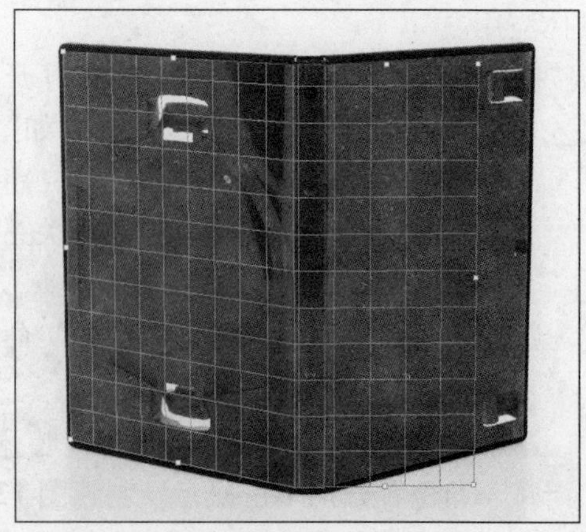

图 12-36 调整中缝平面透视角度

在“消失点”对话框“角度”文本框中输入数值，可以快速设置新平面的透视角度。

6 松开〈Alt〉键，此时光标将变为↔形状，向左拖动调整平面大小与包装盒中缝宽度相符，如图 12-37 所示。

7 使用同样的方法，创建包装盒正面平面，并调整其透视角度和宽度，如图12-38所示。

图 12-37　调整平面宽度

图 12-38　创建包装盒正面

8 包装盒变形平面创建完成，单击“确定”按钮暂时关闭“消失点”对话框。

9 按下〈Ctrl + O〉快捷键，打开包装盒封面图像，如图 12-39 所示。按下〈Ctrl + A〉键，全选图像，按下〈Ctrl + C〉快捷键复制图像至剪贴板。

图 12-39　打开包装盒封面图像

10 切换图像窗口至包装盒，再次选择“滤镜”→“消失点”命令，打开“消失点”对话框。

11 按下〈Ctrl + V〉快捷键，将复制的封面图像粘贴至变形窗口，如图 12-40 所示，当光标显示为▶形状时向下拖动，封面图像即按照设置的变形平面形状进行变形，如图12-40所示。

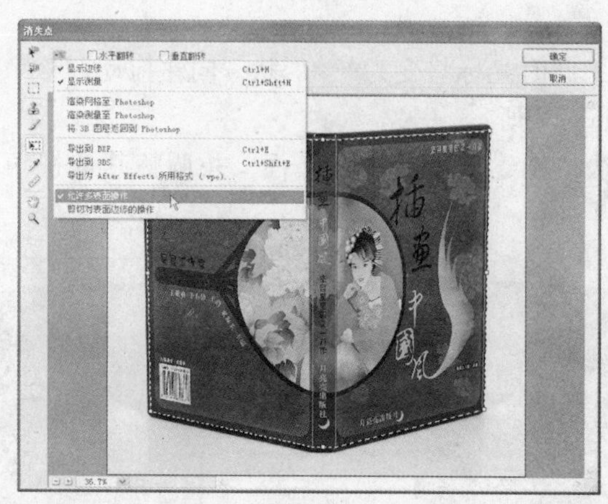

图 12-40　粘贴图像

12 单击对话框▶按钮，在弹出菜单中选择“允许多表面操作”命令，使其左侧显示“√”标记，并去除“剪切对表面边缘的操作”项左侧的“√”标记，如图 12-40 所示。

13 选择变换工具，移动光标至封面图像四侧中间控制点位置并拖动，调整封面图像的大小，使其与包装盒大小相符，如图 12-41 所示。

14 单击“确定”按钮关闭对话框，得到图 12-42 所示的 DVD 包装盒效果。

图 12-41　调整封面图像大小

图 12-42　DVD 包装盒最终效果

3. 光照效果

“光照效果”滤镜用于在 RGB 图像上产生光照效果，如图 12-43 所示。使用特殊的灰

度纹理文件，还可以制作出类似3D的效果。

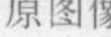

原图像　　　　添加光照效果

图12-43　光照效果滤镜示例

“光照效果”对话框如图12-44所示，可分为左右两大部分。左侧为预览框，同时又是灯光设置区，既可预览灯光照射效果，又可添加光源和设置灯光的照射范围、聚集位置、照射方向和距离等。右侧为灯光属性设置区，设置光照的类型、强度、颜色等属性。

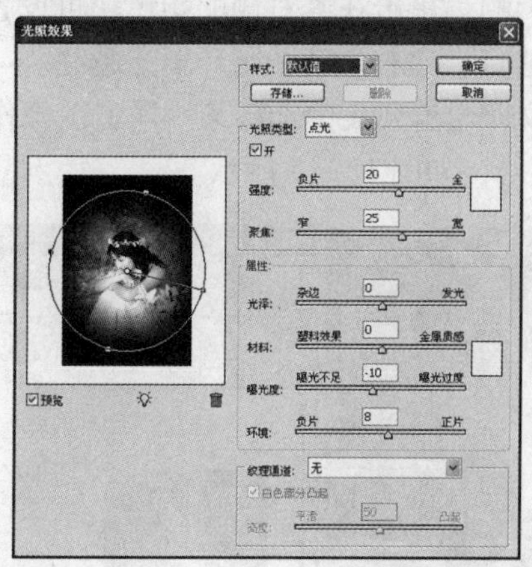

图12-44　“光照效果”对话框

使用“光照效果”对话框方法如下：

1 首先选择光照效果样式。Photoshop提供了17种预设的光照效果样式，每种样式都已设置好灯光的个数、类型、颜色等属性。从样式列表中选择相应的灯光样式，然后在此基础上进行修改，可简化操作。

2 设置光照类型。在预览框中选择灯光（该灯光会显示出白色的聚集点），然后从“光照类型”列表中选择Photoshop提供的三种光照类型：点光、平行光和全光源，每种光照类型的灯光照射方式都有所不同。

3 设置灯光的照射方向、聚集点和照射范围。在预览框中拖动各控制手柄，调整灯光的方向和照射范围。

4 设置灯光的强度、颜色和聚集属性。

- 强度：拖动强度滑杆滑块可调节光照的强度。值越大，光照效果越强烈，范围为 -100 ~ 100。当强度值小于 0 时，可得到负光效果。例如，一幅白天风景会变成夜晚的景色。
- 聚集：该选项仅对点光光照类型有效，取值越大，光线覆盖范围越广。

5 添加光源。如果场景不只一盏灯光，可拖动预览框下方的图标至预览框，拖动一次，可添加一盏灯光。然后选择该灯光，重复第 2、3、4 步设置灯光。选择灯光后按下〈Delete〉键可删除该光源。

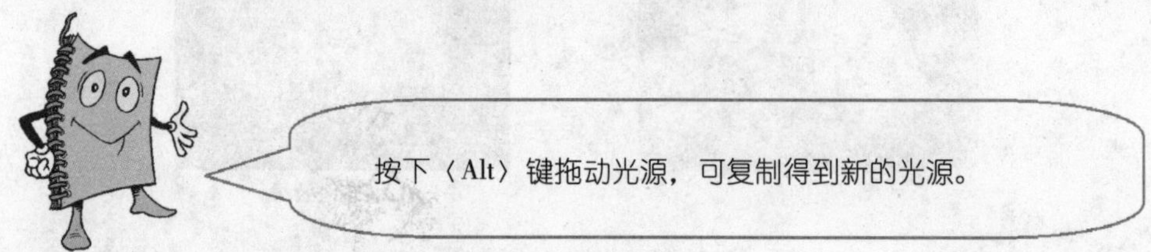

- 光泽：设置反光物体的光滑程度，值越大，反光越强烈。
- 材质：设置反光的材质特性。
- 曝光度：设置整个图像的受光程度。
- 环境：设置环境光的影响。单击在其右侧的颜色块可设置环境光的颜色，向左拖动环境滑杆滑块，环境光越暗，向右拖动，则环境光越亮。

6 设置纹理通道。从纹理通道列表中选择某一通道图像作为凸凹纹理，然后设置“高度”，可产生浮雕效果，如图 12-45 所示。

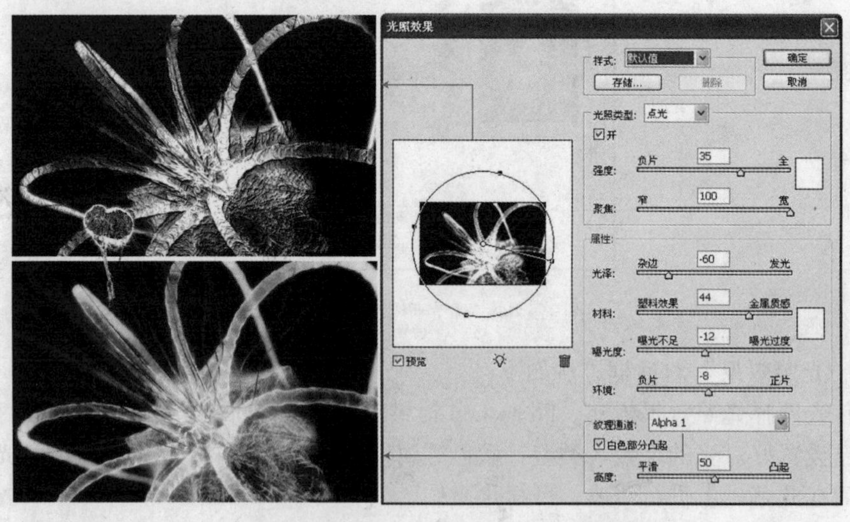

图 12-45 使用凸凹纹理制作三维效果

7 保存样式。如果当前设置的光照效果还需应用到其他图层或图像，可单击“保存”按钮保存当前的所有参数设置。

8 单击“确定”按钮应用光照效果滤镜。

第5节 处理图像细节的滤镜

本小节介绍径向模糊、减少杂色和智能锐化几个处理图像细节的滤镜，这几个滤镜在照片处理及图像特效制作中应用广泛。

1. 径向模糊

“径向模糊”滤镜模拟移动或旋转的相机所产生的模糊。

“径向模糊”滤镜对话框如图 12-46 所示，选择“旋转”选项，将沿同心圆环线模糊图像，然后指定旋转的角度。

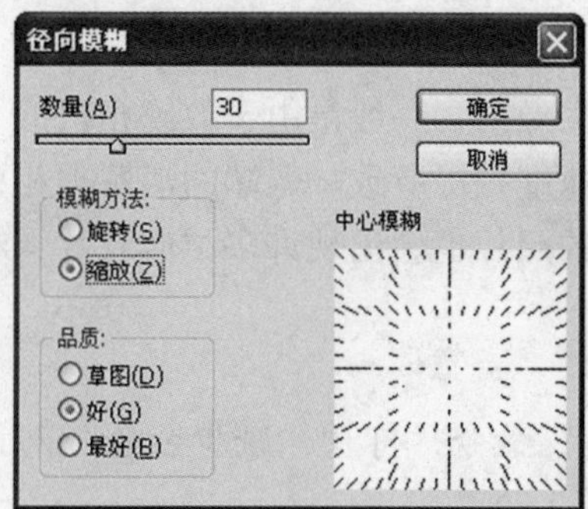

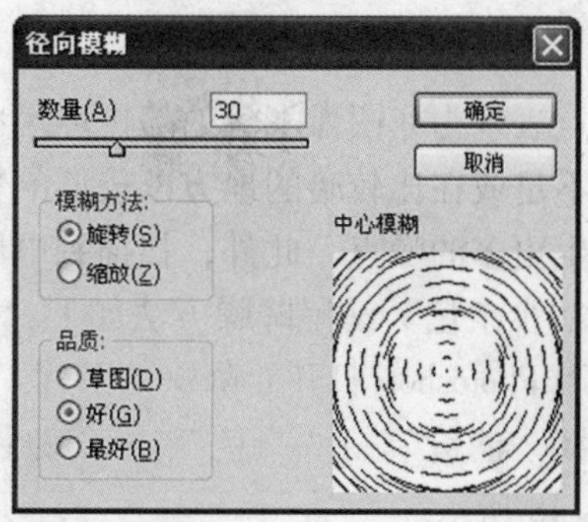

图 12-46 “径向模糊”对话框

若选择“缩放”选项，则沿径向线模糊，好像是在放大或缩小图像，然后指定 1 ~ 100 之间的一个数量，得到放射状的图像效果，如图 12-47 所示。

原图

缩放模糊效果

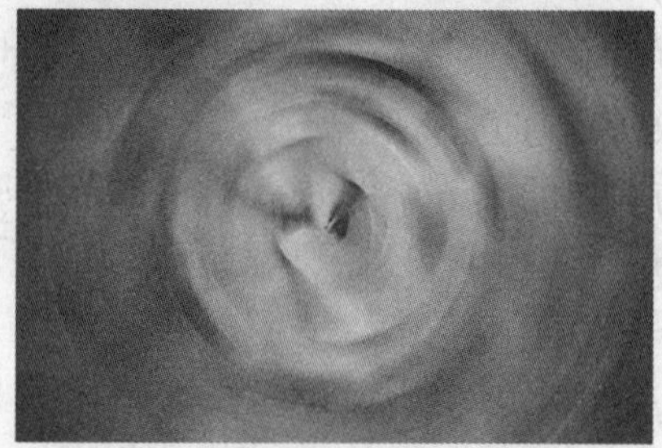

旋转模糊效果

图 12-47 径向模糊示例

模糊的品质有“草图”、“好”和“最好”：“草图”产生最快但图像会呈现颗粒状，“好”和“最好”产生比较平滑的结果，除非在大选区上，否则看不出这两种模糊品质的区别。

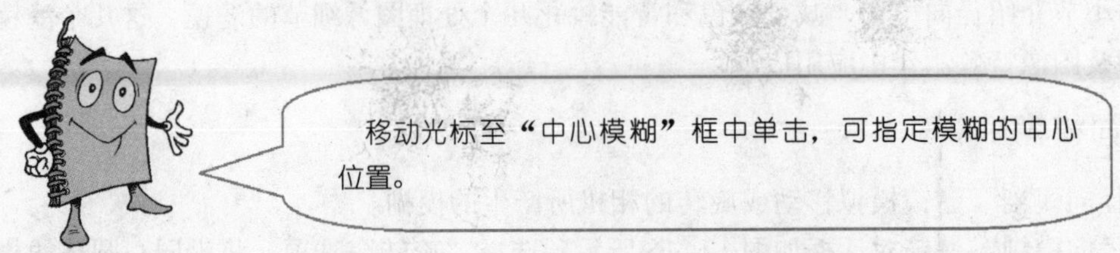

2. 减少杂色

图像噪点表现为非图像本身的随机产生的外来像素，一般是由于数码相机的 ISO 值设置过高、曝光不足或在比较暗的地方以较低的快门速度拍摄所致。低端的消费类相机往往会比高端相机产生更多的噪点。此外，扫描到电脑中的照片也会出现许多类似胶片颗粒的噪点。

使用“减少杂色”滤镜降噪方法如下：

1 使用 Photoshop 打开要降噪的图片。

2 选择“滤镜”→“杂色”→“减少杂色”命令，打开“减少杂色”对话框，如图 12-48 所示。

图 12-48 “减少杂色”对话框

3 根据需要在对话框中调整各项的数值，下面是各选项的作用：

- 强度：控制应用于图像所有通道的亮度降噪值。
- 保留细节：保护边缘与图像的细节。例如，头发、有纹理的物体等。数值为 100 时可以最大限度地保护细节，但这样只能最低限度地改变亮度降噪值。可以试着在两者之间找到一个合适的平衡点。
- 减少杂色：可以移除随机产生的色彩噪点，数值越高，减少的噪点就越多。
- 锐化细节：降低噪点会同时降低图像的锐利度。使用这一项可以使细节锐化。
- 移去 JPEG 不自然感：选择此项可以去除低质量 JPEG 图像的伪像与晕影。

4 以上是在基本模式下对图像进行降噪。如果在对话框中勾选“高级”选项，还可

以切换到高级模式。在高级模式中，可以在每一个通道上对图像进行降噪。

5 最后单击“确定”按钮应用参数设置。

3. 智能锐化

智能锐化滤镜与USM锐化滤镜比较相似，但它具有独特的锐化控制功能，通过该功能锐化算法，可控制在阴影和高光区域中进行的锐化量。在操作时，可以将窗口缩放到100%，以便更加清晰地查看锐化效果。图12-49所示为原图像，图12-50所示为智能锐化滤镜参数，在左侧可预览智能锐化滤镜效果。

图12-49　智能锐化参数

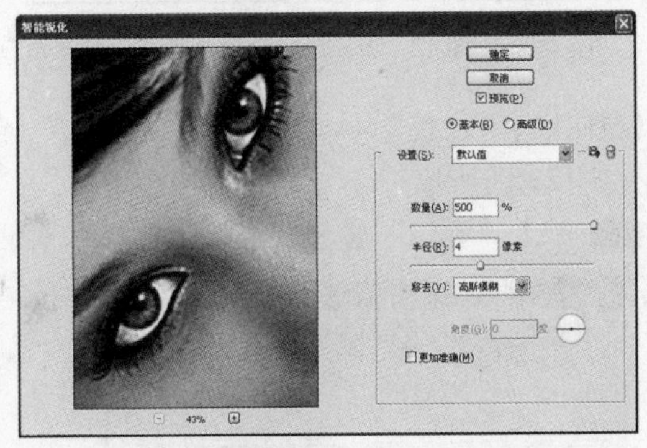

图12-50　智能锐化效果

第6节　实战演练——光效

运用滤镜，可以制作出很多逼真的质感，本实例主要运用“波浪”滤镜，制作出美丽的光效图案，效果如左图所示。

主要使用工具：

“新建”命令、渐变工具、“波浪”命令、重复变换、渐变工具、混合模式、图层蒙版。

视频路径：avi \ 12. 6. avi

1 启用Photoshop后，执行“文件”→“新建”命令，或按〈Ctrl + N〉快捷键，弹出“新建”对话框，设置“宽度”和“高度”均为800像素，如图12-51所示，单击“确定”按钮，新建一个文件。

2 按〈D〉键，恢复前景色和背景色为默认的黑白颜色，在工具箱中选择渐变工具，按下“径向渐变”按钮，单击选项栏渐变列表框下拉按钮，从弹出的渐变列表中选择“前景到背景”渐变。在图像窗口中拖动鼠标，填充渐变，得到图12-52所示的效果。

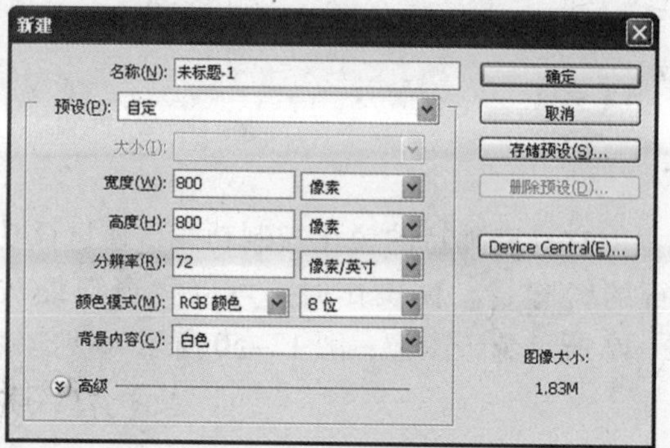

图 12-51　新建文件

图 12-52　填充背景

3 执行“滤镜”→“扭曲”→“波浪”命令，弹出“波浪”对话框，设置参数如图 12-53 所示。

4 单击“确定”按钮，退出“波浪”对话框，效果如图 12-54 所示。

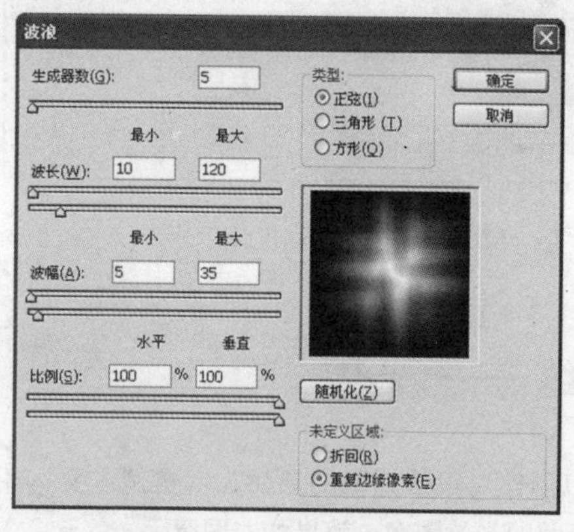

图 12-53　“波浪”对话框

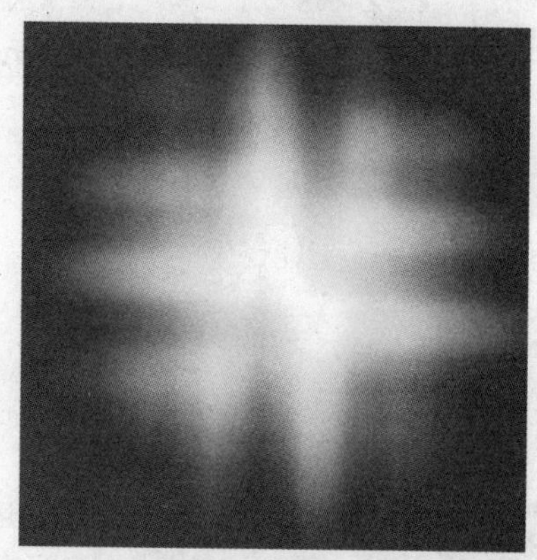

图 12-54　“波浪”效果

5 按〈Ctrl + F〉快捷键多次，重复使用“波浪”命令，得到如图 12-55 所示的效果。

6 将背景图层转换为图层 0，按〈Ctrl + Alt + T〉组合键，调出自由变换并复制控制框，然后在控制框中单击鼠标右键，在弹出菜单中选择“旋转 90 度（顺时针）”命令，按〈Enter〉键确认操作。得到图层 0 副本图层，效果如图 12-56 所示。

图 12-55　重复“波浪”效果

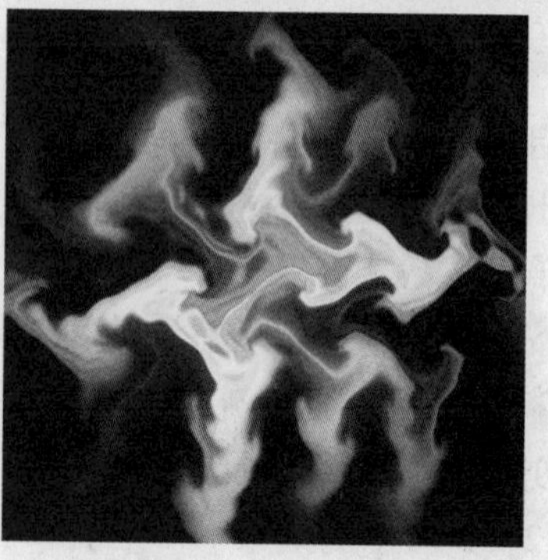

图 12-56　旋转 90 度

7 将图层的“混合模式”设置为“变亮”，效果如图 12-57 所示。

8 按〈Ctrl + Alt + Shift + T〉组合键两次，连续变换并复制，得到图层 0 副本 2 和图层 0 副本 3，效果如图 12-58 所示。

图 12-57 “变亮”模式

图 12-58 旋转复制图层

9 设置前景色为蓝色（RGB 参考值分别为 R0、G254、B246），背景色为紫色（RGB 参考值分别为 R180、G0、B255）。选择渐变工具，按下工具选项栏中“径向渐变”按钮，单击渐变列表框下拉按钮，从弹出的渐变列表中选择“前景到背景”渐变。移动光标至选区上，拖动鼠标填充渐变，效果如图 12-59 所示。

10 更改图层的“混合模式”为“颜色加深”，效果如图 12-60 所示。

11 按〈Ctrl + Shift + Alt + E〉快捷键，盖印所有可见图层，然后更改图层的“混合模式”为“滤色”，添加一个图层蒙版，按〈D〉键，恢复前景色和背景色为默认的黑白颜色，选择渐变工具，拖动鼠标填充渐变，效果如图 12-61 所示。光效制作完成。

图 12-59 填充渐变

图 12-60 “颜色加深”模式

图 12-61 添加图层蒙版

第 7 节 练 一 练

使用滤镜制作背景，效果如图 12-62 所示。

操作提示：

（1）新建一个文件。

图 12-62　滤镜制作背景

（2）添加人物素材，添加图层蒙版。

（3）复制图层，添加“外发光”效果，执行“动感模糊”滤镜。

（4）新建图层，执行“云彩”滤镜。

（5）执行“动感模糊”滤镜，添加图层蒙版，设置为“颜色减淡”模式。

（6）新建图层，执行“纤维”滤镜，旋转图像，添加图层蒙版，添加“渐变叠加”样式。

（7）运用画笔工具绘制光点，添加“渐变叠加”样式。

第13章 调整色彩

Photoshop 拥有丰富而强大的颜色调整功能，使用 Photoshop 的“曲线”、“色阶”等命令可以轻松调整图像的色相、饱和度、对比度和亮度，修正有色彩失衡、曝光不足或过度等缺陷的图像，甚至能为黑白图像上色，调整出光怪陆离的特殊图像效果。

本章首先介绍颜色的一些基础理论知识，然后详细讲解 Photoshop 各种颜色和色调调整工具的使用方法和应用技巧。

本章要点

- 颜色的基本属性
- 快速调整色彩
- 调整色调和着色
- 调整数码相片颜色
- 自定义调整
- 创建调整图层

第 1 节　颜色的基本属性

颜色可以产生对比效果，使图像显得更加绚丽，同时激发人的感情和想象；正确地运用颜色能使黯淡的图像明亮绚丽，使毫无生气的图像充满活力。

在日常生活中，我们对物体的观察不仅仅限于观察色彩，同时还会注意到形状、面积、体积、肌理，以至该物体的功能和所处的环境。这些对色彩的感觉都会产生影响。为了寻找规律，人们抽象出纯粹色知觉的要素，认为构成色彩的基本要素是色相、亮度（明度）和饱和度，这就是色彩的三属性，这三种属性以人类对颜色的感觉为基础，相互制约，共同构成人类视觉中完整的颜色表相。

1. 色相

每种颜色的固有颜色相貌叫做色相（Hue，H），这是一种颜色区别于另一种颜色最显著的特征。在通常的使用中，颜色的名称就是根据其色相来决定的，例如红色、橙色、蓝色、黄色、绿色。颜色体系中最基本的色相为赤（红）、橙、黄、绿、青、蓝、紫，将这些颜色相互混合可以产生许多色相的颜色。

颜色是按色轮关系排列的，色轮是表示最基本色相关系的色表。色轮上 90°角内的几种色彩称作同类色，也叫近邻色或姐妹色，90°角以外的色彩称为对比色。色轮上相对位置的颜色叫补色，也叫相反色。如图 13-1 所示。红色与青色是一种补色关系，另外，绿色与品红、蓝色与黄色也是补色关系。在补色关系中，增加一种颜色就是减少另一种颜色，例如在增加图像中红色的同时，自然就减少了对面的青色。Photoshop 很多颜色调整工具，就是使用该原理来调整图像颜色的。

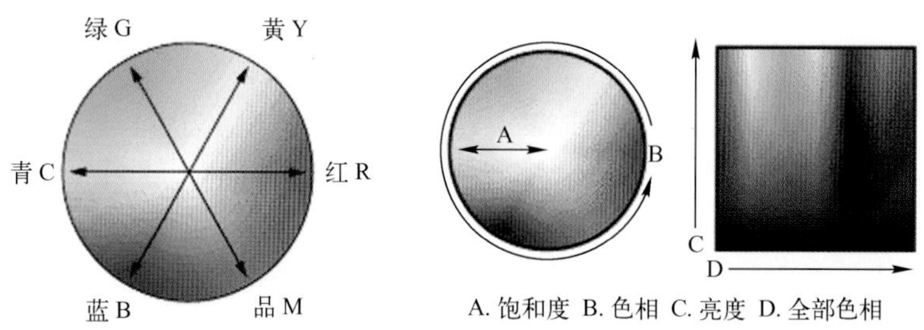

图 13-1 不同色相图像效果

2. 饱和度

饱和度（Chroma，C）有时称为彩度，是指颜色的强度或纯度。饱和度表示色相中颜色本身色素分量所占的比例，它使用从 0%（灰色）~100%（完全饱和）的百分比来度量。在标准色轮上，饱和度从中心到边缘递增。当图像的饱和度为 0 时，就会变成一个灰色的图像。颜色的饱和度越高，其鲜艳的程度也就越高，反之，颜色中因包含其他颜色而显得陈旧或混浊。

不同饱和度的颜色会给人带来不同的心理感受，高饱和度的颜色给人积极、冲动、热烈，有膨胀、外向、活泼、有生气的感觉。低饱和度的颜色给人消极、无力、陈旧、安静的感觉，如图 13-2 所示。

图 13-2 不同饱和度的图像效果

在现实中，尤其是彩色印刷中，由于工艺条件的限制，不可能得到纯度为 100% 的颜料，颜色的饱和度也就无法达到 100%。因此在选择颜色时，不应该选择过度饱和的颜色。

3. 亮度

亮度（Value，V）又称明度，是指颜色明暗的程度，通常使用从0%（黑色）至100%（白色）的百分比来度量。

通常在正常强度的光线下照射的色相，被定义为标准色相，那些亮度高于标准色相的，称为该色相的高光，反之，称为该色相的阴影。

在各种颜色中亮度最高的是白色或接近白色的颜色；亮度最低的是黑色或接近黑色的颜色，因此黑色（色阶0）与白色（色阶255）是亮度中的极点。

不同亮度的颜色给人的心理感受会有所不同，高亮度颜色给人以明亮、清爽、纯净、唯美等感受，而中亮度颜色给人以朴素、稳重、平凡、亲和的感受，低亮度颜色则会让人感觉压抑、沉重、浑厚、神秘，如图13-3所示。

图13-3 不同亮度图像效果

第2节 快速调整色彩

本节介绍的几个命令，不用通过对话框进行设置，可以快速调整图像的色彩。

1. 反相

“反相”命令反转图像中的颜色，可以使用此命令将一个正片黑白图像变成负片，或从扫描的黑白负片得到一个正片。

“反相”命令可以单独对层、通道、选取范围或者是整个图像进行调整，只要执行“图像”→“调整”→“反相”命令即可，或者直接按下〈Ctrl＋I〉快捷键。反相图像效果如图13-4所示。

反相图像时，通道中每个像素的亮度值转换为256级颜色值刻度上相反的值。例如，亮度值为255的正片图像中的像素转换为0，亮度值为5的像素转换为250。因而它在转换时不会丢失图像色彩信息，连续两次反相，又会得到开始时的图像。

图 13-4　反相图像示例

2. 去色

执行“去色”命令可以删除图像的颜色，彩色图像将变成黑白图像，但不改变图像的颜色模式。它给 RGB 图像中的每个像素指定相等的红色、绿色和蓝色值，从而得到去色效果。此命令与在“色相/饱和度”对话框中将“饱和度”设置为 -100 有相同的效果。

“去色”命令只对当前图层或图像中的选区进行转化，不改变图像的颜色模式。

3. 色调均化

“色调均化”命令重新分布图像中像素的亮度值，以便它们能够更均匀地呈现所有范围的亮度级别。使用此命令时，Photoshop 会查找复合图像中的最亮和最暗值，并将这些值重新映射，使最亮值表示白色，最暗值表示黑色。然后，Photoshop 尝试对亮度进行色调均化，也就是在整个灰度中均匀分布中间像素值。

第 3 节　调整色调和着色

本节学习调整色调和着色，主要有调整图像的色相/饱和度、色彩平衡、亮度/对比度和黑白几个部分。

1. 色相/饱和度

“色相/饱和度”命令可以调整图像中特定颜色分量的色相、饱和度和亮度，或者同时调整图像中的所有颜色。该命令适用于微调 CMYK 图像中的颜色，以便它们在输出设备的色域内。打开一个图像文件，如图 13-5 所示，执行“图像”→“调整”→“色相/饱和度”命令，可以打开“色相/饱和度”对话框，如图 13-6 所示。

“色相/饱和度”对话框中各选项的含义如下：

- 编辑：该选项的下拉列表，可以选择要调整的颜色。选择“全图”，可调整图像中所有的颜色；选择其他选项，则可以单独调整红色、黄色、绿色和青色等颜色。
- 色相：拖动该滑块可以改变图像的色相，如图 13-7 所示。

图 13-5 素材图像

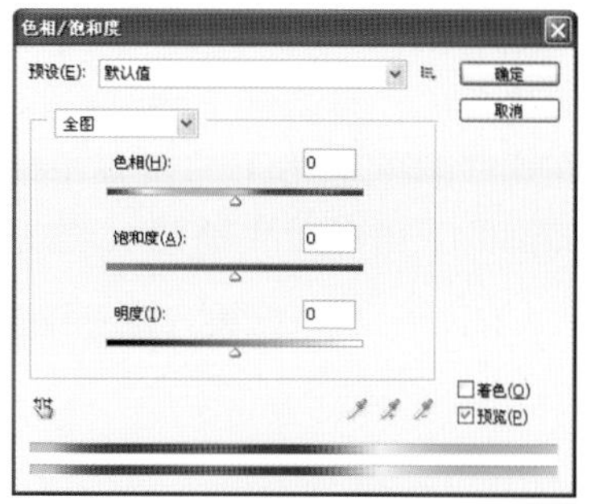

图 13-6 “色相/饱和度”对话框

图 13-7 调整色相

- 饱和度：向右侧拖动滑块可以增加饱和度，向左侧拖动滑块可以减少饱和度。
- 明度：向右侧拖动滑块可以增加亮度，向左侧拖动滑块可以降低亮度。
- 着色：选择该复选框后，可以将图像转换成为只有一种颜色的单色图像，如图 13-8 所示。变为单色图像后，拖动“色相”滑块可以调整图像的颜色，如图 13-9 所示。

图 13-8 着色效果

图 13-9 调整色相

- 吸管工具：如果在“编辑”选项中选择了一种颜色，便可以用吸管工具拾取颜色。使用吸管工具，在图像中单击，可选择颜色范围；使用添加到取样工具，在图像中单击，可以增加颜色范围；使用从取样中减去工具，在图像中单击，可减少颜色范围。设置了颜色范围后，可以拖动滑块来调整颜色的色相、饱和度或明度。
- 颜色条：在对话框底部有两个颜色条，它们以各自的顺序表示色轮中的颜色。上面的颜色条显示调整前的颜色，下面的颜色条显示调整后的颜色。如果在编辑选项中选择了一种颜色，对话框中会出现四个色轮值（用度表示），如图 13-10 所示。它们与出现在这些颜色条之间的调整滑块相对应，两个内部的垂直滑块定义了颜色范围，两个外部的三角形滑块则显示了在调整颜色范围时在何处衰减。

图 13-10　颜色条

2. 色彩平衡

“色彩平衡”命令可以更改图像的总体颜色混合。执行“图像”→“调整”→“色彩平衡”命令，弹出“色彩平衡”对话框，如图 13-11 所示。

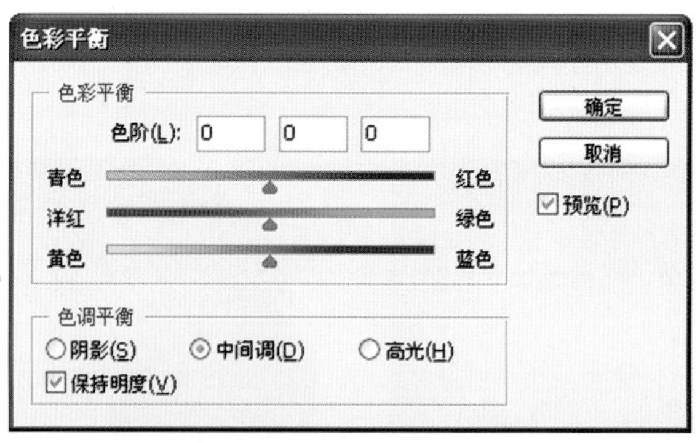

图 13-11　“色彩平衡”对话框

“色彩平衡”对话框中各选项的含义如下：

- 色彩平衡：在“色阶”数值栏中输入数值，或者拖动滑块可向图像中增加或减少颜色。例如，如果将最上面的滑块移向“青色”，可以在图像中增加青色，减少红色；如果将滑块移向“红色”，则减少青色，增加红色。
- 色调平衡：可选择一个色调范围来进行调整，包括“阴影”、“中间调”和“高光”。如果选中“保持明度”复选框，可防止图像的亮度值随着颜色的更改而改变，从而保持图像的色调平衡。

3. 亮度/对比度

“亮度/对比度”命令用来调整图像的亮度和对比度，它只适用于粗略地调整图像，如图 13-12 所示。

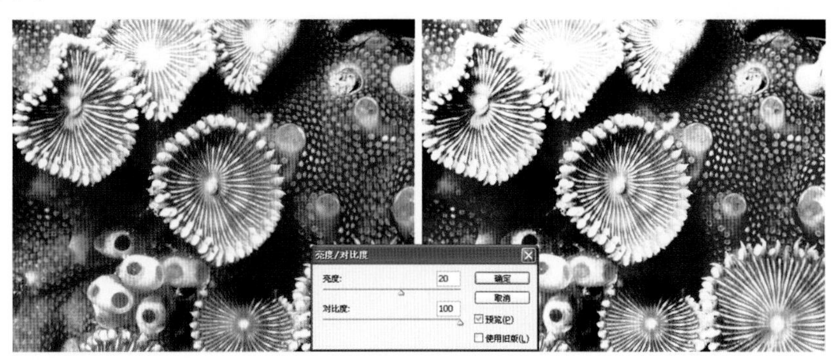

图 13-12 增加亮度和对比度

执行“图像”→“调整”→“亮度/对比度”命令，打开“亮度/对比度”对话框，对话框中各选项的含义如下：

- 亮度：拖动滑块或在文本框中输入数字（范围为 -100 ~ 100），以调整图像的明暗度。当数值为正时，将增加图像的亮度，当数值为负时，将降低图像的亮度。
- 对比度：用于调整图像的对比度，当数值为正时，将增加图像的对比度，当数值为负时，将降低图像的对比度。
- 使用旧版：Photoshop CS4 对亮度/对比度的调整算法进行了改进，在调整亮度和对比度的同时，能保留更多的细节（使对比度变得更加柔和），如果用户想使用旧版本的算法，则可以勾选“使用旧版”复选框，两种算法的效果对比如图 13-13 所示，从调整结果可以看出，使用旧版算法，使人物图像丢失了大量的高光和阴影细节。

原图

亮度、对比度+30 ☐ 使用旧版

亮度、对比度+30 ☑ 使用旧版

图 13-13 新旧算法调整效果对比

4. 黑白

“黑白”调整命令，专用于将彩色图像转换为黑白图像，其控制选项可以分别调整六种颜色（红、黄、绿、青、蓝、洋红）的亮度值，从而帮助用户制作出高质量的黑白照片。

执行“图像”→“调整”→“黑白”命令，打开“黑白”对话框，如图 13-14 所示。

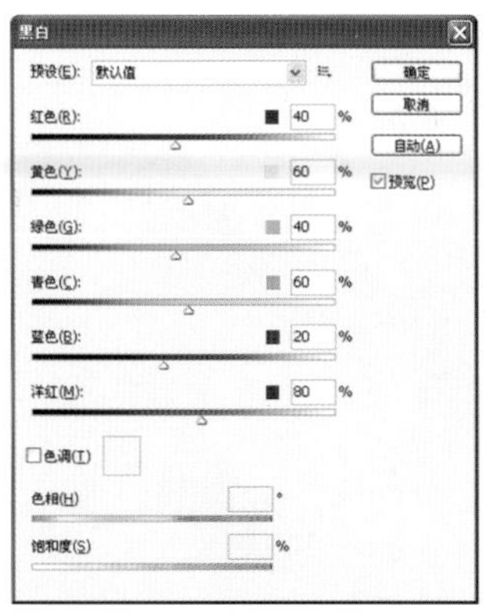

图 13-14　“黑白”对话框

默认值

蓝色滤镜
较暗
绿色滤镜
高对比度蓝色滤镜
高对比度红色滤镜
红外线
较亮
最黑
最白
中灰密度
红色滤镜
黄色滤镜

自定

图 13-15　“预设”下拉列表

“黑白”对话框中各选项的含义如下：

➢ 预设：在该选项的下拉列表中可以选择一个预调的调整设置，如图 13-15 所示。图 13-16 所示为使用不同的预设获得的黑白效果。如果要存储当前的调整设置结果，可

蓝色滤镜

较暗

绿色滤镜

高对比度蓝色滤镜

高对比度红色滤镜色

红外线

图 13-16　使用不同的预设

较亮

最黑

最白

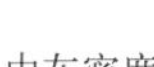

中灰密度

红色滤镜

黄色滤镜

图 13-16 使用不同的预设（续）

单击选项右侧的“预设选项”按钮，在弹出的下拉菜单中选择“存储预设”命令。

- 颜色滑块：拖动滑块可调整图像中特定颜色的灰色调。将滑块向左拖动时，可以使图像的原色的灰色调变暗；向右拖动则使图像的原色的灰色调变亮。如果将鼠标移至图像上方，光标变为吸管状。单击某个图像区域并按住鼠标，会以高亮显示该位置的主色的色卡。单击并释放鼠标，可高亮显示选定滑块的文本框。
- 色调：如果要对灰度应用色调，可选中“色调”复选框，并根据需要调整的“色相”滑块和“饱和度”滑块。“色相”滑块可更改色调颜色，而“饱和度”滑块可提高或降低颜色的集中度。单击色卡可打开拾色器并进一步微调色调颜色。图 13-17 为通过添加色调创建的单色调图像。
- 自动：单击该按钮，可设置基于图像的颜色值的灰度混合，并使灰度值的分布最大化。自动混合通常会产生极佳的效果，并可以用作使用颜色滑块调整灰度的起点。

图 13-17　单色调图像

第 4 节　调整数码相片颜色

本节学习调整数码相片颜色，主要有调整图像的阴影/高光、照片滤镜、自然饱和度几个部分。

1. 阴影/高光

“阴影/高光”调整命令特别适合于由于逆光摄影而形成剪影的照片，照片背景光线强烈，而主体及周围图像由于逆光而光线暗淡，如果使用“亮度/对比度”命令直接进行调整，高光区域会随着阴影区域同时增加亮度而出现曝光过度的情况。

在该命令的对话框中可以分别控制暗调和高光调节参数，系统默认设置为修复具有逆光问题的图像。

与“亮度/对比度”调整不同，“阴影/高光”可以分别对图像的阴影和高光区域进行调节，它在加亮阴影区域时不会损失高光区域的细节，在调暗高光区域时也不会损失阴影区域的细节，如图 13-18 所示。

执行“图像”→“调整”→“阴影/高光”命令，打开图 13-19 所示的“阴影/高光”对话框，拖动“阴影”和“高光”两个滑块就可以分别调整图像高光区域和阴影区域的亮度，图 13-18a 所示的图像阴影区域光线不足，可以将“阴影”滑块向右拖动增加亮度，调整结果如图 13-18b 所示。

2. 照片滤镜

“照片滤镜”的功能相当于传统摄影中滤光镜的功能，即模拟在相机镜头前加上彩色滤光镜，以便调整到镜头光线的色温与色彩的平衡，从而使胶片产生特定的曝光效果，在“照片滤镜”对话框中可以选择系统预设的一些标准滤光镜，也可以自己设定滤光镜的颜色。

a)

b)

图 13-18　阴影/高光调整示例
a）原照片　b）阴影/高光调整结果

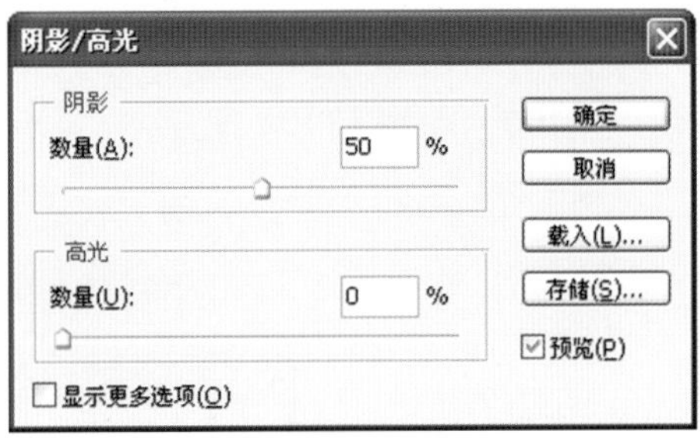

图 13-19　“阴影/高光”对话框

图 13-20 所示的照片颜色比较偏黄，添加蓝色的照片滤镜可以有效地纠正色偏。执行“图像”→“调整”→“照片滤镜”命令，打开“照片滤镜”对话框，在“滤镜”列表框中选择“颜色”单选按钮，设置颜色为蓝色，如图 13-21 所示。

图 13-20　打开偏色图片

图 13-21　“照片滤镜”对话框

单击“确定”按钮关闭对话框，图 13-22 为使用照片滤镜得到的效果。

图 13-22　照片滤镜效果

3. 自然饱和度

Adobe Photoshop CS4 新增了一项调整自然饱和度的功能，可以对画面进行有选择性的饱和度的调整，它会对已经接近完全饱和的色彩降低调整程度，而对不饱和度的色彩，进行较大幅度的调整。另外，它还可以对皮肤肤色进行一定的保护，确保不会在调整过程中变得过度饱和。

调整自然饱和度的操作如下：

1 单击“文件”→“打开”命令，打开一张素材图像，如图 13-23 所示。

2 执行“图像”→“调整”→“自然饱和度”命令，弹出“自然饱和度”对话框，设置“自然饱和度”为 100，如图 13-24 所示。

图 13-23　素材图像

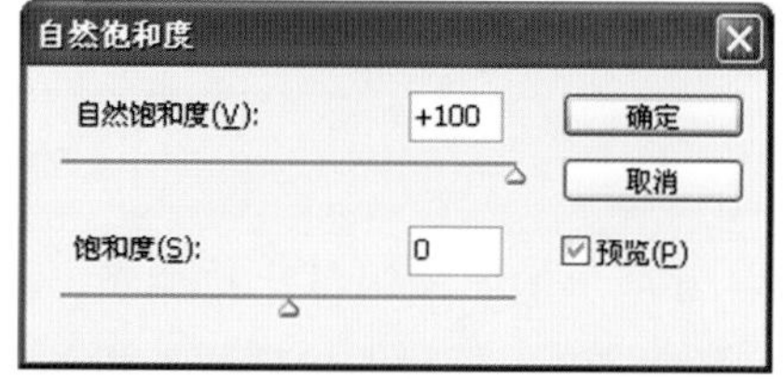

图 13-24　“自然饱和度”对话框

“自然饱和度”对话框中各选项的含义如下：

- 自然饱和度：如果要对不饱和的颜色进行饱和度的提高，并且保护那些已经很饱和的颜色或者是肤色，不让它们受较大的影响，那就拖动滑块向右。
- 饱和度：同时对所有的颜色进行饱和度的提高，不管当前画面中各个颜色的饱和度程度如何，全部都做出同样的调整。这个功能与“色相/饱和度”工具有点类似，但是比运用该工具调整效果上更加准确自然，不会出现明显的色彩错误。

3 单击“确定”按钮，效果如图 13-25 所示。

如果运用“色相/饱和度”命令调整，设置“饱和度”为 100，此时图像饱和度过高、颜色失真，效果如图 13-26 所示。

图 13-25　调整结果

图 13-26　“饱和度”为 100

第 5 节　自定义调整

前面介绍了调整颜色的快速方法，在实际工作中，仅掌握颜色调整的基本操作远远不足以应付复杂多变的图像制作要求。

本章将详细讲解 Photoshop 调整的高级应用。例如，了解直方图面板、调整色阶和曲线等。

1. 色阶调整

使用色阶命令可以调整图像的阴影、中间调和的强度级别，从而校正图像的色调范围和色彩平衡。“色阶”命令常用于修正曝光不足或过度的图像，同时也可对图像的对比度进行调节。

(1) 了解“色阶”对话框

打开一个图像，执行“图像”→“调整”→“色阶”命令，或按下〈Ctrl + L〉快捷键，打开“色阶”对话框如图 13-27 所示。在该对话框中可利用滑块或直接输入数值的方式，来调整输入及输出色阶。

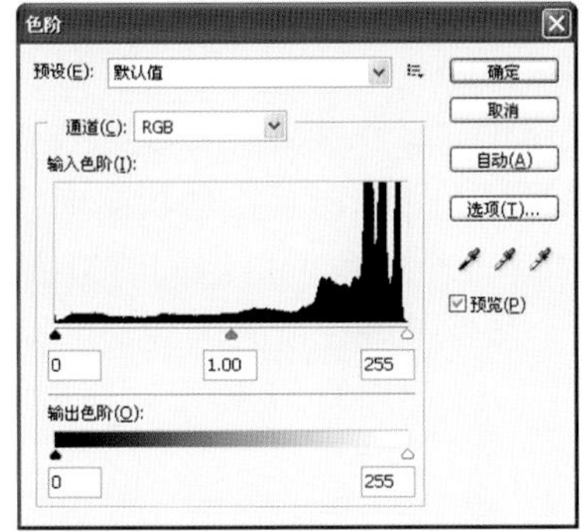

图 13-27　“色阶”对话框

“色阶”对话框中各选项的含义如下：

- 通道：选择需要调整的颜色通道，系统默认为复合颜色通道。在调整复合通道时，各颜色通道中的相应像素会按比例自动调整以避免改变图像色彩平衡。
- 输入色阶：拖动输入色阶下方的三个滑块，或直接在输入色阶框中输入数值分别设置阴影、中间色调和高光色阶值来调整图像的色阶。
- 直方图：显示图像的色调范围和各色阶的像素数量，与“直方图”面板显示的直方图完全相同。
- 输出色阶：拖动输出色阶的两个滑块，或直接输入数值，以设置图像最高色阶和最低色阶。

（2）扩展图像的色调范围

下面以图 13-28 为例，介绍使用“色阶”对话框扩展图像色调范围的方法。

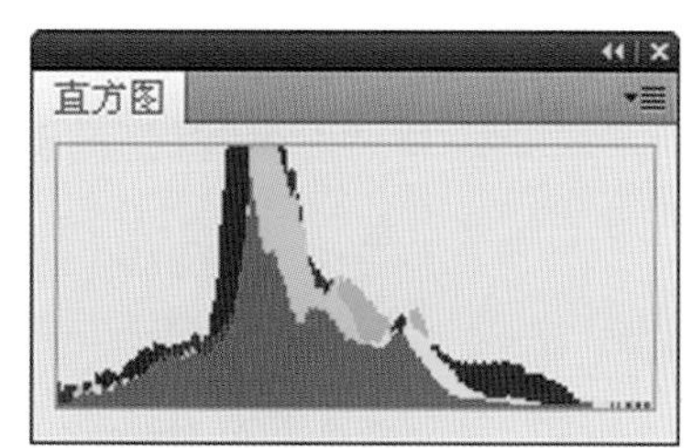

图 13-28　原图像及直方图

1 查看直方图了解图像色调信息。如图 13-28 所示，该图像像素几乎全部集中在中间色调附近，色调范围明显过于狭窄。整幅图像给人以灰蒙蒙的感觉，是一个明显曝光不足、细节不够丰富、缺乏对比度的图像。

2 扩展图像的色调范围。按下〈Ctrl + L〉键，打开“色阶”对话框。向右拖动输入色阶的阴影滑块至 15 色阶处，向左拖动高光滑块至 208 色阶处，如图 13-29 所示。在图像窗口中可以看到，调整之后图像的阴影和高光得到明显加强，图像的对比度增加，整幅图像因此而显得通透而富有生机。

3 单击“确定”按钮关闭“色阶”对话框，完成图像调整。

4 调整完成后的直方图如图 13-30 所示，柱状图形已经延伸到了左、右边缘，说明图像已经拥有了 0～255 的全部色调。但同时直方图也变成了锯梳状，这就意味着在调整图像的同时，图像某些色阶处的像素已经丢失，损失了部分图像细节。

对于一些明显缺少阴影的图像，如图 13-31 所示，在调整时只要向右侧拖动黑色滑块，增加图像阴影，使图像整体变暗即可。

而对于仅缺少高光的图像，如图 13-32 所示，只要向左拖动白色滑块，增加图像的高光，使图像整体变亮即可。

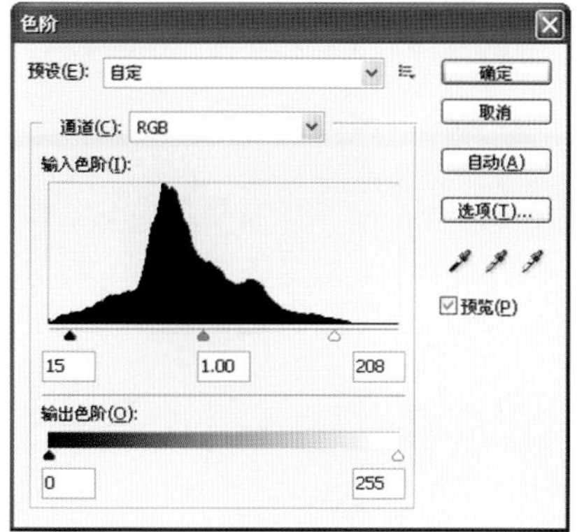

图 13-29 色阶调整

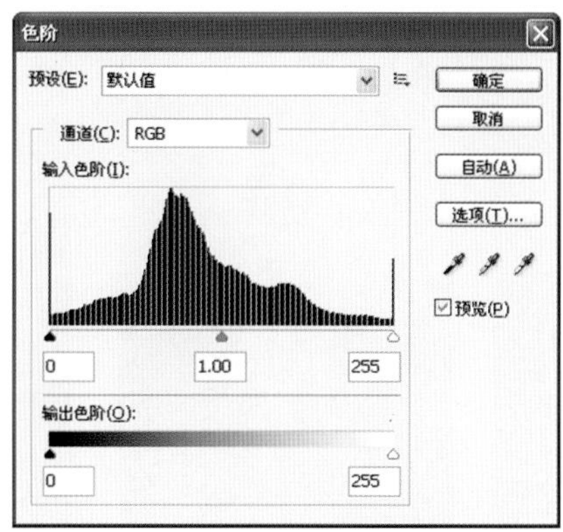

图 13-30 调整之后的色阶对话框

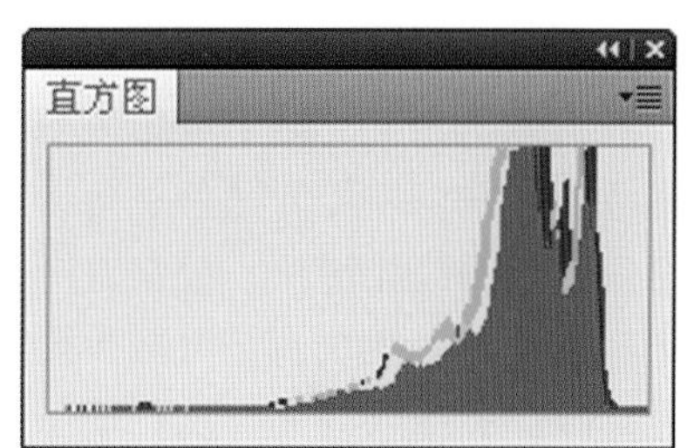

图 13-31 缺少阴影的图像

（3）使用中间色调滑块调整图像的亮度

有时图像虽然得到了从高光到阴影的全部色调范围，但照片可能受不正常曝光的影响，图像整体仍然太暗（曝光不足），或者图像整体太亮（曝光过度）。此时可以移动输入色阶的中间色调滑块以调整灰度系数，向左移动可加亮图像，向右移动可调暗图像，如图 13-33 所示。

图 13-32　缺少高光的图像

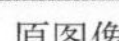

原图像　　向左拖动　　向右拖动

图 13-33　使用中间色调滑块调整图像

（4）调整输出色阶限制图像的色调范围

与输入色阶相反，使用输出色阶调整可限制图像的色调范围，并降低图像对比度。输出色阶有两个滑块，左侧的黑色三角滑块为阴影滑块，控制着图像的最暗像素的亮度，右侧的白色三角滑块为高光滑块，控制着图像的最亮像素的亮度。

向右拖动黑色滑块，可以减少图像中的阴影色调，从而使图像变亮；向左侧拖动白色滑块，可以减少图像的高光，从而使图像变暗，如图 13-34 所示。

（5）使用黑、白场吸管工具定义图像黑、白场

除了可以使用“输入色阶”和“输出色阶”对图像进行调整外，还可以使用对话框中的 3 个吸管工具定义图像黑、灰、白场，以对图像进行调整，使用吸管工具的缺点是有时无法在图像中准确定位所需黑、白场或灰度点。

从左到右 3 个吸管依次为黑色吸管、灰色吸管和白色吸管，单击其中任一个吸管，然后将光标移动到图像窗口中，光标会变成相应的吸管形状，此时单击鼠标即可完成色调调整。

原图像

向右移动阴影滑块

向左移动高光滑块

图 13-34 调整输出色阶

- 黑场吸管工具。使用该吸管在图像中最暗区域（并不是黑色区域）单击，可以将图像此处的像素映射为黑色（RGB 值：0、0、0），相当于将输入色阶的黑色滑块向右拖动至该色阶处，从而使图像变暗。
- 白场吸管工具。使用该吸管在图像中最亮区域（并不是白色区域）单击，将图像最亮处的像素映射为白色（RGB 值：255、255、255），相当于将输入色阶的白色滑块拖动至该色阶处，从而使图像变亮。

图 13-35a 为色调范围明显狭窄的图像，选择黑色吸管工具在人物眼睛位置单击定义图像的黑场，使用白色吸管工具在图像中的白色位置单击鼠标定义白场，即可得到如图 13-35b 所示的正常效果。

a)

b)

图 13-35 使用黑、白吸管调整图像色调范围
a）原图像 b）调整后

在使用吸管工具定义黑、白点时，可以单击多个区域，以寻找最佳的位置。同时也可通过信息面板帮忙找出最佳位置。

(6) 使用灰色吸管工具纠正图像偏色

照片在拍摄过程中往往会发生偏色现象，设置灰场吸管工具能够通过定义图像的中性灰色来调整图像偏色。所谓中性灰色指的是各颜色份量相等的颜色，如果是 RGB 颜色模式，则 R = G = B，如颜色（RGB：125、125、125）。

使用灰场吸管工具纠正偏色，关键是要找准图像中的中性灰色位置，可以多次单击进行筛选，也可以根据生活常识来进行判断。如图 13-36 所示的图像明显偏蓝，选择灰色吸管工具在人物衣袖位置单击，以定义该位置的颜色为灰色，图像偏色即得到纠正。

偏色原图像

调整后

图 13-36　使用灰色吸管工具纠正图像偏色

如果图像中不包含中性灰色的任何东西，则该方法无效，这时如果强制使用，则会带来新的色偏。

2. 自动调整

单击对话框中的“自动”按钮，相当于执行了“图像”→“调整”→“自动色调”命令，系统自动对色阶进行调整。

如果对当前调整不满意，可以按住〈Alt〉键，“取消”按钮切换为“复位”按钮，单击此按钮，图像可以恢复至调整前的状态。

3. 曲线调整

与色阶命令类似，“曲线”命令也可以调整图像的整个色调范围，不同的是：“曲线”命令不是使用 3 个变量（高光、阴影、中间色调）进行调整，而是使用调节曲线，它可以最多添加 14 个控制点，因而曲线工具调整更为精确、更为细致。

(1) 了解“曲线”对话框

执行“图像”→“调整”→“曲线”命令，或按下〈Ctrl + M〉快捷键，打开“曲线”

对话框，如图 13-37 所示。图表的水平轴表示像素（“输入”色阶）原来的强度值；垂直轴表示新的强度值（“输出”色阶）。

单击“曲线”对话框下端的按钮，可以展开“曲线”对话框的控制选项，如图 13-38 所示，以便“曲线”对话框的显示方式和内容进行设置。

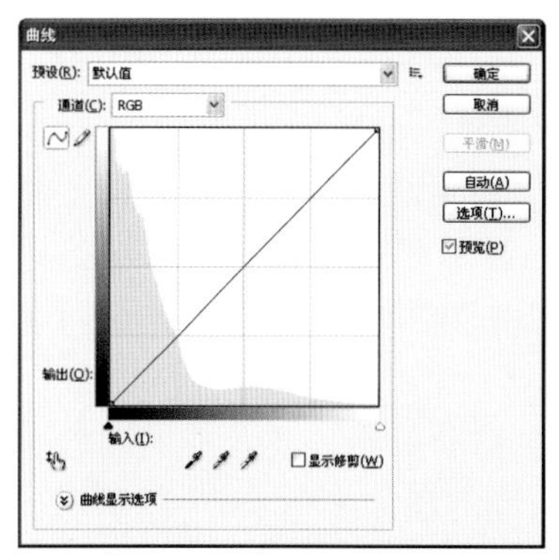

图 13-37 “曲线”对话框

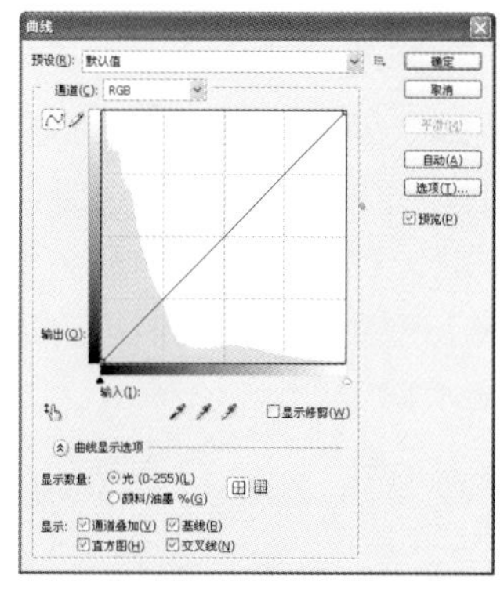

图 13-38 展开显示选项

“曲线”对话框中各选项的含义如下：

- 光（0－255）：以 0～255 级色阶的方式显示曲线图。
- 颜料/油墨%：以 0%～100% 颜色浓度的方式显示色阶图。
- 通道叠加：控制是否显示不同颜色通道的调整曲线；如果分别对各颜色通道进行了调整，开启该选项，可以方便查看各通道调整曲线的形状，如图 13-39 所示，不同颜色的曲线分别代表不同的颜色通道。

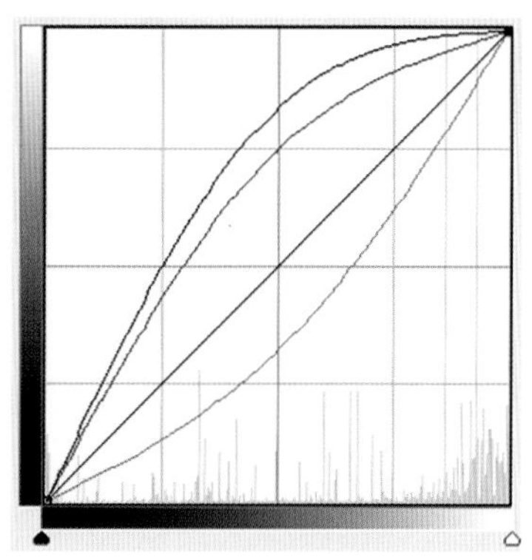

图 13-39 显示各颜色通道调整曲线

- 基线：控制是否显示对角线那条浅灰色的基准线。
- 直方图：控制是否显示图像直方图，以便为图像调整提供参考。
- 交叉线：控制是否显示在拖动曲线时出现的水平和竖直方向的参考线。
- 田、▦：单击按钮选择网格显示的数量。单击田按钮，显示 4×4 的网格；单击▦按钮，显示 10×10 的表格。按住〈Alt〉键单击网格，可以在两种显示方式之间快速切换。

当“曲线”对话框打开时，调整曲线呈现为一条呈 45°角的直对角线，这样曲线上各点的输入色阶与输出色阶相同，图像仍保持原来的效果。而当调节之后，曲线形状发生改变，图像的输入与输出不再相同。因此，使用曲线命令调整图像，关键是如何控制曲线的形状。

(2) 曲线的调整方法

改变曲线形状以调节图像色阶，有以下两种方法可供选择：

1) 添加控制点。单击曲线工具按钮，使其呈按下状态，即可在曲线上添加控制点以改变曲线的形状。移动光标至曲线上方，此时光标显示“+”形状，单击鼠标即可产生一个节点，如图 13-40 所示，同时该点的“输入/输出”值将显示在对话框左下角的“输入”和“输出”文本框中。

移动鼠标至节点上方，当光标显示为形状时拖动鼠标，或者按下键盘上的光标移动键即可移动节点，从而改变曲线的形状。可以在曲线上添加多达 14 个控制点，当移动某个控制点时，其他控制点的位置将保持不变，如图 13-41 所示。

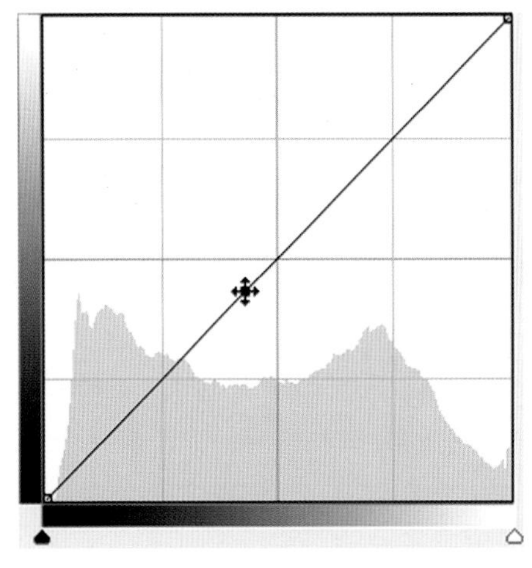
图 13-40　添加节点

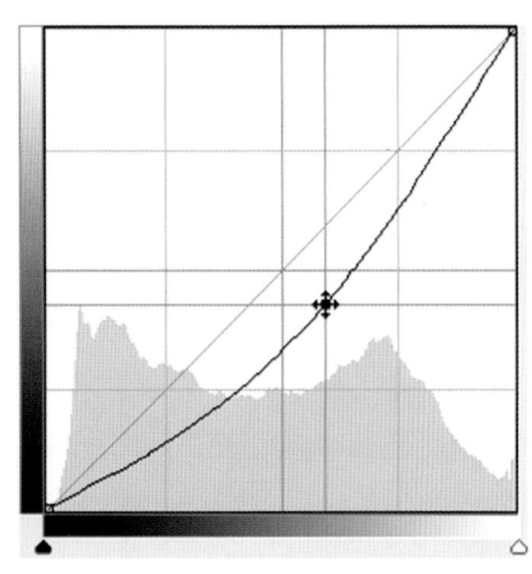
图 13-41　移动节点

按住〈Shift〉键并单击曲线上的点可以同时选择多个节点，若要删除节点，拖动该节点至网格区域外，或者按住〈Ctrl〉键单击该节点即可。

2) 使用铅笔工具绘制曲线形状。使用铅笔工具可直接绘制曲线的形状，首先单击对话框中的铅笔工具按钮，使其呈按下状态，然后移动光标至网格中绘制即可，如图 13-42 所示。使用铅笔工具手绘，很难得到光滑的曲线，此时可单击“平滑”按钮，使曲线自动变平滑，可单击多次直到得到满意的结果，如图 13-43 所示。按下按钮又可返回到节点编辑方式，曲线的形状将保持不变。

(3) 常见曲线调整

下面针对一些常见图像质量问题介绍几种曲线调整方法，Photoshop 在“预设”列表框也提供了几种常用的调节曲线。

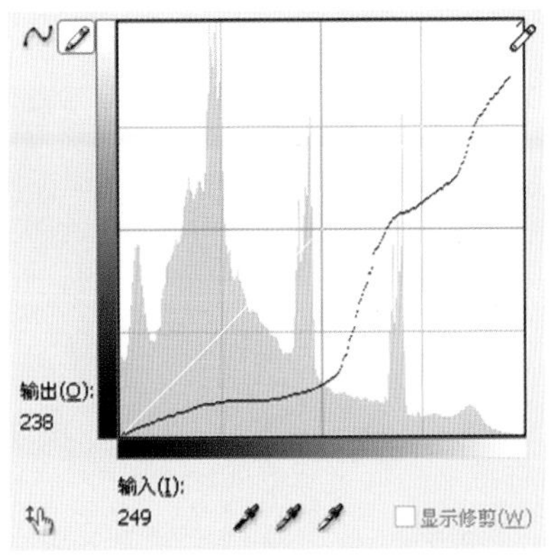

图 13-42 使用铅笔工具绘制曲线形状

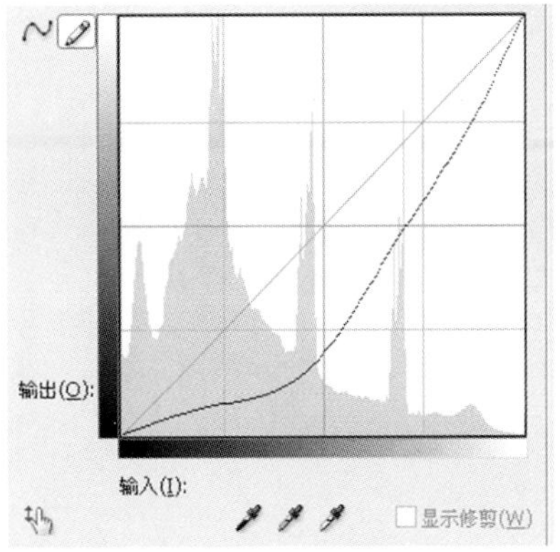

图 13-43 平滑曲线

1）高色调图像。颜色过亮的图像由于色调过亮，导致图像细节丢失。这时可将曲线稍稍下调，在将高亮区减少的同时，中间色调区和阴影区曲线也会微微下调，这样各色调区域会按一定比例变暗，比起直接整体变暗来说更显层次感，图 13－44a 调整后的效果如图 13-44b 所示。

a)

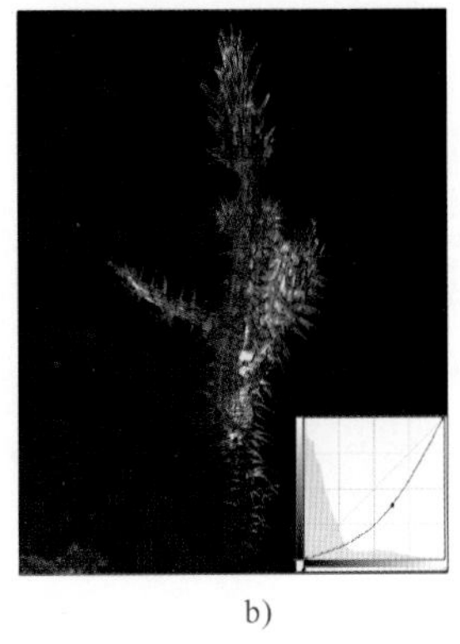

b)

c)

图 13-44 曲线调整图像

a）原图像 b）降低图像色调 c）增加图像色调

2）低色调图像。对于颜色过暗的图像，可以将阴影区曲线上扬，这样阴影区减少的同时，中间色调区曲线和高光区曲线也会微微上扬，结果是图像的各色调区均按一定比例加亮，比起直接整体加亮显得更有层次感，如图 13-44c 所示。

3）平均色调图像。缺乏对比度的图像通常是一些扫描的照片，这类图像的色调过于集中在中间色调范围内，而缺少明暗对比。这时可以在曲线中锁定中间色调，同时将阴影区曲线稍稍下调，将高光区曲线稍稍上扬，得到 S 型曲线，曲线陡峭会使图像的对比度增加，这样可以使阴影区更暗高光区更亮，图像的明暗对比就加强了，如图 13-45 所示。

（4）CS4 曲线功能的增强

如果用户要调整图像中的某个颜色，但这个颜色对应曲线中的具体位置是很难把握的，就算是经验老道的高手，也不能说完全正确，对初学者来说，更是一筹莫展。现在 Photoshop CS4 新建增了一个目标色调整工具，使操作变得十分简单。

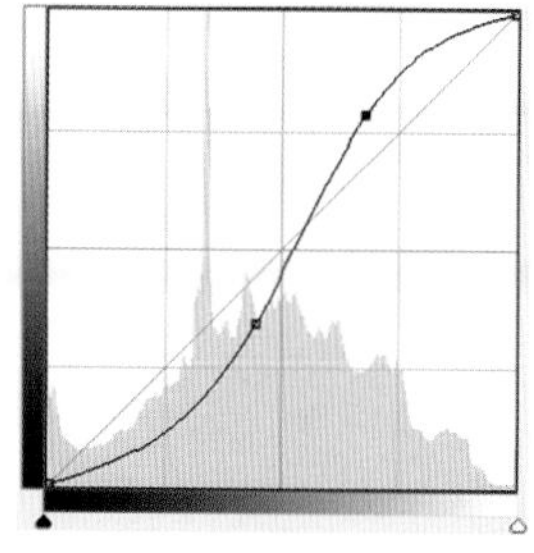

图 13-45 调整平均色调图像

单击“曲线”对话框中的“目标色调整工具”按钮，将光标移动至图像窗口，这时光标会呈吸管形状。按住鼠标，“曲线”对话框中的调节曲线上就会增加一个节点，这个节点就是吸取颜色处的色调准确值，此时光标呈形状，向上下拖动鼠标，即可调整该颜色，如图 13-46 所示。

吸取颜色

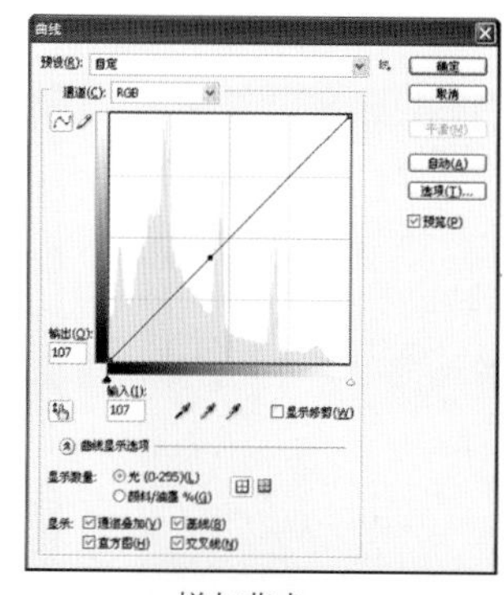

增加节点

拖动鼠标

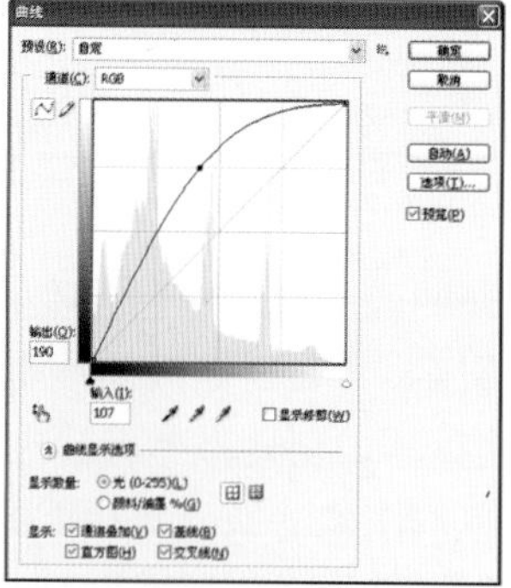

调整节点

图 13-46 目标色调整工具

4. 渐变映射

“渐变映射”命令的主要功能是将相等图像灰度范围映射到指定的渐变填充色。例如指

定双色渐变作为映射渐变，图像中的阴影像素将映射到渐变填充的一个端点颜色，高光像素将映射到另一个端点颜色，中间调映射到两个端点间的过渡，如果应用“黑白渐变”映射，则得到灰度图像效果。

执行“图像”→“调整”→“渐变映射”命令，打开“渐变映射”对话框，如图 13-47 所示。

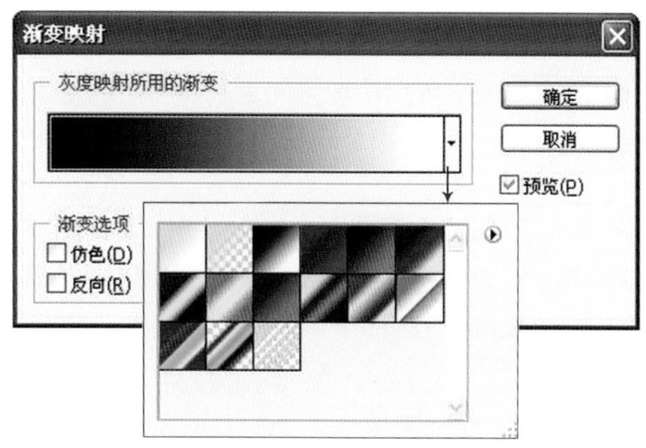

图 13-47　渐变映射对话框

单击渐变条右侧的下拉按钮，从渐变列表框中选择所需的渐变。结果图像的阴影、中间调和高光分别映射到渐变填充的起始（左端）颜色、中点和结束（右端）颜色。渐变映射示例如图 13-48 所示。

应用黑白渐变映射

选中“反向”复选框

图 13-48　渐变映射示例

第 6 节　创建调整图层

调整图层用于调整图像颜色和色调，且不破坏原图像。创建调整图层时，其参数设置存储在图层中，并作用于面板下方的所有图层。用户可随时根据需要修改调整参数，无须担心原图像被破坏。

1. 了解调整图层的优势

- 调整图层不破坏原图像。可以尝试不同的设置并随时重新编辑调整图层。也可以通过降低调整图层的不透明度来减轻调整的效果。
- 编辑具有选择性。在调整图层的图像蒙版上绘画可将调整应用于图像的一部分。通过使用不同的灰度色调在蒙版上绘画，可以改变调整。
- 能够将调整应用于多个图像。可在图像之间复制和粘贴调整图层，以便快速应用相同的颜色和色调调整。

2. 创建调整图层

单击图层面板底端“添加新的填充或调整图层”按钮，在弹出菜单中选择“曲线”命令，如图 13-49 所示。也可直接单击调整面板中的“曲线”按钮。

图 13-49 调整图层菜单

在调整面板中可以设置参数，在图层面板中可以看到新建的调整图层，同时带有一个填充白色的像素蒙版。

调整图层作用于下方的所有图层，对其上方的图层没有任何影响，因而可通过改变调整图层的叠放次序来控制调整图层的作用范围。如果不希望调整图层对其下方的所有图层都起作用，可将该调整图层与图像图层创建剪贴蒙版。

图 13-50 为使用上述方法制作的效果，草莓为彩色，人物及背景去除颜色信息，得到灰度图像，从而形成色彩对比，突出主题。

Adobe Photoshop CS4 最大的新特征之一就是调整面板的推出，它使调整命令以一种全新的姿态呈现在用户面前，如图 13-51 所示。要对图像进行调整，只需单击面板中相应的按钮，Photoshop 会自动新建一个调整图层，再在调整面板中进行操作即可。

原图像

调整结果

图 13-50 黑白与彩色对比效果

图 13-51 调整面板

调整面板的优势不仅仅是方便快捷，更重要的是让用户养成一种新建调整图层的习惯。直接使用命令调整图像，是一种对图层带有破坏性的调整，而调整图层是对原图层完全没有影响的。运用调整图层调整，还可以随时对参数进行修改，更新调整的效果。

第 7 节 实战演练——暗夜精灵

本实例使用颜色调整工具制作出一种颜色特效效果，练习了调整颜色的方法，效果如左图所示。

主要使用工具：

"打开"命令、渐变工具、圆角矩形工具、移动工具、图层样式、图层蒙版、横排文字工具。

视频路径：avi \ 13. 7. avi

1 启动 Photoshop，选择"文件"→"打开"命令，在"打开"对话框中选择婚纱照片，单击"打开"按钮，如图 13-52 所示。

2 单击调整面板中的"曲线"按钮，添加一个曲线调整图层，调整曲线如图 13-53 所示，此时图像效果如图 13-54 所示。

图 13-52 素材

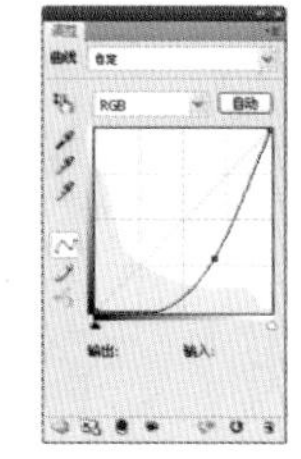

图 13-53 调整曲线

图 13-54 调整结果

3 选择画笔工具，在蒙版中涂抹，使调整效果只作用于边缘部分图像，如图 13-55 所示。

4 单击调整面板中的“色相/饱和度”按钮，添加一个色相/饱和度调整图层，调整参数如图 13-56 所示，此时图像效果如图 13-57 所示。

图 13-55　添加蒙版

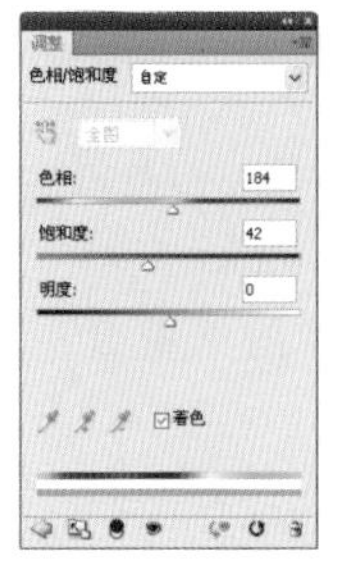
图 13-56　调整参数

图 13-57　调整结果

5 选择画笔工具，设置前景色为黑色，在蒙版中人物皮肤部分涂抹，隐藏该效果，如图 13-58 所示。

6 单击调整面板中的“曲线”按钮，添加一个曲线调整图层，调整曲线如图 13-59 所示，增加图像的对比度，效果如图 13-60 所示。

图 13-58　添加蒙版

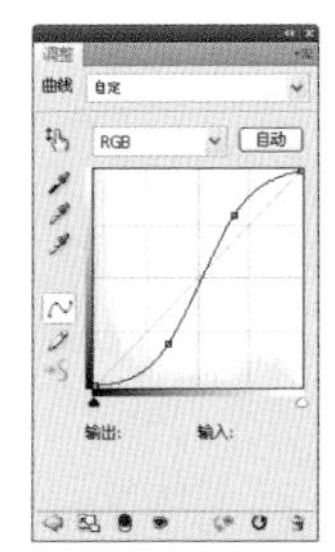
图 13-59　调整曲线

图 13-60　调整结果

7 新建一个图层，选择画笔工具，设置前景色为淡蓝色（RGB 参考值分别为 R191、G229、B232），绘制光点，如图 13-61 所示。

8 添加上文字素材，完成实例的制作，如图 13-62 所示。

图 13-61　绘制光点

图 13-62　添加文字

第8节 练 一 练

“反转负冲”是在胶片拍摄中比较特殊的一种手法。就是用负片的冲洗工艺来冲洗反转片，这样会得到比较流行而特殊的色彩。本实例通过“应用图像”命令的调整，使照片弥漫着一种前卫的色彩，如图 13-63 所示。

图 13-63 反转负冲效果

操作提示：

(1) 打开人物素材。

(2) 选择蓝色通道，执行“图像”→“应用图像”命令。

(3) 选择绿色通道，执行“图像”→“应用图像”命令。

(4) 选择红色通道，执行“图像”→“应用图像”命令。

第14章 综合练习

通过前面内容的学习，相信读者已经掌握了 Photoshop 的基本功能和操作。但如果要使用 Photoshop 从事专业平面设计工作，创作出令人满意的专业作品，还需要提高读者的专业应用水平。本章精选了一些商业案例，详细介绍了 Photoshop 在广告设计、包装设计、网页及界面设计、数码照片处理制作中的应用方法和技巧，希望能帮助读者在掌握相关专业知识的同时激发创意灵感，进入精彩的平面设计世界。

第 1 节　网页设计——登录界面

本例以清新的绿色为主色调，给人清爽、舒适的视觉享受，效果如左图所示。

主要使用工具：

"新建"命令、渐变工具、圆角矩形工具、移动工具、图层样式、图层蒙版、横排文字工具。

视频路径：avi \ 14. 1. avi

1　启用 Photoshop 后，执行"文件"→"新建"命令，或按〈Ctrl + N〉快捷键，弹出"新建"对话框，设置"宽度"为 1002 像素、"高度"为 580 像素，如图 14-1 所示，单击"确定"按钮，新建一个文件。

2　设置前景色为绿色（RGB 参数值分别为 R29、G132、B1）。选择工具箱渐变工具，在工具选项栏中单击渐变条，打开"渐变编辑器"对话框，设置参数如图 14-2 所示。

图 14-1　新建文件

图 14-2　"渐变编辑器"对话框

3 按下“渐变线性”按钮，在图像窗口中从上至下拖动鼠标，填充渐变，得到如图14-3所示的效果。

4 选择圆角矩形工具，在工具选项栏中设置“半径”为10px，按下工具选项栏中的“路径”按钮，绘制图14-4所示的圆角矩形。

图14-3 填充渐变

图14-4 绘制圆角矩形

5 单击鼠标右键，在弹出的快捷菜单中选择“建立选区”选项，弹出“建立选区”对话框，单击“确定”按钮，得到选区，新建一个图层然后填充颜色，按〈Ctrl+D〉快捷键取消选择。

6 执行“文件”→“打开”命令，打开一张叶子素材图像，如图14-5所示。

7 运用移动工具添加叶子素材至文件中，按住〈Alt〉键的同时，移动光标至分隔两个图层的实线上，当光标显示为形状时，单击鼠标左键，创建剪贴蒙版，按〈Ctrl+T〉组合键，调整好大小和位置，效果如图14-6所示。

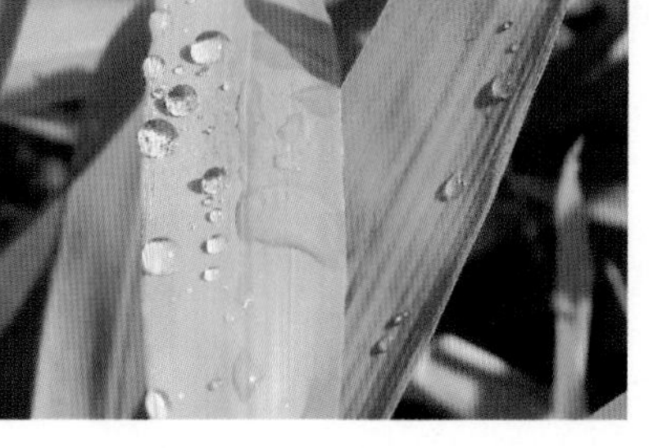

图14-5 叶子素材

图14-6 创建剪贴蒙版

8 将叶子素材复制一份，系统将自动创建剪贴蒙版，运用移动工具向左移动图层，单击图层面板上的“添加图层蒙版”按钮，在蒙版中运用矩形选框工具绘制选区，填充颜色为黑色，如图14-7所示。

9 按〈Ctrl+D〉快捷键取消选择，双击图层，弹出“图层样式”对话框，设置参数如图14-8所示。

10 单击“确定”按钮，退出“图层样式”对话框，效果如图14-9所示。

11 制作倒影效果，单击图层样式前面的按钮，隐藏图层样式效果，然后将三个图层复制（圆角矩形图层和叶子素材图层）并合并，执行“编辑”→“变换”→

“垂直翻转”命令，运用移动工具向下移动图层，得到如图 14-10 所示的效果。

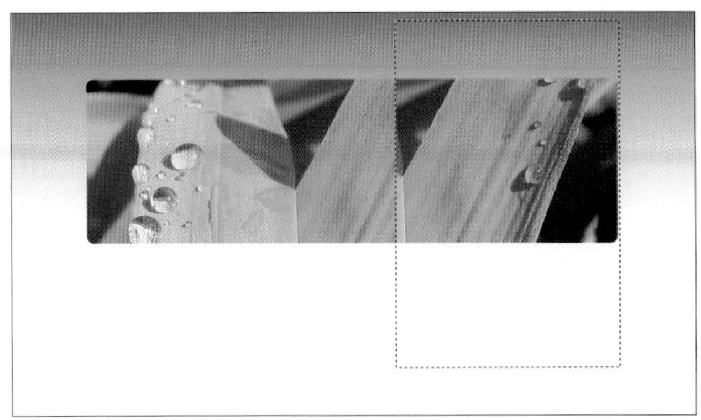

图 14-7　复制素材

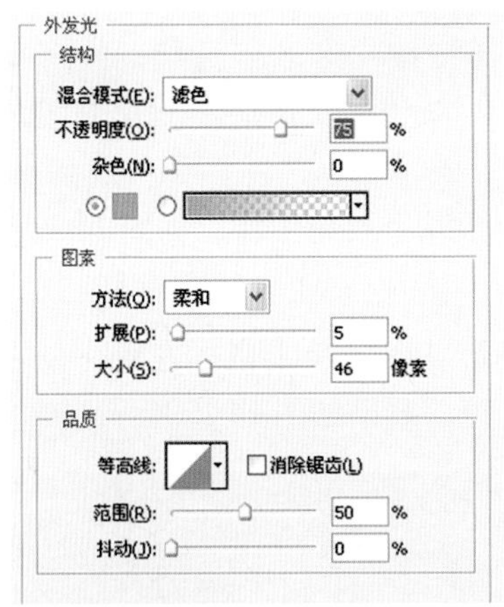

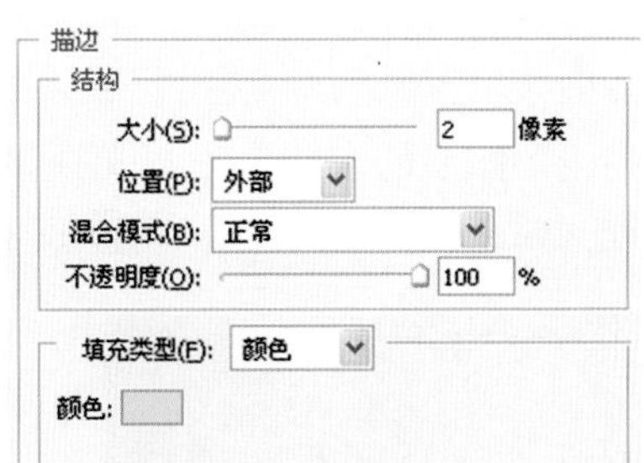

图 14-8　“图层样式”参数

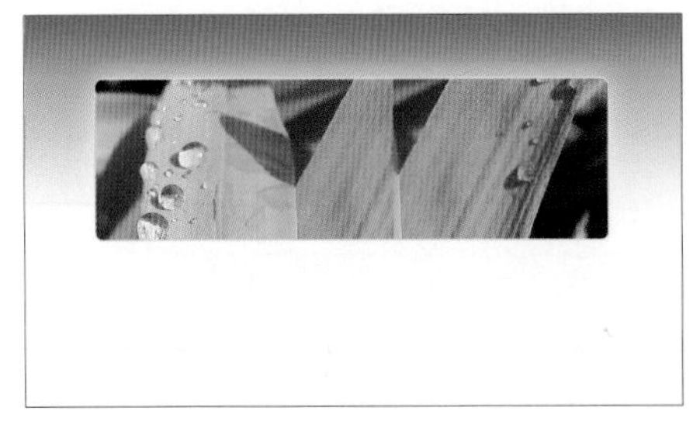

图 14-9　“图层样式”效果

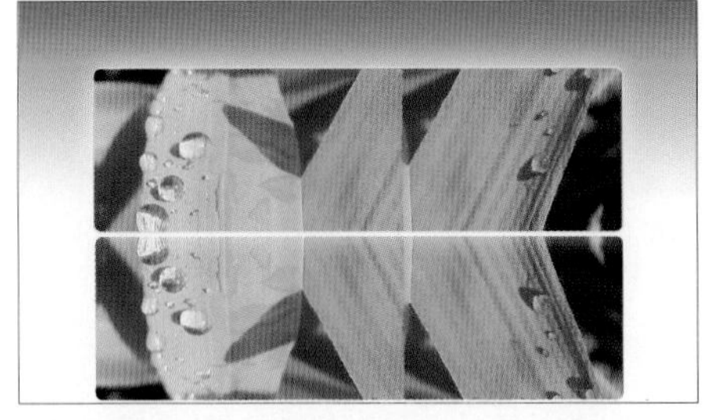

图 14-10　垂直翻转

12 更改图层的“不透明度”为 34%，效果如图 14-11 所示。

13 添加一个图层蒙版，按〈D〉键，恢复前景色和背景色为默认的黑白颜色，选择渐变工具，按下工具选项栏中“径向渐变”按钮，单击渐变列表框下拉按钮，从弹出的渐变列表中选择“前景到背景”渐变。移动光标至图像窗口中，拖动鼠标填充渐变，效果如图 14-12 所示。

图 14-11 降低不透明度

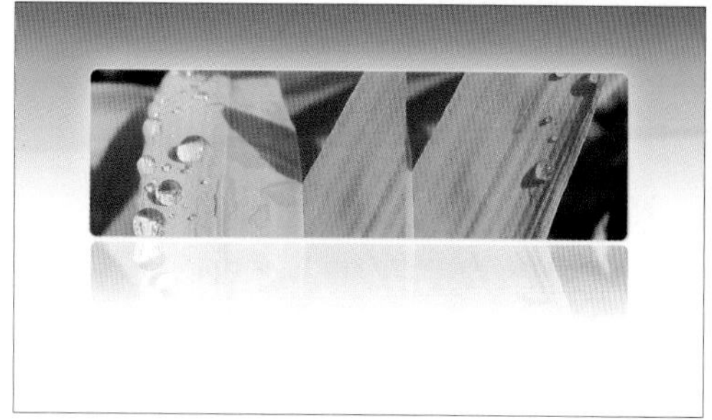

图 14-12 填充渐变

14 新建一个图层，设置前景色为白色，选择圆角矩形工具，在工具选项栏中设置“半径”为10px，按下工具选项栏中的“形状图层”按钮，绘制如图 14-13 所示的圆角矩形。

15 执行“图层”→“图层样式”→“外发光”命令，弹出“图层样式”对话框，参数如图 14-14 所示。

图 14-13 绘制圆角矩形

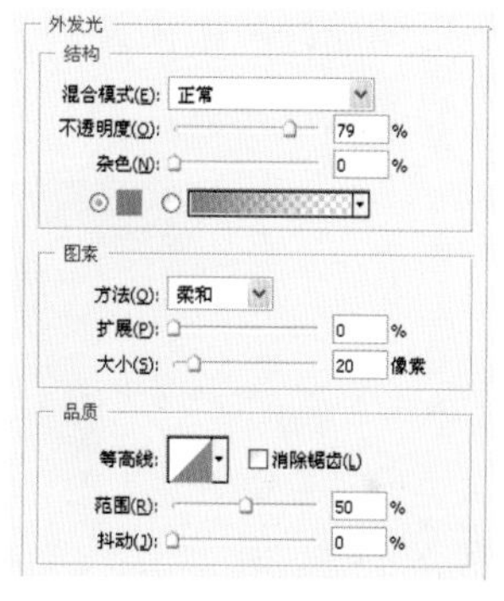

图 14-14 “外发光”参数

16 单击“确定”按钮，退出对话框，效果如图 14-15 所示。

17 执行“文件”→“打开”命令，打开标志素材，运用移动工具添加至文件中，如图 14-16 所示。

图 14-15 “外发光”效果

图 14-16 添加标志素材

18 选择直线工具，在工具选项栏中设置“粗细”为 1px，按下“填充像素”按钮，新建一个图层，设置前景色为黑色，绘制三条直线，效果如图 14-17 所示。

19 在工具箱中选择横排文字工具T，在工具选项栏“设置字体”下拉列表框宋体中选择“黑体”，在“设置字体大小”下拉列表框T 30点中输入26，确定字的大小。

20 在图像窗口单击鼠标，此时会出现一个文本光标，然后输入文字。输入完成后，按〈Ctrl + Enter〉键确定，效果如图 14-18 所示。

图 14-17　绘制直线

图 14-18　输入文字

21 运用同样的操作方法，制作其他的图形并输入文字，效果如图 14-19 所示。网页界面制作完成。

图 14-19　制作其他效果

第 2 节　海报设计——汽车海报

本实例制作一款汽车海报，杂乱而有序的装饰图形，在丰富画面的同时，也间接表达主人公购车后轻松而喜悦的心情，最终效果如左图所示。

主要使用工具：

渐变工具、魔棒工具、“反向”命令、移动工具、钢笔工具、椭圆选框工具、“变换选区”命令、画笔工具、横排文字工具、图层样式。

视频路径：avi \ 14. 2. avi（操作步骤见视频文件）

第3节　包装设计——茶叶包装盒

本茶叶包装盒以绿色为主色调，既体现了铁观音茶叶的特点，又突出了铁观音茶的保健功效。最终完成效果如左图所示。

主要使用工具：

渐变工具、画笔工具、套索工具、“打开”命令、“色彩范围”命令、移动工具、图层蒙版、魔棒工具、椭圆选框工具、图层混合模式、图层样式。

视频路径：avi \ 14. 3. avi

1　启动 Photoshop 后，单击“文件”→“新建”命令，或按〈Ctrl + N〉快捷键，弹出“新建”对话框，设置“高度”为 61 厘米、“宽度”为 44 厘米，如图 14-20 所示。单击“确定”按钮，新建一个空白文件。

2　选择工具箱渐变工具，在工具选项栏中单击渐变条，打开“渐变编辑器”对话框，设置参数如图 14-21 所示。

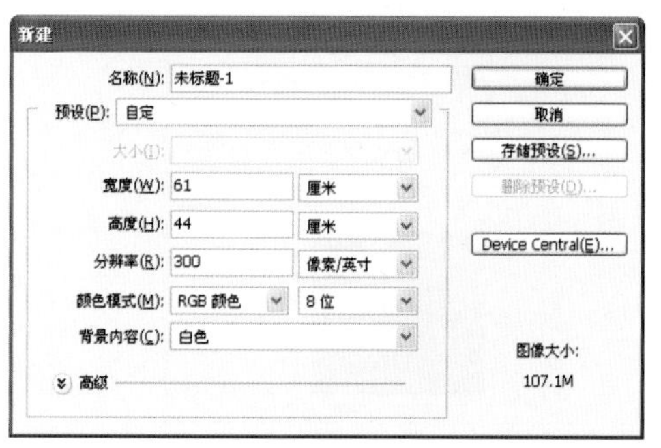

图 14-20　“新建”对话框

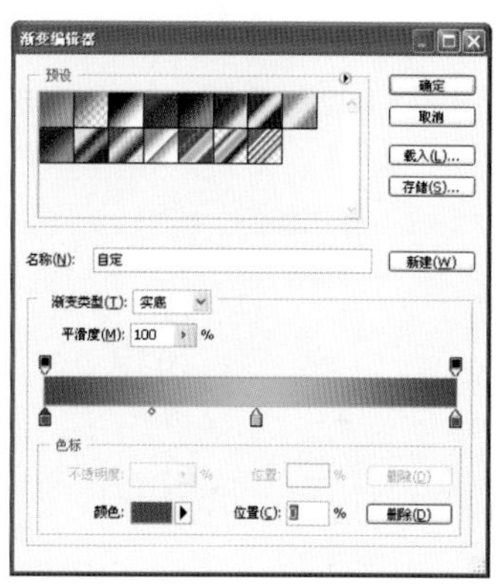

图 14-21　“渐变编辑器”对话框

3　按下工具选项栏中的“线性渐变”按钮，在图像中拖动鼠标，填充渐变效果如图 14-22 所示。

4　运用套索工具，绘制选区，如图 14-23 所示。

图 14-22　渐变效果

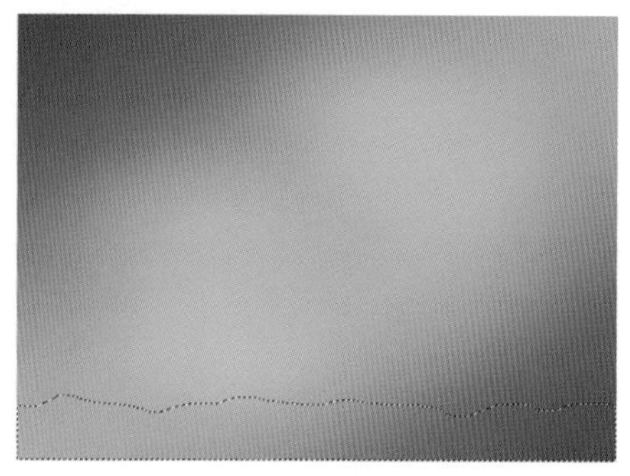

图 14-23　绘制选区

5 新建一个图层，选择画笔工具，将前景色设为黑色，在工具选项栏中降低“不透明度”和“流量”，沿着选区的上边缘进行涂抹，效果如图 14-24 所示。

6 参照上述同样的操作方法，绘制选区并涂抹黑色，制作出远山的效果，如图 14-25 所示。

图 14-24　涂抹选区

图 14-25　制作远山效果

7 执行“文件”→“打开”命令，打开一张花纹素材，如图 14-26 所示。

8 执行“选择”→“色彩范围”命令，在弹出的“色彩范围”对话框中设置参数，如图 14-27 所示。单击“确定”按钮，得到花纹的选区。

图 14-26　花纹素材

图 14-27　“色彩范围”对话框

9 设置前景色为绿色（RGB 参考值分别为 R197、G218、B89），按〈Alt + Delete〉组合键填充颜色，如图 14-28 所示。

10 运用移动工具，将素材添加至文件中，调整好大小和位置，如图 14-29 所示。

图 14-28　填充绿色

图 14-29　添加素材

11 设置花纹素材图层的“混合模式”为“柔光”、“不透明度”为50%。

12 单击图层面板上的“添加图层蒙版”按钮，为花纹素材图层添加图层蒙版。选择画笔工具，将前景色设为黑色，在工具选项栏中降低“不透明度”和“流量”，在花纹图形右下部分涂抹，使素材融入到背景中，效果如图14-30所示。

13 执行“文件”→“打开”命令，或按〈Ctrl + O〉快捷键，打开一张杯子素材。运用魔棒工具单击背景区域，创建选区，执行“选择”→“反向”命令，或按〈Shift + Ctrl + I〉快捷键，得到杯子的选区，如图14-31所示。

图14-30　将花纹素材融入背景

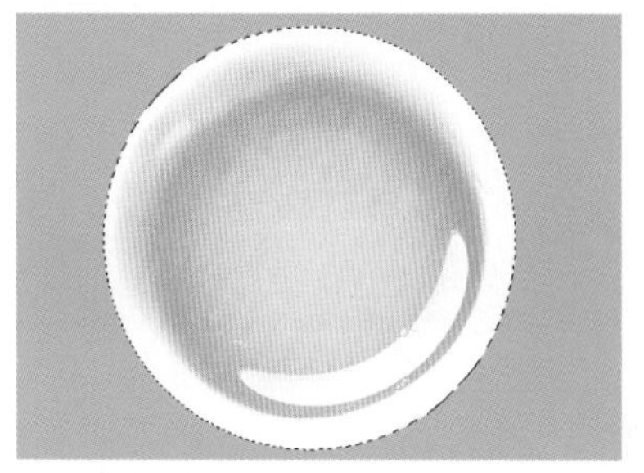

图14-31　建立选区

14 运用移动工具将素材添加至文件中，调整好大小和位置，如图14-32所示。

15 双击杯子素材图层，弹出“图层样式”对话框，选择“投影”选项，设置参数如图14-33所示。

图14-32　添加素材

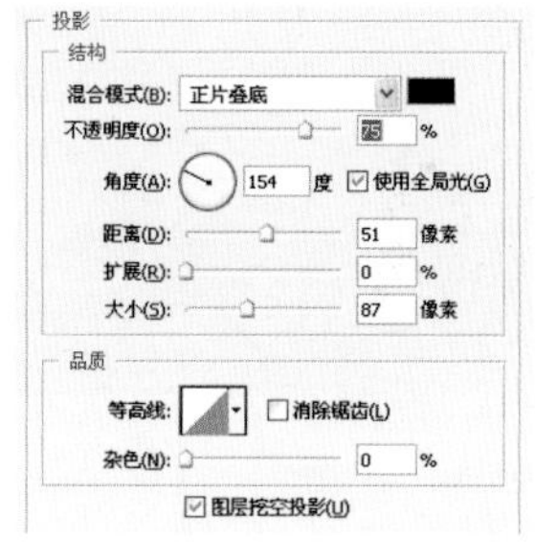

图14-33　“投影”参数

16 单击“确定”按钮，退出“图层样式”对话框，效果如图14-34所示。

17 运用同样的操作方法，添加茶叶素材，如图14-35所示。

图14-34　“投影”效果

图14-35　添加茶叶素材

18 选择椭圆选框工具，按住〈Shift〉键的同时，拖动鼠标绘制一个正圆，如图 14-36 所示。

19 单击图层面板上的“添加图层蒙版”按钮，为茶叶素材图层添加图层蒙版，如图 14-37 所示。

图 14-36 绘制选区

图 14-37 添加图层蒙版

20 设置茶叶图层的“混合模式”为“点光”，效果如图 14-38 所示。

21 运用同样的操作方法，添加另外的茶叶素材，效果如图 14-39 所示。

图 14-38 “点光”混合模式

图 14-39 添加茶叶素材

22 运用同样的操作方法，添加茶文字素材，效果如图 14-40 所示。

图 14-40 添加茶文字素材

23 双击图层，弹出“图层样式”对话框，选择“颜色叠加”选项，设置颜色为褐色（RGB参考值分别为R119、G44、B2），如图14-41所示。

24 选择“描边”选项，设置颜色为黄色（RGB参考值分别为R255、G232、B160）、“大小”为“38像素”，如图14-42所示。

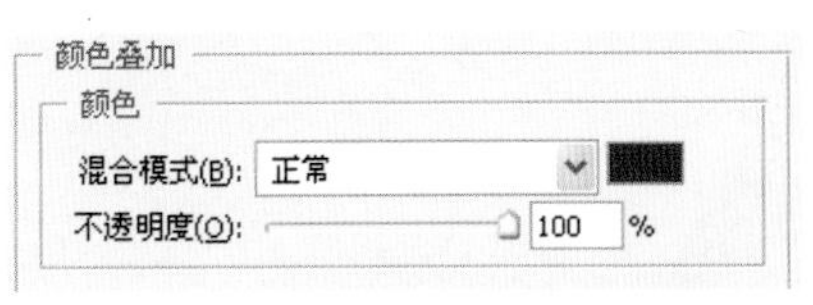

图14-41 “颜色叠加”参数

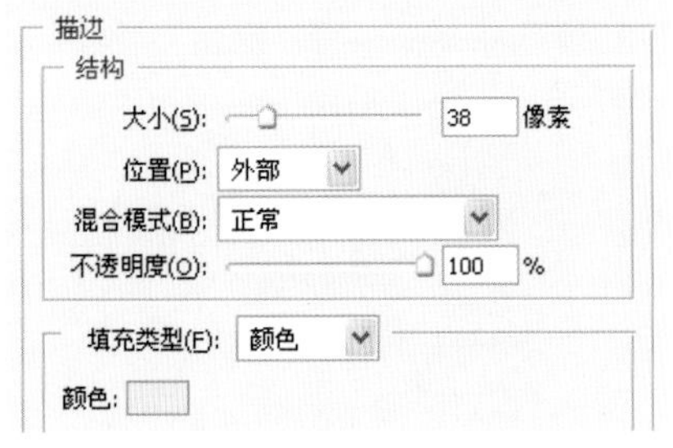

图14-42 “描边”参数

25 单击“确定”按钮，退出“图层样式”对话框，效果如图14-43所示。

26 运用同样的操作方法，添加其他的素材，效果如图14-44所示。

图14-43 “图层样式”效果

图14-44 平面效果

27 打开一张包装盒立体效果素材，如图14-45所示。

28 切换至平面效果文件，按〈Ctrl + Shift + Alt + E〉快捷键，盖印所有可见图层。

29 运用移动工具将盖印的图层添加至立体素材中，按〈Ctrl + T〉组合键，单击鼠标右键，在弹出的快捷菜单中选择“斜切”选项，调整后的效果如图14-46所示。

图14-45 包装盒立体效果素材

图14-46 斜切

30 按〈Enter〉键确认调整，双击图层，弹出“图层样式”对话框，选择“斜面和浮雕”选项，设置参数如图 14-47 所示。

31 单击“确定”按钮，退出“图层样式”对话框，最终效果如图 14-48 所示。

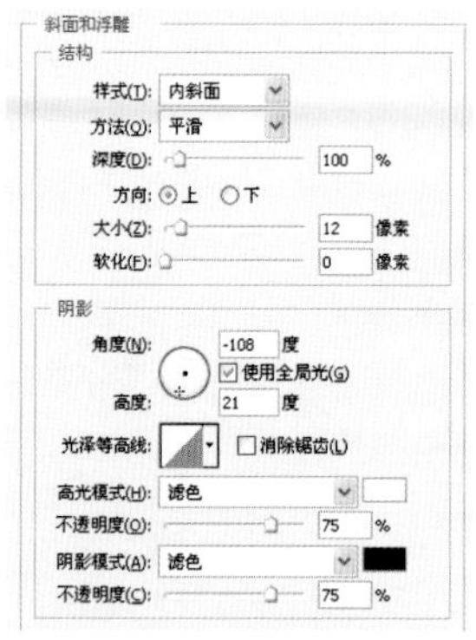

图 14-47 “斜面和浮雕”参数

图 14-48 立体效果

第 4 节 DM 广告设计——开业宣传单

本实例设计一款开业宣传单，实例颜色清新、图案美丽、文字造型优美，烘托出强烈的销售气氛，吸引消费者的视线，使其产生购买冲动，效果如左图所示。

主要使用工具：

渐变工具、画笔工具、套索工具“色彩范围”命令、移动工具、图层蒙版、魔棒工具、椭圆选框工具、图层混合模式、图层样式。

视频路径：avi \ 14. 4. avi（操作步骤见视频）

第 5 节 照片处理——婚纱照片模版

本实例制作一款月照七夕的写真照片模版，效果如左图所示。

主要使用工具：

渐变工具、“打开”命令、移动工具、图层混合模式、图层蒙版、画笔工具、椭圆选框工具、磁性套索工具、多边形套索工具、“色相饱和度”命令。

视频路径：avi \ 14. 5. avi

1 启用 Photoshop 后，执行“文件”→“新建”命令，或按〈Ctrl + N〉快捷键，弹出“新建”对话框，设置“宽度”为 12 厘米、“高度”为 15 厘米，如图 14-49 所示，单击“确定”按钮，新建一个文件。

2 设置前景色为淡蓝色（RGB 参考值分别为 R0、G157、B229），背景色为深蓝色（RGB 参考值分别为 R19、G26、B106）。

3 在工具箱中选择渐变工具，按下“径向渐变”按钮，单击选项栏渐变列表框下拉按钮，从弹出的渐变列表中选择“前景到背景”渐变。在图像窗口中拖动鼠标，填充渐变，得到图 14-50 所示的效果。

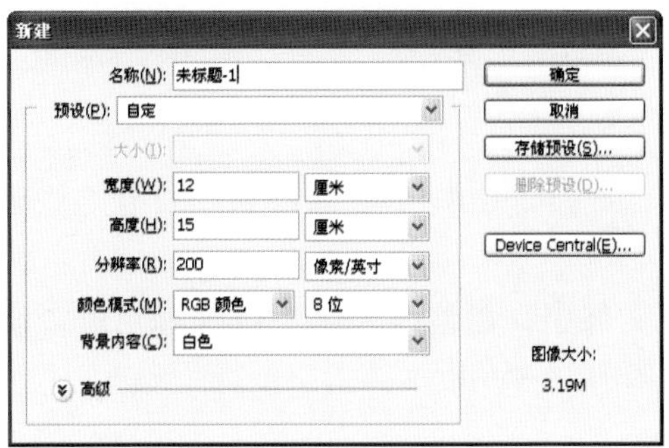

图 14-49 新建文件

图 14-50 填充背景

4 执行“文件”→“打开”命令，打开一张桃花素材图像，如图 14-51 所示。

5 运用移动工具将素材添加至文件中，调整好大小和位置，设置图层的“混合模式”为“强光”，“不透明度”为 70%，效果如图 14-52 所示。

图 14-51 桃花素材图像

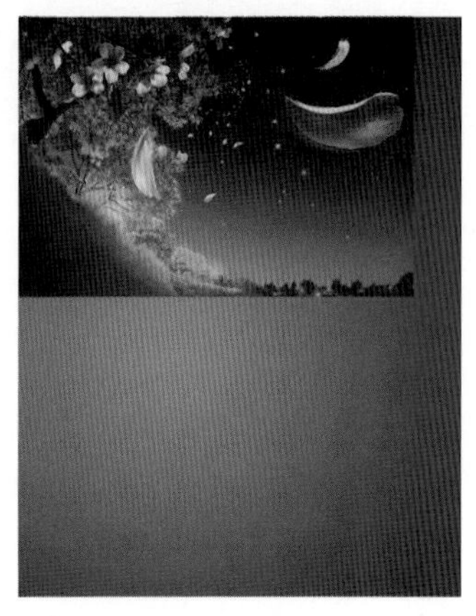

图 14-52 添加素材

6 单击图层面板上的“添加图层蒙版”按钮，为桃花素材图层添加图层蒙版。设置前景色为黑色，选择画笔工具，按〈[〉或〈]〉键调整合适的画笔大小，在图像右侧和下侧涂抹，效果如所图 14-53 示。

7 将桃花素材图层复制一层，调整好位置，并编辑图层蒙版，得到图 14-54 所示的效果。

图 14-53　添加图层蒙版

图 14-54　复制桃花素材

8　执行“文件”→“打开”命令，或按〈Ctrl + O〉快捷键，打开一张云彩素材图像，如图 14-55 所示。

9　运用移动工具将素材添加至文件中，调整好大小、位置和角度，设置图层的“混合模式”为“强光”，效果如图 14-56 所示。

图 14-55　云彩素材

图 14-56　“强光”模式

10　单击图层面板上的“添加图层蒙版”按钮，为桃花素材图层添加图层蒙版。设置前景色为黑色，选择画笔工具，按〈[〉或〈]〉键调整合适的画笔大小，在图像上侧涂抹，使云彩素材和背景融合，效果如图 14-57 所示。

11　选择椭圆选框工具，按住〈Shift〉键的同时，绘制一个正圆选区，设置前景色为淡蓝色（RGB 参考值分别为 R65、G187、B237），在工具箱中选择渐变工具，按下“径向渐变”按钮，单击选项栏渐变列表框下拉按钮，从弹出的渐变列表中选择“前景到透明”渐变。选中工具选项栏中的“反向”复选框。在图像窗口中拖动鼠标，填充渐变，得到图 14-58 所示的效果。

12　单击图层面板上的“添加图层蒙版”按钮，为桃花素材图层添加图层蒙版。设置前景色为黑色，选择画笔工具，按〈[〉或〈]〉键调整合适的画笔大小，

在工具选项栏中降低画笔的“不透明度”和“流量”，在渐变圆中涂抹，使其更加通透，效果如图 14-59 所示。

图 14-57 添加图层蒙版

图 14-58 填充渐变

13 运用移动工具调整渐变圆的位置，如图 14-60 所示。

图 14-59 添加图层蒙版

图 14-60 调整位置

14 执行“文件”→“打开”命令，或按〈Ctrl + O〉快捷键，打开一张人物素材图像，如图 14-61 所示。

15 运用移动工具将素材添加至文件中，调整好大小和位置，单击图层面板上的“添加图层蒙版”按钮，为桃花素材图层添加图层蒙版。设置前景色为黑色，选择画笔工具，按〈 [〉或〈]〉键调整合适的画笔大小，在图像中背景位置涂抹，将人物选择出来，效果如图 14-62 所示。

16 执行“文件”→“打开”命令，或按〈Ctrl + O〉快捷键，打开一张郁金香素材图像。

17 选择磁性套索工具，围绕郁金香创建大致选区，选择多边形套索工具，配合使用〈Shift〉和〈Alt〉键，调整选区，将郁金香选择出来，如图 14-63 所示。

图 14-61　人物素材

图 14-62　添加图层蒙版

18 运用移动工具将郁金香素材添加至文件中，调整好大小、位置和角度，如图 14-64 所示。

图 14-63　建立选区

图 14-64　添加素材

19 执行"图像"→"调整"→"色相饱和度"命令，在弹出的"色相饱和度"对话框中设置参数如图 14-65 所示。单击"确定"按钮，效果如图 14-66 所示。

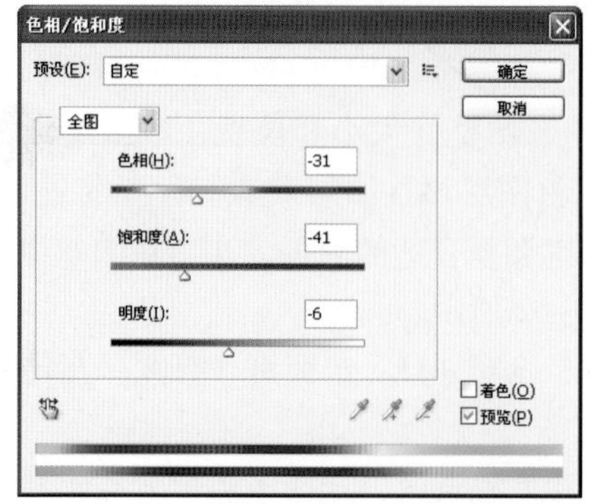

图 14-65　"色相饱和度"调整参数

图 14-66　调整效果

20 将郁金香素材图层复制多份，调整好大小、角度和位置，并参照前面同样的操作方法，为图层添加图层蒙版，制作出花朵在云彩中半隐半现的效果，如图 14-67 所示。

21 参照前面同样的操作方法，运用移动工具将一朵郁金香素材添加至文件中，调整好大小、位置和角度，执行“图像”→“调整”→“色相饱和度”命令，在弹出的“色相饱和度”对话框中设置参数如图 14-68 所示。单击“确定”按钮，效果如图 14-69 所示。

图 14-67 复制素材

图 14-68 “色相饱和度”调整参数

22 参照前面同样的操作方法，将郁金香素材图层复制多份，调整好大小、角度和位置，并添加图层蒙版，效果如图 14-70 所示。

图 14-69 调整效果

图 14-70 复制素材

23 打开开始的桃花素材图像，选择磁性套索工具，围绕桃花创建大致选区，选择多边形套索工具，配合使用〈Shift〉和〈Alt〉键，调整选区，将桃花选择出来，运用移动工具将素材添加至文件中，复制多份，调整好大小、位置和角度，效果如图 14-71 所示。

24 添加飘带素材，整体效果更加飘逸，如图 14-72 所示。

图 14-71　添加桃花素材

图 14-72　添加飘带素材

25 添加上文字效果，完成实例的制作，效果如图 14-73 所示。

图 14-73　写真照片模版

第 6 节　图像合成——飞翔天使

本实例是一幅超现实的幻想合成作品，通过将人物、星球、蝴蝶、云彩等素材进行有机合成，得到了极富想象力的作品，效果如左图所示。

主要使用工具：

“新建”命令、渐变工具、画笔工具、套索工具、“打开”命令、“色彩范围”命令、移动工具、图层蒙版、魔棒工具、椭圆选框工具、图层混合模式、图层样式。

视频路径：avi \ 14. 6. avi（操作步骤见视频）